앙이

키스

고양이 키스 vol.2

초판 1쇄 발행일 2016년 2월 20일
초판 1쇄 발행일 2016년 2월 26일

지은이 | 김애정
펴낸이 | 김기선

편집장 | 김은지
디자인 | 금장미

펴낸곳 | 와이엠북스(YMBOOKS)
출판등록 | 2012년 7월 17일 (제2014-17호)
주소 | 서울시 도봉구 노해로 379, 1005호(창동, 대성빌딩)
전화 | 02)906-7768 / 팩스 | 02)906-7769
E-mail | ymbooks@nate.com

ISBN 979-11-322-3655-9 (04810)
ISBN 979-11-322-3653-5 (set)

값 10,000원

고양이 키스

vol.2

김애정 장편소설

BOOKS

차 례

1. 정체불명 고양이

　이동하는 차 안에서 해인은 내내 조용했다. 조수석에 멍하니 앉아 창가에 비치는 제 얼굴만 한참 들여다보고 있었다.

　'유리에는 분명 얼굴이 비치는데, 거울에도 비치고.'

　하지만 사진은 찍히지 않아. 그걸 깨닫자 기분이 묘해졌다. 마치 자신의 존재를 강하게 부정당한 것 같았다. 이래서야 제가 정말 기묘한 생물이라도 되는 것 같아서…… 아니, 그게 맞는 걸지도 모르겠다.

　"잠시 들르고 싶은 데가 있는데, 괜찮을까?"

　"응?"

　"바로 이 근처야. 이삼십 분 정도면 되는데."

　시율의 제의에 해인은 어딘지 묻지도 않고 고개를 끄덕였다.

　"……좋아."

　그건 순순한 게 아니라 그냥 기운이 하나도 없는 거였다. 예상치 못한 해인의 우울한 기색에 시율은 지금 적잖게 당황하고 있었다. 그저 갑자기 없어질 때를 대비해 사진 한 장 정도는 남기고 싶었을 뿐이었다. 물론 어묵 먹는 모습이 귀여워서도 있긴 했지만, 설마하니 본인이 사진에 찍히지 않는다는 사실을 본인도 모르고 있었을 줄이야. 그리고 거기에 상처받아 이렇게 우울해할 줄이야.

휴대폰 속에 남은 흐린 사진들에 당황한 건, 시율과 해인 둘 모두였다.

"도서관?"

"확인하고 싶은 책이 있어서."

시율이 들린 곳은 시립 도서관의 주차장이었다. 규모가 꽤나 커 보이는 곳이었다.

"어떻게, 잠깐 여기서 기다릴래?"

차에 시동을 끄며 시율이 조심스레 물었다. 그답지 않게 눈치를 살피는 게 해인에게 미안한 마음이 들게 했다. 나름 신경 써주는 걸까? 잠시 궁리하던 해인은 제 손으로 안전벨트를 풀며 조수석의 문을 열었다.

"삼십 분 정도 걸린다며? 차 안은 답답하니까 같이 갈래."

"아, 그럴래?"

저를 두고 가면 시율이 걱정하느라 편하게 볼일을 못 볼 것 같았다. 또 차 안에 혼자 있어 봐야 더 우울하기만 할 것 같았다. 하지만 막상 시율을 따라 도서관으로 들어와서도 기운이 없기는 매한가지였다. 해인은 도서관 곳곳에 설치된 CCTV를 올려다보며 저기에도 내 얼굴이 안 찍히는 건가, 하는 의문을 품어야 했다.

'어떻게 나오려나, 또 흐릿하게 나오려나? 내 몸에서는 전파를 방해하는 자기장이라도 나가는 건가?'

그런 생각을 하며 책을 찾느라 왔다 갔다 바쁜 시율의 곁을 멍하니 따라 다녔다. 나사라도 하나 빠진 것처럼 흐느적거리는 해인이 안 되겠다 싶었는지, 시율이 해인을 근처 의자에 끌어 앉혔다.

"책이 위층에 있는 것 같아. 다녀올 테니까 여기서 잠깐만 기다릴래?"

"……응."

"어디 가지 말고 얌전히 있어야 한다?"

"알겠어."

"다른 책이라도 보고 있어. 좀 걸릴 수도 있으니까."

해인의 태도가 웬일로 끄덕끄덕, 순했다. 이렇게 신신당부하면 보통은 제가 애냐며, 버럭 성질을 내는데 말이다. 평소의 앙칼진 맛이 전혀 없달까. 말 잘 듣는 아이처럼 얌전히 의자에 앉아 있는 해인을 빤히 내려다보나 싶던 시율은, 무슨 생각인지 해인의 이마 위로 키스했다. 아주 갑작스럽게.

"착하다. 금방 올게."

쪽 하니. 이마에 남은 입술의 감촉은 말랑거렸다.

"흐에?"

방심하고 있던 해인은 깜짝 놀라 괴상한 소리를 내고 말았다. 두 눈을 동그랗게 뜨고 올려다보자 시율은 뻔뻔하게도 잘생긴 얼굴을 한껏 뽐내며 웃고 있었다. 도서관이라 크게 소리치진 못하고 이만 갈아야 했다.

"이! 이…… 멍한 틈을 타서 무슨 짓이야?"

"원래 기운 없을 때는 뽀뽀해주는 거야."

"누가 그래!"

"봐, 기운 났잖아. 아주 효과적인 치료지."

얼굴에 새빨갛게 달아오른 해인이 펄쩍 뛰자 시율은 그제야 만족스러운 눈웃음을 남기고는 사라졌다. 혼자 남은 해인은 괜히 제 이마만 벅벅 문지르며 씩씩댔다. 충격 요법이냐! 뭐, 이런 치료가…….

그러다가 문득 깨닫길, 주변의 따가운 시선이 제 쪽으로 쏟아지고 있었다. 남들이 보기에 이건 공공장소에서 커플이 벌이는 애정 행각일 뿐이었으니까. 크게 틀리지도 않았고.

"……채, 책 좀 볼까……."

해인은 따가운 눈살을 견디지 못하고 괜히 중얼거리며 슬그머니 자리를 떠났다. 멀리 가면 시율과 엇갈릴 테니 아무 책이나 하나 집어 와서 얼굴을 묻고 숨어 있을 요량이었다. 확실히 우울한 게 싹 가시긴 했다. 심장이 시끄러워져서 그렇지. 시율의 입술이 닿은 부근이 자꾸만 화끈거렸다.

'이 돌팔이 의사 같으니. 기운 없는 여자는 다 자기가 뽀뽀해줄 건가?'

달아오른 얼굴을 진정시키느라 손부채질만 한참을 해야 했다. 그런 후 시간 때울 만한 책을 찾으려고 근처 책장 앞에 섰는데, 눈에 쏙 들어오는 책이 한 권 있었다.

<이거 그린 라이트인가요?>

무슨 책 제목이……. 해인은 주변을 한 번 둘러봤다. 당연하겠지만 해인에게 딱히 관심 있는 사람은 없었다.

"어…… 어휴, 대체 누가 이런 걸 도서관에……."

작게 중얼거리며 슬그머니 책을 꺼내 들었다. 해인은 마치 은밀한 성인용 책이라도 보는 것처럼 주변을 삼엄하게 경계하며 책장을 펼쳤다. 제가 워낙 이런 쪽에 젬병이다 보니 아주아주 조금만 참고를 해볼까 싶었다. 도서관은 지식의 보고 아닌가, 공부하는 건 당연했다. 딱히 누구 때문은 아니었다.

"흐흠……."

해인은 요즘 와서는 제게 츤데레 성향이 있다는 걸 인정해야 했다. 제가 지금 엄청나게 진지한 얼굴로 책을 보고 있다는 건 몰랐지만.

<Q. 제 마음이 단순한 호감인지 사랑인지 모르겠어요.

A. 호감은 사랑으로 가는 지름길이죠. 둘을 구분하는 방법은 아주 간단합니다. 아래 문항 중 반 이상이 해당된다면, 사랑입니다.

* 그 이성과 닿는 게 싫지 않다.

* 하루 종일 생각난다.

* 그 사람이 하면 로맨스, 관심 없는 사람이 하면 스토킹이다.

* 누군가 그 사람을 두고 이성으로서 별로라고 말하면, 이해할 수 없다.

* 그 사람이 나를 향해 웃을 때, 나도 모르게 따라 웃은 적이 있다.>

……4갠가? 아차 싶어진 해인은 탁! 소리 나게 책을 덮었다. 책을 원래 있

던 자리에 냉큼 꽂아뒀는데 운이 나쁜 건지 좋은 건지 그 근방은 전부 사랑 이야기가 주제인 책들로 구성되어 있었다. 이 와중에 이상한 점은 그것들을 보면서 생각나는 게 태일이 아니라 시율이라는 점이었다. 혼란스러울 것도 없이, 딱 한 남자. 방금 제 이마에 기습 뽀뽀를 하고 유유히 사라진 강시율.

* 그 이성과 닿는 게 싫지 않다.

키스의 저주일까? 신경 쓰여 죽을 지경이었다. 해인은 제 이마를 쓰다듬으며 시율을 떠올렸다. 어느 틈에 이렇게 된 걸까. 그에게 키스당한 사실이 기분 나쁘긴커녕 부끄러울 뿐이라니. 그 남자에게 자신이 어디까지 침범당했는지 깨닫는 건 이제 쉬운 일이었다.

"끄응······."

왜일까, 분명 먼저 좋아한다고 자각한 건 태일인데. 그러고 보면 태일을 좋아한다고 자각한 후에도 그와 사귀고 싶다거나, 그에게 사랑받고 싶다는 생각이 들진 않았다. 태일에게 달리 좋아하는 여자가 있다는 걸 알게 되어서도 있겠지만, 무엇보다 지금 제가 처한 상황이 태평하게 사랑 타령할 때가 아니라서였다.

애초에 고양이의 몸을 가지고 누군가에게 사랑받을 자신도 없었다. 그런데 그런 것 따위 괘념치 않는 시율 때문에······ 마음이 흔들렸다. 현실적으로 이건 안 된다고 생각하면서도 자꾸만 휩쓸리게 됐다.

<이성의 말을 듣지 않을 때, 비로소 사랑이다.>

<사랑은 두려움 다음에 단단해진다.>

<사랑하라. 미련한 이처럼.>

무슨 놈의 책들이 전부 사랑을 장려하고만 있담. 사랑하지 말라는 책은 없는겨? 해인은 뚱한 얼굴로 책의 제목들만 죽어라 노려봤다. 전에는 아무렇지 않던 것들이 지금은 매우 거슬렸다. 전부 저한테 하는 얘기 같았다.

<양다리학개론>

<당신도 모르는 당신의 양다리>

<희망 고문 하는 당신>

제목들을 쭉 훑다가 뜨끔해서 책장에서 시선을 돌렸다. 야, 양다리는……
그건 아닌 거 같은데. 아닐 거야. 아닐 거라고. 해인은 애써 부정하면서도,
희망 고문이라는 부분에서는 양심이 찔리지 않을 수 없었다. 애완고양이로
서 태일과 키스해도 좋다고. 다만 이성으로서 키스하는 게 자신뿐이면 족하
다던 시율의 얼굴이 떠올랐다.

'네가 없어지면 난 분명 널 찾으러 갈 거야.'

그 남자 왜 그런 말을 해서는, 신경 쓰이게 말이야.

"킁."

오픈된 2층 쪽으로 시율을 찾아 코끝을 세웠다. 사람의 몸일 때도 해인의
후각은 보통의 고양이 정도는 됐다. 고양이 몸일 때가 보통 고양이의 몇 배
였으니까. 사람의 몸일 때 평소보다 성능이 떨어진다고 해도 결국 사람과는
비할 수 없을 만큼 성능이 좋았다. 심지어 지금은 양기를 보충해서인지 모
든 신체 기능이 평소보다 뛰어났다.

2층의 서쪽, 해인은 금세 시율의 냄새를 찾아냈다. 후각이 좋은 건 이럴
때 편리하긴 하지만 저의 남다른 부분이 자각돼서 썩 기쁘지만은 않은 능력
이었다. 해인은 조금 못마땅한 얼굴로 2층으로 향했다.

뭘 보고 있는 걸까? 냄새를 쫓아 어렵지 않게 시율을 찾은 해인은 나지막
이 숨을 죽였다. 그는 책장 앞을 떠나지도 않고 두꺼운 책에 푹 빠져 있었다.
해인은 살금살금 시율에게 다가갔다. 기척을 죽이는 건 해인의 고양이다운
특기였고, 아무리 예민한 사람이어도 마음만 먹으면 몰래 다가가는 건 일도
아니었다.

놀라게 해주려고 지척까지 숨을 죽이고 다가갔다가 이내 마음을 바꾼 건,
이곳이 조용히 해야 하는 도서관이기 때문이다.

"강?"

"……어."

그래서 두어 걸음쯤 남겨두고 그를 불렀다. 시율은 어느새 옆에 와 있는 해인에게 충분히 놀란 눈치였다.

"뭘 그렇게 열심히 봐?"

고개를 갸웃거리며 묻자 뒤로 책을 숨기는 모습이 매우 수상했다. 시율은 어지간해서는 수상한 모습을 안 보이는데. 어떤 위기도 능숙하게 헤쳐 나갈 타입이니까. 호기심이 솟은 건 그 때문이었다. 시율이 저렇게 평정을 잃게 하는 건 대체 어떤 걸까.

"나도 볼래."

"이건……."

"나도 보여줘."

"얌마!"

"왜 숨기는 거야?"

뭘까? 혹시 강시율의 약점이라거나! 대머리 예방법이라거나 그런 거면 재미있겠다. 두고두고 시율을 놀릴 게 제게도 생길 테니까. 해인은 책을 숨기려 드는 시율에게 달라붙어 적잖게 몸싸움을 벌였다.

"보여줘, 보여줘!"

"이건, 이건 야한 거야."

"으엑!"

후딱 시율에게서 한발 떨어졌다. 그런 건 관심 없……. 응? 그런데 이쪽은 역사 문화 책장인데.

"거짓말이잖아! 내가 그렇게 바보 같냐!"

바짝 약이 오른 해인은 작게 소리치며 다시 시율에게 달라붙었다. 자꾸만 뒤로 숨기는 책의 정체가 뭔지 확인해야겠다는 사명감이 불타올랐다. 숨기려고 하면 더 궁금한 건 만물의 본능일 테니까. 큰 소리를 내지는 못하고 속닥거리며 엎치락뒤치락하다가 마침내 시율이 항복했다. 도서관이라 얼마

버티지 못한 것이다.

"아오, 정말⋯⋯."

"뭐야, 이게? 한국 전통 민담과 신화 전설집⋯⋯. 이름이 뭐 이래?"

재미없게스리. 해인은 마침내 시율이 몰래 숨어서 보던 책을 빼앗았지만 정체를 알 수는 없었다.

"그냥 한국 설화야. 내가 원래 그런 걸 좋아하거든. 자, 확인했으면 돌려줘."

"으엥?"

"빨리."

한국 설화면 금도끼 은도끼, 장화홍련, 해와 달이 된 오누이, 그런 거 아닌가? 해인은 더 알쏭달쏭해질 뿐이었다. 제목만 봐서는 달리 약점 잡을 게 없었다. 취미가 특이하다고 흉을 봐야 되나? 책을 돌려달라고 재촉하는 시율의 손을 무시하고는 책을 펼쳤다.

"아."

해인의 시선이 멈춘 건 시율이 붙잡고 있던 페이지였다. 방금 실랑이를 벌이면서 조금 구겨진 부분이었는데.

검은 괴, 사신, 까마귀.

놀라울 만큼 해인의 정체에 가깝게 근접해 있었다. 이 정도면 정말 감탄스러운 수준이었다. 이 남자는 저를 사로잡는 속도 이상으로 정체에 대한 접근도 빨랐다.

"그게⋯⋯ 말이야."

해인은 제가 화를 낼까 봐 쩔쩔매기 시작한 시율을 바라봤다. 제가 뭐라고 이렇게 열심히 정체를 찾는 걸까. 이걸 스토커라며 무서워해야 하는 걸까. 하지만 무섭지 않은걸. 문득 아까 본 책의 내용이 떠올랐다.

누가 하면 스토커, 누가 하면 로맨스랬던가.

해인은 픽, 하니 웃어 보였다.

"⋯⋯내가 요괴 비슷하긴 하지."

"난 그런 뜻이 아니라⋯⋯."

크게 화를 낼 줄 알았던 해인이 맥없이 웃고 말자 시율은 오히려 더 놀란 눈치였다.

"아냐. 맞을지도 몰라."

힌트를 주고 싶어도 이게 한계였다. 주술이 걸린 몸이 미웠다. 무엇도 확실하게 말해줄 수 없었으니까. 다만 확실한 건 이제는 그가 싫지 않다는 것이었다. 그에 대한 기억이 사라지는 게 못 견디게 슬펐다. 더듬을수록 마음 한편에 분명 이 남자가 있었다. 그리고 이 남자도, 그렇다고 말하고 있었다.

그가 조금씩, 어느새 이 만큼 제 마음을 차지했다는 걸 인정해야 했다.

해인은 책을 덮어 시율에게 돌려주며 물었다. 시선을 바닥으로 내리깔고는 맥없고 조용한 목소리를 냈다.

"음, 강은 내가⋯⋯ 무섭지 않아?"

"뭐?"

저를 요괴 취급 하는 책을 보고도 화를 내긴 커녕 피식 웃더니, 이제는 시무룩하게 묻는 해인이 그를 크게 당황시키고 있었다.

"기분 나쁘진 않아?"

동그란 눈에 잔뜩 겁을 달고 저를 올려다봐서, 숨이 막히게 했다. 시율은 제 목소리가 떨리는 걸 느꼈다.

"안 그래."

"난 내가 기분 나빠."

"⋯⋯아니야. 어떻게 그래."

"난, 내 몸이 싫어."

그래서 누군가와 사귀는 건 안 돼. 아니, 그렇다고 생각해. 해인이 울먹울먹한 눈으로 말하며 저를 올려다봐서 그도 괴로워졌다. 놀란 마음에 손을 뻗어 해인을 끌어안았다. 조금도 거부하지 않고 꼭 안겨오는 해인 때문에 시율은 속에서 울컥, 눈물이 솟는 걸 느꼈다.

"강, 나는 내가 너무 싫어."

"난 네가 좋아."

나지막한 대꾸에 제 허리께를 붙잡는 작은 손이 너무 간절하게 느껴졌다. 처음으로 저를 밀어내는 대신 끌어안는 손은 이렇게나 약했다.

"나는 네가 사랑스러워. 울리고 싶지 않아."

해인이 겨우 안겨 오면서 처음으로 보여주는 속내가 너무 속상한 것이어서 그도 그렇게 될 수밖에 없었다. 시율은 스스로가 너무 싫다는 여자를 끌어안다가, 눈물이 방울방울 떨어지는 눈을 들여다보다가, 젖은 뺨을 쓰다듬다가, 말로는 다 제 마음을 표현할 수 없어서 끝내 키스하고 말았다.

"아."

"기분 나쁜 상대한테는, 키스할 수 없어."

"……응."

"넌 그렇지 않아?"

"나도, 그래."

입술 사이로 속삭였다. 가느다란 시선을 붙잡고 쫓아가 다시 이어진 입맞춤은 깊었다. 어쩔 수 없는 키스였다. 더는 거부하는 것이 무의미하고 역부족이었다. 해인은 그의 입술을 받아들이면서는 이걸 후회하지는 않기를 바랐다. 언젠가 잃어버리게 되겠지만, 그래도. 이 순간에는 다만 힘껏 시율의 옷깃을 붙잡았다.

그는 기꺼이 해인이 제 품으로 파고들게 두었다.

"하아, 하…… 으."

마주 닿은 입술이 떨어질 듯 떨어지지 않고 몇 번이고 다시 겹쳐왔다. 뭉클, 부드러운 살끼리 짓눌리는 감각이 너무도 여실해서 해인은 저절로 부끄러워졌다. 점점 숨이 차 할딱이게 됐다. 키스란 건 한 번 하면 끝나는 것인 줄 알았다. 그래서 수를 셀 수 있는 건 줄 알았다. 몇 번의 키스를 했는지, 몇 번의 스침이 있었는지 어림이 되는 건 줄 알았다.

하지만 이제 와 보니 그렇지 않다는 걸 알게 됐다. 저를 좋아한다는 남자를 만나서 자신도 그 남자에게 빠지기 전에는 미처 알지 못했던 일이었다.

"저기, 그만. 숨…… 막혀."

"음?"

시율은 저를 미는 건지 당기는 건지 알 수 없는 해인을 내려다봤다. 키스하던 중이라 둘은 속눈썹이 닿을 만큼 가까운 거리였는데, 해인은 이쯤 하자는 듯 지나치게 가까운 그를 슬그머니 밀어내고 있었다. 끄집어 당길 때는 언제고.

그도 이쯤 하는 게 적당하다는 건 알았다. 하지만 부끄러움과 숨 막힘으로 새빨갛게 달아오른 여자의 얼굴은, 아무래도 위험했다. 눈물이 매달린 속눈썹을 깜빡거리며 저를 올려다보는 모습은 그를 과격하게 만들기 좋을 뿐이었다. 그 애걸하는 눈빛이라니. 잡아먹히는 짐승 같은 숨소리라니.

"아우."

해인이 퍼덕대며 덫에 잡힌 짐승처럼 구는데도 시율은 물러서지 않았다. 겨우 숨 쉴 수 있을 만큼의 틈만 주고는 다시 아득해지도록 살갗을 겹쳐왔다.

한 뼘이 넘는 키 차이 때문에 해인은 시율의 그림자 안에 완전히 가려졌다. 목이 아플 만큼 키스는 집요하게 이어졌다. 해인은 이제 정말로 정신이 혼미해지는 걸 느꼈다. 숨이 부족해서인지, 심장이 미쳐 날뛰어서인지. 그건 알 수 없었다. 다만, 해인이 이 순간 염려하는 건 매서울 만큼 커다란 자신의 심장 소리였다. 그것이 시율에게까지 들릴까 하는 쓸데없는 걱정이 들었다. 마치 그 심장 소리가 시율에게 좀 더, 좀 더, 하고 애타게 키스를 갈구하는 것 같았으니까.

"강……!"

"쉬잇, 착하지."

입술이 살짝 떨어졌을 때 애타게 그를 불렀지만, 그건 어디까지나 조금이라도 더 키스하기 위해 주는 틈일 뿐이었다. 그를 부르는 목소리는 그의 입술에 의해 막혔다. 그는 허락받은 이 찰나를 영원히 이어가고 싶은 걸지도 모르겠다. 해인은 그의 손아귀 잡혀 빠져나가길 포기했다.

전에 그가 말한 어른의 키스란 바로 이런 건가 보다. 깊고 내밀해서 끝없이 갈구하고 목마름에 허덕이며 혀끝을 좇는 행위. 그래서 입술 안까지 모두 침범하게 하고 마는, 모든 걸 샅샅이 내주고 마는. 그야말로 피가 도는 모든 곳이 그의 것이 되는 것 같았다.

'키스할수록…… 빼앗는 것보다는 빼앗기는 게 많은 것 같아.'

밀어내는 것도 포기하고 온전히 순응하던 어느 순간, 해인은 제 등 뒤로 책장이 닿는 걸 느꼈다. 책장에 살며시 등이 기대지고 그의 손아귀에 의해 허리가 끌어 안겼다. 남자의 힘이 가뿐하게 해인의 몸을 위로 들어 올렸다. 시선이 엇비슷해지자 키스하기는 더욱 수월해졌다.

해인은 이제 그의 가슴이 아니라 목을 끌어안을 수 있게 되었다. 아, 남자의 목덜미는 이토록 단단하구나. 손아귀는 이렇게 억세고, 그런데도 부드럽구나. 서로를 끌어안는 것이 이렇게 기분 좋은 일일 줄이야. 그를 받아들이자, 세상은 몰랐던 일투성이가 되었다.

"그만, 그만해. 강."

해인은 뒤늦게 한 가지 사실을 알아차렸다. 누군가 이쪽으로 다가오고 있었다. 키스에 정신이 팔려 듣지 못했던 발소리는 아주 가깝게 들렸다.

"왜?"

깜짝 놀라 힘주어 떠밀었더니 시율이 알 수 없다는 얼굴로 물었다. 그는 아직도 키스하고 있는 것 같은 눈이었다. 마치 뜨거운 숨 같은, 열띤 음성 같은…… 그런 눈길. 이제 와서 키스를 그만둬야 할 이유를 도저히 모르겠다는 얼굴. 누구보다 야하면서 순진한 척 묻다니, 반칙이었다.

"사람이…… 오고 있어. 그리고 여긴 도서관이잖아."

허락해놓고, 실컷 키스에 응해놓고 할 말은 아니었지만, 이렇게 달라붙어 있는 모습을 누군가에게 들켰다간 너무도 창피할 것 같았다. 그는 뻔뻔하게 대꾸하며 다시 짧은 키스를 했다.

"도서관인 걸 잊고 있었어."

"거짓말."

"정말이야. 하지만 지금은 이쯤에서 봐줘야겠네."

그는 해인을 놓아주며 선심 쓰듯 말했다. 하여간 너무 능글맞은 남자였다. 시율에게서 놓아지기 무섭게 책장 옆으로 사람이 지나갔다. 대학생인 듯한 남자는 책장 안쪽에 있는 시율과 해인을 흘깃 보기는 했지만 크게 관심을 두지는 않았다. 키스하고 있었다면 얘기가 달라졌겠지만 말이다. 해인은 슬쩍 한숨을 내쉬었다.

"그만두긴 했지만, 확실히 알아둬야 할 거야."

"뭘?"

"내가 널 아주 많이 좋아한다는 걸."

"……뭐, 그런 걸……."

"정 모르겠으면 좀 더……."

"으아니야, 알아! 알아, 넘치게 알아. 잘 알겠어."

짓궂게 웃으며 다시 다가오는 시율을 두 손으로 가로막으며 해인은 부지런히 고개를 내저었다. 몸 안에 기운이 이렇게나 넘치니까 말하지 않아도 알았다. 그 눈만 봐도 이젠 알았다. 꽉 잡은 듯 하지만 그렇지 않은 부드러운 손아귀만으로도, 알았다.

"매번 그렇게 부끄러움 타다간 할 때마다 지칠 텐데."

"……그래도 부끄러운 걸 어떡해!"

바로 얼마 전까지 천적으로 치부했던 남자에게 자신이 두근거리고, 그와 키스하는 게 좋다는 사실을 인정하기란 꽤나 숨 막히는 일이었다.

"익숙해지도록 같이 노력하면 되지."

으악, 익숙해지긴 대체 뭐가 익숙해져! 해인은 새빨간 얼굴이 되어서는 당장 뒷걸음질을 쳤다. 지칠 때까지 키스하는 경우가 흔한 건 아닐 텐데. 키스가 싫은 건 아니지만 부끄럽기도 하고 언제 끝나는 건지도 모르겠고. 키스란 건 아직 해인에게는 너무도 어려운 것이었다.

도저히 익숙해질 것 같지 않은 일.

"태일이가 아마…… 내일 아침에나 오지?"

시율은 벌써 다음 기회를 노리는 것 같았지만.

태일은 아직 출장지였다. 근래에야 휴대폰 로밍이 시작된 동남아의 작은 섬.

"전화를 안 받으시네?"

출발이 지연됐다는 소식을 전하려고 시율에게 연락했는데 받질 않았다. 태일은 다시 한국 시각을 확인했다. 한국은 오후 8시쯤일 텐데, 자는 걸까? 아직 병원이라고 해도 전화받기 한가한 시간일 텐데. 의아했지만 로밍해온 휴대폰이라 길게 전화하진 못했다. 대신 태일은 도착이 조금 미뤄질 것 같다는 메시지를 남겨뒀다.

사실 남자들 간에는 굳이 도착 시간을 알리고 출장을 왔기로서니 안부를 묻는 일 따위는 하지 않았다. 가면 가고, 오면 오는 게 남자들이었으니까. 다만 시율이 돌아올 때 꼭! 도착 예정 시간을 미리 알려달라고 신신당부하는 바람에 연락한 태일이었다.

"여자 친구라도 데려오시려나."

시율은 요즘 들어 태일의 귀가 시간에 민감한 듯해 태일은 단순히 그렇게 생각했다. 여자 친구가 없다는 이야기를 일전에 언뜻 듣기는 했지만 언제 생겨도 이상하지 않은 사람이었으니까. 태일은 설마 제 고양이가 여자 친구일 거라고는, 꿈에도 상상하지 못했다.

차가운 공기를 울리는 폭죽 소리와, 그를 구경하러 모인 사람들의 감탄사. 한강변의 하늘을 어지럽게 수놓는 불꽃놀이를 보며 해인은 깜빡 잊고 있었던 사실을 하나 떠올렸다.

"맞아, 우리 데이트 나온 거였지."

자신의 모습이 사진에 찍히지 않는 걸 안 뒤로 충격 때문인지 기억이 잘 나지 않았다. 집에서 나온 게 한참 전의 일 같았다. 그뿐인가? 도서관에서 길고 긴 키스까지 해버리는 바람에…… 당초 집에서 나온 이유는 이미 기억 저편으로 사라지고 없었던 것이다.

해인은 하늘을 올려다보다가 옆에 서 있는 시율에게로 시선을 돌렸다. 이 남자는 어떻게 이런 이벤트를 다 꿰고 있는 걸까.

"오늘 한강에서 불꽃놀이를 한다기에 너랑 와야겠구나 싶었지."

"흐으음……."

"왜, 이런 거 별로야?"

"아니? 불꽃놀이라면 아주 좋아해."

다만 어떻게 내색해야 할지 모를 뿐이었다. 데이트도 낯설고, 키스한 남자랑 데이트하는 건 더더욱 낯설었다. 해인이 어색해 어쩔 줄 모르는 데 반해 시율은 싱글벙글, 아주 기분이 좋아 보였다. 그리고 계속 그 얼굴로 불꽃놀이가 아닌 해인만 바라봤다.

"다행이네. 나도 좋아해. 많이 좋아하지."

눈을 똑바로 보면서 말하면 뭔가 뉘앙스가 다르게 느껴지는데…….

"난…… 불꽃놀이가 좋다는 뜻이었어."

"그래? 이런. 그런데 얼굴이 왜 그렇게 빨개졌을까?"

이 남자는 자꾸만 해인을 부끄럽게 만드는 재주가 있었다. 시율은 해인이 당황하거나 말거나 애정 공세를 그치지 않았다.

"불꽃 같은 것보다는 네 얼굴을 보는 게 더 좋아."

"……!"

"너무 당연한 말을 한 것도 같고."

"무슨 남자가…… 그런 말을 막……! 아우, 완전 선수야, 선수!"

해인은 어둠 속에서도 티가 날 만큼 달아오른 제 얼굴을 감출 수가 없어서 괜스레 투덜거렸다. 저는 이렇게나 여유가 없는데 시율은 마치 산책이라도 나온 것처럼 느긋했다. 그건 거의 억울할 정도의 차이였다.

"선수라니? 그냥 좋아하는 여자한테 최선을 다할 뿐이야."

"보통은 최선을 다해도 너처럼 못 해!"

"그거야 성격 나름이지."

시율은 시율대로 선수 소리가 다소 억울한 모양이었다. 항상 자신은 평범한 연애를 해왔다고 주장하니까. 과거에 그가 몇 명의 여자와 사귀었는지 전에 언뜻 들은 적이 있었다. 두 명이랬나, 세 명이랬나? 해인은 기억을 뒤져봤지만 대충 들어서인지 잘 생각나질 않았다. 그땐 이런 사이가 될 줄은 몰랐으니까, 당연히 새겨듣지 않았던 것이다. 이제 와서 그게 후회가 될 줄이야.

"겨우 성격 문제로 치부하기엔…… 강의 유혹 스킬은 너무 엄청나거든?"

"그거 칭찬이겠지? 내가 잘났다는 소릴 테니까."

"하아?"

"내가 원래 평균 이상으로 매력적인 인간이거든. 대학 다닐 때 모델 제의도 몇 번 받았지. 아, 자랑 같나?"

"자랑 아냐?"

"맞아, 자랑이야."

맞다. 이런 뻔뻔한 남자였지……! 저 잘난 맛에 느긋하게 웃어 보이는 게 특기인 남자였어.

"봤으니 알 테지만, 나는 부끄러움 같은 건 원체 타지 않는 성격이거든. 할 말은 해야 하고, 싫은 건 싫은 거고, 내가 잘난 건 내가 잘난 거지."

해인은 이쯤 되니 정말 시율의 타고난 성격이 여자를 유혹하기에 좋은 걸지도 모르겠다는 생각이 들었다.

"내가 노력해서 내가 잘난 건 자랑스러운 게 맞잖아? 부모님 덕을 본 것도 아니고, 야비한 수를 쓴 것도 아니고. 전부 내가 일군 것들인데. 난 지금의 내가 상당히 만족스럽고 뿌듯해. 그런 인간이야."

"대단한 자신감이네……."

"그럼, 이 정도 자신감도 없었다면 널 쟁취하지 못했을걸."

해인도 그건 인정했다. 끝내 자신을 함락시킨 건 시율의 이 당당함과 끈기였다. 스스로에게 부끄러운 점 하나 없는 남자가 마음먹고 유혹하니, 그 위력이 과연 대단했다. 그는 자부심이 넘치면서도 거만하거나 으스대지 않았다. 제가 잘났다고 남을 깔보거나 가엽게 보지도 않았다. 인정하긴 싫지만 제게는 아까울 정도로 괜찮은 남자였다.

가만히 시율을 올려다보며 해인은 한 가지 사실을 분명히 해야겠다는 생각을 했다. 그는 아무래도 좋다고 했지만…… 그건 너무도 못할 짓이었다. 지금 이대로는 시율만 상처 입을 뿐이었다.

"……있잖아, 강."

"음?"

"난, 우리가 말이야."

만에 하나 가장 상처받는 건 자신이 아니라 시율일 거라는 생각이 들었다. 저 아픈 것만 생각해서 도망치기 급급했던 게 부끄러울 만큼 그가 보여주는 애정은 너무 과분한 것이었다. 그리고 그게 전부 제 것이라는 걸, 이제는 외면하고 싶지 않아졌다. 여전히 자신은 없었지만, 이게 답이라는 확신도 없었지만, 문득 깨닫기로 외면만 하기에는 주어진 시간이 너무도 안타까웠다.

"우리가?"

"……사, 사……."

"사랑한다고?"

"아니! 사귀고 싶으면……!"

혹여 얼굴에서 펑, 소리가 나지는 않았을까? 해인 스스로도 얼굴이 한계치까지 붉어졌다는 걸 알 수 있었다. 그 모습을 보며 시율이 기쁜 웃음을 지어 보이는 데에는 심장이 당해낼 재간이 없었고 말이다.

"사귀고 싶으면…… 사, 사귀어도 좋아! 아니, 사귀는 것도 나쁘지 않을지도……. 내 말은 그러니까, 그럴 것도 같다고……."

고백이라는 건 어쩌면 이렇게 횡설수설 정신이 쏙 빠지는 느낌일까. 해인은 제게 있는 용기란 용기는 다 짜냈다. 시율은 툭하면 아무렇지 않게 해서 쉬워 보였는데, 전혀 그렇지 않았다. 전에 시율이 고백했을 때 승낙했다면 자신이 고백하는 일은 없었을 텐데. 굳이 힘든 쪽을 선택한 셈이 됐다.

"알아들었어. 진정해."

어쩔 줄 몰라 가만있지를 못하는 해인에게로 시율이 손을 뻗어왔다. 키스를 해도 되고, 머리를 쓰다듬어 줘도 될 텐데, 그는 가만히 손을 붙잡았다.

"고마워."

귓가를 덥히는 그의 목소리는 나긋한 밤바람 같았다. 커다란 손으로 해인의 작은 손을 온전히 꼭 쥐고는, 뭐가 그리 만족스러운지 배부른 웃음을 지어 보였다. 해인은 한 가지 사실만 오롯이 깨달았다.

'이 남자가, 내 연인이로구나.'

그걸 증명하듯 그의 손이 느리게 제 손가락 사이로 깍지를 껴 와서, 해인은 한없이 부끄러워졌다. 어딘가 숨고 싶기도 하고, 자랑하고 싶기도 한, 이상한 기분이었다. 몸 여기저기가 간지러워졌다.

시율과의 사이가 어떻게 변했든, 해인은 이제 다시 애완고양이로서의 생활에 충실해야 할 때였다. 주인인 태일이 모처럼 출장에서 돌아오는 날이었으니까.

"다녀왔습니다. 어? 형, 오늘 출근 안 하셨어요?"

"오후 출근이야. 이번 달에 당직이 잦았거든. 그 특혜지."

커피를 마시며 대꾸하는 시율의 눈은 어느새 저를 등지고 총총, 태일에게로 달려가는 해인에게로 향했다. 저 기분 좋은 꼬리 좀 보라지. 남자 친구보다 주인이다, 이건가?

"개냥아."

"먕먕!"

이름값을 하는 건지, 고양이가 아니라 개처럼 격하게 반기고 있었다. 시율이 귀가했을 때는 저렇게 반겨준 적이 없었다. 해인은 항상 시율이 한참 꼬드겨야 마지못해 놀아주고는 했다. 그런데 태일에게는 부르지 않아도 달려가고, 퇴근만 해도 곁에 딱 붙어서 떨어지질 않았다.

지금만 해도 기분 좋은 가르릉 소리를 흘리며 태일의 다리에 열심히 머리를 비비고 있었다. 그러다 품에 안기자 엄마에게 안긴 아기처럼 행복해하며 태일의 손등을 핥기 시작했다. 그 모든 게 고양이가 하는 단순한 환영 인사라는 건 알지만…… 배가 아팠다.

'저 녀석이 저렇게 좋을까?'

그는 뭔가 빼앗긴 기분이었다. 고양이의 주인은 엄연히 태일이었지만, 고양이 속에 든 건 제 것이었으니까. 둘을 분리할 수도 없고……. 시율이 속을 알 수 없는 지긋한 시선으로 저를 바라보자 태일이 머쓱해했다.

"그럼 언제 출근하시는 겁니까?"

"뭐, 한 두세 시간 후에? 한 시쯤."

"잘됐네요. 사실 바쁘지 않으시면 상담하고 싶은 게 있는데."

"상담? 나야 상관없지만."

태일이 해인을 안아 든 채로 시율 쪽으로 다가왔다. 오자마자 짐도 풀지 않고 운을 떼는 게 제법 심각한 문젠가 싶었다. 태일은 항상 그랬듯 진지해 보였다.

"뭔데 그런 얼굴이야?"

시율이 고갯짓으로 식탁을 가리키고 식탁 의자에 앉았고, 태일도 맞은편에 앉았다. 해인은 여전히 기분 좋은 얼굴로 태일의 품 안에 안겨 있을 뿐이었다.

"확정된 이야기는 아닌데……."

"뭔데?"

"이번에 촬영 간 곳에서, 생각지도 못한 제의를 받게 돼서요. 그…… 롭 스미스라고, 혹시 아십니까?"

"알아. 엄청 유명한 사진작가잖아. 한국계 미국인이었나? 나 그 사람 사진집도 있어."

"맞아요. 그분을 만났어요."

둘이 뭔가 진지한 이야기를 시작했지만, 그건 워낙 자주 있는 일이라 해인은 신경 쓰지 않고 식탁 위로 배를 깔고 누웠다. 태일은 묘하게 시율을 신뢰해서 그에게 자주 이런저런 상담을 하고는 했다. 정에 약한 태일에 비해 시율은 매서울 만큼 단호한 구석이 있어서, 상담하고 나면 도움이 되는 모양이었다.

"이번 출장에서 그분이랑 친분을 쌓게 됐는데 운이 굉장히 좋았달까. 제가 한국 사람이라서 그런지 금방 친해졌어요."

"그거 축하할 일이네. 그 바닥도 인맥이 중요하잖아."

"개인적으로 존경하는 분이기도 하고요."

"그러겠네. 내가 알 정도면 그 바닥 거물이니까."

해인이 둘의 이야기를 들으며 막연히 드는 생각이라고는, 단순하게 태일이 영어를 잘하겠구나, 하는 정도였다. 그도 아니면 그 외국인이 한국어를 잘하거나.

"얘기를 좀 하다가 연락처도 주고받고, 제가 전에 찍은 사진들도 보여주고…… 나중에 제가 찍고 싶은 사진 이야기를 했는데……."

"그랬는데?"

"……그럼 이번에 아프리카에 같이 가지 않겠냐고."

"푸읍."

"므악?"(뭐야?)

아프리카가 뉘 집 개 이름도 아니고, 해인과 시율 둘 다 못지않게 기겁하고 말았다.

"프로젝트 멤버가 한 명 펑크 났답니다. 그런데 마침 제가 영어도 하니까…… 정말 생각이 있다면 함께 일해보자고 하시더라고요. 팀이 돼서."

"굉장한, 기회네. 잘만 되면 세계적으로 실력을 인정받는 거잖아."

웅장한 대자연을 카메라에 담는 건 태일이 전부터 열망하던 일이었다. 죽기 전에는 밀림에 가는 걸 꿈꾸고, 천 가지 색을 가진 초원의 빛을 전부 카메라 속에 담고 싶다고 했다. 그리고 그 기회는 갑작스럽게 찾아왔다. 해인은 갑작스러운 소식에 얼이 빠져 있었고, 시율은 놀라긴 했지만 팩트를 짚고 있었다.

"언젠데?"

"일정상 아프리카로 출발하는 건 네다섯 달 뒤지만, 다음 달부터 미국에서 같이 촬영 준비를 시작해야 한답니다. 엄청 장기 프로젝트라…… 일단 가면 이 년 정도 못 돌아오고요."

"이 년이나?"

"그리고 제가 고민할 수 있는 기간은 일주일 정도 남았네요. 스텝 리스트가 워낙 중요하니까 빨리 정해야 해서요. 게다가 저 아니어도 끼겠다는 사람은 많을 테고……."

"너무 조급한 것 같은데."

"그래서 고민하고 있는 겁니다. 이런 게…… 기회라는 생각은 들지만, 확신이 서질 않아요."

엄청난 기회인 동시에 엄청난 모험이었다. 태일은 국내에서 충분히 인지도 있는 카메라맨이었다. 모델들 대부분이 그와 일하고 싶어 했다. 그는 피사체를 순결하고 아름답게 담아내는 재주가 있었다. 본인이 진심으로 찍고 싶어 하는 게 무엇이든, 당장에 그의 주변에서 원하는 건 그가 모델들과 패션 화보를 찍는 일이었다.

대중들이 원하고 실질적으로 그에게 돈을 벌어주는 것도 그 일이었다.

"지금의 일도 누군가는 하지 못해 열망하는 일이라는 걸 압니다."

"그렇지. 이 년 뒤에 네가 돌아왔을 때 지금의 자리가 없을 수도 있는 거니까. 그렇다고 롭 스미스와 팀으로 아프리카로 떠나는 게 만날 있는 기회도 아닐 테고."

"어느 쪽을 택해도, 평생 후회할 것 같다는 생각이 들어요."

"버린 쪽이 아쉽기 마련이니까."

"객관적으로 보시기엔…… 어떻습니까."

이런 물음을 할 정도면 태일은 시율을 많이 신뢰하고 있는 게 분명했다. 해인의 상상 이상으로 말이다. 어쩌면 시율의 한마디가 태일의 미래를 정할지도 몰랐다. 해인은 얼른 시율을 돌아봤다. 시율은, 아주 덤덤한 얼굴이었다.

"내가 어느 쪽이 옳다고 권하기엔 너무 네 인생에 중요한 사안 같다. 네 장래가 전부 걸린 거니까. 난 이런 건 너 스스로 생각해야 한다고 본다."

"……그렇습니까?"

"매정하다고 할진 몰라도 타인의 의지가 필요한 일이 있고, 아닌 일이 있어. 지금은 후자고. 내가 조언해서 네 인생이 바뀐다면 난 그걸 책임져줄 수 없거든. 네가 결정하고 네가 택하길 빈다."

시율은 가라고도, 가지 말라고도 하지 않았다. 태일은 이해한 듯 조용히 고개를 끄덕였다. 해인은 두 사람을 번갈아 보며 불안해 어쩔 줄 몰랐다.

그날 밤 태일은 밤새 잠들지 못하고 자신의 노트북을 들여다보고 있었다. 영문으로 된 외국 사이트는 여러 사진들이 올라와 있었고, 태일은 거기서 눈을 떼지 못했다. 노트북 주변에 어지럽게 흩어진 명함이나 메모들이 그의 혼란을 대변해주는 듯했다.

해인은 차마 보고 있을 수 없어서 태일의 방을 나와 시율의 방으로 향했다. 조금 열린 문틈으로 파고들어 가 시율의 침대 위로 올라갔다. 꾸물꾸물 시율의 이불 속으로 들어가자, 아직 잠들지 않았는지 시율이 손을 움직여 해인의 머리를 쓰다듬었다. 해인은 시트에 얼굴을 파묻고 울먹였다.

"……날 놓고 가겠지?"

잔뜩 풀이 죽은 고양이 귀였다. 태일에게 섭섭해할 일이 아니라는 걸 알았지만, 가겠다면 잡을 수도 없었다. 저를 데려갈 곳이 못 된다는 것도 알았다. 시율은, 말이 없었다.

늘어지게 기지개를 켜며 자신의 방에서 걸어 나오던 시율은 거실 입구에서 굳어버렸다. 눈 밑이 심하게 퀭한 태일과 시선이 마주쳤기 때문이다.

"아, 일어나셨어요? 죄송해요. 바로 치울게요."

"그건 괜찮은데."

"아니에요. 식사하셔야죠."

항상 말끔한 태일이었는데 오늘은 초췌해 보이기까지 했다. 앉아 있는 식탁 주변은 정체를 알 수 없는 서류들로 복잡한 상태였다. 밤새 머리를 싸매고 있었던 모양이다.

"그보다 너…… 잠은 잤냐?"

시율이 식탁 근처로 다가가며 묻자 태일은 머쓱하게 웃어 보였다.

"잠이 통 안 와서요."

"출장 다녀와서 피곤할 텐데."

"그야 그렇지만……. 참, 아침으로 토스트 구울 건데 드실래요?"

"나야 고맙지만."

"씻고 오세요. 정리해둘게요, 형."

한숨도 안 자고 고민하고 있었다는 사실이 민망한지 태일은 부랴부랴 식탁 위를 정리했다. 사실 여긴 태일의 집이고, 월세를 내고 있다고는 해도 시율은 얹혀사는 입장이니 적당히 편하게 굴어도 좋으련만.

태일은 항상 완벽하다 못해 과하게 시율을 배려하곤 했다. 예를 들면 욕실을 쓰고 나서 항상 거울을 깨끗하게 닦고 나온다거나, 간식거리를 사 올 때면 시율의 몫까지 꼭 함께 사 온다거나. 노트북을 쓰다 보니 태일은 넓은 식탁 위에서 주로 작업하는 편이었는데, 시율과 함께 살기 시작한 후로는 이렇게 매번 치우고 있었다.

집주인이 오히려 세입자의 눈치를 본달까. 이래저래 냉소적인 시율이 보기에도 태일은, '쓸데없이 좋은 녀석'이었다.

"뭐, 정리할 것 있나? 대충 소파에서 먹지, 뭐."

"그래도……."

"정말 괜찮으니까 편하게 하자고, 편하게. 너도 피곤할 테고."

"냐냐!"(맞아, 맞아!)

때마침 식탁 위로 폴짝, 뛰어오른 건 해인이었다.

"먀아옹 야옹!"(집주인은 주인인데!)

아주 어린아이 같기도 한 맑은 소리를 내며, 날렵한 검은 몸매를 뽐내고 사랑스러운 두 귀를 쫑긋댔다. 뿐만 아니라 특유의 황금색 눈동자를 깜빡이며 두 남자를 번갈아 바라봤다. 신기하게도 고양이란 존재 자체로 애교를 부리는 것과 같았다.

"봐봐, 이 녀석도 그렇다잖냐."

시율이 자연스레 손을 뻗어 해인의 머리 위를 쓰다듬었다. 해인은 두 눈을 꼭 감고 그 손길을 받아들였다. 고양이들은 기분이 좋을 때 꼬리를 바짝 세우고는 했는데, 지금 해인은 딱 그런 꼬리에 웃는 눈 모양을 하고 있었다.

"형님 개냥이랑 며칠 사이에 많이 친해진 것 같아요."

"어?"

그리고 둘의 그런 모습은 태일에게 꽤나 낯선 것이었다. 그가 출장을 떠나기 전만 해도 해인은 시율이 부르면 도도하게 못 들은 척하거나, 쓰다듬으려고 하면 새침을 떨며 몸을 뺐으니 말이다. 시율이 억지로 붙잡고 만지지 않는 한은.

"그렇게 쓰다듬게 해주는 건 처음 보는 것 같아서요."

태일의 말에 쓰다듬을 받으며 골골거리던 해인은 아차! 싶었다. 태일이 없는 며칠간 시율과 딱 붙어 지냈더니 그만 스킨십에 익숙해진 모양이었다. 이렇게 거부감이 없어지다니!

"……뇨뇨, 뇨."(……오해야, 오해.)

뭐랄까. 아빠에게 남자 친구와 있는 걸 들킨 기분이랄까. 스스로도 변한 모습이 못내 부끄러웠다. 못 보일 걸 보인 듯해 해인은 슬그머니 뒷걸음질 쳐서 식탁에서 내려갔고, 시율은 이제 해인이 고양이 말을 해도 얼추 알아들을 수 있었다. 느낌이랄까, 감이랄까.

'저 녀석.'

겨우 길들여놨더니 원주인 앞에서는 다시 부끄러움을 타며 도망치기 바쁜 해인을 보며 시율은 생각했다. 태일이 있는 한은 계속 이런 식일 것 같다고.

입 밖으로 내긴 그렇지만, 시율의 입장에서는 사실 태일이 아프리카로 떠나주는 편이 좋았다. 일단 그렇게만 되면 해인이 온전한 제 것이 될 터. 그것만으로도 태일의 아프리카행은 엄청난 유혹이었다. 물론 너무도 개인적인 욕심이라 내색할 순 없었다.

"어때? 밤새 생각해보니까 답은 좀 나와?"

시율은 머리도 덜 말린 채로 욕실에서 나와 태일의 곁으로 털썩 앉으며 물었다.

"별로요. 어렵네요."

"많이 고민해볼 문제긴 하지."

태일은 멍하니 커피를 마시고 있었는데, 마시는 건지 마는 건지 생각은 다른 곳에 가 있었다.

"아무래도 이것저것 걸린 게 많다 보니까요. 어느 쪽을 택해도 잃고 얻을 게 있어서……. 밤새 고민하다 깨달은 건데, 살면서 이렇게 큰 결정을 해보기는 처음인 것 같아요."

"그 정도야?"

시율은 제 몫으로 보이는 토스트를 집어 먹으며 고개를 끄덕였다.

"하긴 네 인생이 걸린 중요한 일이니까."

"문제는 고민이 끝이 안 난다는 거죠."

"고민은 길어도 부족하지 않지."

말은 그렇게 했지만 마음 같아서는 아프리카에 가서 원하는 일을 하라고 슬슬 꾀고 싶었다. 태일의 고민 중 자신에게 이득이 있는 한쪽으로 무게를 실어주는 것 따위는 시율에게 아주 쉬운 일이었다. 그는 정말 사람을 홀리는 재주가 있었다.

"사실 이런 말 하기 부끄럽지만, 형이 부러워요."

"내가? 내가 좀 잘나긴 했지."

"하하, 그런 면이요. 그리고 뭐든지 자신 있게 척척 해내지 않습니까. 결단도 빠르고. 저는 그러질 못하거든요. 남자답지 못하다는 소리도 자주 듣고. 살면서 내내 그랬죠."

"대신 넌 좋은 사람 소리를 듣잖냐. 난 항상 나쁜 놈 소리를 듣는다고."

"설마요."

"정말이야. 그리고 너처럼 신중해서 나쁠 건 아무것도 없어."

시율은 태일이 자신을 정말로 신뢰한다는 걸 알았다. 그렇기에 더욱 말을 얹기가 쉽지 않았다. 지금의 자신은 태일에게 조언하기 적합하지 않았으니까. 가라는 말은 해줄 수 있어도, 가지 말라는 말은 하고 싶지 않았다. 하지만 워낙에 중요한 사안이라 자신의 욕심만으로 섣불리 한쪽으로 떠밀 순 없었다.

아직까지는 욕심보다는 양심이 앞서고 있었다. 태일이 좋은 녀석만 아니었다면 양심 따위는 개나 줘버렸겠지만. 시율은 요즘 와서는 태일이 나쁜 녀석이었으면 차라리 마음이 편했을 텐데 싶었다.

"말씀은 감사하지만, 신중하다 못해 스스로도 답답할 정도라 문제죠."

"글쎄다. 넌 답답이라기보다는 그냥 모험 정신이 부족한 타입이라고 해야 하나. 넌 모든 게 너무 안정적 지향적이니까. 너 자신도 주변도. 변화를 안 좋아하지. 그게 나쁜 건 아니잖아? 그냥 너라는 인간이 그런 타입인 거지."

"맞아요…… 정곡을 짚으셨네요. 어쩌면 저보다 절 잘 아실지도 모르겠어요."

"그냥 사람 관찰이 특기인 것뿐이야. 정확히는, 남들 보다 그게 쉬운 거지. 보면 알 수 있으니까."

"전 역시 형님이 제게 조언을 좀 해주셨으면 좋겠어요. 제 결단력은 믿을 수가 없거든요. 하지만 형님은 항상 이성적인 판단을 하잖습니까."

태일은 간혹 순종적인 대형견 같아 보일 때가 있었다. 그렇지 않고서야 저렇게 순진무구하게 사람을 신뢰하는 눈을 할 수는 없었다. 시율이 뒷머리를 긁적였다. 사심 섞인 조언을 할까 봐 말을 피하는 것도 있었지만, 본래부터 남의 일에 참견하는 걸 좋아하지 않았다.

오지랖이라면 아주 질색하는 편이었고. 그래서 해인이 와서 큰일이라며, 하은이 태일을 좋아하는 거 같다고 했을 때도 한 귀로 듣고 한 귀로 흘릴 뿐이었다. 남에게 참견한다는 건 그만한 책임도 져야 하는 일이니까. 참견에 대한. 평소 태일이 자잘한 조언을 구했을 때는 인생 선배로서, 확실한 길을 안다는 전제하에 명확한 길을 제시해줄 수 있었다. 하지만 자신도 확신할 수 없는 이런 큰일에는 선뜻 말을 얹고 싶지 않았다.

"그거 곤란한데."

"저는 제가 결정한 일에 후회한 적이 많아요. 그래서 형님 같은 믿을 만한 사람의 의견을 얻고 싶은 겁니다."

하지만 태일이 제게 얼마나 의지하고 있는가를 깨닫자 외면하는 건 외면하는 대로 양심에 찔렸다. 제가 언제부터 이렇게 양심 있는 인간이었나 싶은 시율이었다. 아마도 어느새 근처에 다가와 빤히, 주시하기 시작한 해인 때문이리라. 제길, 여자한테 잘 보이려고 전전긍긍하는 건 제 인생에 없을 줄 알았는데.

"그럼 조언까진 아니지만, 내가 뭔가 결정하기 어려울 때 쓰는 방법을 가르쳐줄게."

"예! 그게 뭔가요?"

"결정에 대한 장점 단점을 각각 전부 종이에 적어. 그리고 눈에 띄는 곳에 두고 의식적으로 계속 읽어. 외울 때까지. 손으로 쓰고 눈으로 계속 봐."

"외우라고요? 이미 아는 걸 왜 새삼……?"

"그렇긴 한데, 아는 거랑 각인된 건 다르거든. 공부하는 느낌으로 손으로 적고 눈으로 계속 읽으면 이게 객관적인 의견으로 머리에 박히거든. 결정에는 그게 필요해."

태일은 잘 모르겠다는 얼굴이었다. 곁에 앉은 해인까지 똑같은 얼굴로 고개를 갸웃거리고 있었다.

"이게 필요한 이유는 합리적이고 객관적인 결정을 위해서야. 알아들어?"

"알 것도 같고 모를 것도 같은데……?"

"사람의 본능이라는 게 감정적으로 결정하기가 쉽거든. 하고 싶으면 단점을 덮고, 하기 싫으면 장점을 외면하지. 그걸 방지하기 위해서 각인하라는 거야."

시율의 말이 끝나자마자 둘이 동시에 알아들었다는 소리를 냈다.

"아아!"

"먀!"(아하!)

해인과 태일은 순진하다는 면에서 많이 닮아 있었다. 음흉하지 않고, 마치 때 묻지 않은 아이같이 선하다는 점도 말이다. 시율은 해인이 태일에게 끌린 게 아마 그런 부분 때문일 거라고 어렴풋이 짐작했다. 동물과 아이는 본능적으로 좋은 사람을 알아본다지 않는가. 이득과 실리에 연연하는 저와 달리, 인정 넘치는 태일이니까. 솔직히 시율도 태일의 그런 면이 부러웠다.

만약 저도 그랬다면 해인에게 진작 예쁨받았을 텐데. 아무튼 서로가 서로를 부러워한다는 건 우스운 일이었다.

"알아들었으면 다행이고. 뭐, 내 기준으로 가장 중요한 거야. 객관성을 잃지 않는 거."

"예, 도움이 됩니다."

"도움은 무슨."

뭘까, 이 양심에 찔리는 기분은? 시율은 얼른 자리에서 일어났다. 더 이상은 태일의 저 반짝이는 '당신을 무한하게 믿어요.' 눈빛과 해인의 '짜식, 너 엄청 좋은 사람이구나!' 하는 시선을 정면으로 받는 건 괴로운 일이었기 때문이다. 선함은 빛의 힘으로 악함을 이긴다고 했던가. 의심이라고는 없는 둘 앞에 있자니 시율은 왠지 저만 악역이 된 기분이었다.

"자기 일이니까 고민되고 객관적이기 쉽지 않은 건 당연하니까…… 너무 자괴감 갖진 말고."

"맞아요. 그렇죠!"

"음…… 난 그럼 이만."

마치 패하고 퇴장하는 악당 같은 대사였다. 시율은 혼자 속으로 끙끙 앓아야 했다. 사실은 태일이 아프리카로 가길 바란다는 건, 역시 죽을 때까지 비밀이었다.

시율이 출근한 후 태일은 그제야 침대에 누워 잠을 청하나 싶었다. 하지만 뒤척이다가 얼마 못 가 자리를 박차고 일어났다. 그러곤 식탁에 앉아 심기일전한 얼굴로 시율이 가르쳐준 대로 아프리카로 갈 경우와, 가지 않을 경우의 장단점을 메모지에 적기 시작했다. 가까이에 앉아 그 모습을 구경하며 해인은 이 남자 뼛속까지 모범생이구나, 생각했다. 어쩌면 이렇게 말을 잘 들을까.

"이만하면 되려나?"

태일은 메모를 방이며 냉장고 문짝이며, 화장실까지 여기저기 눈 닿는 데 붙이고도 부족해서 소파에 앉아 중얼중얼, 외울 기세로 읽었다. 그 외에는 그저 멍하니 사진들을 들여다볼 뿐이었다. 잠도 안 자고, 먹지도 않는 태일이 해인은 걱정돼 죽을 맛이었다. 옆에 가서 머리를 손 가까이 들이밀면 쓰다듬어는 주지만 그 손길이 너무도 매가리 없는 것이라서 오히려 쓸쓸한 기분이 되었다.

"기운 내라는 건가?"

"아옹."

"고마워. 이런 널 두고 내가 어떻게 갈까……."

해인은 태일의 고민을 어렵게 만드는 데 자신도 한술 거든다는 걸 알았다. 달리 현실적인 이유도 많을 테지만 자신을 데려갈 수 없다는 사실도 그에게는 걸림돌인 것이다.

"냥이 너라면 어떻게 하려나. 고양이니까 휙, 가버리려나."

"……."

태일은 해인이 개냥이라고 부르면 못 들은 척하자 언제부턴가 그렇게 줄여서 부르고 있었다.

"얼른 결정할 수 있다면 좋을 텐데."

그냥 고양이었다면 알아듣지 못했을 태일의 중얼거림을 들으며 해인은 자신이라면 떠날 거라고 생각했다. 노력은 스스로 할 수 있어도 기회는 스스로 오지 않으니까. 하지만 떠나라고 떠밀어줄 수도 없는 처지였다. 자신은 겨우 고양이었으니까. 그가 가지 않기를 바라면서도, 떠나서 잘되어 돌아오기를 바라기도 했다. 어차피 자신은 겨우 반년 뒤면 떠나야 할 테니까.

태일이 먼저 떠난다면 그건 차라리 잘된 일일 수도 있었다. 해인은 애탄 마음에 태일의 손등만 핥아주었다. 기운 내라는 말도 해줄 수 없었다. 자신은 괜찮다는 말조차, 할 수 없었다.

저녁 식사를 마친 오후 8시 무렵이었다. 시율도 퇴근하고 쉬고 있었고, 태일은 피곤이 극에 달했는지 일찍 잠들려던 차였다. 딩동.

"누가 왔나?"

"올 사람이 있어?"

"글쎄요."

이 집은 그다지 손님 방문이 없는 편이었다. 손님이라곤 기껏해야 태일의 절친이자 매니저인 기도 아니면, 하은이었다. 기도는 특히나 자주 놀러 와서 시율까지 남자 셋이 술판을 벌이는 건 흔히 있는 일이었다.

-나야, 태일아!

"하은아?"

-문 좀 열어줘.

익숙한 손님이었다. 하지만 근래는 자주 오지 않던 사람. 급한지 문까지 두드리고 있는 건 가까이에 살고 있는 하은이었다. 인터폰 너머의 상대를 확인한 태일은 무슨 일인가 싶어 얼른 현관문을 열어주었고, 하은은 거의 뛰어들다시피 집 안으로 들어왔다.

"먀?"(뭐야?)

갑작스러운 방문에 해인은 동그란 눈을 뜨고 현관을 바라봤고, 시율은 하은과 몇 번 안면이 있어서 왔나 보다 하고 신경도 쓰지 않고 텔레비전만 볼 뿐이었다. 시율은 해인 말고는 여자에 아주 시큰둥했다. 문제는 해인이 그걸 몰라준다는 거고.

"연락도 없이 갑자기 어쩐 일이야?"

"어떻게 된 거야?"

"뭐가?"

"너 아프리카에 간다며!"

"……기도한테 들었구나."

어쩐지 뛰어드는 모양이 다급하다 했더니 하은이 그 일을 전해 들은 모양이었다. 남자들이 보기에는 어떨지 몰라도 해인이 보기에 지금의 하은은 울 것 같은 표정이었다. 너무 놀라고, 당황스럽고, 그러다 화도 나서 답답함을 참지 못하고 뛰어온 얼굴.

"어떻게 그래?"

"확정된 건 아니야. 어떻게 해야 할지 고민……."

"고민한다는 건 갈 수도 있다는 거잖아! 왜 나한테는 말하지 않은 거야!"

"확실하지 않아서 그랬어."

"내가 이제 친구도 아닌 거야? 그래서 그래?"

하은은 숨도 안 쉬고 말하며 태일의 옷깃을 붙잡고 매달리다시피 했다. 그 예쁜 얼굴이 절박함에 물들어서 엉망이었다. 그렇지 않아도 근래 결혼을 준비하면서 하은은 태일의 집에 오지 않았다. 아니, 못 했다. 태일은 결혼을 앞둔 여자가 남자들만 사는 집에 오면 안 좋은 소문이 날 수도 있다고 말했기 때문이다. 그 뒤로 하은은 자의라기보다는 타의로 전처럼 자주 이곳에 오지 못하게 됐다.

"나한테만 비밀로 할 건 없잖아……?"

"그런 거 아니야. 형도 있고, 일단 나가자."

태일은 울기 직전인 하은을 진정시켜 집에서 데리고 나갔다. 현관문이 닫히고 엘리베이터를 타는 소리가 들리는 것으로 보아 놀이터에라도 가려는 모양이었다. 영 신경 안 쓰고 있던 것 같던 시율이 툭, 하니 내뱉었다.

"……여긴 저 녀석 집인데."

"그러니까 말이야."

시율과 단둘이 된 뒤에야 해인도 입을 열었다. 아마도 오늘 처음으로 말하는 것 같았다.

"그 녀석 사람 되게 미안하게 만드네."

"응? 뭐가 미안해?"

해인의 되물음에 시율은 슬쩍 고개를 돌렸다. 입이 찢어져도 말할 수 없었다. 해인의 빤한 눈길에 시율은 텔레비전을 보는 척 딴청을 피웠다. 사실대로 말할 수 있을 리 없었으니까. 네가 좋아 죽는 그 주인 녀석이 아프리카로 가버렸으면 좋겠다고는, 그런데 저렇게 사람 좋은 녀석인 걸 느낄 때마다 질투해서 미안한 마음이라고는 말이다.

"뭔데?"

"……별로."

해인은 고개를 갸우뚱거리나 싶었지만 이내 관심을 잃고 현관 쪽으로 다가갔다. 당장은 무언가 말을 하다 마는 시율보다는, 하은과 태일이 더 신경 쓰였다. 그렇지 않아도 고민이 극에 달해 있는 태일인데 혼란만 더 가중되면 어쩌나 싶었다. 힘들어하는 모습을 계속 봐서 걱정이 안 될 수가 없었다.

하은의 존재가 그의 결정에 어떤 영향을 끼칠지, 그것 역시 해인을 불안하게 하는 요소 중 하나였다.

"괜찮을까?"

놀라 달려온 하은도 이제 남 같지가 않아 걱정됐다. 전에는 얄궂고 얄밉기만 한 존재였는데, 태일이 떠날까 놀라 달려온 걸 보니 묘하게 동질감이 느껴졌다. 자신만 해도 태일이 아프리카 얘기를 꺼냈을 때 얼마나 기겁했는지…… . 아프리카가 누구네 옆집도 아니지 않은가. 해인은 걱정스러운 귀 모양을 하고는 현관 앞을 불안하게 서성였다. 그리고 시율은, 오히려 그게 더 신경이 쓰였다.

"태일이가 그렇게 신경 쓰이냐."

"당연하지."

묻는 말에 대답은 했지만 고개도 돌리지 않는 해인이었다. 그에 시율의 잘생긴 미간이 뚱하게 좁혀지는 것도 무리는 아니었다. 이거야 대놓고 무시당한 기분이었다. 뭐, 태일에 비하면 항상 그래왔지만 이제는 달라질 때도 되지 않았는가. 자신은 명색이…… .

"저기, 네 남자 친구는 나거든?"

"응? 그게 뭐?"

"내가 너무 뒷전인 것 같아서 하는 소리다."

해인은 그제야 시율을 돌아보긴 했지만 뭐가 문제인지는 전혀 모르겠다는 얼굴이었다.

"하지만 그건 그거고, 주인은 주인이잖아?"

"그…… ."

남자 친구를 '그거'라니. 시율은 일순 할 말을 잃고 말았다. 살면서 여자에게 이렇게 무시당해보기는 처음이었다. 대놓고 밀린 적도 당연히 없었다. 애초에 바로 옆에 남자 친구를 두고 다른 남자만 신경 쓰다니. 연애 초보인 고양이에게 바랄 건 아니지만 이건 매너가 아니었다. 천하의 강시율도 울컥할 수밖에 없었다.

"너 말이야."

"아! 베란다로 가면 보일까? 놀이터에 갔을 것 같은……."

"얌마! 너!"

"엥? 왜 그래, 귀찮게?"

해인은 지금 온통 태일에게만 정신이 팔려 있었다. 그게 아주 눈에 보일 정도였다. 이게 막 사귀기 시작한 남자 친구에 대한 대접이라니.

"너…… 날 좋아하긴 하는 거지?"

시율은 불안감에 못 이겨 제 입으로 내뱉어놓고는 식겁해야 했다.

'내가 이런 얼빠진 질문을 했다고?'

순간 입을 틀어막을 만큼 제가 내뱉은 말을 믿을 수가 없었다. 살면서 여자한테 이렇게 속 좁고 유치한 질문을 해보기는 난생처음이었으니까. 그는 내내 여유 넘치는 연애를 해온 남자였다. 항상 우위를 점하는 건 그였다. 더 좋아하는 쪽은 항상 상대편이었다. 그래서일까, 그간 친구 놈들이 여자 친구에게 이런 질문을 했거나, 받았다고 하면 어지간히 어수룩하다며 코웃음 치고는 했다.

그런데 자신이 이런 질문을 할 줄이야. 더 놀라운 점은 자신의 질문에 대한 해인의 대답이 부정적일까 봐 그게 진심으로 두렵다는 점이었다. 이 고양이, 늘 그랬듯 쿨하게 '전혀'라고 대답하면 어쩌지? 이젠 그러면 상처받을 것 같은데. 시율은 자신이 한 질문을 후회하며 곧장 수습하려고 했다.

"잠깐, 대답하지……."

"당연히 좋아해."

"뭐?"

"말이라고 해? 좋아하니까 사귀는 거잖아!"

해인은 마치 한심하다는 투로 소리쳤다. 오히려 시율의 질문이 불쾌했던 모양이었다.

"안 좋아하면 키스하거나, 네 곁에서 잠들지 않는다고. 흥!"

그 새침한 대꾸에, 시율은 잠시간 멍해 있다가 얼른 한쪽 손을 들어 얼굴을 가렸다.

'젠장, 얼굴이 좀 빨개진 것 같은데.'

겨우 그 정도에 민망할 만큼 기뻤다. 그러거나 말거나, 해인은 고양이 손으로 유리로 된 베란다 창을 벅벅 긁으며 문이나 열어달라는 시늉을 했다.

"이거나 열어줘!"

"……누가 고양이 아니랄까 봐."

"빨리!"

시율은 못마땅한 목소리를 냈지만 해인이 재촉하는 통에 시키는 대로 문을 열어주는 수밖에 없었다. 이래서 고양이 기르는 사람들을 '집사'라고 불렀다.

내려가는 엘리베이터 안에서 하은은 제법 진정되어 있었다. 태일이 아프리카에 간다는 소식에 그만 이성을 잃었던 것 같았다. 하지만 태일이 그런 제의를 받았을 뿐이라며 토닥여주자 안심도 되고, 민망하기도 해서 찔끔 눈물이 났다.

"미안해, 태일아."

하은은 뒤늦게 정신이 들어서 사과부터 했다.

"미안은 무슨, 괜찮아."

"난 네가 아프리카에 간다는 줄로만 알고……."

"확정된 건 아닌데 네가 들은 이야기가 좀 과장됐나 보다."

"그랬나 봐. 부끄럽다, 정말."

"너한테 상의하지 못한 건, 그냥 확실하지 않아서였어."

태일이 말은 그렇게 했지만 사실은 하은이 이런 반응일 것 같아서였다. 그렇지 않아도 결혼을 앞둔 하은은 여자들 특유의 메리지 블루가 왔는지, 매우 예민하고 감정 기복이 심한 상태였다. 어느 수준이냐면 최근 모델 일을 하지 못하고 있을 정도였고, 태일은 익히 그 사실을 들어 알고 있었다.

그래서 하은에게까지 자기 일을 신경 쓰게 하고 싶지는 않았다.

"그랬구나, 내가 요즘 너무 예민해서…… 실수한 것 같아. 정말 미안해."

"결혼이 얼마 안 남아서 그럴 거야. 이것저것 신경 쓸 게 많잖아."

"……응, 그런가 봐."

태일을 똑바로 보지 못하고 대꾸하는 하은은 요즘 들어 스스로도 정신이 이상해질까 봐 두려울 만큼, 혼란이 극심한 상태였다. 하루에도 수십 번 이 결혼을 해도 되는지에 회의를 느끼고는 했으니까. 그러던 와중에 태일의 아프리카행 소식을 듣고는 놀라지 않을 수가 없었다. 태일이 떠난다면, 결혼할 이유가 없었다. 얼마나 놀랐는지 이제 태일의 집에 강시율이라는 남자가 함께 산다는 것도 까맣게 잊고 말았다. 대체 무슨 민폐를 부린 건지.

"저기, 시율 씨한테 미안하다고 대신 전해줘."

"그럴게."

"그럼 너 아프리카에는 안 가는 거지?"

하은은 평소 같은 밝은 얼굴로 태일을 올려다보며 물었다. 모델이니만큼 연기라면 제법 자신 있었다.

"……그건."

하지만 대답하지 못하는 태일을 보자니, 한순간에 다시 나락으로 떨어지는 기분이었다.

"왜……?"

"모르겠어. 아직 결정을 하지 못했거든."

발밑이 무너지고 눈앞이 어두컴컴해졌다. 하은은 입술만 몇 차례 벙긋거리다가 겨우겨우 말 같은 것을 내뱉을 수 있었다.

"그럼 갈 수도, 있는 거구나?"

"음."

안 돼. 진정하자, 이하은. 하은은 울 것 같은 스스로를 다잡느라 겨우 제정신을 유지하고 있었다. 입술을 꾹, 깨무는데 아프지도 않은 듯했다.

"그렇구나…… 음, 정해지면 알려줄래?"

"알겠어."

"오늘은 미안해. 나 이만 가볼게."

"데려다줄게."

당연하다는 듯 엘리베이터에서 따라 내리는 태일에게서 하은은 한 걸음 물러섰다.

"아냐! 괜찮아. 바로 앞이고…… 정말 괜찮아. 너무 민망해서 그래."

평소라면 기쁘게 함께했을지도 모르지만, 지금은 도망쳐야만 했다.

"하은아?"

"미안, 다음에 보자!"

만에 하나 울기라도 했다가는 태일이 걱정스러워할 게 뻔했다. 남편 될 사람한테 무슨 문제라도 있냐고 당장 심각해질 남자였다. 하은은 태일을 억지로 떼어내고는 빠른 걸음으로 로비 계단을 내려갔다. 돌아보지 않으려고 애쓰며 걸어서 10분이 채 걸리지 않는 자신의 집으로 향했다.

그리고 태일의 시야에서 벗어나자마자 그 자리에 주저앉아 엉엉 울고 말았다.

"없잖아? 없어!"

해인은 베란다에서 보이는 놀이터에 태일이 없다는 사실에 안절부절못하고 있었다. 다른 곳으로 간 걸까? 성능 좋은 눈을 반짝이며 밑을 살피는 데만 열중했다. 마치 엄마 잃어버린 아이처럼 산만한 모습이었다.

"태일이 녀석, 어디가 그렇게 좋아?"

뒤쪽에 앉아 얼굴에 손부채질을 하던 시율은 이번엔 점잖게 물어봤다. 어째 이 고양이 아가씨에게 빠질수록 자신의 페이스를 잃기는 했지만 말이다.

"응? 그야 주인은 내가 본 사람 중 최고로 좋은 사람이니까!"

"그뿐이야?"

"더 필요해?"

"……그냥 주인으로서 좋은 거지?"

해인은 오늘따라 이 남자가 왜 이러나 의아하게 생각할 뿐, 별다른 이유를 짐작하지는 못했다. 그도 그럴 것이 그가 질투 같은 걸 할 거라고는 상상도 못 했기 때문이었다. 강시율 본인도 놀랐다시피 말이다.

"음, 그리고 날 구해준 사람이니까? 은인이기도 하고. 또, 먹여주고 재워주잖아?"

"은인이라…… 안 좋아하면 그게 이상하다는 얼굴이네."

"그럼!"

시율로서는 배 아픈 일이지만, 해인은 가만두면 태일을 좋아하는 이유에 대해 백 가지도 더 말할 수 있을 것 같았다. 새삼스러울 것도 없는 해인의 주인 찬양에 시율의 속이 부글대는 이유는, 아마도 전과는 마음의 크기가 달라져서이리라. 항상 생각하는 거지만 라이벌이 너무 강력했다. 스타트부터가 한참 밀렸고……. 다행이라면, 이성의 범주에 먼저 든 게 자신이라는 정도였다. 자력으로 파고든 거지만.

시율은 싱긋, 최대한 여유 있는 미소를 지으며 해인의 머리 위를 쓰다듬었다.

"그런데 말이야, 그렇게 따지면 너도 내 은인인 거, 알아?"

갑자기 뭔 소리래? 해인은 까마득하게 고개를 치켜들고 시율을 올려다봤다. 고양이일 때 보는 사람은 아주 커다란 존재였다. 지금 해인에게 시율이 그랬다.

"내가? 언제?"

"네가 처음 사람이 됐던 날. 진찰실에서 날 구해주려고 그런 거잖아."

"……아아!"

"너 아니었으면 얼마나 다쳤을지 상상도 안 가."

지금에 와서 생각해도 그건 정말 고마운 일이었다. 저 새침한 눈을 보면, 지금 와서는 그런 일 잘 기억도 안 난다는 얼굴이었지만 말이다. 고양이란 멋대로 도움을 구하고는 하나도 고마워하지 않지만, 대신 위로가 되거나 도움이 되고도 생색을 내지 않는 희한한 생물이었다. 뭐든지 제가 한 적 없다는 듯 구는 게 특징이랄까.

"너에게 평생 고맙다고 해도 부족할 거야."

"부끄럽게스리. 그건 구해줬다기보다는……! 그냥 도와준 거지!"

"흐음, 혹시 후회하는 건 아니고?"

"후회를 왜 해?"

"그 일이 아니었다면 나는 네가 사람이 될 수 있다는 걸 몰랐을 테니까."

그리고 이런 관계가 되지 않았을 테지. 서로 힘들지 않았을 텐데. 나는 이렇게 매번 절절한 패배자의 기분으로 널 바라보지 않았을 텐데. 시율의 목소리가 조금은 자조적으로 들렸다. 웃고 있는 음성이지만 어딘가 심란함이 섞여 있었다. 그래서 해인은, 시율의 눈을 똑바로 바라보며 속내를 흘리는 수밖에 없었다.

"지금은 후회 안 해."

"그가 전에는 했다는 거네? 지금은 왜 안 하는데?"

"말했잖아. 나도 강 네가……."

띠디딕.

"미야!"(주인!)

"……."

어쩌면 이렇게 순식간일까. 겨우 여자로 대하고 있었는데, 주인이 오는 소리에 금세 개냥이가 되어서는 쌩, 하니 현관으로 튀어가 버렸다. 시율은 해인이 앉아 있던 베란다의 빈자리를 노려보다가, 빤히 노려보다가…… 그 자리에 굳어서는 속으로 소리쳐야 했다.

'나도, 그다음은!'

젠장, 타이밍 죽이는구만. 말하다 말고 주인 반기는 강아지처럼 갈 줄이야. 시율은 베란다에 웅크리고 앉아 그대로 잠시간 일어나지 못했다. 그를 이상하게 여긴 태일이 등 뒤로 다가왔다.

"형? 거기서 뭐 하세요."

"……아냐. 네 친구는?"

시율이 몸을 일으키며 돌아보니 해인은 그새 태일의 품에 안겨 비비적거리느라 바빠 보였다. 이쯤 되면 나 좀 불쌍한 거 같은데. 여자 친구라고 하나 있는데, 대부분 고양이 모습인 데다가, 이제나저제나 눈만 뜨면 주인 타령이니 말이다.

"진정이 되자마자 민망한지 집으로 갔어요. 형한테도 죄송하다고 전해달라던데요."

"흐음."

"제가 아프리카에 가는 줄 알고 놀랐던가 봐요."

내 여자 친구도 이상하지만 네 여자 사람 친구의 반응도 좀 이상한데. 수상한 느낌에 시율이 눈썹을 까닥였고, 하은에 대해서는 비슷한 생각을 하는 해인의 눈도 반짝였다.

그 밤에 해인은 시율의 이불 속으로 잠입했다. 물론, 고양이의 모습이었다. 행여나 잠귀가 밝은 태일이 깰까 봐 시율의 귓가에 다가가 작게 속삭였다.

"강."

"……."

"가앙!"

문제는 시율은 잠귀가 아주 어둡다는 점이었다. 어쩔 수 없군! 해인은 특단의 조치를 취하기로 했다. 시율의 머리 근처로 올라가서는, 그의 귓가를 혀로 핥기 시작했다. 사악, 사악. 고양이의 혀는 심하게 까끌까끌했다. 개와 달리 아주 거칠어서 핥아지면 마치 철 수세미에 문대지는 느낌이었다.

"으으으?"

몇 번 핥지 않아 시율이 괴상한 소리를 내며 눈을 떴다. 마치 악몽이라도 꾼 것 같은 얼굴로 말이다.

"일어나 봐."

"……너, 꼭 잘 때 와서 이러더라."

"지금이 아니면 말을 걸 수 없는 걸 어떡해."

해인도 그 점은 미안하게 생각했지만 어쩔 수 없었다. 시율은 잠을 방해받은 탓인지 매우 언짢은 얼굴로 부스스 몸을 일으켰다. 어리광 부리는 걸 받아주는 건 좋아하지만, 잘 때는 피해줬으면 좋겠는데.

"이왕이면 이런 건 사람 모습으로 해줄래?"

"야하잖아, 그건!"

"그래서 오늘 밤은 또 뭔데."

"있지! 주인이랑 이하은 말이야, 역시 서로 좋아하는 것 같……."

"난 잔다."

"엥?"

시율은 어지간해서는 해인의 말을 귀담아듣는 편이었다. 하지만 이것만은 아닌지 말하는 도중에 머리 위로 이불을 뒤집어쓰고는 다시 누워버렸다. 이불 안에서 들리는 목소리가 아주 퉁명스러웠다.

"알 게 뭐냐고, 그 녀석들 일은 관심 없다니까 그러네."

그렇지 않아도 쌓인 게 많아서 태일의 일이라면 끼어들고 싶지 않았다. 시율은 정말 잘 생각으로 눈을 감았다. 해인이 이불 위를 알짱대며 칭얼거리는 소리가 들렸지만 꼼짝하지 않았다.

"왜, 왜에? 강 너도 주인 좋아하잖아. 둘이 친구잖아. 그러니까 이왕이면……."

"좋아하지. 남자 대 남자로서 좋은 동생으로. 하지만 말이야, 남자들은 남의 연애사에 관심 없어. 차이고 오면 위로주를 사 줄 뿐이라고. 알아들어?"

"하지만……."

"잔다."

"갸앙! 그러지 말고!"

해인은 혼자서는 아무것도 할 수 없었다. 사람인 시율이 필요했다. 하지만 시율은 이상하게도 이 문제에 대해서는 매우 비협조적이었다. 시율을 깨워보려고 등 위에서 꾹꾹이도 해보고, 이불 위를 깨물어서 당겨보기도 했지만, 요지부동이었다. 정말 잘 셈인지 반쯤 잠에 잠긴 목소리만 이불 안에서 새어 나왔다.

"하암, 사람일 때 얘기하면 들어줄게……."

"에?"

"키스라도 하면서 부탁하면 말이야……. 알겠지? 잘 자라."

"그런 게 어딨어!"

그건 안 들어준다는 말과 거의 같았다. 해인이 토라진 소리를 내자 시율은 그제야 슬쩍 이불 밖으로 얼굴을 보여줬는데, 그 눈길이 심히…….

"왜? 고양이는 신태일 거잖아. 내 여자 친구는 사람 쪽이거든. 언제나 뒷전이지만."

어쩌면 이렇게 퉁명스러울까. 해인은 그제야 깨달았다. 시율이 단단히 삐졌다는 사실을 말이다. 몇 번인가…… 아니, 해인이 생각하기에도 거의 매번 뒷전으로 밀려났던 걸 속에 쌓아둔 게 분명했다.

"……."

잠시 말이 없나 싶던 해인은 침대에서 내려가 방을 나섰다. 시율은 포기하고 갔나 싶어 안심하고 잠을 청하면서도, 자신이 심했나 싶어서 못내 신경이 쓰였다. 하지만 그는 여전히 남의 일에 끼어들고 싶지는 않았다. 그 커플이 잘되든, 안 되든 남의 일이었으니까.

보통의 사람들은 남의 연애사에 관심이 많은 모양이지만, 적어도 시율은 제 여자 친구 일 말고는 관심이 없었다. 이내 그가 깜빡 잠이 들려는데, 방문이 잠기는 소리가 나더니 침대 위로 무언가 올라오는 느낌이 났다. 분명 해인일 텐데 무게감이 전과 달랐다, 훨씬 묵직한 것이…….

"강, 강."

"……관심 없다니까, 그리…… 네."

"나 왔어."

목소리만 들어도 알 수 있었다. 해인은 웃고 있었다. 까칠한 혀 대신에, 부드러운 혀를 가진 사람의 모습으로.

"이제 내 얘기 들어줄 거야?"

더없이 살갑고 보드라운 손끝이 그의 어깨에 닿았다. 어둠 속에서 반짝이는 고양이 눈이 아니라, 따뜻한 숨결을 가진 몸이었다. 시율은 순식간에 잠이 달아나는 걸 느꼈다. 눈앞에 있는 건, 눈에 익은 자신의 티셔츠를 주워 입고 온 해인이었다. 이곳이 한밤중의 침대 위라는 사실은 그에게만 문제인 모양이었다.

2. 고양이는 대범해

"너……!"

시율은 놀라 자리에서 벌떡 일어났다. 자신의 몸보다 한참 사이즈가 큰 남자 옷을 입고 있는 해인이, 그의 심박 수를 엉망으로 만들고 있었으니까. 해인은 그의 속도 모르고 바로 코앞에서 칭찬해달라는 듯 웃고 있었다.

"응? 사람으로 왔잖아."

"왜 그걸 입고 있냐. 네 옷 두고……."

시율은 날뛰는 심장을 겨우겨우 진정시키며 해인이 입은 것들을 하나씩 살펴봤다. 소매가 많이 길어 보이는 티셔츠는 그의 것이었고, 바지는 아마도 태일의 것으로 보였다. 가끔 집 앞 편의점에 갈 때나 입는 편한 트레이닝 바지. 여하튼 둘 다 해인에게는 무식하게 큰 것이었다.

'너무 커, 크다고. 어깨가 다 보이잖아!'

천이 작은 것만 위험한 줄 알았더니 천이 너무 넉넉한 것도 자극적이긴 마찬가지였다. 그 여자의 몸이 얼마나 작고, 그래서 자신의 품 안으로 쏙 안길지가 적나라하게 실감 나니까.

"그야 내 옷은 다 이 침대 밑에 숨겨뒀으니까."

"……그러니까 그걸 입으면 되잖아?"

"흥, 그러다가 강 너한테 옷 입는 모습을 들키면? 하여간 음흉하다니까."

아무리 남자 친구지만 알몸을 보일 순 없잖아? 해인은 자신이 잘 무장했다고만 여겼다. 헐렁한 남자의 옷이 더 자극적일 수 있다고는 생각해보지 않았기 때문이었다. 자신의 몸보다 큰 옷을 입는 건 바보 같아 보일 순 있어도, 섹시한 건 아니라고 말이다. 심지어 급하게 손에 잡히는 대로 대충 입었더니 패션이 엉망이었지만, 밖에 나갈 것도 아니니까 상관없었다.

"태일이한테 들키면 어쩌려고."

"괜찮아! 주인이 깨는 것 같으면 얼른 변신하면 돼."

속닥속닥, 그래도 혹시 몰라 조용히 말하며 해인은 시율에게 한 걸음 더 가까이 다가갔다.

"나 귀 좋아."

방긋 웃으며 사람 모양을 하고는 네 발로 걷듯, 손과 무릎으로 침대 위를 기어서 다가오는데…… 그게 결코 순수하게 보이지가 않았다. 아주 유혹적이고 위험한 도발처럼 느껴져서 목이 바짝바짝 말라왔다. 적어도 신체 건강한 성인 남자에게는 그랬다.

"……그래도 그렇지."

해인은 자신만만하게 웃었지만 시율은 끙, 하는 못마땅한 소리를 흘릴 수밖에 없었다. 그는 진심으로 걱정이 됐다. 해인의 이 모습은, 오로지 자신만의 것이어야 했다. 사람일 때의 해인을 태일에게 들키길 원하지 않는 건 그도 마찬가지였다. 이쪽까지 공유해야 한다면 성미가 난폭해질 것 같았다. 여동생으로 소개해놔서 태일 앞에서는 영역 표시도 못 할 테니까.

"왜? 싫어?"

"싫다기보다는."

"하지만 강 네가 이야기를 안 들어주니까."

해인은 입술을 삐죽 내밀었다. 기껏 그가 삐진 것 같아서 위험을 무릅쓰고 사람 모습을 했더니, 이 남자 못마땅한 기색이었다. 해인이 보기에 시율은 지금 무언가 참는 얼굴이었다. 대체 뭐가 마음에 들지 않는지 눈썹 근처를 미세하게 씰룩거리고 있었다.

"강, 혹시 내가 주인 얘기만 해서 삐졌어?"

"……."

워낙 속내를 숨기는 데 능숙한 남자라 대놓고 물어볼 수밖에 없었다. 해인은 시율에게 바짝 얼굴을 들이밀었다. '삐진 거야? 응? 그거야? 응응?' 하고 묻는 눈길이 심하게 반짝거렸다. 눈으로 이렇게 많은 걸 말하기도 힘들 텐데, 해인의 특기 아닌 특기라면 얼굴에 생각이 다 드러난다는 점이었다. 그에 보통의 남자라면 뜨끔해하거나, 눈길을 피할 만도 한데 시율은 안색 하나 바뀌지 않았다.

조금 침묵하다가, 인정할 뿐이었다.

"그래, 나 삐졌어."

퉁명스럽고 시큰둥한 대꾸였다. 그런데 뭐랄까, 지금의 시율은 평소와 다르게 귀엽게 보였다. 이 남자의 이런 구석은 처음이라 해인은 왠지 웃음이 났다. 기쁘기도 하고 미안하기도 한데, 왠지 자꾸만 웃게 됐다.

"와, 안 어울리게."

"나도 어지간해서는 안 이래. 네가 좀 너무한 거거든?"

"그래서 사과하러 왔잖아?"

"……사과는 무슨, 또 태일이 얘기만 할 거면서."

"그래서 안 들어줄 거야?"

얄밉지 않다면 거짓말이겠지만, 초승달처럼 웃는 눈 모양이 너무도 가까웠다. 간질이는 듯한 목소리가 너무도 위력적이었다. 이제는 거리감을 잃어버렸는지 아무렇지 않게 자신의 곁으로 파고드는 해인을 시율은 결코 밀어낼 수 없었다. 어떤 시답잖은 이야기를 해도, 말도 안 되는 걸 졸라도, 그는 해인이 이 모습으로 웃는 한은 꼼짝없이 당하는 수밖에 없었다.

"졌다, 졌어."

"그럼 들어주는 거야?"

들어주다 뿐인가. 고사성어를 늘어놓아도 노랫말처럼 들릴 게 분명했다. 영락없이 기쁜 얼굴로 손을 뻗어오고, 새까만 눈동자를 의심 없이 깜빡이며 당연히 만져줄 거라고 여기며 살갑게 굴어오니까. 마치 노예라도 될 수 있을 것 같은 기분이었다.

"내가 어쩌다 이렇게 된 건지⋯⋯. 그래, 이러면서까지 무슨 말이 하고 싶은 건데."

"강 네가 보기엔 어때?"

"뭐가 대체?"

"이하은 말이야."

시율은 들어주기는 하지만 여전히 관심 없다는 얼굴이었다. 유일한 말 상대가 이렇게 비협조적이라 해인은 답답할 따름이었다.

"그게 왜 그렇게 중요한지 모르겠는데⋯⋯."

"중요해!"

"귀찮아질 거 같아서 표를 얹기는 싫지만, 나도 동의해. 이하은이 신태일을 좋아한다는 데는."

"그치? 강, 네가 보기에도 그렇지?"

역시 내 눈에만 그런 게 아니었어! 해인은 한층 더 눈을 반짝였고, 시율은 시큰둥하게 지적했다. 아주 정곡이었다.

"그래서 원하는 게 뭐야?"

"원하는 거?"

"이하은도 신태일을 좋아한다고 쳐. 그래서 어쩌고 싶은 건데."

"⋯⋯난, 둘 사이에 오해가 있으면 풀어주고, 둘이 잘됐으면 좋겠어."

"잊은 모양인데, 이하은은 약혼자가 있어."

"그렇긴 하지만 좋아하는 건 주인이잖아?"

"물론 태일일 수도 있지. 하지만 이하은이 두 남자를 동시에 좋아하는 여자일 수도 있어."

"그, 그런 게 돼?"

그건 전혀 생각해보지 못한 경우였다. 해인은 심각한 얼굴이 되어서는 그대로 굳었다. 하은도 태일은 좋아하고, 태일도 하은을 좋아한다면 둘이 잘되는 게 당연하다고만 생각했던 것이다. 좋아하는 사람을 두고 다른 사람과 결혼하는 건 이상하다고.

"안 될 거 뭐 있겠어? 세상에는 양다리라는 게 존재해. 모든 사랑이 네 생각처럼 순수하진 않다는 걸 알아둬야 할걸."

"……강, 너도 양다리 걸칠 거야?"

갑자기 무서운 기분이 드는 건 그런 불안감 때문이었다. 시율은 못 들을 걸 들었다는 얼굴이 됐지만.

"왜 얘기가 그렇게 되냐. 난 그런 거 못 해. 너도 그럴 테고. 하지만 우린 이하은에 대해서 잘 몰라. 그러니까 그럴 수도 있다는 거지."

"그런 건 생각 못 해봤어."

"우리야 모르지. 그러니까 남의 연애사에 끼는 건 좋지 않다는 거야. 연애 속사정이란 건 정말 어려운 거니까. 연애 초보 티 내지 말고, 그만 잠이나 자."

털썩, 해인은 갑자기 맥이 빠져서는 침대 위로 머리부터 엎어졌다. 자신이 너무 단순하게 생각했다는 사실을 이제야 깨달았다. 시율은 어른이고, 저는 애 같았다.

"네 심정도 이해는 하지만 말이야, 우리가 해줄 수 있는 게 없어."

"……뭔가 해주고 싶었어. 주인한테, 너무 받기만 했단 말이야."

"은혜 갚기도 적당히 해야지. 이 하은이 두 남자를 좋아하다가, 약혼자 쪽을 고른 걸 수도 있어."

시율의 이야기를 들을수록 시무룩한 기분이 되었다. 태일과 하은을 보며, 뭔가 이상한데 그게 뭔지 알 수 없어서 답답했고 도움이 되고 싶다는 생각을 했다. 서로가 좋아한다는 사실을 전혀 눈치채지 못하고 있는 둘이 안타까웠다. 지금 보니 그런 자신이 어리석게 느껴졌지만.

그렇구나, 쓸데없는 참견이겠구나. 어른의 속사정이 있을 수 있겠구나.

해인은 제가 이 정도로 연애에 젬병이라는 사실에 절망했다. 어느 정도냐면, 시율에게 미안할 정도였다. 하나하나 가르치느라 수고가 많구나, 이 남자!

"그보다, 방문은 잠근 거야?"

"응."

"그럼 이대로 같이 자도 되겠네."

"⋯⋯그건 아닌데!"

하여간 이 기회주의자! 틈을 놓치는 법이 없어!

"그럼 내가 잠들 때까지만이라도 옆에 있어주라. 네가 깨웠잖아."

"좀, 그렇지 않나?"

그거 19금 아닌가? 해인은 도망칠까 말까 궁리했다. 그리고 그게 얼굴에 훤히 보였지만 이 기회를 놓칠 강시율이 아니었다.

"괜찮아. 나는 남자 친구잖아."

이거 해석하면 '오빠 믿지?' 같은데⋯⋯. 해인의 연애감은 유치원 시절의 소꿉장난에 머물러 있었지만 시율이 위험한 건 유치원생이라도 알 수 있었다.

"그래서 더 위험한 거 같은데⋯⋯."

"섭섭한데? 난 항상 진심으로 네 말을 들어주는데 너는 도망칠 궁리만 하고 말이야. 그도 아니면 태일이 얘기만 하고. 아, 또 삐져야 하나."

"⋯⋯끄응."

"그러면 이렇게 하자. 절대로, 야한 짓 안 할게."

이 남자는 당연한 것으로 협상을 하는 재주가 있었다. 그리고 해인은 그에 홀딱 넘어가는 재주가 있었고.

"조, 좋아. 대신 약속하는 거지? 정말로 야한 짓 하면 안 돼?"

"물론이지. 내가 얼마나 신사적인데. 대신 너도 약속하는 거다."

"뭘?"

"내가 잠들 때까진, 옆에 있어주기로."

시율이 먼저 손을 내밀어 와서 해인은 고개를 끄덕이며 자신의 손보다 훨씬 큰 시율의 손과 새끼손가락을 걸었다. 제법 믿음직해서, 이만하면 안심해도 될 것 같았다. 해인은 자신이 워낙 마음을 여는 것도 느리고, 유치하게 굴고 경계만 하는데도 그에 수준을 맞춰주는 시율이 내심 고맙게 느껴졌다.

딱, 한 시간 정도는.

"안 자아?"

"이상하다. 잠이 안 오네."

딱 붙어서 나란히 이불을 덮고 있는 건, 그것만으로 도통 안정이 안 되는 일이었다. 하지만 아무리 그래도 시율이 몇 시간이 지나도록 잠들지 않는 건 이상했다. 해인은 마침내 아침 해가 뜰 무렵이 되어서야, 제가 당했다는 걸 깨달았다.

"……조금은 자두지그래?"

손도 못 대게 하는데, 옆에 누워서 꼼지락거릴 뿐인데, 그게 밤을 새울 만큼 의미가 있는 걸까, 이 남자는?

"그럼 네가 가버리잖아."

"출근도 해야 하면서……."

"괜찮아. 이건 날이면 날마다 오는 기회가 아니니까."

느긋하게 저를 보는 시선만으로 굉장히 부끄러워졌다. 시율의 저 사랑스럽다는 눈길만으로 충분히, 야한 일을 한 기분이었다. 이상한 데서 사랑받는 느낌이 들어서 자꾸만 몸 여기저기가 간지러워졌다. 해인은 이 참을 수 없는 기분으로부터 어서 도망치고 싶었다.

"나…… 이제 나가야 해. 주인이 일어날 거야."

"벌써 시간이 그런가?"

벌써는 무슨, 5시간 넘게 뜬눈으로 밤을 지새운 뒤였다. 해인은 이 정도면 약속은 다 지킨 거라고 생각했다. 슬금슬금 이불 밖으로 탈출을 꾀했다. 그보다 빨리 시율의 손에 팔뚝이 잡혔지만. 몸의 반은 침대 위에 있었고, 반은 내려간 상태였다.

"나도 물어보고 싶은 게 있는데."

"응?"

"……넌, 태일이가 아프리카에 갔으면 좋겠어, 가지 않았으면 좋겠어?"

뭘 그리 조심스럽게 묻는 걸까. 확실히 태일의 아프리카행은 시율에게도 해인에게도 큰일이었다. 일단, 모든 일상이 변할 테니까. 또한 시율도 더 이상 이 집에 있을 수 없을 것이다. 해인은 잠시 고민했지만 솔직하게 내뱉었다.

"……떠났으면 좋겠어."

"의외네? 가지 않기를 바랄 줄 알았어."

"그러면, 이하은을 보지 않아도 되잖아. 사실 이하은이 결혼하는 걸 견디지 못해서라도 주인은 떠날 것 같아. 도망치듯 갈 거 같기도 해."

"널 두고 말이지."

"난 괜찮아. 강이 있잖아."

이건 예상치 못한 반응이었다. 시율은 입술이 멋대로 웃으려는 걸 간신히 참아냈다.

"그리고 전에 말한 적 있잖아? 난 언젠가 떠나야 할 때가 와서, 누구와도 영원히 같이 있을 수는 없어."

"……그건."

"그래서 주인이 어디론가 간다면, 말리지 못할 거야. 난 어차피 헤어질…… 거니까."

'헤어질 사람'이라고 말하고 싶었는데 말이 나가지 않았다. 멋대로 막혀서, 해인은 다시 한 번 치미는 씁쓸함에 웃을 수밖에 없었다. 침대에서 내려가려던 몸을 반대로 돌려 시율에게 다가갔다. 그의 앞으로 무릎을 대고 바짝 군은 그의 뺨에 슬그머니 손을 올렸다.

그런 해인 때문에, 시율은 웃음이 나올 거 같던 기분 따위 당장 사라지는 걸 느꼈다. 이렇게 만져줘도, 하나도 기쁘지 않았다. 언젠가 갈 거라는 이야기를 하면서 만져주는 것 따위 동정 같아서 슬그머니 화가 나려고 할 뿐이었다.

"강, 나는 확실히…… 연애 같은 건 잘 몰라. 누군가를 힘껏 사랑해본 적이 없어. 그래서 어수룩하기만 하고…… 강을 답답하게만 해서 미안해."

"그러면 간다는 이야기는 하지 마. 우린 이제 시작했어."

시율은 몸을 일으켜 해인의 손목을 완전히 붙잡았다. 제 뺨을 쓰다듬던 손을 아프도록 붙잡았다. 하지만 그런데도 여전히 불안하기만 했다. 살랑살랑 웃다가도 가끔 이렇게 자신을 미치도록 불안하게 하는 여자를 어떻게 해야 할지 알 수가 없었다.

"……보통 사귀면 말이야, 한두 달 사귀기도 하잖아? 난 우리도 그런 거면 좋겠어."

"무슨 소리야, 그게."

"내가, 너의 수많은 여자 친구 중 하나였으면 좋겠어. 그래서 나중에 강, 네가…… 나 때문에 아프지 않았으면 좋겠어."

분명 화가 나려던 시율이었다. 하지만 해인이 저도 어쩔 줄 모르는 눈으로 눈물처럼 말을 내뱉자 그는 조금도 화를 낼 수 없게 되었다.

"내가 사라지면, 기다리지 마. 갑자기 사라질 수도 있지만…… 이별을 고하지 못하고 없어질 수도 있지만, 미워하지 마. 그냥 내가 없어지거든…… 다른 여자를 만나."

그런 당부를 진지하게 하면 어쩌라는 걸까. 겁에 질린 얼굴로 그러면, 화도 낼 수 없는데. 시율은 힘껏 인상을 구기는 것 말고는 할 수 있는 게 없었다.

"잘됐네. 사라질 거면 헤어지자는 말 같은 거 하지 말고 사라져. 그러면 난 기다리면 되니까."

"바보야! 그러면 강 손해잖아! 너도 결혼도 하고, 어, 다른 여자랑 또 연애도 하고……."

"세상에 말이야, 정말 좋아하는 여자랑 사귀면서 그다음 여자를 걱정하는 남자는 없어."

아프지 않았다. 손목이 떨리도록 꽉 붙잡혔는데도 해인의 눈에는 시율의 심각한 얼굴만 보였다. 그가 가르쳐주는 사랑만 들렸다.

"항상 마지막 여자라고 생각하고, 사랑하고, 사귀는 거야."

"강……."

"알겠어?"

그가 너무 가까이 다가와서 쉽게 대답할 수 없었다. 시율이 강한 어조로 말하자 혼이 난 것 같아 심장이 옥죄어오면서…… 그러면서도 또 알 수 없게도 사랑받는 기분이 들었다. 뭐랄까, 부끄러울 만큼 기뻤다.

"잊지 마. 넌, 내 여자 친구라는 거."

이 남자는 사랑한다는 게 어떤 건지 몸소 가르쳐주고 있었다. 해인은 그 덕분에 자신이 사랑에 대해 아무것도 몰랐다는 걸 깨닫곤 했다. 그런데 그를 어떻게 잊을 수 있을까. 이렇게 맹렬히 가르쳐주는데 설마 잊고 싶을까.

적어도 자의로 선택할 수 있다면…… 잊고 싶지 않았다.

"손, 아파……."

하지만 해인은 이런 사소한 당부에도 고개를 끄덕일 수 없었다. 대신 손목을 당기며 투덜대는 척, 말을 돌리려고 했다. 1년이 다 되어서 본래의 생활로 돌아가면 시율뿐 아니라 모든 걸 기억하지 못하게 될 테니까.

"약속해. 헤어지는 얘기 같은 거 안 하겠다고."

"하지만."

"하지만은 없어."

그는 단호하고, 또 열렬했다. 손힘이 조금 약해졌지만 시율은 여전히 강하게 해인을 붙잡고 있었다. 약속하기 전에는 놔줄 생각이 없는 게 분명했다.

"우린 이제 막 사귀기 시작했어. 그런데 그런 이야기를 해야 해?"

사실을 말할 수도 없고, 그렇다고 거짓말을 하고 싶지도 않았다. 자신은, 스스로가 느끼기에도 매우 불안정한 존재였다. 고양이였다가, 사람이었다가. 본인조차 자신의 존재에 대해 정의 내리질 못하는데, 지켜보는 시율은 오죽할까 싶었다. 베일에 꽁꽁 가려져서 보여주는 것보다 비밀이 더 많은데.

이해할 수 없는 존재를 붙잡고 있는 그의 기분은 얼마나 까마득할까. 그 모든 걸 감수하면서도 사랑한다고 말하는 그의 심정은, 과연 어느 정도일까. 해인은 코끝이 닿을 만큼 가까운 그의 얼굴을 빤히 들여다봤다. 그러다가…… 턱을 기울여 그의 입술에 가벼운 입맞춤을 했다.

"……!"

그가 무슨 말을 하기 전에 다시 한 번 입술을 마주 댔더니, 그는 조용해졌다. 조심스레 더듬는 듯한 키스인 것은 그의 양기를 빼앗고 싶지 않아서였다. 요즘 와서 해인은 그런 생각을 하고는 했다. 차라리 그가 저를 미워했더라면 하는……. 그랬다면 그와의 헤어짐이 아쉬워지지 않을 텐데. 그를 잊어야 한다는 사실이 전혀 불안하지 않을 텐데.

그는 어느샌가 이렇게나 소중해져서 잊고 싶지 않은 존재가 되어 있었다. 정말이지 수백 번을 생각했다. 어차피 잊어야 한다면 이 관계를 시작하지 않는 게 낫지 않을까 하고.

하지만 잊어야 하니까. 그렇기 때문이라도 지금을 놓치고 싶지 않았다. 모르고 싶지 않았다. 그가 주는 사랑이 어떤 건지 알고 싶었다. 그리고 그는 과연 욕심낸 것이 무색하지 않을 만큼 사랑스러운 남자였다.

"너…… 말 돌리려고."

"강, 나도 내가 이기적이라는 거 알아. 그래도…….”

"이기적인 걸 따지자면 나겠지. 애초에 관계를 만들기 싫다고 하던 너를 괴롭힌 게 나니까. 갖고 싶어 한 것도 나고, 내게 오라고 집요하게 군 것도 나야. 너한테 책임 전가할 생각은 없어. 내가 힘들어해도 미안해하지 않아도 돼. 감수하는 건 너를 조른 내 몫이니까.”

그의 고백을 듣고 있자니 이상하게 웃고 싶기도 하고, 울고 싶기도 했다. 그에게 한없이 고맙고 미안한 마음을 어떻게 표현해야 할지 알 수가 없어서 해인은 자꾸만 그에게 입 맞추는 수밖에 없었다. 좋아해. 좋아해. 그런 작은 속삭임으로 들리기만 바랐다. 그는 저를 말 못 하게 하는 해인의 턱을 붙잡았다.

"곤란해하는 너를 조른 게 나라는 걸 알아."

"그래도 내가 강을…… 힘들게 하는 거잖아."

"상관없으니까 그런 미안한 얼굴 하지 마. 그런 얼굴 하게 하려고…… 내 여자가 돼달라고 한 거 아니야. 난 그냥, 네가 날 사랑해주기만 바란 거야."

남자의 진한 목소리와 열렬한 눈길에 사로잡혀 있자니 저절로 그를 더욱 사랑해야겠다는 마음이 생겼다. 지금도 충분히 낯설고 버거운 마음인데, 이게 더 커지면 어떻게 되는 걸까. 그땐, 그를 잊어야 한다는 게 고통이 되는 걸까. 해인은 어렴풋이 얼마 안 가 그런 날이 올 거라는 걸 짐작할 수 있었다.

태일은 날이 갈수록 안색이 나빠졌다. 쉽지 않은 고민 탓인지 일이 너무 바빠서인지, 살이 빠지는 게 눈에 보일 정도였다. 수척한 꼴을 해서는 출근하려는 시율을 붙잡은 건 일주일쯤 지나서였다. 제게 허락된 모든 시간 동안 고민한 뒤.

"형, 많이 생각해봤는데 역시 포기할까 봐요."

웃으며 말하긴 했지만 목소리가 하나도 개운해 보이지 않았다. 시율은 현관에 멈춰 섰고, 특유의 상대 속을 빤히 들여다보는 눈으로 태일을 곤란하게 했다.

"너 말이야, 지금 네 결정이 하나도 만족스러워 보이지 않아."

항상 그랬듯 정곡을 짚었다. 태일은 머쓱한 얼굴로 턱 언저리를 긁적였다. 그 품 안에서 해인은 마침내 결론이 났음에도 영 싱숭생숭한 표정이었다.

"아무래도 아쉬워서요. 너무 좋은 기회다 보니까……."

"웬만하면 상관 않겠지만 포기라는 표현을 써야 할 정도면 다시 생각해 보는 게 낫지 않겠어."

"확실히 후회할지도 모르지만 꿈을 좇기엔 현실적으로 걸리는 게 너무 많아서요. 일단 이 집 계약도 남아 있고……."

"그럼 남은 계약은 나한테 넘겨. 난 여기가 마음에 들거든. 병원이랑도 가깝고."

시율은 그런 건 전혀 문제가 안 된다는 얼굴로 때아니게 근사하게 웃어 보였다.

"……아, 하지만 개냥이도 있고……."

"내가 봐줄게."

"……."

"그런 거 말고, 네가 망설이는 진짜 이유가 뭔지 말해봐. 이하은이 큰 거면 그만둬. 넌 그랬다간 정말 바보 같은 녀석이야."

시율은 정말 대놓고 혀를 차 보였고, 태일은 이번에도 한 방 먹은 얼굴이 되었다. 하여간 이 남자는 어디까지 눈치가 좋은 건지.

"……하긴, 제가 누굴 속이겠어요."

"넌 얼굴에 다 나오거든. 난 너처럼 거짓말 못 하는 녀석들이 좋더라."

"칭찬인……."

"칭찬 아니야. 난 바보는 싫다. 정신 차려, 신태일. 휘둘리지 마. 울든 매달리든, 이하은은 조만간 결혼할 여자잖아. 너 나한테 얼간이 소리까지 들어야겠냐?"

돌연 웃음기 하나 없는 얼굴이 된 시율은 조금 무서웠다. 해인은 태일의 품속에서 시율이 너무 사납게 군다고 생각했다. 그렇게까지 신랄하게 말할 것 있나? 평소에는 시큰둥하거나 틱틱거리긴 해도 저 정도는 아니었는데 말이다.

"집도, 고양이도 해결되면 이하은 말고 뭐가 널 괴롭히는지 말해봐."

음산하게까지 느껴지는 시율의 물음에, 태일은 달리 대꾸하지 못했다. 그도 해인처럼 거짓말이라고는 재주가 없었으니 말이다. 해인은 분위기가 영 나빠지자 귀를 납작하게 접고는 둘 사이에서 눈치를 살피느라 바빠졌다.

"역시 다시 한 번 생각해보는 게 낫겠다. 그것들을 염두에 두고 바뀌는 게 없는지 말이야."

"……그래야겠어요."

"화낸 것 같아서 미안하지만 네 앞길이 걸린 일이니까, 진심으로 널 위해서 결정했으면 좋겠다."

어렵사리 결정을 끝마친 사람을 다시 고뇌의 구렁텅이로 밀어 넣는 것치고 시율은 태일을 진심으로 걱정하는 사람 같았다.

"참, 너 오늘 새벽 늦게 들어오는 거 맞지?"

"오늘, 네. 지방 촬영이 있어서."

"어디랬더라?"

"부산이요."

"아아! 맞다. 먼 길 잘 다녀오고."

태일의 어깨를 두드려주며 언제 화냈냐는 듯 시율이 방긋 웃어 보였다. 어찌 보면 기운 내라는 의미가 담긴 웃음이었지만, 해인의 눈에는 그 안에 담긴 의미심장함이 보였다. 평소라면 전혀 눈치채지 못했을 해인이지만 태일의 귀가 시간을 체크하는 오늘은, 시율과 해인의 데이트가 있는 날이었던 것이다.

"보내려고 일부러 그런 거지?"

해인이 차에서 내리며 뚱한 얼굴로 묻자 시율은 가볍게 어깨를 으쓱여 보였다.

"조금. 하지만 너도 갔으면 좋겠다고 말했잖아."

"그러긴 했지만……."

"태일이 녀석도 아프리카에 미련이 철철 넘쳐 보이고 말이야. 무엇보다 그 여자 때문에 안 가는 건 이상하니까. 그 녀석도 가망 없는 사랑은 이만 졸업해야지."

"……그런가."

"안 보이면 나아지는 법이거든."

"정말 그럴까?"

"그럼, 그럼."

뻔뻔하게 해인을 어르며 시율은 공연이 열리는 아트홀 쪽으로 해인의 손을 잡고 이끌었다. 오늘의 데이트는 일전에 태일이 표를 선물해준 발레 공연이었다. 인어공주라는 특이한 주제 덕에 해인이 엄청 기대했던 공연이었지만, 생각보다 집중하지 못하고 태일 걱정에 푹 빠져 있는 해인이었다.

시율은 그래서 오늘도 역시, 태일이 어서 멀리 가주기만 바라고 있었다. 절대 미워서는 아니라고 곱씹으며.

"어머, 시율 씨 아니세요?"

"······?"

태일도 멀리 출장 갔으니 분명 평화로운 데이트가 될 줄 알았는데, 꿈이 컸던 모양이었다. 아트홀 입구에서 딱 마주친 건······ 하필이면 이하은이었다.

"여기서 뵙네요?"

"그러게요······."

"반가워라."

호랑이도 제 말 하면 나타난다고 늘씬한 몸에 세련된 하얀 투피스를 차려입은 그녀는 어딜 보나 오늘 발레를 보러 온 사람이었다. 그리고 미스 세원대답게 화사한 사교성을 발휘하며 이쪽으로 웃으며 다가오고 있었다. 그런 이하은을 보며 해인은 하마터면 비명을 지르며 저도 모르게 숨을 뻔했다. 알 수 없는 이 뜨끔함이라니, 얼마나 운이 나쁘면 여기서 마주치는 걸까.

"혹시 이 공연 표, 태일이한테 받으셨나요?"

"······네."

"어머, 저도 받은 거거든요. 제가 발레를 정말 좋아해서."

"그럼 여기서 만난 게 별로 놀랍지도 않군요."

이 망할 자식. 만나라고 아주 고사를 지냈구나. 시율은 오늘 데이트가 망할 것 같은 예감에 대번에 속으로 욕을 곱씹었다. 역시 네놈이 밉진 않지만 멀리 갔으면 좋겠! 물론 그 속내가 겉으로는 하나도 드러나지 않았지만 말이다. 겉만 봐서 시율은 이 근방에서 가장 젠틀한 남자일 뿐이었다.

"약혼자랑 가라고 표를 주더라고요. 그래서 오늘은 같이 왔어요."

시율과 하은의 관계라면 중간에 태일을 끼고 네다섯 번 정도 마주친 사이였다. 서로의 직업과 간단한 성격 정도는 파악한 친분이랄까. 무시하기엔 알 만큼 아는 사이.

"참! 인사해, 이쪽은 태일이랑 같이 사는 룸메이트 시율 씨야."

"안녕하세요."

"시율 씨? 이쪽은 제 약혼자인 태준 씨."

"……말씀 들었습니다. 처음 뵙네요. 강시율입니다."

초면인 두 남자가 간단하게 인사를 나누는 사이, 해인은 삐질삐질 식은땀을 흘리고 있었다.

"이쪽은 어째 낯이 익은데……?"

바짝 굳어 있는 해인을 보며 고개를 갸웃거리는 하은의 약혼자였다.

"기억 안 나? 저번에 창립기념파티에서 본 아가씨잖아. 태일이 파트너였던."

"아아, 그러네."

해인으로서는 한 번 본 자신의 얼굴을 기억하고 있는 하은 쪽이 더 대단한 것 같았다.

"반가워요. 전에 시율 씨 여동생이라고 듣긴 했었는데, 두 분을 이렇게 같이 뵐 줄은 몰랐네요."

"그, 그러게요……. 신기하네요……?"

"나란히 보니까 닮은 것도 같네요!"

저를 알아볼 줄 몰랐던 터라 해인은 어색한 표정이 되었다. 그래도 당장 거짓말을 더 하지는 않아도 된다는 데 안도했다. 전에 쳐둔 여동생 바리케이드가 아직 유효한 모양인 것 같았기 때문이다. 반면 시율은 데이트 나왔다는 핑계로 하은과 멀리하긴 글렀다며 혀를 찼다. 여동생이랑 오붓하게 데이트하고 싶어 하는 친오빠는 없을 테니 말이다.

"하하."

불만으로 가득해 닮기는 개뿔, 이라는 생각을 하는 것치고는 말끔한 표정인 시율이었다.

"두 분도 7시 공연 보시는 거죠? 좌석은 어디예요? 같은 초대장이면 자리도 가까울 텐데, 공연 끝나면 같이 커피라도 마셔요."

해인은 시율의 표정이 평소와 같은데도 그가 지금 심술 났다는 걸 느낄 수 있었다. 다만, 시율과 그만큼 가까워졌다는 뜻이니까 기뻐해야 하는 건지는 알 수 없었다.

"제가 근처에 깔끔한 곳을 알거든요. 티 세트도 아주 잘 나오는……."

"안 될 것 같네요."

"어머."

사근사근한 미인이 웃으면서 제의했는데, 시율은 상대가 무안할 만큼 깔끔하게 거절했다. 역시 강시율이랄까. 해인은 저라면 거절 못 하고 끌려갔을 거라는 걸 알았다.

"죄송하지만 각자 공연 관람하고 헤어졌으면 좋겠군요."

"제가 무슨 실수라도……?"

하은은 아무것도 잘못하지 않았다. 다만…….

"아뇨, 동생이 낯을 좀 많이 가려서요."

해인이 숨기는 게 많을 뿐이었다. 해인은 될 수 있는 한 말을 아끼며 시율의 곁에서 고개만 열심히 끄덕여 보였다. 나는 말이야, 카메라에도 안 찍히고, 고양이로 변신하는 데다가 기를 빼는 요괴라고! 그런 해인의 사정을 알 리 없는 하은은 무언가 상심한 기색이었다.

"그렇군요. 그럼 제가 불편하게 해드렸을지도 모르겠네요."

"뭐, 그 정도까진."

"사실은 시율 씨한테 꼭 여쭤보고 싶은 게 있어서……."

허공에서 해인과 시율의 시선이 스쳤다. 둘은 대번에 그게 태일에 대한 이야기라는 걸 알 수 있었다. 이하은이 물어볼 거라면 그것뿐이었으니까.

"잠깐도 힘들까요?"

"……에? 나요?"

공략 대상은 어느샌가 시율에서 해인으로 바뀌어 있었다. 하은은 아무렴 시율보다는 해인을 설득하는 게 쉽다는 걸 알아챈 모양이었다. 해인은 자신에게 향하는 미인의 눈빛 공격에 마음이 약해지는 걸 느꼈다. 이전에 해인에게 있어서 하은은 태일을 빼앗아 갈 것 같은 미운 존재였다. 하지만 시율을 좋아하는 지금에 와서는, 그냥 예쁜 사람이었다.

그리고 뭔가 알 수 없는 사람. 예쁘고 지적이라서 얼핏 완벽해 보이면서도, 어딘가 엉뚱한. 딱, 신태일처럼.

'주인이랑 이 여자 이야기 궁금한데…….'

해인은 시율이 보내는 무언의 압박을 느끼면서도, 슬그머니 고개를 끄덕였다. 설마 여자 친구를 죽이기야 하겠는가.

'인어공주'는 해인에게 있어서는 인생 최초의 발레 공연이었지만, 전혀 집중할 수가 없었다. 뭔가 엄청 신기하고 눈이 돌아가게 아름다운 사람들은 본 것 같긴 한데…….

"대체 왜 이렇게 된 거야?"

"그, 글쎄?"

"이게 뭐냐고."

집중할 수 없기는 시율도 마찬가지였던 모양이다. 당연하겠지만 시율은 꽤 화가 나 있었다.

"왜 우리 데이트가……."

"쉬이이잇!"

일단, 공연장 안에서 이하은 커플과의 자리가 너무 가까웠다. 이하은이 고개만 돌리면 바로 해인과 시율의 자리였다. 그래서 공연 내내 어색한 표정으로 말 한마디 못 하고 앉아 있을 수밖에 없었다. 100여 분의 발레 공연이 끝나고 로비로 빠져나올 즈음에야 겨우 소곤소곤 대화를 나눌 수 있었지만, 그마저도 빠져나오는 인파의 어디에 이하은이 섞여 있을지 몰라 잔뜩 눈치를 봐야 했다.

"우리가 죄지었냐?"

"하지만 지금 난 여동생이잖아."

"망할."

이런 식으로 밖에서 안면 있는 누군가를 만나게 될 거라고는 시율도 짐작하지 못한 일이었다. 처음부터 여자 친구라고 해뒀으면 좋았을까? 하지만 그때는 이런 관계가 아니었으니 지금 와서는 다 부질없는 후회였다. 시율은 불만의 팔짱을 끼며 씨근덕거렸다.

"오늘 날짜 맞추기가 얼마나 힘들었는데."

로맨틱한 데이트를 기대하기는 해인도 마찬가지였지만, 시율이 기대했던 바에는 한참 미치지 못했다. 이 반나절의 데이트를 위해 시율이 근무표를 조정하느라 얼마나 애를 먹었는지는 해인도 잘 알고 있었다. 본업이 애완고양이인 해인과 둘이 공연을 보기 위해서는 우선, 고양이의 주인인 태일이 집에 없는 날에 어떻게든 맞춰야 했으니 말이다. 그렇게 힘들게 맞춘 데이트 일정이다, 이 말이었다.

그 때문인지 데이트를 방해받은 시율의 불만은 최고조였다. 그가 이렇게 투덜대는 건 처음 보는 일이라 해인은 내심 당황해야 했다. 매사 과하게 쿨한 남자였건만, 데이트 방해받은 정도로 이렇게 어린아이처럼 심술을 부릴 줄이야.

"저기, 데이트는 다음에 다시 제대로 하자. 그러면 되잖아?"

"……당연하지."

덩치 큰 남자가 투덜거리는데 그게 귀엽게 보이니 슬슬 병일지도 모르겠다 싶었다. 눈에 뭐가 단단히 쓰이는 병.

"그땐 사람 없는 데가 좋겠어! 오늘 같은 일 없게."

해인은 오빠라고 해도 팔짱 정도는 괜찮겠지, 하며 시율의 팔에 슬쩍 달라붙었다.

"사람 없는 곳?"

"응, 설명하긴 어렵지만…… 이 모습으로 강 말고 다른 사람이랑 마주치는 거 너무 불편해."

뭐랄까. 사신이 건 주술의 힘인지 자꾸만 알 수 없는 불안감이 들었다. 그건 어떤 느낌이냐면 누군가 자신의 목에 목줄을 걸고 뒤쪽에서 때때로 경고하듯, 줄을 잡아당기는 것 같았다. 비밀이 들킬 만한 짓은 적당히 하라는 듯, 보이지 않는 힘의 제지가 느껴졌다. 단순하게 자의는 아니지만 무언가 속이고 있다는 사실이 꺼림칙한 걸지도 모르고 말이다. 자신을 그의 여동생이라고 해야 한다거나 하는…….

"나야 좋지만, 너 괜찮겠어?"

"응?"

"나랑 둘이 사람 없는 데 가도……."

맞아, 이런 남자였지!

"아, 아, 아무튼 오늘은! 표가 나빴어, 표가."

해인은 시율에게서 떨어지며 말을 돌렸다. 사귀기 시작한 뒤로 그와의 거리감이 사라져버려서 큰일이었다. 잦은 키스 탓인지 다른 스킨십이 너무 쉽게 느껴지는 부작용이 생긴 것이다.

"그건 동감이야. 제길, 내가 다신 그 녀석이 주는 거로 어디 오나 봐라."

"화 풀어라. 누가 보며 강이 주인을 싫어하는 줄 알겠어."

"……적어도 네가 그렇게 부르는 한 예뻐하진 않을걸."

해인도 아차 싶었지만 달리 태일을 부를 말이 떠오르진 않았다. 이제 와서 이름을 부르는 것도 어색했고 말이다. 그도 그럴 것이 태일은 반년 가까이 해인의 주인이었던 것이다. 상냥하고 친절한, 애완고양이로서의 낙을 알려준 고마운 사람.

"그럼 오빠라고 부를까?"

"태일이를?"

"응!"

"……주인이 백배는 낫겠다."

해인은 작게 웃음을 터트렸다. 이 남자는 어째 갈수록 귀여워졌다. 못마땅한 표정으로 질투를 해도 귀여워서 큰일이었다. 그런 말 하면 분명 화낼 테지만 말이다.

"그치? 그리고 강, 말은 그렇게 하면서도 주인을 꽤 좋아하잖아."

"흥."

"은근히 예뻐하는 거 알아!"

"그래 봤자 사내놈……."

"여기 계셨네요!"

단란한 둘의 시간은 그걸로 끝이었다. 오가는 관람객 사이를 헤치고 이하은이 나타난 것이다. 그녀는 반색하고 다가오는 폼을 보니 시율이 갔을까 봐 노심초사한 모양이었다.

"즐겁게 보셨어요? 정말 좋은 공연이었죠?"

"아, 예."

이 사교성 좋은 미인이 불편한 건 대체 왜일까. 달리 나쁜 사람도 아니고, 못되게 구는 것도 아닌데. 아마도, 눈치가 꽝이라서일 거다.

"얼른 안 가면 자리가 없을 것 같은데, 바로 카페로 갈까요?"

"그보다 저한테 묻고 싶다던 거, 태일이 얘기 아닙니까?"

"……맞아요. 어떻게 아셨어요?"

"그야 뻔하죠."

누구와 달리 눈치가 엄청 빠르니까. 시율은 이하은이 나타난 뒤 다시 무언 모드에 들어간 제 여자 친구와의 즐거운 시간을 위해서라도, 얼른 이하은을 떼어내고 싶었다.

"차는 됐습니다. 본론만 말하죠."

"네? 여기서요?"

"예."

"하지만 붙잡은 것도 저고, 차 정도는 대접하고 싶은데요."

이하은은 공연 직후라 정신없는 로비가 불편한지 주변을 두리번거렸다. 하지만 시율은 이하은과 오래 있는 쪽이 더 불편했다. 안절부절못하며 자꾸만 제 등 뒤로 숨는 해인도 신경 쓰였다. 이 여자는 왜 낯을 가리면서 호기심만 왕성한 걸까. 아, 고양이였지, 참.

"차 안 좋아합니다. 하실 말씀이 뭡니까?"

"그게……."

"빨리 말씀 안 하시면 갑니다?"

"그러니까! 태일이…… 이야기가, 어떻게 되어가는지 아시나 해서……."

그게 뭐 어려운 질문이라고. 시율은 제가 예상했던 범주의 질문에 심드렁하니 대꾸했다.

"진지하게 고민하고 있더군요."

"보시기에 어떤가요?"

"글쎄요? 저라고 어떻게 알겠습니까."

"그래도, 매우, 친하시니까……."

왜 그 말을 하면서 얼굴을 붉히는 걸까? 마치 예민한 부분이라도 건든 것처럼 조심스러운 뉘앙스를 풍기는 이하은이었다. 어지간해서는 눈치가 척하면 척인 시율도 그 이유만은 알 수 없어서 의아한 눈이 됐다.

"……그렇기야 하지만, 그쪽이 더 친하지 않습니까?"

"전 단순히 친구일 뿐인걸요. 시율 씬 같이 살 정도고……."

"뭐, 그건 어쩌다 보니."

살던 집에 불이 나는 바람에 오갈 데가 없어졌으니까. 물론 얼마든지 새 집을 구할 수 있었지만 그러진 않았다. 태일의 제의에 잘됐구나 싶어 그대로 태일의 집에 눌러앉았고, 오늘까지 왔다. 그저 그뿐이었다.

"태일이를…… 말려주실 순 없을까요?"

"……내가요?"

"네."

"제가 왜?"

"다른 사람은 아니어도, 시율 씨라면 설득하실 수 있을 것 같아서요."

이 무슨 어이없는 부탁일까. 오히려 그는 보내고 싶은 입장인데 말이다. 시율은 헛웃음을 터트렸다. 누가 보면 저랑 태일이 무슨 사이라도 되는 줄 알겠네 싶었다.

"그러진 않을 겁니다. 선택은 본인 자유니까요."

"하지만 멀리 떨어져 있기, 싫지…… 않으시겠어요? 아무래도 그럴 텐데. 못 보면 힘들잖아요?"

이하은은 벼랑 끝에 몰린 사람처럼 조금 횡설수설했다. 시율에게 이런 부탁을 하는 게 미안한지 눈도 제대로 못 마주치며 말을 쏟아내고 있었다.

"일본 정도도 아니고, 아프리칸데……. 언제 다시 볼 수 있을지도 모르는 거고……. 멀어지면 헤어질 수도 있고. 또……."

이 여자가 지금 대체 뭐라는 걸까. 아까부터 어딘가 대화에 초점이 맞지 않는 느낌이었다.

"글쎄요. 내가 그 녀석 안 본다고 죽는 것도 아니고……. 지나친 걱정 같은데요."

"아, 남자분이라 그런지……. 그렇군요. 저라면…… 많이 그리울 것 같아서. 불안하고…… 또……."

눈치가 없다 시피한 해인도 이상함을 느낄 정도니 말 다 한 셈이었다. 이건 정말 뭔가, 많이, 이상했다. 시율은 그제야 이하은이 무슨 생각을 하는지 어렴풋이 알 수 있었다. 상상하긴 싫지만 혹시 이 여자…….

"……저기, 설마 해서 하는 말인데."

"네?"

"난 여자 친구 있습니다."

"……어, 어떻게요?"

그게 그렇게 깜짝 놀랄 일일까. 그는 오히려 솔로인 게 어색할 만큼 잘난 남자인데. 해인은 여전히 뭐가 뭔지 알 수 없어서 고개를 갸웃댔지만, 시율은 깨달은 듯 이를 갈았다.

"혹시 날 게이로 안다든가 하는 건…… 아니겠죠."

그제야 상황을 파악한 해인은 저도 모르게 입을 벌리고 말았다

"어머! 당연히 모른 척해야죠. 그럼요. 아무래도 비밀일 테니까……."

듣도 보도 못한 엄청난 오해였다. 그런데 이하은은 그걸 꽤나 절대적으로 맹신하는 눈치였다. 해인의 안색이 심히 나빠지는 건 오빠가 게이라는 사실을 알게 되어서가 아니었다. 이 남자가 게이일 리는 절대 없으니까. 열 손가락 거는데, 절대 아니었다.

시율이 대놓고 이를 가는 것도 무리는 아니었다.

"비밀이고 뭐고 난 여자가 좋습니다만."

"……맞아요. 여자 좋아해요."

내내 조용히 있던 해인까지 한마디 거들자, 이하은의 그제야 자신이 한참 착각했다는 사실을 깨달은 모양이었다. 사람 얼굴이 저렇게까지 빨개질 수 있다니, 이래저래 놀라울 정도였다.

"어머, 어머, 세상에, 전…… 두 사람이 같이 살고, 또……. 그래서……. 영락없이……!"

착각도 착각 나름이어야 하는데, 이건 잘못돼도 한참 잘못돼서 어디부터 태클을 걸어야 할지 알 수가 없을 지경이었다. 어디 갔나 싶었던 이하은의 약혼자가 허겁지겁 나타난 건 그때였다. 너무 어이가 없어서 시율이 할 말을 잃은 사이.

"하은아! 어쩌지? 당장 가봐야 할 것 같은데."

"어?"

"차에 문제가 생겼나 봐."

"……발레파킹인데?"

"알바가 다른 차를 빼다가 내 차 심하게 긁었다나 봐. 나 참, 성질나게, 정말."

"같이 가! 저기, 죄송해요. 죄송해요……. 조만간, 정식으로 사과드릴게요.

정말…… 죄송해요!"

급하기도 급하지만 제 실수가 어지간히 민망했던지 이하은은 허리를 몇 번이나 황망히 굽히더니, 자신의 약혼자를 따라 도망치듯 사라졌다. 하지만 남겨진 둘은 여전히 할 말을 찾지 못하고 있었다.

도저히 침묵에서 헤어 나오질 못했다.

"……."

"……."

관람객으로 북적이던 로비가 휑해지도록, 내내.

한참 뒤에야 반쯤 홀린 걸음으로 차로 돌아온 둘이었다. 시율이 먼저 입을 열었지만, 드물게도 평정을 잃고 뒷말을 찾지 못하고 있었다. 마치 영혼을 잃은 표정이랄까.

"그러니까……."

"……."

"그러니까, 날 게이로 알고 있었다는 건…… 태일이를……."

"……주인이 영 가망이 없는 건 아닐지도."

해인도 나라 잃은 표정이기는 마찬가지였다. 그리고 한참 만에 도달한 답은, 그다지 반가운 소식은 아니었다. 시율이 허탈하게 웃으며 고개를 내젓는 건 그래서였다.

"하하하! 게이인데 아무렴 가망 없지."

"하지만 게이가 아니잖아!"

"……왜 게이로 알고 있는 거야!"

둘은 차 안에서 누구를 향한 것도 아닌 분노로 버럭버럭 소리를 질러야 했다. 이하은, 이 여자를 정말!

"그야 나도 모르지!"

그거 아주 어마어마한 오해인데, 이하은은 저를 좋아하고 있는 남자를 완

74

벽하게 게이라고 여기고 있었다. 그 여파로 함께 살고 있는 시율도 덩달아 그쪽으로 여긴 눈치였다. 시율은 지금 억울해 죽을 맛이었지만 아무렴 태일만큼 비상사태는 아니었다.

"태일이랑 이하은, 오래 알아온 사이 아니었어?"

"고등학생 때부터 알고 지낸 걸로 아는데?"

"그런데 그런 착각을 해?"

"물론 주인이 좀 초식 성향이 짙은 데다가, 여자에게 관심이 심하게 없기는 하지만! 듣자니까, 모태 솔로긴 하지만……! 여자들한테 엄청 시큰둥하긴 하지만……! 그건 다 이하은을 좋아해서 그런 거라고!"

그 외에도 너무 건전할 뿐 아니라 성욕이라고는 조금도 없는 얼굴을 하고 있어서 여자가 싫은 건가 싶은 적이 해인도 있긴 했다. 하지만 그건 그냥 사람이 재미없다 싶을 만큼 선할 뿐이고, 밝히지 않을 뿐이고, 매너가 너무 좋다 보니 오히려 사람한테 거리감이 심하긴…… 하지만…….

분명 태일의 변호를 하려던 해인은, 그러다 보니 오히려 태일이 왜 그런 오해를 샀는지도 알 것 같았다.

"으으악!"

"뭐야! 왜 그래?"

"게이 같은 것도 같아아……!"

반쯤 절망한 해인은 울고 싶은 것처럼 소리쳤다. 워낙 순정파라 하은 말고는 여자에 관심 없는 게, 하은이 보기에는 그냥 여자에 관심이 없는 거로 보였을 수도 있겠다. 10년 가까이 주변에 여자라고는 저 하나뿐이니, 지켜보면서 오히려 엉뚱한 확신을 한 게 분명했다.

너무 오래 알아서 되레 그게 문제겠구나 싶었다. 그 오랜 시간 동안 연애하는 걸 한 번도 못 봤다면, 심증은 확신이 될지도. 심지어 장가갈 나이에 연상의 남자랑 동거를 시작한다면…….

"맞다. 그 녀석 동정……."

"아악? 갑자기 뭐라는 거야!"

"내가 그거 어디다 쓸 거냐고 한 적이 있거든. 장난이긴 했지만 얼마나 철 벽을 치는지 주변에 여자라고는 완전히 씨가 말랐길래……. 생각해봐, 얼마 나 안전해 보였으면 너랑 데이트를 하게 두겠냐고."

"……그야."

"솔직히 몇 번인가는 나도 혹시 하긴 했지만…… 주변에 오픈한 게이가 많아 보이긴 하던데……. 하지만 그야 직업이 아티스트니까……."

중얼중얼, 쓸데없는 확신을 하며 해인에 이어 시율의 안색도 파리하게 변 해버렸다. 이거, 좋지 않았다. 해인은 왠지 울고 싶은 목소리였다.

"나, 지금 생각났는데……."

"뭔데……?"

"이하은이 약혼한 거…… 강, 네가 주인집에 들어온…… 직후야."

"……미치겠네."

무슨 이런 경우가. 시율은 아파오는 머리를 주물러봤지만 하나도 나아지 진 않았다. 오히려 안색만 나빠지고 있었다.

"강? 얼굴색이 창백한데…… 괜찮아?"

"괜찮아."

"전혀 안 괜찮은 것 같은데……."

"괜, 찮다니까 그러네."

애써 평정을 유지하려고 했던 시율이지만, 얼마 못 가 처참하게 실패했 다. 개인적으로 마인드 컨트롤은 그에게 아주 자신 있는 종목이었지만 이런 경우는 그도 태어나서 처음이었다. 순수하게 여자를 좋아하는 시율의 입장 에서 이건 정말이지 대참사였다.

"내가, 게이 같아?"

그는 결국 묘하게 치미는 울분을 참지 못했다. 처음엔 마냥 충격이더니 이제는 분노의 경지에 다다른 모양이었다. 그럴 수도 있다고 여기고 쿨하게 넘겨보려 애썼지만, 한집에 사는 태일과 그렇고 그런 사이로 오해받았다고 생각하니 얼굴에 핏기가 싹 가시는 느낌이었다.

어쩐지 그 여자 이하은, 태일의 집에 와서 저를 보면 도무지 눈을 못 마주치더라니. 난데없이 뺨을 붉히기도 하더라니…… 속으로 대체 무슨 생각을 한 걸까. 그게 상상 간다는 점이 가장 고역이었다. 시율은 손등에 핏줄이 설 만큼 운전대를 꽉 붙잡고 있었다.

"아냐아냐! 전혀 안 그래."

"정말이지?"

"그럼! 게이 안 같아! 강이 얼마나 남자다운데. 키도 크고, 손도 크고, 가끔 치사하지만 똑똑하고! 또, 재수 없지만 실력 있는 수의사고…… 그리고 에, 또…… 섹시해! 키스도 잘하고……!"

"……."

"앗, 마지막 건 취소야, 취소. 못 들은 걸로 해."

칭찬이란 왠지 어려운 것이었다. 해인은 열심히 말하다 말고 당황해서는 얼른 손사래를 쳤다. 시율이 충격에서 빠져나와 피식 웃을 수 있는 건 그나마 그 덕이었다.

"욕 같은 게 조금 섞인 것 같지만. 일단 고맙네."

"……미안. 내가 칭찬을 잘 못하거든."

마음에 없는 소리는 못 하겠는 해인이었다. 그리고 시율의 전화기가 울린 건 바로 그때였다.

"뭐야. 호랑이도 제 말 하면 온다고……."

<신태일>

발신인은 태일이었다. 이렇게 담백하게 이름으로만 저장해둔 상대와 사랑하는 사이로 오해받았다니 다시금 기분이 이상해졌다. 시율은 목을 한번 가다듬고는 전화를 받았다.

"여보세요?"

-형님! 큰일 났어요!

글쎄, 과연 여기보다 큰일일까? 순간 그런 생각을 했지만 태일의 목소리가 워낙 다급해서 되묻지 않을 수 없었다.

"무슨 일인데그래."

-개냥이가 없어졌어요!

"개냥……."

-또 가출했나 봐요!

녀석이라면 여기 있는데. 시율은 조수석에 앉아 있는 해인을 바라봤다. 해인은 전화기 너머 태일의 목소리를 들었는지 땀이 삐질 나는 얼굴이었다.

-어쩌죠! 당장 찾으러 나가야 할 것 같은데…….

"그보다 너, 집이냐?"

-그보다라뇨?

"부산 출장은? 너 오늘 촬영 있어서 안 들어온다며?"

-그게 문제가 아니잖습니까! 지금 개냥이가 없어졌다니까요, 형님!

난 그게 더 문젠데…… 시율이 작게 한숨을 내쉬었다. 하여간 이쪽도 비상이었다. 오늘은 이래저래 정신없는 날이었다. 이하은과 마주쳤을 때부터 예감이 좋진 않았다. 대체 언제쯤 제대로 커플다운 여유 있는 데이트를 할 수 있는 걸까.

"아, 그야 그렇지. 나랑 있거든."

시큰둥하게 대꾸하는 시율은 어딘가 불만스러운 기색을 전혀 숨기지 않고 있었다. 태일은 당황해서 눈치 못 채는 기색이었지만 말이다.

"나랑 데이트하러 나왔거든."

-데이트……?

"일단 진정하고, 지금 갈 테니까 집에서 보자."

시율은 제 할 말만 하고 대충 전화를 끊었다. 통화 내용을 들은 해인이 당장에라도 비명을 지를 것 같은 얼굴이었으니까. 뻔뻔한 낯빛으로 시율이 너스레를 떨었다.

"아, 태일이 녀석 벌써 집이라네. 모처럼 데이트하는데 눈치 없게 말이야."

"……뭐어라고!"

"데이트."

"데이트으으?"

"문제 있어? 사실이잖아."

해인이 마치 명화의 한 장면처럼 절규하는 이유를 빤히 알면서도 시율은 능글대기만 했다.

"그래도 주인한테 그렇게 말하면 어떡해!"

"괜찮아, 괜찮아."

"지금! 집에! 주인이 왔다는데! 어디가 괜찮아! 어쩌려고 그래?"

"뭐…… 한 번쯤 이런 일이 생길 줄 알았지. 다 준비해둔 게 있다고."

때아닌 위기에 안절부절못하는 해인과는 반대로 시율은 침착하다 못해 느긋하기만 했다. 그리고 무슨 묘책이 있는지 상당히 자신만만한 기색이었다. 해인은 그러고 보니 이 인간이 제법 믿음직하다는 걸 되새겼다. 맞아, 강시율은 아군일 때 천만대군 같은 남자였지! 그리고 내 남자 친구라고!

"정말? 뭔데? 좋은 방법 있어?"

"그럼, 내가 누구야."

"강시율!"

믿습니까? 믿습니다! 비책만 내놓는다면 시율을 얼마든지 찬양할 수 있었다.

"이런 것쯤이야 미리미리 대비해놨지."

해인은 손뼉까지 치며 두 눈을 반짝였다. 뭔진 몰라도 벌써 안심이 되기 시작했다. 머리 좋은 남자니까 엄청나게 좋은 수가 있는 게 틀림없었다. 저렇게 콧대를 세우는 걸 보니…… 분명…….

"그게 뭐야?"

두 눈을 별처럼 반짝이는 해인의 눈앞으로 시율이 콘솔박스 안에서 꺼내 보인 건, 붉은 줄이었다. 두께 있는 가죽으로 만들어져 있고, 붉은색 큼직한 리본까지 달린 그건.

"신태일 기습 귀가에 대한 해결책."

시율이 그럴싸하게 덧붙였지만, 결국은 흔히 목줄이라고 부르는 물건이었다. 교양 좀 보태서 리드 줄. 짐승을 산책시킬 때 주로 쓰는 애완동물용품.

"산책 나온 걸로 하자고. 이건 애견용이지만 그건 별로 상관없잖아?"

"……시, 싫은데."

"그럼 뭐, 다른 좋은 방법이라도?"

병원도 쉬는 날 고양이를 데리고 어딜 갔다 왔느냐고 물으면, 할 말이 없기야 했다. 그래도 그렇지, 저런 걸 목에 거는 건 고양이의 자존심이 허락하지 않는달까. 얼마 안 남은 인간의 존엄성이 거북해한달까. 어느 쪽이든 해인은 영 내키지 않는다는 얼굴이었다.

"없지만……."

"그럼 차야지."

"……으잉."

"나도 설마 정말로 이걸 쓰게 될 줄은 몰랐지만, 어쩔 수 없네."

태일의 눈을 피해 둘이 데이트를 하기 위해서는 꽤나 신중을 기해야 했다. 많이 조심해왔는데 정말 오늘처럼 빈집을 태일에게 들킬 줄은 몰랐다. 혹시해서 챙겨둔 것이었지만 역시 사람 일은 모른다고 정말 쓰게 되는 날이 올 줄이야. 시율은 해인에게 못내 안타까움을 표했지만 입이 웃고 있었다.

"차 뒤로 가서, 옷부터 벗으시죠."

"변태야!"

"안 볼게."

해인은 도리질을 치면서도 목줄을 하는 것밖에 방법이 없다는 사실을 알았다. 그리고 보니 오늘 데이트도 여기서 끝이라는 것도.

"아, 그리고 변신 전에 아쉬우니까, 키스 한 번만 하고 가라."

차 뒷자리를 가리키던 시율이 방긋 웃으며 해인의 머리카락 끝을 살그머니 잡아당겼다. 그의 얼굴이 불쑥 놀랄 만큼 가까워졌다. 이 남자, 정들게 자꾸만 웃고 있었다. 키스하면서 목줄을 건네다니, 반칙이었다.

"우리 왔다."

"냐앙아옹."

해인은 발걸음도 사뿐사뿐, 귀엽고 깜찍하게 현관 위로 등장했다. 당당한 귀가였다. 태일이 감탄하는 건 목줄을 맨 고양이는 처음 봐서였다.

"고양이도 산책을 하는군요!"

"흔하게 가능한 건 아닌데, 이 녀석이 워낙 똑똑하잖냐. 시험 삼아 데리고 나가봤더니 잘 돌아다니더라고."

새까만 고양이가 붉은 목걸이를 하고 있으니 제법 고급스러워 보였다.

"신기하네요. 그런 줄도 모르고 전 얼마나 놀랐는지."

항상 집에만 있던 고양이가 없어졌으니 영락없이 또 가출했다고만 생각한 태일이었다. 그 외에 다른 경우는, 그의 머리에서는 나오지 않았다.

"놀라게 해서 미안하다. 네가 올 줄 몰라서 이야기를 안 했지 뭐야."

"갑자기 촬영이 취소됐거든요. 섭외했던 장소에 문제가 생겨서……. 그보다 그 산책 저도 해볼 수 있는 겁니까?"

"그럼, 도망치지 못하게 줄만 잘 잡는다면야."

시율이 여유 있게 웃으며 리드 줄을 태일의 손에 넘겨줬다. 해인은 목줄이 거슬려서 뒷발로 목 언저리를 벅벅, 소리 나게 긁긴 했지만 다른 고양이들처럼 심하게 버둥대진 않았다.

"이름표도 질색하더니 용케 리드 줄을 맸네요?"

"그야…… 살살 달랬지."

"데이트도 그렇고, 그렇게 말씀하시니까 개냥이가 꼭 여자아이 같네요."

태일은 그냥 한 말인데 해인은 찔려서는 눈을 데룩데룩 굴렸고, 시율은 눈 하나 깜짝 안 하고 능숙하게 말을 돌렸다.

"사실 애완고양이를 산책시키는 건 별로 추천하지 않거든. 집고양이다 보니까 밖에서 병을 옮아올 수도 있고, 무엇보다 고양이 자체가 자기 구역이 확실한 동물이라 낯선 곳을 꺼리기도 하고. 집 밖으로 나간다는 자체에 스트레스를 받을 수도 있어서 말이야."

"개냥인 괜찮던가요?"

"좋아하던걸? 하여간 특이한 녀석이지 뭐야."

"진작 알았다면 좋았을 텐데. 제가 동물은 처음 기르다 보니 무지한 것투성이네요. 전 산책은 개만 시킬 수 있는 건 줄 알았습니다."

"요즘은 토끼나 페럿도 많이 시키지."

"좋네요."

"너도 한번 산책시켜봐. 사람 많은 데만 아니면 괜찮을 거다. 조용한 뒷산이나, 뭐, 그 정도……."

"네, 아프리카에 가기 전에 꼭 해봐야겠네요."

시율은 인심 쓴다는 양 말하다 말고 굳어야 했다. 해인도 깜짝 놀라 태일의 얼굴을 올려다봤다. 그는 어딘가 후련한 얼굴로 웃고 있었다. 평소에도 워낙 해탈한 사람처럼 웃고는 했지만, 오늘은 정말 모든 걸 내려놓은 것 같았다.

"가기로 결정했습니다."

"……그래?"

이미 말리기엔 늦은 것 같았다. 태일은 망설였던 만큼 지금의 제 결정이 아주 만족스러워 보였다.

"사실 개냥이가 많이 걸렸는데…… 이렇게 예뻐해주시니까 안심하고 갈 수 있겠습니다. 형님 말씀하신 대로 생각해보니 그것들 말고는 걸리는 게 없더라고요. 나를 위한 인생인데 항상 너무 다른 사람들만 생각했던 것 같아요."

시율은 태일의 아프리카행을 전처럼 순수하게 기쁜 마음으로 받아들일 수가 없었다. 왜냐하면 오늘 모르던 사실을 한 가지 알아버렸으니까. 신태일이 얼마나 불쌍한 남자인지 말이다. 가망 없는 사랑을 하고 있는 줄 알았더니, 실은 상대에게 가망을 주지 않고 있었다.

"너…… 이하은은……."

"하은인, 눈치채셨으니 드리는 말씀이지만 이미 다른 남자의 여자잖습니까. 한 번도 제 여자였던 적도 없고."

"……그러길 바랐던 적은 없는 거냐."

"있죠. 하지만 용기를 내지 못했으니 여기까지가 제 몫이라는 생각이 듭니다."

"친구 말이지."

"네. 가질 용기도, 잃어버릴 용기도 내지 못했으니까요."

시율은 태일과 연인으로 오해받는 건 싫었지만, 태일이 싫은 건 아니라 안구에 습기가 다 찰 지경이었다. 대체 어떻게 하고 다니면 이렇게 완전히 게이로 오해받는 걸까. 해인도 답답한지 당장 말하고 싶은 것처럼 입을 빠끔거리고 있었다. 이러다 고양이 말문 트이겠네 싶을 지경이었다.

"너…… 다른 여자는 관심 없냐."

"모르겠네요. 사실 하은이 말고 다른 여자를 좋아한다는 게 상상도 안 가고, 좀 한심하죠? 용기도 못 내고 포기도 못 하고. 그래도 이번이 마음에 정리를 하고 올 기회가 될 것 같아요."

태일이 후련하면서도 슬프고 난감한 눈이었다. 침울한 침묵이 이어져서일까, 태일이 웃자는 듯 농담을 꺼냈지만 전혀 농담으로 들리지가 않았다.

"그러고 보니 제가 이런 식이라서 그런지 저를 게이로 아는 사람도 많더라고요. 하하."

"……하하."

"접근하는 여자들이 불편해서 소문을 그냥 뒀더니, 정말 믿는 사람이 꽤 있더라니까요?"

본인은 정말이지 말도 안 된다고 생각하는 눈치였고, 시율은 이걸 말해줘야 하나 말아야 하나 심각하게 갈등했다.

'이하은이 널 게이로 알아.'

그 한마디를 하면 그 뒤에 사태는 대체 어떻게 되는 걸까. 태일은 잘못을 바로잡고 하은을 붙잡을까? 하은은 진실을 알게 되면 결혼을 그만둘까? 여러 경우를 상상해봤지만, 지금보다 나을 건 하나도 없어 보였다. 태풍이 닥칠 거라는 건 분명했다. 그래서 시율은 차마 아무것도 말할 수가 없었다. 해인이 답답한지 바닥에서 데굴데굴 구르고 있었지만 말이다.

"시간이 촉박해서 회사엔 이미 이야기하고 오는 길입니다. 계약 기간이 1년 남긴 했는데…… 다녀와서 다시 같이 일하는 조건으로 대표님이 편의를 봐주셨어요."

"축하…… 한다고 해야 하나."

"전부 형님 덕분입니다.."

"흐흠, 내 덕은 무슨."

"인간관계로 많이 힘들었을 때, 개냥이랑…… 형님 덕분에 많이 힘이 됐거든요. 혼자 너무 외로워서 개냥을 데려오고, 형님이랑도 친해지고. 헤어지는 게 아쉽네요."

그렇게 말하면 양심이 심히 찔렸다. 순전히 목적이 있어서 태일에게 접근했던 만큼 말이다. 이 순간 누군가는 시율을 향해 호의의 눈길을 보내는 데 반해, 누군가는 무언의 압박을 보내고 있었다. 느껴진다, 느껴져. 저주에 찬 고양이의 뜨거운 눈길이…….

시율은 힐끔 해인을 바라봤다. 어떻게 좀 해보라는 커다란 압박이 느껴졌지만 휙 하니 외면했다. 네가 무슨 생각 하는 줄은 알겠는데 말이야, 어른의 사정이라는 게 있는 거란다. 어른의 지혜 제1장은 '남의 일에 신경 쓰지 말기'고 말이야. 2장은 '알아도 모른 척'이거든. 일단, 일을 크게 벌이지 않는 게 시율이 아는 어른의 미덕이었다.

"그래도 즐거웠습니다."

"어, 그래…… 아쉽네."

"떠나기 전에 정리할 게 너무 많네요. 당분간 바빠질 것 같습니다."

태일이 영영 헤어지는 사람처럼 악수를 청해왔다. 무뚝뚝하니 마주 잡긴 했지만 시율의 속도 말이 아니었다. 어른의 지혜를 12장까지 전부 읊어봤지만 이 녀석이 너무 불쌍했다. 자신의 평화를 위해서는 외면해야 한다는 걸 아는데. 마음이 자꾸만 약해졌다.

"그래서 말인데요, 바빠지기 전에 당분간 본가에 좀 다녀오려고 합니다."

"본가에?"

"몇 년이나 해외로 나가는 거니까. 차분히 설명도 드리고, 오랜만에 효도도 좀 하고. 어른들 놀라지 않으시도록 잘 설명해야 할 것 같아서요."

어지간해서는 감정에 휘둘리지 않는 시율이었지만 태일은 워낙에 이런 보기 드물게 좋은 녀석이라 그게 쉽지가 않았다.

"언제 가려고?"

"글쎄요. 모레쯤 출발해서, 넉넉잡고 일주일 정도 쉬다 오려고요. 휴가도 겸해서요. 결정하니 후련해졌어요."

이거 큰일이었다. 태일이 일주일이나 집을 비우는데 그게 반갑지 않은 날이 올 줄이야. 시율은 등 뒤로 이유 없이 식은땀이 나기 시작했다. 죄책감이 스멀스멀 그를 괴롭혔다. 무언의 핀잔이 그의 피부를 따갑게 했다.

"일주일이라……."

그때면 이하은 결혼식 열흘 전일 텐데. 시율은 저와 상관없다고 애써 되뇌면서도 저도 모르게 날짜 계산을 하고 있었다.

"제 마지막 일은, 아마도 하은이 결혼식 촬영이겠네요."

그런 걸 웃으면서 말할 수 있는 녀석이 과연 우유부단한 걸까? 시율은 뭔가 절벽 끝에 서 있는 기분이 들었다. 그리고 그 등 뒤를 고양이 한 마리가 매의 눈으로 노리고 있었다.

3. 참견쟁이 고양이

다음 날 아침. 태일은 집 안 여기저기를 뒤지며 온갖 서류들을 끌어모으느라 상당히 분주해 보였다. 떠나기로 결정한 이상 정리할 게 한두 가지는 아닐 테니 당연한 일이었다.

"형님, 혹시 주변에 차 산다는 사람 있을까요? 싸게 넘길 수 있는데요."

"네 차? 글쎄."

"이달 안에는 팔아야 할 것 같아서요."

품 안에 산더미처럼 책을 든 것으로 보아 그것들도 정리 대상인 듯했다.

"시간이 촉박해서 있을까 모르겠네. 한번 찾아는 볼게."

"부탁드릴게요. 중고차 딜러도 알아보겠지만 이왕이면 아는 사람한테 싸게 넘기고 싶어서요."

"하긴, 수수료만 해도 만만치 않을 테니까. 아, 뭐 좀 도와줄까?"

"괜찮습니다. 우선 본가에 가져다 둘 거랑 팔 것들을 분류부터 해야 해서요."

오후 출근이라 느긋하게 거실에서 독서 중이던 시율은 태일이 차를 팔겠다고 말하자 그가 정말 떠나긴 떠나는구나 싶어졌다. 하기야, 몇 개월도 아니고 최하 2년이니 팔 수 있는 건 전부 팔아야 할 테지. 그걸 실감할수록 기분이 오묘해졌지만, 절대 태일에게 엉뚱한 감정이 있어서는 아니었다. 어제 일이 어지간히 충격이었던 터라 틈만 나면 하은이 했던 오해가 생각나는 시율이었다.

아니라는 건 알지만 앞으로 남들 앞에서 태일을 대할 때 조심하자고 생각했다. 그간 동물병원에서 태일과 이야기만 조금 나눠도 꺅꺅거리던 여자들이 떠올랐으니까. 설마 그 여자들도 이하은이랑 비슷한 오해를 한 건 아닌지 꽤나 신경이 쓰이고 있었다.

"……."

"으흠."

물론 이 고양이의 눈빛만큼 신경 쓰이진 않았지만 말이다. 해인은 어제부터 내내 이렇게 침묵시위 중이었다. 원래 고양이가 말을 못 하는 건 맞지만, 곧잘 냥냥거리며 말을 거는 이 고양이의 경우에는 이야기가 다르달까. 시율은 해인이 왜 저러는지 너무도 잘 알았다. 그래서 모르는 척 외면하는 중이었다.

잠시 뒤, 해인은 무슨 생각인지 어제 썼던 목줄을 입에 물고 나타났다. 그러곤 시율의 발치에 보란 듯 붉은색 목줄을 떨어트리고는 동그란 손끝으로 시율 쪽으로 툭툭, 목줄을 밀면서 그를 빤히 노려봤다. 그건 명백한 시위였다. 나가서 이야기 좀 하자는 강력한 의지의 표명이기도 했고.

이 무서운 고양이 같으니라고. 시율은 그것도 외면하려고 했지만 한참 그러고 있을 것 같아서 어쩔 수 없이 목줄을 들며 대꾸했다.

"아가씨, 이런 건 개들이나 하는 거야."

"므앙!"(아냐!)

"넌 고양이고."

"먀악!"(치우지 마!)

시율은 얼른 목줄을 멀리 치워버렸다. 꼭꼭 숨겨둔다고 숨겨뒀지만 소용 없었다. 해인이 곧장 다시 찾아서 물고 왔으니까. 누가 고양이 아니랄까 봐 보통 고집이 아니어서 둘은 잠시간 기 싸움을 해야 했다.

"어? 산책 나가고 싶은가 본데요, 형님?"

사정을 모르는 태일은 그 모양을 보고는 순수하게 감탄을 터트렸다. 똑똑한 개들이 저런 짓을 한다고 얼핏 들은 것 같긴 한데, 어제 처음 산책을 해 본 고양이가 하고 있으니 말이다.

"바쁘시면 제가 이거 끝나는 대로……."

"다녀올게."

시율은 당장 책을 덮었다.

산책하는 개는 흔하지만 고양이는 드물어서인지 시율은 해인을 데리고 주차장 쪽으로 가는 내내 사람들의 호기심 어린 시선을 받아야 했다.

"야옹이다! 엄마, 야옹이!"

해인은 아이에게 몇 번 당한 터라 아이가 쫓아오자 얼른 시율의 품에 안겼다. 폴짝 뛰어 사람의 가슴팍까지 도달하는 점프력은 절대 개의 것은 아니어서, 개인 줄 알고 지나쳐 가다가 고양이라는 사실에 동그란 눈을 하며 돌아보는 사람이 몇 명 있었다.

시율은 그에 은근히 뿌듯하면서도 웃음이 났다. 이 정도로 신기해하다니. 이 고양이는 심지어 말도 한답니다.

"목줄 풀어줘!"

"네네."

"문 열어줘, 얼른!"

"예이."

"망봐줘."

그리고 사람으로도 변하죠. 명령대로 차에 왔더니, 이번엔 저만 안에 쏙 들어가고는 문을 닫으라는 해인이었다. 아마도 변신해서 어제 벗어놓고 나온 옷을 입으려는 모양이었다. 시율은 밖에서 해인이 옷을 입을 때까지 망을 보면서 생각했다. 괜히 차 유리에 비싼 선팅을 했다고 모르는 사람에게 차 안이 보이는 게 싫어서 하긴 했지만, 지금은 자신이 노린 바로 그 기능이 마음에 들지 않았다.

"응?"

금세 뒷문이 열리더니 해인이 앙칼진 손으로 시율을 뒷좌석으로 끌고 들어갔다. 누가 보면 납치라도 하는 줄 알겠다. 해인은 시율을 차 안으로 끌고 들어가자마자 그의 옷깃을 붙잡고 탈탈 흔들었다. 말 못 하는 답답함이 컸는지 괜한 화를 내고 있었다.

"날 무시했겠다!"

"이런, 우리 아가씨가 왜 화가 나셨을까."

"몰라서 물어! 왜 말해주지 않는 거야!"

역시, 해인의 불만은 그것이었다. 시율은 목덜미가 잡혀서 털리고 있는 주제에 느긋하게 웃고 있었다. 어림없다는 듯.

"그렇게 말할 줄 알았지. 하지만 안 돼."

"왜!"

"전에도 했던 말이잖아? 이하은은 이제 곧 결혼할 거니까."

"……하지만 주인은, 주인은 게이가 아니잖아!"

왜일까. 해인은 제가 다 억울한 기분이었다. 당장에라도 속병이 날 것 같았다. 시율과 둘만 있는 차 안에서 재차 소리쳤다.

"이런 거 싫어!"

답답함과 속상함으로 당장에라도 울 것 같은 해인의 얼굴을 보며 시율은 잠시 말이 없었다. 이런 일로 해인과 싸우고 싶지 않았다. 해인이 사람 모습일 때는 특히나 모든 순간이 아까웠다. 시율은 끔찍이도 다정한 목소리를 내며 저를 흔드는 해인의 손목을 붙들었다.

"나도 알아. 하지만 우리가 남 일로 싸우는 게 난 더 이상해."

"남이야, 주인이!"

"남이지."

"강은 주인한테 얹혀살고 있잖아!"

맞다. 이 녀석의 머릿속에서 나는 그냥 식객이었지.

"……제대로 월세 내거든."

"그래도, 그래도 고마운 건 고마운 거잖아?"

"전혀."

"도와주자, 응? 도와주자!"

왜 굳이 사람이 됐나 했더니 이렇게 조르기 위해서였나 보다. 시율은 저에게 딱 붙어서 두 눈을 반짝이는 해인 때문에 인내심이 흔들리는 걸 느꼈다.

"응? 응?"

"너 이럴 때만 애교 부리는 거냐?"

"아, 아냐. 진심으로 부탁하는 거야!"

"아무리 그래도 소용없어."

시율은 해인에게 평소에는 뭐든 오냐오냐하는 주제에 제가 안 된다 싶은 일에는 죽어도 물러서질 않았다.

"……왜? 이하은이 두 남자를 좋아하는 게 아니었잖아. 주인을 오해해서 그렇지……. 누가 봐도 주인을 좋아하는 거잖아."

"뭐, 그렇다 쳐. 그러면 그 약혼자는 어쩔 건데? 그것도 결혼이 한 달도 안 남은 불쌍한 새신랑."

"그건……."

"다시 말하지만, 안 돼. 우리가 상관할 바 아니야."

태도에서 얼음이 뚝뚝 떨어지는 시율이었다. 해인을 볼 때는 그렇게 다정했는데, 그 외에 것에는 늘 이런 식이었다. 현실적이고, 무서울 만큼 냉정했다.

"이하은은 이제 곧 그 남자랑 결혼해서 가정을 꾸릴 테고, 태일인 아프리카에 다녀올 테고. 태일이가 돌아올 때쯤이면 각자 마음도 정리가 되겠지. 서로 평생 모르고 그렇게 살면 돼."

"강은, 너무 냉정해!"

"내가 좀 이기적이지."

해인은 눈물이 나서 젖어들기 시작한 눈으로 시율을 바라봤다. 멍울멍울 흔들리는 해인의 눈동자에만큼은, 시율도 조금 약해질 수밖에 없었다.

"그럼, 나중에…… 주인이 다른 여자랑 결혼하면 이하은은 어떡해?"

"……그땐."

"그 기분이 어떻겠어? 게이가 아니었다는 걸 알면!"

그건 얼마나 참담하고 처참한 기분일까. 얼마나 끔찍하고 서러울까. 후회하기엔 너무도 늦고, 되돌릴 수도 없을 만큼 나중이 되면……. 해인은 그 기분을 알 것 같아서 모른 척할 수가 없었다. 저 역시 끝이 뻔한 사랑을 하고 있어서일까.

똑같이 아무 소용 없는 사랑을 하고 있지만, 그래도 이하은은 저에 비하면 가망이 있었다. 그런데 그게 허무하게 끝나는 건 너무도 안타까운 일이었다.

"자기가 바보였다는 걸 절실히 깨닫게 되겠지."

시율은 하나도 몰라줬지만 말이다. 냉정한 남자 같으니. 해인은 입술을 꾹 깨물었다. 시율은 타인의 일에는 한없이 차가웠다. 제게 하는 것에 반만 신경 써줘도 좋으련만. 해인이 안타까운 건 그런 이유 때문도 있었다.

"강은 여자 마음을 너무 몰라줘."

"아무리 울어도 안 돼."

"……나빠."

"아니, 그냥 현실적인 거야."

"나쁘다고!"

시율은 안 된다고만 하고, 저는 할 수 있는 게 없었다. 얼마나 답답한지. 해인은 불끈 쥔 두 주먹으로 시율의 가슴팍을 쳐댔다.

"강은 바보야!"

그 힘이 제법 세서 시율은 당황해야 했다. 이거 잘하면 멍들겠네 싶었다.

"주인이 불쌍해!"

"난 내가 더 불쌍하다만……."

해인은 울먹이다가 이젠 시율의 가슴팍에 매달려 두 눈을 문지르기 시작했다. 그의 옷깃에 눈물을 닦으면서도 사실 저보다 시율이 옳다는 걸 알았다. 하지만 마음이란 게 항상 이성적인 쪽으로 따라주진 않았다.

"엇갈리는 거 싫어."

"나도 좋진 않아."

"으……. 좋아하는 사람끼리 엇갈리는 건 이상해."

"그래, 이상해."

"이루어지는 게 맞는 거잖아?"

어쩔 줄 몰라 하다가 울먹이는 걸 보니 시율도 마음이 편하진 않았다. 해인이 앙칼진 듯 굴어도 어딘가 한없이 여린 걸 알았다. 경계심이 많은 것도 다치는 걸 두려워하기 때문이라는 것도 알았다. 시율은 안겨오는 해인의 머리를 쓰다듬어주며 등을 다독여줬다.

"네가 울면, 내 마음이 아파."

"그럼 어떻게든 해줘."

"알잖아. 우리가 해줄 수 있는 게 없어."

"……강이 모르면 누가 알아. 똑똑한 건 내가 아니라 강이잖아."

이 녀석은 내가 무적인 줄 아나. 해인은 정말 시율이라면 어떻게든 할 수 있다고 믿는 얼굴이었다. 시율은 그 믿음이 싫진 않았지만 지금은 화답해줄 수 없었다.

"늘 말하지만, 내 관심사는 너뿐이야."

"……으응?"

"어떻게 해야 네가 어디 가지 않을까, 내 곁에 조금이라도 오래 있을까, 그런 궁리뿐이야. 어떻게 해야 너랑……."

돌연 야한 눈이었다. 마치 단숨에 잡아먹고 싶어 하는 맹수 같은 눈이었다. 해인은 시율이 너무도 가까이서 제 어깨를 토닥여주고 있다는 사실을 깨닫고는 슬그머니 그에게서 떨어졌다. 설마 이 좁은 차 안에서 무슨 일이 있겠…… 구나.

상황이 역전되는 건 한순간이었다.

"나…… 이제 집에 갈래."

"나올 땐 맘대로지만, 들어갈 땐 아니잖아?"

시율은 웃으면서 말하는데도 사람을 무섭게 하는 신통한 재주가 있었다. 그러고 보니 어제 데이트가 급하게 끝났지. 그리고 이 차 안에서 마지막으로 키스를 했지. 그 뒤가 이어지는 건 아주 쉬운 일이었다.

"이기적이라고 하겠지만, 내가 보기에 가장 불쌍한 건 나야. 그 녀석이 아니라. 질투하느라 힘들어 죽겠다."

"……안 나빠, 안 나빠. 내가 잘못했어."

차 뒷좌석은 비좁고 어두웠다. 짙은 선팅이 되어 있어서 안에서 무슨 일이 일어나도 밖에선 알 수 없을 것 같았다. 그의 얼굴이 점점 다가왔다. 끌어안기며 키스당하는 건 순식간이었다. 숨이 막히는 압도적인 느낌의 키스는 온몸을 소유당하는 것과 같았다.

"흐아."

시율은 마치 심술이라도 부리듯 해인이 힘들어하는 짙은 키스를 퍼부었고, 해인은 제가 방금 시율을 괴롭힌 게 있어서 꼼짝없이 당해야만 했다. 날이 갈수록 그는 완연한 남자로 다가왔다. 근사한 웃음을 짓고, 좋은 목소리를 내고, 상냥하게 대해주다가도 한순간에 수컷이 되고는 했다.

"숨 쉬라니까."

"하, 흐하!"

"요령이 부족해."

"강…… 나, 너무."

살이 섞일 것 같은 깊은 키스를 하면서 대체 어떻게 숨을 쉬라는 걸까. 얼굴이 너무 가까웠다. 표정이 너무 잘 보였다. 제 것이 아닌 피부의 온기가 느껴졌다. 점점 키스의 수위가 진해지고 있었지만, 불만을 토할 순 없었다. 연인이 된 이상, 키스하는 데 이유는 필요 없었으니까. 눈이 마주치거나, 손끝이 닿거나, 그것들만으로도 이유는 충분했다. 하지만 시율은 매번 너무 민망할 만큼 급작스러웠다. 그리고 받아들이기 버거울 만큼의 기운을 해인에게 주고 있었다. 달빛으로 아름아름 모으는 음기와는 비교할 수 없을 만큼, 묵직하고…… 흥건한 양기. 음기가 안개 같다면, 양기는 진흙 같았다.

어느 날 깨닫기로 사람으로 변하는 데 하나도 신경 쓰지 않아도 될 만큼 기운이 넘쳤다. 그리고 그건 전부 시율에게서 흡수한 양기였다. 이만큼 양기를 흡수당했는데 시율은 괜찮은 걸까?

"……착하지, 음?"

해인의 그런 걱정을 알 리 없는 시율이, 입술 위로 달래는 말을 속삭이며 다시 젖은 살을 섞어왔다. 마주 닿은 피부가 뜨겁게 달아오름과 동시에 몸이 부르르 떨려왔다. 의식한 탓인지 너무도 선명하게 그것이 해인의 목을 타고 내려갔다. 꿀꺽, 넘겨받은 것은 기인지, 아니면 단순히 타액인지.

그걸 구분할 수 없을 만큼 그와 너무도 가까웠다.

해인은 숨 막히게 이상한 그 기분을 견딜 수가 없었다. 목 안쪽이 저릿저릿하고 손이며 발끝에 잔떨림이 경련하듯 찾아왔다. 꽉 맞물린 입술을 통해 자신이 시율의 무언가를 흡수한다는 게 싫었다. 하지만, 그와 동시에 그와 키스할 때면 거짓말처럼 목이 마르곤 했다.

자신의 깊은 곳에서 더한 접촉을 갈구하는 목마름을 느꼈다. 다름 아닌 시율을 향해서, 그것은 다름 아닌…… 욕망이었다.

맙소사, 이래서야 정말 요괴잖아. 나 왜 이리 밝혀? 키스가 끝나지 않기를 바라는 자신에게 해인은 반항했다.

"그만…… 하지, 마."

그것은 정말이지 미약한 움찔거림이었다. 하지만 시율은 넘겨준 만큼 받아야만 했다. 해인의 턱을 들어 올리고, 저도 한참 고개를 숙여야 맞닿는 입술에 제 입술을 겹쳤다. 가쁜 숨을 삼키고, 그 몸에서 신음을 짜내 음미했다. 자신의 몸으로 느껴지는 해인의 모든 소리며 떨림, 숨의 온도까지 감상했다. 그러다가 목이 치켜들려 힘겨워하는 해인의 허리를 바짝 들어 올렸다.

끌어안는 키스에 해인은 헤어 나올 수가 없었다. 진한 압박과 숨 막힐 듯

한 몰아붙임이 정신을 아찔하게 했다. 빈틈없이 옥죄여진 기분. 몸과 정신의 감각이 쉴 새 없이 교차했다. 그가 욕정을 품을수록 흘러들어오는 기운은 강해지기 마련이었는데, 그게 오늘만큼 왈칵 밀려들어온 적은 없었다.

"그만해 정말! 강, 이러다가……."

"싫어?"

"아냐! 싫은 게 아니라, 이러다가 네가……."

얼굴이 붉어지는 건 그의 갈망을 뻔히 알아서였다. 온몸으로 느끼고 있어서.

"내가?"

"큰일 날 수도 있단 말이야."

키스할 때 상대의 건강을 걱정하는 건 아마도 저뿐이리라. 해인의 염려가 무색하게도 시율은 느긋하게 웃고 있었지만.

"그럴 리가. 난 황홀하기만 한데."

이래서야, 어느 쪽이 요괴인지. 해인은 분명 시율이 주는 무언가를 느끼면서도, 자신이 흡수하면서도 잡아먹히고 있는 기분이 들었다. 그건 아마도 상대가 너무도 강한 탓이리라.

"그거야, 나도 그렇지만……. 그래도 너무 진한 건 안 돼! 위험하단 말이야. 이러다 죽을 수도 있어!"

"그게 무슨 소리야? 키스가? 어째서?"

"그, 그건…… 말 못 하지만……."

"아! 양기? 양기구나."

"……엥?"

"나 그거 알아. 공부했거든."

이 남자, 해맑게 뭐라는 걸까. 뭘 공부해! 걱정이라고는 조금도 안 하는 시율 때문에 해인은 얼이 조금 빠졌지만, 시율은 힌트를 얻었다는 사실에 기분이 좋아졌을 뿐이었다.

"구미호 느낌인가?"

"그걸 어떻게 알아?"

시율은 과연 모범생이라 척하면 척이었다. 그 방면에 대한 지식은 해인보다 훨씬 낮기도 했고 말이다. 이래서야 사신의 금동술도 소용없는 게, 상대가 먼저 알고 있는 탓이었다. 시율이 문제없다는 얼굴로 한층 더 가까이 다가오며 해인의 입술을 더듬었다.

"난 괜찮으니까, 내 양기를 빨아."

"엇……."

"내 양기, 얼마나 필요해?"

이 남자, 인심도 좋지. 해인은 울어야 할지 웃어야 할지 알 수 없었다. 저를 한층 더 감싸오는 시율의 몸짓이 당황스러울 뿐이었다.

"바보 아니야?"

"글쎄? 머리 좋다는 소리라면 질리도록 들어봤는데."

평소라면 그 사실에 적극 동의했을 해인이지만, 지금은 진지하게 그가 어디 모자란 걸 아닐까 하는 의심을 해봐야 했다. 그도 그럴 게, 그렇지 않고서야 이런 반응일 수는 없는 거니까. 기껏 걱정해서 경고해줬는데…….

"강 너는…… 너는 걱정도 안 돼?"

"괜찮아. 잘 먹고 잘 자고, 건강하게 지내면 보충되는 게 양기잖아."

혹시 농담인 줄 아는 걸까? 해인은 느긋하게 저를 끌어안으려 드는 위험한 남자의 가슴팍을 밀어내며 심각한 얼굴을 했지만, 그냥 그의 따뜻하고 단단한 가슴을 만지는 것밖에 되지 않았다.

"내 말 제대로 들은 거야! 네가 큰일 날 수도 있다니……."

"여차하면 일주일에 두 번쯤 삼계탕을 먹으면 되겠지."

보양식에 운동이라니, 그거 양기에 아주 도움이 되겠……. 아차.

"그런 뜻이 아니잖아! 그런 걸로 해결이 되겠냐!"

"음, 널 위해서 더 맛있어질게."

화를 냈더니 눈웃음으로 받아치는 남자였다. 해인은 정말 기가 막혔다.

뭘까, 이 당당한 먹잇감은? 왜 먹는 쪽이 더 위험을 느껴야 하는 걸까. 해인은 슬금슬금 엉덩이를 움직여 도망을 꾀했지만, 그래 봐야 시율의 차 안이었다. 뒷좌석은 좁고 은밀했다.

뒤로 가는 만큼 그가 다가왔고, 어느새 또 익숙한 구도로 그의 품 안에 갇혀버렸다. 시율은 아무리 봐도 사냥꾼 쪽이었다. 그것도 먹잇감을 능숙하게 구석에 몰아넣고는 야금야금 맛보는 지능적인 맹수.

"난 일단 의사거든. 수의사지만."

아무렴, 이 와중에 다시 키스하려고 턱을 들어 올리는 남자가 평범할 리는 없겠지만 말이다.

"으으, 그게 무슨 상관인데?"

"내 건강이라면 걱정 말라는 거지."

"……내가 안 괜찮아!"

무섭단 말이야. 정작 시율은 웃으면서 말했지만 해인의 눈은 두려움에 왈칵 물들어 있었다. 당장에라도 눈물을 터트릴 것만 같았다. 시율이 저를 욕망하는 게 두려운 게 아니었다. 그가 그로 인해 행여 안 좋아질까 봐, 그게 두려웠다. 서서히 볼이 홀쭉해진다든지, 길을 가다 픽 쓰러진다든지, 얼굴이 파랗게 질린다든지. 지금까지의 진도를 봐서는 조만간 난데없이 기절하고도 남을 것 같았다.

"뭐, 죽기야 하겠어?"

해인의 그런 걱정이 무색하게도 시율은 쥐꼬리만큼도 신경 안 쓰는 것 같았지만. 저와 키스하면 양기를 빼앗긴다는 사실에 그가 무서워하거나 꺼림칙해할 거라고는 생각도 안 했다. 하다못해 제 몸 귀한 줄 안다면, 아쉬워하면서 키스를 좀 줄일 줄 알았다. 하지만 시율은 어느 쪽도 아니었다. 어째 더 거리낌 없이 다가오는 것 같았다. 마치 정당한 보수를 지급하고 있는 사람처럼…… 당당하게.

물론, 지금까지도 매우 당당했지만. 하여간 보통 남자는 아니었다.

"그런 얼굴 하지 말고, 내 걱정은 조금도 하지 마."

"……하지만."

"난 정말 괜찮아."

"왜…… 무서워하지 않는 거야?"

"이 정도로 겁낼 거라면 시작하지 않았을 거야. 그리고, 내가 널 무서워할 리 없잖아."

그건 더없이 사랑스럽게 여기는 눈이었다. 시율이 다정하게 어르며 손등으로 제 뺨을 쓸자, 해인은 그제야 문득 그가 일부러 전혀 상관없는 척하는 걸지도 모르겠다는 생각이 들었다. 제가 너무 겁을 내고, 자꾸만 두려워하니까. 빼앗는 쪽이면서도, 오히려 무서워하니까. 걱정하게 하지 않으려고…….

만약 그런 거라면, 저는 그를 더욱 사랑하게 될 수밖에 없었다. 지금도 마음이 커지는 걸 걷잡을 수가 없었으니까. 놀라운 일이었다. 인생에는 누군가를 얼마나 사랑하게 될지 몰라서 두려운 순간이 있구나.

바로 이런…….

해인은 시율의 눈을 올려다보며, 제가 하는 모든 걱정이 그를 사랑하기 때문이라는 사실을 깨달았다. 그건 어딘가 부끄러운 일이었다.

제 안에 전과 다른 무언가를 느꼈다. 이젠 그가 아프면 속상해서 눈물이 날 것 같았다. 그가 다치면 제가 아플 것 같았다. 그런데 만에 하나 그를 상처 입히는 게 저라면, 그땐 죽고 싶을 만큼 슬프리라.

이게 사랑 아니라면 뭐라고 할 수 있을까.

두 남자는 현실적인 일을 몇 가지 처리했다. 우선 태일은 남은 집 계약을 시율에게 양도했고, 시율은 돈이 없어서 얹혀살던 것도 아닌지라 곤란할 것도 없었다. 일찌감치 받은 조모의 유산도 있었고, 또래치고 수입도 좋은 데다가, 주식으로 굴린 돈이 꽤나 넉넉했다.

때마침 화재 보상금도 나온 터라 모든 건 착착 진행됐다.

"있는 돈으로 그럭저럭 해결돼서 다행이네."

"그러게요."

“혼자 살기 너무 넓은 감은 있지만 이 입지, 이 평수에 이 가격은 파격적이기도 하고……. 태일이 네 덕분이네. 일단 고맙다.”

“무슨 말씀을요. 저야말로 감사하죠. 형님 아니었으면 많이 복잡해졌을 겁니다.”

“뭘, 집주인이 네 큰아버지인 덕분에 편했지.”

태일은 집에 있던 가구 대부분을 시율에게 그냥 주기로 했는데, 이쯤 되면 시율로서도 썩 손해 보는 장사는 아니었다. 혼자 살기 넓은 집인 건 분명했지만, 사실은 혼자가 아닐 테니 말이다.

“그럼 집은 이렇게 하면 될 것 같고, 개냥이도 형님께서 맡아주시는 걸로 알고 안심…….”

“아니.”

“네?”

“그냥 나한테 줘, 내가 잘해줄게.”

시율의 갑작스러운 제의 아닌 제의에, 태일은 곧장 대답할 수 없었다. 그는 당황해서는 저도 모르게 말을 더듬어야 했다. 저번이랑 이야기가 달랐다.

“형님. 저는, 봐주신다고…… 하셔서.”

“그랬지. 분명 그랬는데 말이야, 생각해보니까 주인이 계속 바뀌는 건 이 녀석한테도 너무 괴로운 일이겠다 싶어.”

나 말이야? 두 남자의 시선에 제게로 쏠리자 소파에 앉아 혀를 내밀고 손등을 핥던 해인은 그 상태 그대로 굳어버렸다. 임차권이 어쩌고, 전세 계약서가 어쩌고 어려운 용어를 쓰기에 딴청을 피우고 있었는데, 왜 태일이 사탕 빼앗긴 아이 같은 얼굴로 저러고 있는 걸까. 너! 주인을 괴롭힌 거냐!

전 같으면 분명 가해자인 시율에게 이를 드러냈을 해인인데 이젠 그쪽이 제 남자 친구였다. 해인은 어쩔 줄 몰라 둘을 바쁘게 번갈아 봐야 했다.

“냐, 냐냥?”(주, 주인, 왜 그래?)

“저기…… 형님. 두고 가면서 제가 바랄 건 아니라는 건 압니다. 하지만,

늦어도 반드시 돌아올 테니까 그때까지만 부탁드리고 싶……."

"거절할래. 정들기는 나도 마찬가지거든."

태일이 어쩔 줄 몰라 하다가 당혹스러운 눈으로 저를 바라보자, 해인은 그제야 어떻게 된 일인지 알 수 있었다. 그리고 해줄 수 있는 건 없었다. 잘 못 걸린 건 태일이었다. 함정에 빠진 것도 태일. 해인은 저 역시 시율에게 맨날 당하는 처지라, 태일이 어떤 일을 당했는지 쉽게 알 수 있었다.

"난 임시보호는 안 해. 이참에 나한테, 완전히 주라."

시율의 얼굴에 웃음기라고는 조금도 없었지만, 해인은 시율이 속으로 웃고 있다는 걸 확신할 수 있었다. 이제는 시율을 좀 알았다. 아무렴 그가 이 절호의 기회를 놓칠 리 없다는 것도 말이다. 그는 철저한 기회주의자였고, 심지어 끈질겼고, 운이 잘 따랐다. 그를 돕는 것은 대개 스스로였다. 그 앞에 태일은 손쉬운 먹잇감일 뿐이리라.

"뭘 망설여. 잘 알잖아. 나보다 이 녀석한테 잘해줄 사람은 없다는 거."

"……그건 알지만."

"그럼 문제없네. 모든 게 완벽해."

시율은 손수 우아하게 손뼉까지 쳐 보였다. 더 이상의 협상은 없는 듯했고 태일은 눈에 띄게 시무룩해졌다. 해인은 그 모습을 안타깝게 바라볼 수밖에 없었다. 아아, 불쌍한 주인. 눈 뜨고 코 베인다는 건 바로 이런 거였다.

그날 밤 해인은 모처럼 태일의 곁에서 웅크리고 잠을 청했다. 이 침대도, 저 커다란 베란다 창도, 태일의 냄새도 모든 게 왠지 오랜만인 것처럼 느껴졌다. 근래는 여기서 잠들라치면 시율이 질투하기도 했고, 태일이 바빠서 집에 없는 날이 많았다. 집에 있어도 떠나는 일로 고민하느라 제대로 침대에서 잠들질 않았다.

태일의 힘든 고민이 끝나서 다행스럽기도 하고, 이제 헤어져야 한다고 생각하니 섭섭하기도 했다. 하지만 그가 돌아올 무렵에는, 어차피 어느 곳에도 저는 없으리라. 검은 고양이는 흔적도 없이 사라지고 인간 박해인으로 돌아가 있으리라. 그러니 사실은 주인이 누구든 상관없었다.

"개냥아."

"먀앙?"(응?)

슬픈 꿈을 꿀 것 같은 기분으로 막 잠들려는데, 태일이 나지막한 목소리로 저를 불러서 해인은 조용히 고개를 들었다. 어두운 침대 위였지만 태일의 얼굴이 똑똑히 보였다.

"미안하다."

"……냐냐!"(……난 괜찮은데!)

해인이 일부러 기분 좋은 울음소리를 내며 제게로 내밀어진 태일의 손끝을 핥아줬다. 그는 많이 미안한 얼굴이었다. 짐승한테도 제대로 사과를 하다니, 시율과는 다른 의미로 남다른 남자였다.

"이렇게 돼서 정말 미안. 내가 참 겁쟁이다. 그치?"

커다란 태일의 손에는 고양이의 작은 머리통이 쏙, 하니 들어갔다. 그 손이 제 머리를 쓰다듬는 느낌을 해인은 참 좋아했다. 지금도 좋아하지만 전과는 어딘가 다른 마음이었다.

"기도 말이 맞아. 내가 도망가는 거긴 해."

"……."

"아, 네가 나쁜 아이라 두고 가는 건 아니야. 그것만 알아주라."

"미야미양."(주인도 나쁘지 않아.)

"……널 버렸다고 생각하고, 마음 아파하진 말아줬으면 좋겠다."

태일의 입장에서 해인은 이미 한 번 버림받은 고양이였다. 주인을 잃어버리고 옥상에서 배회하며 비를 맞고 울던 고양이. 자신은 괜찮다고 말해줄 수 있으면 좋을 텐데. 해인은 말 대신에 태일의 손등만 하염없이 핥았다.

난 괜찮으니까, 당신도 괜찮았으면 좋겠어.

이 마음의 속삭임, 그에게 들렸으면 좋겠다.

그리고 조금쯤은 당신이 당했다는 걸 알았으면 좋겠어! 그는 의심이라고는 모르는 모양이었다.

태일이 본가로 일주일간 떠나는 날의 아침, 그는 고향에 있는 친척 동생들에게 준다며 책이며 음악 CD며 챙겨 든 짐만 캐리어 하나 가득이었다. 먼 곳에 간다는 것을 증명하는 양 가진 건 전부 정리하려는 기세가 어딘가 보는 사람을 쓸쓸하게 했다.

그리고 그건 고양이도 마찬가지인 모양이었다.

"어, 저기 형님…… 개냥이 좀."

"아아."

아직 아프리카에 가는 것도 아닌데 어제부터 내내 태일에게 딱 달라붙어 떨어질 생각을 안 하는 해인이었고, 그건 태일이 현관에서 짐을 챙기는 동안에도 계속됐다. 태일이 진흙 묻은 갈색 하이워커의 끈을 묶는 동안에도 그 손등에 온몸을 비비적거렸고, 여차하며 캐리어 안으로 파고들어 갈 기세라 시율은 그런 해인을 억지로 태일에게서 떼어냈다.

"먀앙!"(왜 이래!)

이거 놓으라며 버둥버둥하는 것을 시율이 억지로 옆구리에 끼워 넣고는 풀어주지 않자 해인은 불만스러운 얼굴로 그대로 늘어졌다. 태일은 그 모습을 보며 피식 웃긴 했지만, 사실은 웃는 게 웃는 게 아니었다.

"짐승이란 참 신기해요."

"그렇지."

"제가 멀리 가는 걸 꼭…… 아는 것 같아요."

"척하면 척이지. 눈치로 먹고사는 녀석들이잖냐."

"……자길 놓고 갈 거라는 걸 아는 걸지도."

시율이 움찔한 것은, 해인이 저를 풀어달라며 손등을 아프지 않게 아작아작 깨물어서는 아니었다. 태일의 눈가가 촉촉하게 젖어 들어서였다.

"……우냐."

"죄송해요. 그냥 계속 미안해서……."

시율이 황당해하는 것도 무리는 아니었다. 저도 민망한지 태일은 눈가를 얼른 훔치고는 양손에 짐을 챙겨 들었다. 하지만 시율의 손에서 탈출하는 데 성공한 해인이 바짓단에 딱 매달리자, 결국 닭똥 같은 눈물은 흘러내렸다.

"먕! 미야앙~"(주인! 울지 마아아~)

"하하, 제가 창피하게 왜 이리는지 모르겠어요."

"므앙!"(으아앙!)

이것들이 쌍으로. 누가 보면 사귀는 줄 알겠다 싶어서 시율은 진노했다. 하지만 진짜 헤어지는 거니까 일단 봐주기로 했다.

"얌마! 네가 우니까 따라 울잖아!"

"……죄송해요."

봐주기로 한 것치고 성질을 내고 있었지만 말이다. 참으로 눈물겨운 이별이었다. 그 고양이나 주인이나 똑같이 시율은 벌써부터 나중 일이 걱정이 되었다. 지금부터 이래서야 진짜 태일이 아프리카에 갈 때는 대성통곡을 할 것이다.

"얌마, 별것도 아닌 걸로 울긴 왜 우냐!"

그것도 다 큰 사내자식이! 시율은 더 울었다간 한 대 칠 기세였다. 사실 태일도 울고 싶진 않았다. 담담하게 굴고 싶은데, 어제부터 마치 헤어짐을 알기라도 하는 것처럼 유난히 찰싹 달라붙어서 떨어지려고 들지 않는 해인 때문에 그만 기분이 이상해진 것이다. 어딘가 불쌍한 얼굴로 하염없이 저만 바라보는 그 애절한 눈동자에는 마음이 약해질 대로 약해질 수밖에 없었다. 태일은 진심으로 걱정이 됐다.

"형님, 개냥이가 나중에 절 미워하진 않겠죠?"

"……똑똑한 녀석이니까 이해해주겠지."

"그래도 짐승이잖습니까. 개냥이 입장에서는 그냥 자길 버리고 갔다고 생각할까 봐……."

"짐승이란 건 말이야, 주인 기분을 다 안다고. 네가 울면서 가면 애도 놀라서 올 거고, 네가 웃으면서 가면 아, 별거 아니구나 하고 안심하는 법이야. 네가 그렇게 유난 떨면 쉬울 것도 어려워져요."

시율은 말은 달래는 것처럼 했지만 막상 손으로는 해인을 제 품으로 빼앗아 왔다. 둘이 이러다 신파라도 찍기 전에 갈라놔야겠다.

"그러니까 웃으면서 다녀와."

"예⋯⋯."

"그리고, 너한테 버림받았다고는 생각 안 할 거다. 사는 곳이 그대로니까 이 녀석은 네가 어디 멀리 가서 안 오는구나 하겠지."

"그러면 다행이지만⋯⋯. 혹시 절 기다리진 않겠죠?"

"그야 당연히⋯⋯ 기다리겠지."

아니라고 말해주고 싶었지만 시율은 명색이 수의사였고, 사람 손에 길러진 짐승들이 주인을 기다리는 모습이라면 질리도록 봐왔다. 학대 속에서 구조된 케이스가 아니고서는, 대부분 기억력이 허락하는 한 주인을 기다리고, 또 기다리기 마련이었다.

얼굴을 잊어버리면 냄새로 알아봤고, 냄새를 잊더라도, 저를 안아주면 그 품으로 어떻게든 기억해내곤 했다. 바보 같은 녀석들이라서 잊는 법을 모르는 것 같기도 했다. 태일도 그걸 알아 발길이 더욱 안 떨어지는 모양이었다.

"추태라는 건 알지만, 이 녀석 눈만 보면 제가 죄인이 되는 것 같아요."

"⋯⋯뭐, 그야."

해인이 태일을 보는 눈은 항상 무한한 신뢰로 반짝였고, 그런 존재를 외면하기란 확실히 쉽지 않아 보였다. 시율은 이쯤 되니 태일이 조금 불쌍해지기는 했다. 좋은 녀석이라는 건 알았지만 이렇게 진심으로 슬퍼할 줄은 몰랐다. 하지만, 아무리 그래도 해인을 양보할 순 없었다.

시율은 해인이 저를 원망의 눈으로 보기 전에 얼른 말을 돌렸다.

"아, 그보다 말이야. 내가 생각을 좀 해봤는데 별건 아니고 네 이별 파티 같은 걸 조촐하게 할까 하는데, 어때?"

"제…… 이별 파티요?"

"그래, 둘이 하는 건 좀 그렇고 가끔 놀러 오는 네 친구들도 불러서 말이야."

"기도나 하은이 말씀이시군요."

태일은 아직도 조금 젖은 눈가를 손등으로 문지르며 의외라는 듯 되물었다. 시율의 성격상 거추장스러운 이별 파티 같은 걸 계획할 거라고는 짐작도 못 했다.

"형님은 그런 거 낯간지러워서 싫어하실 거라고 생각했는데요."

"뭐, 그렇긴 하지."

시율은 뭐랄까, 정이 아주 없는 건 아닌데 그렇다고 살가운 타입도 아닌 남자였다. 누구에게든 벽이 확실히 있었고, 흔히 말하는 마음을 여는 상대가 있긴 한 건지 의문스러운 타입이었다.

'동물들한테는 확실히 친절하지만.'

병원에서 영업용 미소를 보여줄 때면 모를까, 그 외 사적으로는 말을 걸기 힘든 사람이었다. 처음엔 제가 뭘 잘못했나 싶었던 태일이지만, 시율과 한집에 살게 된 뒤에는 그냥 그가 원래 그런 성격이라는 걸 알게 됐다. 방문은 항상 닫혀 있었고, 입을 다물고 있으면 무슨 생각을 하는지 알 수 없고, 자기 사생활에 대한 선이 확실했다. 시율은 어딜 보나 혼자 있는 걸 즐기는 타입이었다. 그런 그가 제 친구들까지 챙겨주다니. 평소 거리감이 확실한 시율에게 상당히 이례적일 일이었다.

"부대끼는 건 질색하시잖아요?"

"그래도 작별 인사 정도는 제대로 해야지. 너랑 나, 기도랑 이하은…… 그렇게 넷 정도면 좋지 않나 싶어. 그 둘이라면 나도 안면이 있으니까. 왜? 별로야?"

"아뇨. 저야 감사하죠."

뜻밖의 제의에 태일은 다소 놀란 듯했고, 해인도 대체 무슨 꿍꿍이냐는 눈으로 시율을 노려봤지만 그는 어깨를 가볍게 으쓱여 보일 뿐이었다.

"파티는 여기서 할까 하는데."

"집에서 말인가요?"

"그래, 먹을 건 내가 준비하고."

사실 시율로서도 태일이 떠나는 것 자체는 확실히 아쉬운 일이었다. 또 해인을 빼앗은 것에 대한 약간의 죄책감도 있었다.

"그거 힘들지 않으시겠어요?"

"4인분쯤이야 일도 아니지."

"그래도, 제 이별 파티니까 제가 밖에서 뭔가 사는 편이……."

"오래간만에 솜씨 발휘 좀 하고 싶어서 그래. 그리고 원래 멀리 가는 사람은 얻어먹는 거라고."

그리고 이 고양이도 참석하고 싶을 테니까. 그러려면 확실히 집에서 파티를 할 필요가 있었다. 시율의 그런 생각을 알았는지, 해인의 눈에 생기가 조금 돌아온 건 그때였다.

"먼 길 가는 사람한테 내가 해줄 게 그런 것뿐이네."

아무튼 이건 그 나름의 최대한의 호의였고, 해인에 대한 마음이 섞여서 그런지 평소 태일에게 보여주던 것치고는 매우 다정한 것이었다. 태일이 감동하는 건 바로 그래서였다.

"감사합니다. 이렇게 신경 써주실 줄은……."

"아, 또 울진 마. 질색이니까."

단, 모진 건 여전했다.

태일이 본가로 떠났으니, 앞으로 일주일은 해인과 시율 단둘이었다. 알 듯 말 듯 한 이유로 해인이 시무룩한 것만 빼면 완벽한 나날이었다.

"다녀왔어."

"왔구나……."

시율의 이른 퇴근에도 해인은 소파에 누워서 뒹굴고 있다가 손만 한 번 맥없이 흔들어줬을 뿐이었다. 어쩌면 저렇게 기운이 없는지. 나른한 거랑 맥없는 건 엄연히 다른데 말이다. 평소에 고양이 모습일 때 하던 걸 사람 모습으로 그대로 해준다는 건 색달랐지만 앞으로 일주일을 저러는 건 곤란하기 때문에, 시율은 나름의 타개책을 준비해 왔다.

"오, 왜 그 모습이야?"

"이게 편해서……."

본래 사람인 해인이니 당연히 이쪽이 더 편했다. 게다가 양기도 충분하고, 집에 태일도 없으니 사람으로 있지 못할 이유는 아무것도 없었다. 그리고 근래는 양기가 너무 넘쳐서 묘하게 취한 느낌이 들고는 했다. 몸이 너무 건강한 나머지 쓸데없이 날뛰고 싶은 기분이 된달까?

역시 뭐든 과한 건 좋지 않다는 생각을 하며, 적당한 컨디션을 위해서 해인은 일부러 기운을 소비하는 중이었다. 뒹굴뒹굴, 해인은 커다란 티셔츠 속으로 무릎을 넣고 소파 위를 괴상한 생명체처럼 굴러다녔다. 아, 아무것도 하기 싫다. 지금도 아무것도 안 하고 있지만 더 힘껏 아무것도 안 하고 싶어.

"잘됐네. 일어나 봐. 선물을 가져왔거든."

"응?"

"좋은 걸 준비했지."

관심부터 끄는 게 뭘 좀 아는 시율이었다. 해인이 슬그머니 일어나서 다가오자 그는 자신 있게 웃으며 커다란 종이봉투를 해인의 품 안에 들려줬다. 그 안에 가득한 것은, 뭔가의 재료들이었다. 다크 초콜릿, 버터, 코코아 가루, 박력분…… 라즈베리.

"이게 뭐야?"

"라즈베리 퐁당 쇼콜라. 지금부터 만들 거야."

"……내가 뭐 갠 줄 알아? 먹을 걸 준다고 기분 좋아질 줄 알면 오산……."

"침 닦아."

"응."

해인은 쓱, 하니 손등으로 입가를 문질렀다.

4. 고양이 길들이기

단걸 먹으면 기분이 좋아진다는 건 엄연히 과학적으로도 증명된 사실이었다. 이 괴상한 몸에도 통하는지는 알 수 없었지만, 아무튼 해인은 단거라면 환장했다. 입안에 절로 침이 고이는 건 죄가 아니리라.

"앗, 달걀에 설탕을 섞는구나."

"그렇지."

"어쩐지 맛있더라!"

시율의 등 뒤에 달라붙어서는 그가 능숙하게 재료를 섞는 모습을 구경했다. 그는 해인에게 단것이 매우 효과적이라는 사실을 안 뒤로 이렇게 직접 무언가 만들어 주고는 했는데, 하나같이 말도 안 되게 맛있었다. 수의사 말고 파티시에를 해도 될 것 같을 정도였다. 본인은 간단한 거라면서 뚝딱 만들어 주는 게 퐁당 쇼콜라나, 가나슈, 설탕 시럽을 가득 바른 도넛이었다.

해인은 이미 시율의 손맛에 완전히 길들여져 있었다.

"너도 해볼래?"

평소라면 만드는 걸 구경하는 것까지만 허락해주는 시율이었지만, 오늘은 특별히 함께 만들자고 했다. 태일이 돌아올 일도 없겠다 마음껏 느긋하게 둘만의 시간을 보낼 셈이었다.

"괜찮을까? 내가 해도 맛있을까?"

해인은 짐짓 심각하게 물었다. 만약 그렇지 않다면 참여하지 않겠다는 결연한 의지가 담긴 눈동자였다. 퐁당 쇼콜라는 소중하니까!

"괜찮아. 내가 같이 있잖아."

"……그러네!"

고민하던 해인은 냉큼 고개를 끄덕였고, 시율은 제가 들고 있던 거품기를 해인의 손에 넘겨줬다. 그것만으로 몸 둘 바를 모르는 해인이었다. 거품기라는 게 보기보다 무겁구나! 가만있을 수가 없는지 이것저것 건드려보는 해인의 뒤쪽으로 다가가 여분의 앞치마를 둘러주는 시율이었다. 그러곤 목뒤로 리본을 매주며, 가느다란 목 근처에 속삭였다.

"머리 묶어줄게."

"응!"

요리하기 앞서 해인의 긴 머리카락을 느슨하게 아래로 묶어주는 시율의 손길이 꽤나 야릇했지만, 거품기에 흥분해서는 전혀 이상한 느낌을 못 받고 있는 해인이었다. 누군가에겐 그저 즐거운 요리 시간이었지만, 시율에게는 어른의 시간일 뿐이었다.

검지 끝이 달콤한 갈색에 감겨들었다. 그렇게 가득 묻혀서는 해인의 입가로 내미는 시율의 손길은 어째서인지 상당히 느리고, 그래서 나른하고, 그래서 어딘가…… 섹시했다. 그저 깨끗하고 큰 손일 뿐인데, 단정한 남자의 손일 뿐인데, 왜 이 남자는 손마디 관절 하나까지 이렇게 관능적인 걸까. 뭘 믿고 이렇게!

"자, 먹어봐."

"어으엉……?"

"잘 섞였나."

시율이 자신의 가장 위험한 무기인 눈으로 함께 말했다. 웃느라 반쯤 감겨서는.

"맛을 봐야지."

꼭 손으로 찍어서 맛을 봐야 하는지는 의문이지만, 거부할 수는 없었다. 그의 눈이 말하는 달콤한 속삭임에 사로잡히면 그건 무엇이든 거부하기 힘든 유혹이 됐으니까. 입술 위를 배회하는 손끝은…… 참으로 달 테니까. 톡, 하고 자신의 아랫입술을 건드리는 시율의 손 때문인지, 그 끝에 묻은 초콜릿 때문인지 만져진 입술이 얼얼해졌다.

옮아온 열기로 살포시 떨려왔다. 시율을 한 번 힐끔, 올려다본 해인은 못 이기는 척 작게 입술을 벌렸다. 혀를 조금 내밀고 다가온 손끝을 베어 물었다. 조심스레 쪽 하고 빨아들이다 보니, 분명 사람의 몸인데도 고양이가 된 기분이 들었다. 그저 손가락을 물었을 뿐인데, 왜 이리도 야한 기분이 드는 걸까. 해인은 제가 언제부터 변태가 된 건지 생각해내야 했다.

"키스해줄까?"

문득 시율이 물었다. 조용한 물음이었지만 그렇다고 그 홀리는 목소리가 어디 가진 않았다. 달콤한 건 입안의 무엇인지 귓가에 감겨드는 그의 목소린지. 분명한 것은 목소리에 안기는 기분이 든다는 것이었다. 해인은 그 순간, 이게 단순한 요리 시간이 아니었다는 걸 깨달았다. 태일도 없는 집에서, 시율과 단둘이 무언가 하는데…… 그게 평범할 리는 없었다.

이제 보니 그의 모든 게 유혹이었구나.

해인은 제가 대답할 수 있다는 사실에 감사했다.

"……좋아."

수긍과 함께 그의 입술이 닿았다. 모든 순간이 마치 숨 쉬는 것과 같았다. 초콜릿 때문인지 유난히 달고, 끈적이며…… 정신을 좀먹어오는 그런 접촉. 이게 뭘까. 분명 함께 케이크를 만들고 있었을 뿐인데 왜 이렇게 되고 만 걸까. 해인은 의문을 가지면서도 답을 알았다. 그건, 서로를 갈망하기 때문이었다.

한껏 꺾은 목이 아파져 해인은 두 손을 들어 올려 시율의 목을 좀 더 아래로 끌어당겼다. 그것은 매달린다기보다는 가져오는 손길이었고, 시율은 기꺼이 끌려가 상체를 숙이며 한 손으로 해인의 허리를 틀어쥐었다. 고작 왼쪽 팔뚝 안에 온전히 감기는 여자의 허리가 주는 애틋함에는 그의 심장도 요란을 떨었다.

그는 자신이 흥분하는 것을 느끼며 깊숙이 눈을 감았다.

'이르다는 건 아는데…….'

해인이 지금처럼 의심 없이 기쁘게 안겨오는 건, 순전히 키스 이상을 상상하지 않기 때문이라는 걸 알았다. 선은 넘으려 들면 또 저 멀리 도망갈 거라는 것도 그는 알고 있었다. 하지만 허리와 함께 끌려와 온전히 닿는 말캉한 몸에는 숨이 막혔다. 길어지는 키스에 여자가 내는 야트막한 숨소리에는 기어코 혀끝이 떨렸다.

인생의 모토가 여유이건만, 천하의 그도 이쯤 되니 한계였다. 차근차근이고 뭐고, 전부 씹어 먹어버리고 싶은 충동이 자꾸만 불끈거렸다. 입안의 작은 혀도, 낭창한 몸도 전부. 키스는 거듭할수록 아쉬워졌다. 갈증을 부르는 것으로 갈증을 참으려니 고약스러운 일이었다. 목이 마르다고 바닷물을 들이켜는 멍청한 형국이라는 걸 그도 알았다.

아는데도 그만둘 수가 없었다. 시율은 초콜릿이 묻은 오른손으로 해인의 뺨을 간질이며 귓가를 쓰다듬었다. 가만가만 톡톡, 검지를 뺀 시율의 손가락이 해인의 목덜미까지를 두드렸다. 진득하리만치 깊어지는 입안과는 달리 부드럽고 다정한 손길이었다.

휘감는 혀가 그의 욕망이라면 그의 나긋한 손짓은 그가 가까스로 위장하고 있는 평화로운 외관이었다. 그러나, 둘 다 해인을 미혹시킨다는 것만은 같았다.

"하아."

"……그만?"

숨을 쉬기 위한 틈에 시율이 물었다. 녹아드는 목소리로 어차피 그만둘 생각도 없으면서 확인하듯 물어온다. 이게 저만 바라는 일이 아니라는 걸 해인에게 가르치는 것 같았다. 사실 물음은 의미 없는 일이었다. 이미 서로의 공기가 얽혀버려 경계를 잃은 것쯤이었다. 해인은 보일 듯 말 듯 고개를 끄덕이며 더, 하고 재촉했다. 그걸 말하는 입술 사이에 시율이 그대로 다시 파고들었다.

혀를 비집어 넣어 맞추며, 그와 동시에 해인의 허리를 번쩍 들어 올려 식탁 위로 앉혔다. 사뿐한 손짓이었지만 키스하던 채라 해인은 몸이 들리자 움찔, 작게 긴장했다.

"……!"

반사적으로 그의 목을 휘감았던 손으로 자신의 허리를 낚아 쥐는 남자의 강한 두 손을 붙잡았다. 오른손으로 그의 왼쪽 손등을, 왼손으로 그의 오른쪽 손목을. 그러자 시율의 손이 미안하다는 듯, 긴장하지 말라는 듯 해인의 등허리를 부드럽게 쓸어 만졌다. 부끄러웠지만 그 손이 너무 따뜻해서 속절없었다. 허리의 움푹 파인 그 부분을 시율의 손이 지그시 누르며 매만지자 긴장이 되어서 발끝까지 힘이 들었다.

해인은 지금 그와 자신이 위험할 만큼 가깝다는 걸 알았지만, 거부하지는 않았다. 시율이 어찌해도 자신이 허락한 그 이상을 넘어오지는 않는다는 걸 알았으니까. 그는 이상할 만큼 해인이 겁내는 선을 지켰다. 시율을 생각하며 해인은 두 손을 움직였다.

지금 그와 키스하며 그를 느끼고 있는데도 부족한 기분이 들어 순간순간을 손끝에 그려나갔다. 자신의 허리를 붙잡은 시율의 손을 타고 더듬어 올라가며 음미했다. 두 손을 함께 움직여 그의 손목을 매만지고…… 팔등을 더듬어 올라가 와이셔츠 소매가 접힌 팔꿈치를 스쳐 지났다. 그리고 단단한 팔뚝을 한번 쥐었다가 손끝을 그의 어깨 위에 안착했다.

살며시 어깨를 붙잡으며 그의 감촉을 만끽했다. 단단하고, 따뜻해서 기분이 좋았다.

시율이 지금 자신을 음미하는 그 기분을 알 것 같았다. 이렇게 만지고 붙잡는데도 아쉬운 기분이 들어 채우고자 하는 욕구가 끊이지 않았다. 저도 모르게 손끝을 세밀하게 만들어 시율을 보듬고 만다. 그의 어깨에 근육이 선 모양을 손끝으로 더듬자니, 이제 떨어지는 건 그였다.

"……간지러워."

시율이 입술을 반쯤 떼어내고는 속삭였다. 키스하는 그동안, 찰나인 그 영원 사이에서.

헤인이 그에 키득거리자 시율이 다시 웃음을 삼켰다. 여유 있는 게 마음에 들지 않는다는 듯 더 깊이 찾아 들어왔다. 키스는 끝을 모르게 깊어졌다. 이제 제법 이런 진한 입맞춤에 익숙해진 헤인이지만, 시율이 마음먹고 압박하면 결국 밀렸다.

싱크대와 이어진 하얀 대리석 아일랜드 식탁 위로 헤인을 더 올려 앉히며, 시율은 지그시 뜬 눈으로 헤인의 눈이 흐려지는 걸 지켜봤다. 어디까지 몰아붙일 수 있을까.

충동을 이기지 못한 그의 움직임이 문득 강해졌다. 감미로운 선을 넘은 우악스러운 포식에 힘겨운 듯 뒤로 몸을 기울이며 반쯤 눕나 싶던 헤인은, 어느새 힘에 겨운 듯 식탁 위로 누워버렸다. 아니, 눕혀진 쪽에 가까웠다. 헤인의 긴 머리카락이 식탁 위에 엉망으로 흐트러졌다. 숨을 몰아쉬고 있는 가슴에, 그의 가슴이 닿았다.

띵!

'……아차, 이게 아니지.'

오븐이 꺼지는 소리에 정신을 차린 시율은 헤인에게서 빠르게 떨어졌다. 1초쯤 선을 넘을 작정을 해버린 것 같았다. 고작 키스에 빠져 정신을 못 차리다니. 젖비린내 나는 애도 아니고…….

"……미안. 내가 너무 빠졌다. 그치?"

그는 스스로도 꽤나 당황했지만, 그렇지 않은 척 웃으면서 헤인을 일으켜 줬다. 미친 거지, 키스에 10분이나 정신을 팔다니. 오븐에 케이크를 넣고 남은 반죽을 맛보면서 키스를 시작했으니 빼도 박도 할 수 없었다. 퐁당 쇼콜라가 구워지는 시간은 180도 예열로 12분. 그리고 그와 맞먹은 키스타임.

세상이 좋아져서 예약 기능이 없었다면 필히 태워먹었으리라. 그 소리가 들린 건 기적이야. 그렇게 생각하며 시율이 상체를 세웠지만 해인은 비실비실 그대로 뒤로 쓰러졌다. 그러곤 묶은 머리가 거슬리는지 턱을 옆으로 돌리며 긴 숨을 내쉬었다. 여전히 진정되지 않은 가슴을 들썩이다가, 그를 놀라게 했다.

"……강은, 날 안고 싶어?"

지독한 침묵이 흘렀다.

띵동.

"끄악!"

자기가 물어놓고는 바짝 긴장하고 있던 해인은 초인종 소리에 화들짝 놀라서는 앉은 자리에서 펄쩍, 뛰어올랐다. 그러고는 숨을 몰아쉬며 크고 동그란 눈으로 현관문을 노려보는 모양새가 딱, 죄짓다 걸린 사람 같았다. 혹은 깜짝 놀라 털을 거꾸로 세운 고양이.

"주, 주인인가!"

누가 됐든 반갑지 않은 방문이었다. 시율은 쓴 숨을 삼키며 마지못해 해인에게서 물러섰다. 인터폰으로 다가가는 그의 얼굴이 매우 못마땅해 보였다. 그도 그럴 게 기껏 좋은 분위기를 방해받았으니까.

"강! 누구야?"

"글쎄, 올 사람이 없는……."

해인의 재촉에 떠밀려 인터폰 화면을 들여다보던 시율은, 생각지 못한 방문자의 출연에 잠시간 할 말을 잃어야 했다. 머리로 이해가 잘되지 않았다. 이 녀석이 어떻게 여기에…….

─오빠!

초대받은 않은 불청객은, 다름 아닌 그의 여동생이었다.

"강시영?"

"……엥?"

-그래, 나야! 나! 얼른 문 열어줘!

그녀는 꽤나 소란스러운 성격이었다.

해인은 서둘러 고양이로 돌아갔고, 시율은 마지못해 문을 열어주기는 했지만 불쾌한 기색을 팍팍 풍기고 있었다.

"뭐야, 너?"

"뭐가? 동생이 오빠가 사는 집에 구경도 못 와?"

"이렇게 갑자기 오는 게 어디 있어."

보통은 시율이 저렇게 대놓고 언짢아하면 남녀노소 불문하고 기가 죽기 마련이었는데, 그녀는 과연 친동생답게 조금도 신경 쓰지 않고 있었다. 심지어 시율이 구박하거나 말거나 귓등으로도 듣지 않고 집 안으로 성큼성큼 들어와서는 거실을 두리번거렸다.

"꼭 내 발로 찾아와야 만나준다니까. 하여간 비싼 분이야."

시영은 어딘가 당당하고 뻔뻔한 구석이 시율과 똑같았다. 그리고 생김새보다는 얼굴의 분위기가 시율과 닮아 있었는데, 언뜻 보기에는 발랄한 여대생 같기도 했다. 전에 듣기로 올해 스물아홉인 치과의사였지만 저 아담한 몸집이나 단발머리 때문인지 의사 가운보다는 교복이 어울릴 것 같은 초동안의 소유자였다.

"얌마, 그래도 연락은 하고 와야지."

"오빠가 휴대폰 확인을 안 하잖아!"

"……."

"수술 중인가 했더니 아예 퇴근했고! 병원에 가봤더니 집에 갔다고 하는데 통화도 안 되고!"

그렇고 그런 시간을 보내는 데 정신이 팔렸었다고는 말할 수 없는 시율이었다.

"오빠 요즘 너무하는 거 아냐? 전에 살던 집에 불이 난 것도 말 안 하고. 이사했다는 이야기도 한참 이따가 하고. 아는 동생이랑 잠깐 살기로 한다더니 그 뒤로 감감무소식이고! 왜 걱정하는 사람은 생각을 안 해?"

그러게, 너무했네! 시율이 드물게 할 말을 잃은 모습을 보며, 해인은 그의 천적이 바로 그녀라는 사실을 깨달았다. 이에는 이, 강 씨에는 강 씨인 걸까.

'따따따 맞는 말만 해서 사람 할 말 없게 하는 건 저 집안 내력인가 보군.'

시율도 한 성격 하지만 시영 쪽도 만만치 않게 기가 세 보였다.

"잔소리는 됐거든?"

"오빠는 너무 무심해. 혼자 살더니 그게 더 심해졌어!"

"난 내 시간이 너무 소중한 사람이라서 말이야."

"그건 나도 그렇지만 가족은 챙긴단 말이야! 이렇게 혼자 있기만 하면 성격 이상해지는 거 알아?"

그건 해인에게 있어서 꽤나 재미있는 구경거리였다. 잔소리를 듣는 시율이라니! 세상에 누가 저렇게 시율을 몰아붙일 수 있을 거라고는 상상도 못 했는데, 아무리 그래도 핏줄한테는 어쩔 수 없이 약해지나 보다. 해인은 시영이 하는 걸 잘 봐뒀다가 나중에 써먹자고 생각했다. 이참에 한 수 배워…….

"고양이네? 오빠, 고양이는 또 언제부터 기른 거야?"

집 안을 둘러보던 시영은 어렵지 않게 소파 등받이 위에 앉아 있는 해인을 발견했다. 시율 말고는 아무도 없는 줄 알았는데, 웬 검은 고양이 한 마리가 저를 뚫어져라 보고 있으니 관심이 가지 않을 수가 없었다.

"얼마 안 됐어."

시율은 간단하게 대답했지만 시영은 해인에게서 눈을 떼지 않았다. 뭐든 혼자 해결하는 오빠니, 고양이 기르는 일을 일일이 이야기하는 것도 이상하긴 했다. 하지만…….

"이상하네. 오빠는 개파 아니었던가?"

분명 딱, 눈이 마주쳤는데 어색한 동작으로 고개를 돌린 고양이가 부랴부랴 손등을 핥는 모습에서 시영은 왠지 눈을 뗄 수가 없었다. 시율은 동물이라면 다 좋아하긴 했지만 고양이보다는 명백하게 개를 더 좋아했다. 주인을 알아보고 섬기는 충직하고 선한 동물이 그의 취향이다, 이 말이었다. 그가 수의사가 된 계기 자체도 집에서 오래 기른 셰퍼드 레오의 죽음이었다.

"이제 다신 레오 말고 짐승은 안 기른다더니? 죽을 때 마음 아파서 안 되겠다며?"

다른 가족들은 방범용으로 생각하고 길렀는데, 혼자 정을 주더니 개가 죽었을 때는 어울리지 않게 눈물을 보이기까지 했다. 어릴 때부터 성격이 쌀쌀맞았던 시율이 그런 행동을 한 건 처음 있는 일이었다. 그 뒤에 부모님이 바라는 흉부외과 의사가 아닌, 수의사가 되겠다는 폭탄선언을 했으니 그게 시작이기도 한 셈이었다.

"됐고. 집은 어떻게 알았어? 아무리 생각해도 가르쳐준 적 없는 것 같은데."

"응? 오빠 만나러 병원 갔더니 알려주던걸."

일부러 말을 돌렸던 시율은 곧장 어이없다는 얼굴이 됐다. 시영은 그러거나 말거나 신나서 말을 늘어놓았지만.

"병원 사람들 내 얼굴 알잖아. 가끔 오빠 만나러 가니까."

"그래도 그렇지, 개인 정보를 막 흘리네, 그 사람들."

"그뿐이게? 오빠랑 같이 사는 동생이 휴가 갔다는 얘기도 들었지."

"하?"

"그래서 놀라게 해주려고 아예 여기로 찾아온 거야. 서프라이즈!"

시영은 여전히 신이 나서 말하고 있었지만 시율은 이래저래 언짢은 상태였다. 그는 사생활이 보호받지 못하는 걸 매우 싫어했으니까. 아무리 친여동생인 걸 알지만 주소를 막 알려주다니, 엄청 중요한 용무로 찾아온 게 아닌 이상은 말이다.

"그래, 날 놀라게 하려고 일부러 시간 내서 찾아온 건 아닐 테고. 볼일이 뭐야, 그래서?"

"뭐야? 몰라서 물어?"

"뭔데 그래?"

"······오빠답지 않네. 어디 정신 놓고 다니는 거야? 오빠 생일이잖아."

"냐악?"(뭐라고?)

해인이 괴상한 소리로 울었고, 시율은 정말 새까맣게 제 생일을 잊고 있던 터라 그제야 시영이 방문한 이유를 알 수 있었다.

"바로 내일모레잖아!"

"아, 요즘 바빠서 완전히 잊고 있었어."

"으휴! 자, 받아. 선물이야!"

시영이 투덜거리며 가방 속에서 준비해온 선물을 꺼내 내밀었다. 손바닥만 한 상자는 예쁘게 포장되어 있었는데, 상자 속 선물은 시율에게 어울릴 것 같은 은장 시계였다.

"생일 축하해!"

시율을 찾아온 이유를 말하니, 병원 사람들도 시율의 생일인 줄 몰랐다고 했다. 모처럼 선물을 챙겨주려고 병원에 들렀더니 오늘은 일찍 퇴근했다지, 전화는 안 받지, 또 올 시간은 없어서 난감하던 시영에게 병원 직원들이 시율의 집을 가르쳐준 건 당연한 수순이었던 것이다. 뭔가에 화난 것 같던 시율은 그제야 머쓱한 얼굴로 선물을 받아 들었다.

"고맙다."

시영을 고개를 절레절레 내저었다. 하여간 무정한 오빠 같으니라고. 여동생의 눈에 보이는 시율은, 본인이 너무 잘난 나머지 뭐든지 혼자 하려고 드는 심보가 고약한 남자일 뿐이었다.

시영이 가고, 시율은 한동안 기분이 나빠 보였다. 시영이 부모님 얘기를 한 뒤부터였다. 해인을 대하는 손길은 여전히 다정했지만 아까와는 어딘가 달라져 있었고, 해인도 다시 사람이 되지는 않았다. 그러다가 둘 다 일찌감치 잠자리에 들었는데, 오늘은 무슨 불청객의 날인지 사신이 나타났다.

콩콩!

[이봐, 아이야!]

"히악!"

고층 아파트의 창문을 두드리는 소리에 해인은 깜짝 놀라 일어났고, 저승 사자라도 본 것처럼, 아니 저승사자를 봤으니 식겁하는 수밖에 없었다. 시율은 다행히도 잠귀가 어두워서 알아채지 못하고 있었다.

[오랜만이네, 잘 지내는 것 같구나.]

"사람 깨겠어요!"

[그럼 내 공간으로 갈까?]

거긴 싫지만 시율이 사신을 보게 할 수는 없었다. 해인은 일단 고개를 끄덕였고 눈을 몇 번 깜짝이자 이제는 익숙해진, 그러나 여전히 기분 나쁜 아무것도 없는 공간으로 이동해 있었다. 위도 아래도 회색인 무저갱의 공간.

"여긴 언제 와도 기분 나빠요."

[그야 죽은 자의 공간이니까.]

"……사신님은 죽은 자가 아니잖아요?"

[아, 넌 모르겠구나. 저승사자란 자살한 인간들이 벌로써 치러야 하는 형벌의 일종이야.]

해인은 이게 뭔 소린가 싶어 멍하니 입을 벌리고 굳어 있어야 했다. 하여간 이 사신은 매번 해인에게 감당할 수 없는 이야기들을 해주곤 했다. 저번엔 양기였지.

[나도 기본적으로 너와 같은 영혼이라는 거지. 스스로 목숨을 저버린 죄로 다른 인간의 영혼을 가져오는 벌을 받고는 있지만. 몇십 년, 몇백 년을. 그리고 나 정도 오래되면 령에 자연스레 약간의 힘이 생기지.]

"힘……?"

[자연을 조금 부린다든가, 빙의한다든가, 뭔가를 만들어낸다거나. 그쯤은

인간들도 아는 일 아니던가? 오래된 영혼이 힘을 가지게 되는 것.]

"악귀 같은 게 심술부리는 거라면, 들어는 봤는데……."

창문 덜컹덜컹하는 그런 거 말하는 걸까? 귀신이라면 믿지도 않았던 해인이었다. 공포 영화 자체도 허구라며 콧방귀를 뀌곤 했다. 사실은 무서워서 안 본 거지만, 적어도 그때까진 귀신은 없다고 생각했다. 자신이 이렇게되니 이야기가 달라졌지만 말이다.

[생각해보라고. 하물며 금수도 도를 닦으면 승천하는 법이야. 인간의 영혼은 훨씬 강력한 힘을 가져서 도를 닦으면 신에 흡사해지기도 하지. 얼마나 오랜 시간 힘을 순수하게 갈고닦느냐와, 염라에게 신뢰를 얻어 특별한 힘을 전수받느냐의 차이가 상급 령을 결정하는 거지.]

"……그거 또 나중에 어차피 내 기억을 지울 거라 막 알려주는 거죠?"

[잘 아는군. 그리고 내가 너를 반드시 제자리로 돌려놔야 하는 이유기도 해. 나는 내 죗값을 씻기 위해 몇백 년을 봉사해왔는데, 너 하나 실수해서 그 전부를 망칠 수는 없지 않겠어?]

"실수 정도로 치부하면 기분 나쁘거든요!"

[미안하지만, 나도 벼랑 끝에 선 기분이야. 소멸당하고 싶지 않아. 나도 제발 다시 태어나고 싶다. 모든 걸 잊고 순수한 존재로. 전부를 잊는다는 게 꼭 나쁘진 않아. 이 일을 하면서 기억이란 부질없다는 걸 알게 됐지. 좋은 일이라고는 없거든.]

그건 네 생각이겠지! 이 나쁜 새 새끼야! 어차피 새니까 욕은 아니잖아? 해인은 소심하게 덧붙여 생각하다가, 문득 이 사신이 제 머릿속을 읽지는 못한다는 걸 깨달았다. 그러고 보니 항상 입 밖으로 내는 소리를 들었다. 말을 안 하면 모르기도 하고…… 동물의 말을 알아듣기는 하지만…….

해인은 사신이 그리 전지전능한 건 아닐지도 모른다는 생각이 들었다.

"사신님! 궁금한 게 있는데요."

[넌 매번 그렇구나? 누가 고양이 아니랄까 봐 호기심은 엄청나.]

"……그, 이 몸일 때 동물들 생각은 읽을 수 있는데 사람 생각은 안 되더라고요! 마음이나 기분은 조금 알겠는데…… 사신님이라면 사람의 생각도 읽을 수 있는 건가요?"

[아니. 인간의 생각을 읽는 건 정말 신급의 영혼이나 할 수 있는 일이야. 난 기껏 지우는 정도를 할 수 있지. 동물일 때는 녀석들의 지능이 낮고, 겉과 속이 같아 생각하는 바가 단순해서 읽을 수 있지만 인간은 달라. 복잡하게 굽이친 백 갈래 우물 같은 게 인간의 마음이거든.]

아싸! 그럼 내 생각도 못 읽는 거네! 사신 나쁜 새! 전부터 하얀 게 새똥 같다고 생각했어! 이 새! 난 어릴 때 아빠 따라서 참새구이를 먹어봤다고! 무섭지! 음하하! 해인은 신나게 모처럼 찾아온 눈앞의 사신에게 쌓아둔 불만을 풀어냈다. 속으로 소심하게 놀리는 것에 불과했지만 말이다.

시율의 곁에서 눈치를 배운 탓인지 이제는 스리슬쩍 물어볼 수도 있게 됐다. 사신은 아마 해인이 욕을 하기 위해 생각을 읽을 수 있는지 물어봤다고는 짐작지 못할 거다.

[……너 뭔가 신난 얼굴이다?]

"설마요!"

[얼굴에 나오는데.]

"고양이 생활이 참 즐거워서요! 놀고먹고 아주 좋네요! 전생에 고양이라서 그런지 아주 적성입니다!"

물론, 거짓말에는 여전히 재능이 없었다. 사신은 새다 보니 정말 표정이 없었고, 해인은 제가 떠봤다는 사실이 들킬까 봐 일부러 과장되게 웃어 보였다.

[뭐…… 잘 적응해서 지내는 것 같으니 다행이구나. 사실은 걱정을 많이 했는데 말이야.]

"병 주고 약 주고, 고맙네요."

[갈수록 건방져진단 말이야.]

"그럼 빨리 사람으로……"

아차, 그렇게 되면 시율과 헤어져야 하잖아. 해인은 시율의 얼굴이 떠올라서 더 이상 말할 수가 없었다. 사람으로 돌아가고는 싶지만, 시율과 헤어지고 싶지는 않으니 아이러니한 일이었다.

[그렇지 않아도 일이 바빠져서 당분간 못 올 거라는 말을 해주러 온 거다. 그런데 네가 잘 적응한 걸 보니 마음이 좀 놓이는군그래.]

"……에, 언제까지요?"

[넉 달 뒤에나 들를 수 있을 거다.]

"정말 바쁜가 보네요."

그럼 인간으로 돌아가기 두 달 전이었다. 그간은 두 달에 한 번꼴로 나타나던 사신이었다. 하지만 사신이 오든 안 오든 해인은 전혀 상관이 없어서, 흔쾌히 고개를 끄덕였다. 그러다가 사신이 바쁜 이유는 한 가지밖에 없다는 사실을 깨닫고는 발바닥에 소름이 돋고 말았지만…….

추워지면 많이 죽긴 죽는 걸까…… 개나 고양이가 죽어도 이 사신이 담당하는 걸까? 전에는 관심도 없던 동물들의 사후가 궁금한 건 시율의 영향인 것 같았다.

"……그, 사신님! 개나 고양이가 죽어도 저승사자가 데려가나요?"

[모든 영혼은 우리 사신들이 인도해. 다만 동물의 영혼을 담당하는 사신은 이제 막 사신이 된 하급들이지.]

"아하."

[인간의 혼을 인도하는 건 교육이 확실히 된 다음이다.]

저승사자도 교육을 받는군. 어차피 지울 기억이라고 막 알려준단 말이지, 이 사신. 궁금증이 풀리는 건 좋지만.

"어, 저기…… 마지막으로 하나만 더 물어봐도 돼요?"

[뭐냐.]

"정말 저랑은 상관없는 얘긴데요."

[흠?]

"그냥 궁금해서 그런데…… 만약 사신탈의 비밀을 인간에게 들키면, 그 인간은 어떻게 돼요?"

[기억을 지워야지.]

아주 어렴풋이 설마설마했던 것에 확신을 얻자, 차라리 차분해졌다. 두렵지도, 무섭지도, 겁이 나지도 않았다. 정신을 바짝 차려야겠다는 생각만 들어서, 해인은 평소의 맹한 얼굴로 가만히 고개를 끄덕였다. 너무 느리지도, 빠르지도 않게.

"혹시 들킬까 봐, 무서워서 물어봤어요."

[너야 내가 금동술을 걸어놨으니 자의든 아니든 불가능해. 자기도 모르게 말하는 것도 막아주거든.]

"그러네요. 안심이다."

겨우 고개 몇 번 끄덕이며 평소의 표정을 짓는 일일 뿐인데, 그건 정말 혼신의 힘을 다한 연기였다. 사신이 시율의 기억까지 건드리게 둘 수는 없었다. 무력하고 작은 자신이지만 그것만은 지키고 싶었다. 할 수 있는 유일한 것이 그것뿐이기 때문이 아니었다. 잊히고 싶지 않기 때문이었다. 그건 잊는 것보다 두려운 일이었다.

아슬아슬한 평정을 유지하며, 해인은 사신이 어서 돌아가기만 기다렸다. 속내를 들킬까 봐 걱정도 걱정이지만 잊을 만하면 나타나서 저를 놀라게 하는 사신이 좋을 리 없었다. 미워해봤자 소용이 없다는 걸 잘 알면서도, 어쩔 수 없었다. 저도 모르게 자꾸만 뾰족한 눈이 되려고 해서 해인은 슬그머니 발아래를 노려봤다. 그나마 지금이 고양이라서 표정 관리가 쉬운 게 다행이었다.

[그래, 질문은 더 없고? 당분간 못 볼 테니 할 말이 있거든 해두는 게 좋을 텐데.]

"없어요! 이제 됐으니까 빨리 다시 집으로 돌려보내줘요."

[집이라, 이제 거길 그렇게 부르는 건가?]

"……지금 살고 있으니까 집 맞잖아요."

[그야 그렇지만. 하여간 엄청난 적응력이군. 솔직히 한두 달 고양이로 살고 나면 더는 못 하겠다고, 여기서 얌전히 시간이나 때우겠다고 항복할 줄 알았는데 말이야.]

뜨끔한 것을 들킬까 봐 숨죽이고 있던 해인의 눈이 동그랗게 변했다. 이 사신! 두 달마다 나타나서 간을 보는 이유가 그거였나! 해인은 이건 표정을 숨기지 않아도 될 것 같아서 냅다 두 볼을 빵빵하게 부풀렸다.

"처음부터 그런 속셈이었군요! 내가 포기하길 기다린 거야! 그렇죠!"

[뭐, 나로서도 네가 잘 지내는지 걱정되기도 하고. 고양이로 산다는 게 그리 쉬운 일은 아니니까.]

"끙, 그야 길에서 살아야 했다면 벌써 포기했겠지만……."

[진작 기권할 줄 알았는데 운 좋게 주인을 만났더란 말이지? 이래서 전생에 덕을 쌓고 볼 일인가 봐.]

"어…… 내가, 전생에 좋은 일 좀 했나 보죠?"

언제 화냈냐는 듯, 해인은 두 눈을 반짝이며 사신을 바라봤다. 궁금해할 때의 고양이 얼굴은 세계 최고로 귀여웠다. 사신은 그런 해인을 보며, 생각하는 게 이렇게 얼굴에 훤히 보이기도 힘들 거라고 판단했다.

[명부에 보면 꽤 했더라고.]

"어떤 걸 했는데요? 응? 알려주면 안 돼요?"

[……음, 나중에 기억을 지울 거니까 상관없으려나.]

"알려줘요!"

[너, 어린애 대신 죽었더라고.]

"엑?"

그건 좋은 일로 치부할 수준이 아니잖아!

[한 번은 왕한테 간언을 하다가 죽었고, 그전에는 물에 빠진 아이를 구하다 죽었고. 그래서 그다음에는 고양이로 태어나서 물을 엄청 싫어했지. 하여튼 매번 그런 식으로 생을 빨리 마감해서 말이야, 너 이번 생에서는 엄청 장수해.]

……이 전생 스포일러 같으니라고. 해인은 사신이 알려주는 제 전생이 별로 마음에 들지 않았다. 정확하게는, 불만스러운 수준이었다.

"그거 그냥 바보 같은데요……? 착한 게 아니라."

[그렇게 볼 수도 있지. 하지만 넌 지금도 그런 성향이 꽤 있지 않나? 어린 애가 물가에 있거나, 누가 다칠 것 같으면 못 참고 저도 모르게 나서는 거지. 영혼이 가진 고질적인 성향은 죽어도 못 고치거든. 몇 번 생이 거듭되어도 그래. 아무튼 넌 드물게 선한 영혼인 거지.]

"……난 모르겠는데."

[그래서 널 잘못 데려가면 더 큰일 나. 덕을 쌓아서 장수해야 할 영혼인데…….]

"……."

[……미안.]

해인이 할 말을 잃고 노려보자, 흥에 겨워 조잘거리던 사신이 처음으로 사과를 했다. 해인은 점점 볼을 부풀렸다.

"에잇! 미안하면 빨리 돌려줘요! 내 몸! 내 인생!"

[노력하고 있다고. 보면 알 테지만 이렇게 신경 쓰고 있잖아. 오죽하면 선 인인 친구의 힘까지 빌리고 있다니까. 오늘 계속 이야기했지만 나한테도 너 는 중요한 존재야.]

"……끄응."

[반드시 너를 원래대로 돌려줄 테니까 안심하라고.]

그것참 고오맙네요. 해인은 여전히 삐죽 내민 입술을 집어넣지 못하고 있었다. 반드시 본래대로 돌려준다는 말에 안심이 되기보다는, 답답함이 치밀었다. 이제 돌아갈 날이 반년밖에 남지 않았다는 사실이 기껍기만 하지는 않았다. 그날이 가까워질수록 슬픈 기분이 되었다.

모두 시율 때문이었다.

'우린 왜 만났을까.'

차라리 만나지 않았더라면 하는 생각이 들 만큼 헤어짐은 이해할 수 없는 일이었다. 하지만 만난 이상에는 거부할 수도, 외면할 수도 없었다. 속수무책으로 얽혀 들어서 따로였던 때를 잊게 했다. 해인은 문득 그런 생각이 들었다. 어쩌면 이런 게…….

"나 궁금한 게 있어요! 아까 말한 그 명부라는 거예요."

[음?]

"인연 같은 것도 나와요? 내 운명의 짝이라거나……."

[당연히 나오지.]

해인의 눈이 그 어느 때보다 반짝였다. 사신은 묻지도 않았는데 고개부터 내저었다.

[에잉, 누가 여자 아니랄까 봐 그런 걸 궁금해하는구만. 하지만 난 점쟁이가 아니라고. 네 인연까지 말해줄 필요는…….]

"이미 실컷 말해놓고는! 정말 미안하면 좀 가르쳐줘도 되잖아요!"

예상치 못한 격렬한 항의에 사신은 잠시 고민하는 눈치였다. 그러다가 자신이 지은 죄가 있어서 그런지, 해인이 물러날 것 같지 않아서인지, 결국에는 작은 한숨을 쉬며 말문을 열었다.

[음, 좋아. 대신 정말 마지막이다.]

"알겠어요!"

해인은 이참에 사신한테 알아낼 수 있는 건 모조리 알아내자고 작정했다. 나중에 지우면 된다고 생각해서인지, 자신이 걸어둔 금동술을 믿어서인지 사신은 제법 입이 가벼웠으니 말이다.

[내가 아는 선에서 말해주자면, 이번 생에서의 네 인연은 과거 네 간언에 분노해 너를 유배 보냈고, 네가 죽은 뒤에야 후회하며 너를 기리는 비석을 세웠던 왕이야.]

"왕이요?"

[그래. 다음 생에는 너와 부디 다른 연으로 만나길 빌었지.]

그 말은 그러니까…… 이생에 인연이, 전생에 왕이었단 말이지. 그거 엄청 거물이군그래. 해인은 문득 꽤나 도도한 한 남자를 떠올렸다. 오만하고 자기중심적인데도 그게 잘 어울리는 강씨 성을 가진 한 남자.

[소원대로 그 영혼은 너와 다시 만나. 하지만 만나자마자 네가 죽었지.]

"엇, 설마!"

[네가 구하고 죽은 그 아이는 왕의 환생이었어. 너도 참 대단한 충심이지 않냐. 두 번이나 목숨을 바치다니 말이야.]

"……엄청 질긴 인연이네요."

[그 영혼의 너에 대한 한이 깊은 것도 무리는 아니지.]

사신의 말이 거짓은 아닐 테니, 이 정도면 꽤나 겹겹한 인연이구나 싶었다.

[그리고 바로 저번 생에서야 비로소 그는 너의 짝이 되었지. 비록 둘 다 금수였지만 말이야. 너에게 고마움을 갚으려는 건지 그는 네게 아주 헌신했고, 그 결과 이번 생에도 연이 닿아.]

자신을 한 번 죽였고, 자신이 한 번 목숨을 구해줬고, 금수일 때 짝으로 만났던 상대가 이번 생의 인연이라. 잠자코 사신의 말을 곱씹어본 해인은, 이번 생의 인연이 저와 같이 전생에 고양이였다는 걸 짐작할 수 있었다.

그러자 왠지 걷잡을 수 없이 시율이 떠올랐다.

[그 영혼과는, 어쩌면 앞으로 남은 너의 윤회를 모두 함께할지도 모르지. 그 영혼의 너에 대한 집착이랄까, 염원이 아주 남다르거든.]

"……이름 같은 건 몰라요?"

[그것까진 나도 모르지. 나라고 모든 인간의 명부를 들춰 보고 다닐 수는 없으니까. 찾으려면 찾을 수 있겠지만, 그러려면 사유서를 내야 해. 내 관할이 아니거든.]

쓸데없는 데서 사무실 스타일이네, 그 저승 시스템이라는 건.

"이상해요. 우리 부모님 이름은 알았잖아요? 내가 장수할 것도 알고."

[네가 몇 명의 아이를 낳는지도 명부엔 나와. 하지만 그 아이들의 이름은

모르지. 왜냐면 아직 '완전히' 일어나지 않았기 때문이야.]

이 사신은 툭하면 무게를 잡고 어려운 말을 하는 고약한 버릇이 있었다. 꼭 지금처럼. 한낱 인간에게는 어려울 거라는 듯, 깔보는 눈을 하고는 말이다. 해인의 볼은 여전히 빵빵했다.

[운명이란 싹 트지 않은 마른 가지들과 같아. 그중 어느 가지에 잎을 틔우냐는 온전히 네 몫이지. 인간이란 생명력이 대단해서 아예 새로운 가지를 뻗기도 해. 알 수 없기에 대단한 거지. 네 짝 역시 같아. 존재하지만 만나지 못할 수도 있어. 어쩌면 이미 만났을 수도 있고.]

"끄응…… 어려워요."

[인연은 정해져 있지만 운명은 정해져 있지 않기 때문이야. 너도 봐, 몇 번이나 정해진 수명을 채우지 못하고 죽었잖아. 그래서 우리가 바쁜 거라고.]

해인이 한껏 마음에 들지 않는다는 얼굴을 하고 있자, 사신이 포르르 날아올라 해인의 머리 위로 안착했다. 그만 물어보고 돌아가라는 뜻이었다.

"인연인 상대를 못 만날 수도 있어요?"

[물론 있지. 운명이 엇갈린다면.]

다급하게 이어 물었다.

"……그럼, 만나면 그 사람을 알아볼 수 있나요?"

[글쎄. 인간들은 자주 상대를 착각해서 파멸에 이르기도 해서 말이야. 그래도 한 가지 확실한 건, 인연이라면 한 번 만난 이상에는 몇 번을 헤어져도 다시 만나게 될 거라는 거야.]

그렇기에 인연이지.

사신의 목소리가 바람처럼 휘몰아쳐 사라졌다.

어둠 속에서 해인이 눈을 몇 번 깜빡이자 있던 자리로 돌아와 있었다. 달빛이 충만하게 스며드는 따뜻한 침실. 사신이 다녀간 흔적 같은 건 도무지 찾을 수가 없었다. 해인은 잠이 완전히 깨버려서 시율의 얼굴 근처를 배회하다가 그의 어깨와 베개 사이로 꾸물꾸물 파고들었다.

"으음……?"

잠결에 목을 낮게 울리며 해인을 끌어안아준 시율은, 동그랗고 보드라운 몸을 쓰다듬으며 만족스러운 듯 더 깊은 잠에 빠져들었다. 해인은 그런 시율을 한참 바라보다가 천천히 눈을 감았다. 하지만, 잠들지는 못했다. 마음이 어지러웠다. 갈수록 불안감과 어쩌지 못하는 안타까움만 커졌다.

남은 시간은 고작 반년이었고, 그건 누군가와 함께하기에 그리 긴 시간은 아닌 것처럼 느껴졌다. 그래도 사신 덕에 한 가지 깨달은 게 있었다.

'우린 반드시 헤어지게 될 거야. 하지만 반드시 다시 만났으면 좋겠어. 그럼 우린 평생을 헤어지지 않아도 될 거야.'

강, 우린 그럴 거야. 그렇게 할 거라고 약속해줘.

너무 저만의 욕심일까 봐 소리 내지도 못하는 마음을 되새기며, 해인은 시율의 뺨에 더욱 가까이 달라붙었다. 느리게 뺨을 문지르면서는 서글픈 기분이 되었다. 그가 곁에 있는데도 채워지는 것보다는 떨어지는 날에 대한 염려가 컸다. 마음이 커지는 만큼 욕심도 커다래지는 모양이었다.

전에는 제가 그를 전부 잊어도, 그가 저를 잊지 않기만 바랐는데. 그거면 된다고 생각했는데…… 지금은 그의 온기조차 잊고 싶지 않았다.

헤어지는 날이 버거워졌다. 하루하루가 지날수록.

함께하는 것에 기쁨을 느끼게 된 사람과의 마지막 날을 아는 기분은 전혀 개운하지 못했다. 태어나서 처음으로 봄이 오길 바라지 않게 됐다. 이 겨울이 아주 길기를 바라게 됐다. 짧은 봄 뒤에 마침내 다가오는 여름이 시율과 함께할 수 있는 날의 끝일 테니까.

해인은 사신만 다녀가면 무슨 후유증이라도 앓는 것처럼 우울해지고는 했는데, 이번에도 그 여파에서 벗어나지는 못했다. 사신이 매번 해인에게 일깨워주는 것은 대개 그런 것들이었다.

"망했어······."

예를 들면, 꼭 이 처참하게 망한 생일 케이크 같은 것들. 해인은 달걀프라이처럼 납작하고, 진흙처럼 거무칙칙한 자신이 만든 스펀지케이크를 보며 심히 좌절하고 있었다. 이건 생크림을 바르고 과일을 올린다고 어떻게 무마할 수 있는 수준이 아니었다. 슬쩍 눌러봤더니 폭신하기는커녕 마치 신발 밑창처럼 단단했다.

"······이상하네, 분명 강이 한 거랑 똑같이 한 것 같은데."

시율이 매번 너무도 능숙하게, 수월하게 하기에 그걸 어깨너머로 본 기억들과 인터넷 레시피면 자신도 만들 수 있을 줄 알았다. 하지만 그건 심각한 착각으로, 회심의 완성작은······ 생일 케이크라고 볼 수 없는, 태워먹은 팬케이크에 가까웠다. 재료 낭비밖에 되지 않은 결과물이랄까.

하지만, 어쩌면, 맛이 없을 게 분명하지만······.

"머, 먹어줄지도······."

시율이라면, 제가 만든 정성을 봐서 먹어줄 것도 같았다. 해인은 잠시간 그냥 시침 뚝 떼고 시율 앞에 이걸 내볼까 고심했다. 너무 궁지에 몰린 탓이었다. 얼마 전에 집에 왔던 시영 덕분에 오늘이 시율의 생일이라는 걸 알게 된 것까지는 좋은데, 선물해줄 수 있는 게 없었다. 돈이 없었으니까.

본래 신분을 찾으면 마련할 수 있겠지만, 소멸된 차와 함께 모든 소지품이 없어진 터라 현금은 물론 카드도 없었다. 신분증도 없었다. 재발급을 받으려고 해도, 우선 그러려면 증명사진이 필요한데 이 요상스러운 몸은 사진에 찍히지가 않았다. 고양이 모드일 때는 찍혔지만, 사람 모습만 하면 괴상하게 나오는 것이었다.

해인에게는 별로 선택의 여지가 없었다. 시간도 너무 부족했다. 그래서 생일 하면 케이크이고, 돈이 없을 때는 정성이니까, 아주 좋은 아이디어라며 찬장에 있던 재료를 끌어모아 요리를 시작했던 것이다.

"그래! 비주얼은 이래도 맛은 괜찮을지도 몰라!"

혹시 모르니까 일단 조금 먹어보자! 해인은 케이크 틀을 탈탈 털어 부스러기들을 모아 입에 넣어봤다. 그런데 입에 넣자마자 당장 휴지통에 뱉었다.

"풉, 퉤! 퉤. 으악 왜 이렇게 쓴 거야?"

어떻게 하면 케이크가 쓴 거지! 시율이 쓰던 거랑 같은 재료로 만든 거라고는 믿을 수 없을 정도였다. 해인은 곧장 물로 입안을 헹궜다. 이건 차마 사람한테 먹일 수준의 것이 아니었다. 그것도 좋아하는 사람한테 주기에는 불가능한 음식이었다. 그렇다고 이제 와서 다시 만들기에는 재료도 없었고 시간도 부족했다.

당장 30분 뒤면 시율의 퇴근 시간이었고, 오늘은 그의 생일이었다. 부들부들. 해인은 궁지에 몰린 쥐처럼 현관문을 노려봤다. 이렇게 되면 비장의 수를 쓰는 수밖에 없었다.

"……내 머리에 리본을 다는 수밖에."

목이 바짝 말라 오는 건, 방금 먹은 더럽게 맛없는 케이크 때문만은 아니었다.

선물은 나야! 그렇게 하면 시율의 반응은 과연 어떨까. 그리 나쁠 것 같지는 않았다. 해인은 정성으로 때우기로 하며 서둘러 나갈 채비를 했다. 시율의 방으로 달려가 숨겨둔 옷들을 캐리어 안에서 끄집어냈다. 그러곤 그 안에서 자신이 입을 수 있는 옷 중 가장 예쁜, 캐러멜색의 반코트를 꺼내 입었다.

"좋아!"

거울 속 자신을 향해 두 주먹을 불끈 쥐어 보이는 해인의 작전은 간단했다. 우선 동물병원 근처로 가서 숨어 있다가, 퇴근하는 시율을 깜짝 놀라게 해줄 참이었다. 당장 손안에 준비한 게 없으니 하다못해 생일인 걸 잊지 않았다는 표시로 안 하던 짓을 할 작전이었다.

그간 마중 나간 적이 없으니 이건 제법 괜찮은 이벤트가 아닐까 싶었다. 돌아오는 길에 함께 공원을 산책하는 것도 좋을 테고 말이다. 왜냐하면 그건 꼭, 흔한 연인들의 데이트 같으니까.

지금이라면 집에 태일도 없고 몸에 양기도 충만하니 사람 모습을 하고 있는 것도 아주 쉬운 일이었다. 어쩌면, 오늘이 절호의 기회였다.

그러니까…… 마중 나가기에 말이다.

태일의 집에서 시율이 일하는 병원까지는 천천히 걸어서 15분 정도로, 지금 출발하면 늦지 않게 그와 마주칠 수 있었다. 해인은 아파트 정문을 나서자마자 기분이 좋아졌다. 고작 마중이지만 시율이 기뻐할 거 같았고, 저를 발견하고는 방긋 웃어줄 남자를 떠올리자 언뜻 행복해지는 기분이 되었기 때문이다.

해인은 저도 모르게 배시시 웃으며 퇴근 인파 사이로 힘찬 걸음을 옮겼다. 병원에 가는 길이라면 잘 알았다. 시율이 저를 데리고 병원으로 출근할 때면 늘 보던 길이었다. 물론, 고양이 모습으로 이동장 안에서 보던 낮고 좁은 풍경과, 사람일 때 볼 수 있는 높고 탁 트인 시야는 확실히 달랐지만, 그래도 헤맬 정도는 아니었다.

"너무 좋다."

사람들 틈에 섞여 북적이는 신호등을 건너며 해인은 막 노을빛으로 물들기 시작한 하늘을 올려다봤다. 분명 본래 사람이면서도, 지금 자신이 고양이가 아닌 모습으로 사람들 사이에 섞여 있다는 게 굉장한 일처럼 느껴졌다. 심장이 이렇게 두근두근하는 건 분명 그래서였다. 물론 서프라이즈할 생각에 들뜨기도 했지만. 아파트와 병원의 중간쯤인 공원을 가로지르면서는 해인의 발걸음이 한결 빨라졌다.

[……어.]

그때 어디선가 들려온 울음소리가 신경을 잡아끌지만 않았다면, 그대로 공원을 빠져나갔을 텐데. 해인은 저도 모르게 멈춰 서고 말았다.

"무슨 소리지?"

그건 분명 사람의 소리는 아니었다. 좀 더 가느다랗고 간지러운, 이를테면 바람 소리 같은 것이었다. 사신의 말처럼 귀보다는 머릿속으로 들리는 그런 목소리. 그래, 동물병원에서 항상 듣던 동물들의 마음의 소리. 아마도 개나 고양이의 것. 감정을 표현할 정도의 지능은 있는 녀석들의…….

하지만 이렇게 미약하다는 건 그간의 경험으로 보아, 목소리의 주인이 그리 건강하지 못하다는 뜻이었다. 발과 귀가 멋대로 소리가 나는 쪽을 향했다. 이어 시율을 마중 가기에도 늦었으니 무시하자는 생각이 들었다. 지금 이것이 그 무엇이든, 얽히지 않는 게 가장 편하다는 걸 머리는 알았다.

"……내가 신경 쓰지 않아도."

다른 누군가가…… 어차피 이건 사람도 아닌데……. 못된 생각이라는 건 알지만 외면하고 싶은 것도 사실이었다. 해인은 눈을 질끈 감아봤지만, 다시 돌아설 수는 없었다. 역시 안 됐다. 외면할 수 없었다. 너무 절절한 울음이라 결국에는 홀린 듯 소리가 나는 쪽으로 향했다. 항상 이런 식이었다. 생각은 마음을 다잡지 못했고, 마음은 몸을 움직였다. 시율을 받아들이게 됐을 때처럼.

[……고 싶어.]

다시 소리가 들린 건 고장 난 가로등 아래를 두리번거리며 지날 때였다. 해인은 순간 자신이 사람 모습인 걸 잊고 귀를 쫑긋, 거려봤다가 움직이지 않자 귀 옆으로 손바닥을 세웠다. 이런다고 잘 들리는 건 아니지만, 그래도.

"야옹아……? 멍멍인가?"

어느 쪽이든 분명 이쪽에서 들렸는데. 화단 너머 어두운 수풀 안으로 눈길을 돌린 건 동물들 특유의 냄새를 포착한 뒤였다. 냄새로 짐작건대 이건 아마도 개인 것 같았다. 해인은 수풀을 넘어 잔디밭 안쪽으로 들어갔고, 거리가 가까워지는 만큼 예의 그 목소리도 좀 더 선명하게 들렸다. 부스럭거리는 풀 소리도.

"거기 있니……?"

문득 반년 전, 태일이 저를 주웠던 비가 오던 그날이 떠올랐다. 그날 태일이 저를 줍지 않았다면 저도 이런 일을 하지 않았을 거라는 생각이 들었다. 그 이전의 자신은 길가의 동물들에게 관심 같은 건 하나도 없었으니까.

[……언니야?]

처음으로 들린 온전한 소리는 누군가를 찾는 것이었다. 그것은 쥐어짜듯 강렬하나, 동시에 죽을 듯 미약해서 얼핏 소름이 돋았다. 해인은 저도 모르게 어깨를 굳히며 코끝을 세워 냄새를 맡았다. 역한 몸 냄새에 가려져 있던 피 냄새가 난데없이 강력해졌다.

"너 많이 다쳤구나."

[언니?]

"……아니야."

마침내 가까이서 들여다보니, 그건 본래의 색을 알아볼 수 없을 만큼 더러워진 작은 개였다. 생각이 들리지 않았다면 외면했을 더러운 짐승인데, 품에 안는다는 건 상상도 할 수 없는. 하지만 지금 분명 무언가 말하고 있는 이 짐승을 해인은 조심스레 안아 드는 수밖에 없었다.

멋대로 발이 끌려가고 손이 뻗어 나갔다. 온몸이 축축하고 고약한 냄새가 너무 진동해서 피를 얼마나 흘린 건지도 모르겠다. 새까만 눈망울을 가진 개는 몇 번이나 해인의 가슴팍에 코를 대고 킁킁거렸다. 제 주인과 해인의 실루엣이 비슷했던지, 맹렬하게 꼬리를 흔들다가 그게 마지막 기운이었던 것처럼 힘을 잃었다.

[……언니 아니야. 우리 언니 아니잖아.]

실망하며 힘없이 고개를 떨구는 녀석이 그대로 죽을 것만 같아서 해인은 덜컥 겁이 났다. 머리를 들어 보니 다행히 아직 눈을 뜨고 있었지만, 힘없는 그 눈에는 차마 안도를 할 수 없었다. 작은 개는 해인을 보던 그대로 찬찬히 눈을 감았다.

[우리…… 언니, 보고 싶어…….]

이 녀석들의 그리움은 항상, 엄마를 찾는 아이의 것과 다르지 않은 아픔이었다. 너무 그리워서 어쩔 줄 몰랐다.

"멍멍아, 병원에 가자. 응?"

더러운 발. 마른 몸. 끔찍하게 엉킨 털. 어쩌다 이렇게 된 걸까. 어디를 다쳤는지 알 수 없어 해인이 조심히 더듬어봤다. 더군다나 이름표도 없었다. 놀란 만큼 작은 개의 숨소리는 빠르게 약해졌다. 해인은 다급히 뛰었다. 시율이 있는 병원으로.

깊은 잠에 들면 다시는 일어날 수 없다는 걸 알면서도 자꾸만 눈을 감고 가쁜 숨을 몰아쉬는 녀석의 이름을 알 수 없어서 해인은 답답하기만 했다. 제 주인에게 제 오랜 이름을 불리면 눈을 뜰까? 귀로는 계속 사념이 들려왔다.

[집에 돌아가고 싶어.]

[언니가 보고 싶어.]

[잠깐 나왔는데, 이제는 여기가 어딘지 모르겠어.]

온통 그 작은 머릿속을 차지한 건 잃어버린 제 주인이었다. 마지막에 마지막까지 그 눈앞에 그리고 있다. 집 안에서 곱게만 자랐을 녀석들이 길에서 살 수 있을 리 없었다.

"조금만 힘내, 멍멍아. 멍멍아?"

[나…… 너무 아파. 아픈데, 언니가 아무 데도 없어.]

[이제 언니 얼굴이 기억나지 않아.]

[냄새도 잊어버릴 거 것 같아.]

힘없는 까만 눈. 눈물이 차오른 것 같은, 그런 눈.

[잊어버리기 싫은데.]

점점 늘어지는 몸으로 죽기 싫다는 말보다 많이 하는 건, 보고 싶다는, 그립다는, 잊고 싶지 않다는 말들이었다. 그것들에 저절로 눈물이 나서 해인은 똑바로 뛸 수가 없을 정도였다. 마음이 급해져서 몇 번이나 넘어질 뻔한 뒤에야 겨우 병원이 있는 큰 골목에 들어설 수 있었다.

[언니…… 언니…… 나 여기 있는데…… 왜 몰라……?]

"다 왔어. 힘내 봐. 응?"

[이제…… 말 잘 들을게. 데리러 와.]

정말 다 왔는데, 녀석은 고장 난 것처럼 눈을 깜빡깜빡하다 결국 깊이 감아버렸다. 한순간 만에 거짓말처럼, 숨을 쉬지 않았다. 더는 아무 소리도 내지 않았다. 해인도 더는 움직일 수 없었다.

눈물이 흘렀다.

숨도 쉬지 않고, 꿈을 꾸나 보다. 기다리고 기다리다 보면 주인이 저를 찾으러 오는 꿈을 꾸나 보다. 그만큼 그 품이 믿음직한가 보다. 그 안에서 착한 아이로 구는 꿈을 꾸나 보다.

"훗."

너는 분명 사랑받고 컸을 거야. 그러다 잠시 밖이 궁금해서 나왔겠지. 하지만 밖에서는 네 집에서처럼 귀여움받지는 못했을 거야. 모든 사람이 널 예뻐하진 않으니까. 그 집에서 귀했던 너는 밖에서 한낱 애물단지였겠지. 널 아기처럼 예뻐해주던 언니와 같은 사람들이 너에게 발길질을 했을지도 모르겠다. 너는 얼마나 무서웠을까.

"구해주지 못해서, 미안해."

그래도 너는 배가 고프면 참지 못하고 다가갔겠지. 하지만 세상에는 너를 더럽다, 기분 나쁘다 싫어하는 사람도 많아서, 결국 다치고 말았겠지. 그래도 바보처럼 그 밑에서 어리광 부리고 화도 내보겠지만 그래도 또 상처받겠지. 그러다가 경계하는 법을 배우면 살 것이고, 못 배운다면 이렇게 죽고 말겠지.

너는 사람의 몸통보다도 작아. 그 반이나 될까 싶은 작디작은 네가 눈을 감고 몸을 옹그리자 얼마나 초라하고 가엾어 보이는지 알고 있을까. 그런데도 그렇게 여기는 것 말고는 해줄 것이 없는 사람도 있다. 죽은 것이 풍기는 초라함에 해인은 가슴이 미어졌다. 어쩔 수 없이 아파왔다.

방금까지 숨을 쉬고, 생각을 했는데 지금은 목을 꺾어 내리며 죽은 냄새를 풍겼다. 이 작은 것에게는 사는 건 어렵고 죽는 건 쉬웠다. 그런데 자신은 그 작은 것조차 돕지 못했다.

"……정말 미안해."

내가 너의 언니가 아니라 미안해. 아무도 도움도 못 되고, 울어버려서 미안해. 해인은 한동안 그대로 움직이지 못하다가 녀석의 소원을 떠올리며 얼마 안 남은 병원을 향해 걸음을 뗐다.

'데리러 와.'

그게 마지막 소원처럼 들렸다. 이제라도 주인을 찾을 수 있을까. 늦었지만 너는 그리던 따뜻한 품 안으로 돌아갈 수 있을까. 해인은 병원 앞에 도착한 다음에야 하아, 하니 숨을 들이켰다. 하지만 숨은 목에서 넘어가지가 않았다. 자꾸만 차오르는 눈물 때문에 숨이 잘 골라지지가 않았다.

딸랑.

"어떻게 오셨……."

병원 문을 힘없이 열고 들어가자 데스크 여직원이 말을 잇다 말았다. 코트 여기저기가 피범벅이 된 해인은 응급환자를 데리고 왔나 싶기에는 너무도 처진 분위기였으니까. 위급할 때의 급박함보다는 정리되고 난 후의 차분함 쪽에 가까운 상태였다. 겉보기에는 초연해 보였다.

해인은 그대로 입구에 잠시 멈춰 서서 시율의 진료실 쪽을 보며 물었다.

"……강, 저기 있어요?"

"네?"

"강시율 선생님이요."

데스크의 직원에게로 다시 시선을 돌리며 또박또박 말한 해인은 이름 모를 녀석을 안고 있는 손에서 힘을 풀었다. 자신보다는 강이 어떡하든 해줄 테니까.

"아, 지금 퇴근 준비하고 계실 텐데."

해인에게는 익숙한 병원이었지만, 병원 사람들에게 사람이 해인은 낯선 여자일 뿐이었다. 그들은 멈칫거렸고 해인은 이미 그 안쪽에 있는 시율의 기척을 느꼈기 때문에 멈췄던 걸음을 뗐다. 누가 가르쳐준 것도 아닌데 시율의 진료실로 정확히 걸어가 노크도 없이 문을 열었다. 아무렇지 않은 듯했지만 사실은 그렇지가 않아서, 기다릴 수가 없었다. 해인은 숨을 쉬고 싶은 것처럼 시율을 찾았다.

"누구……."

자신의 진료실 문이 대뜸 열리자 옷걸이 앞에 서 있던 시율이 고개를 돌렸다. 그는 막 가운을 벗으려던 차였는데, 문턱에 멍하니 서 있는 해인을 발견하고는 이게 무슨 일인가 싶어 눈을 한 번 깜빡였다. 집에 얌전히 있어야 하는데, 왜 여기에 있는 걸까.

"강."

"……너."

시율은 채 한마디를 내뱉기도 전에 모든 상황을 알아챘다. 해인은 품 안에 미동하지 않는 무언가를 안아 들고, 그저 아프다고 말하는 얼굴이었다. 피범벅인 코트며, 비 맞은 듯 떠는 어깨며, 상처 입은 눈. 시율이 그것만으로 상황을 다 알겠다는 얼굴을 해서일까, 해인은 다시 뚝뚝 흐르는 눈물을 참지 못했다.

"……죽었어."

"울지 마."

"다 왔는데, 죽어버렸어."

그가 다가와 제 어깨를 꽉 끌어안자, 해인은 이 녀석이 그리워하던 게 바로 이런 것이라는 걸 알 수 있었다. 좋아하는 사람이, 저를 안아주는 것. 그저 그뿐.

그리 어려운 바람은 아니었는데. 영원히 헤어지지만 않는다면.

"내가 망설여서. 그래서 죽었어."

"……네 탓이 아냐."

시율의 조용한 위로에 해인은 그의 가슴 안에서 고개를 끄덕였다. 그건 자신도 안다. 그런데도 눈물이 나는 건, 이 녀석이 마치 저 같아서였다.

"죽으면 다 끝인데, 흑!"

"……괜찮아, 울지 마."

시율이 애탄 목소리로 달래줬지만 눈물은 그치지 않았다. 아무리 생각해도 죽음은 끝이고, 지금 자신이 시율의 앞에 있는 이 시간은 죽음과 삶의 틈이었다. 그리고 해인은 한번 맞이한 끝을 되돌리는 조건으로 언젠가 이 틈을 완전히 버려야만 했다. 끝의 좁은 틈에서 무얼 하든, 그건 이내 뭉개져 사라져 버릴 뿐인데. 그걸 아는데, 사신이 계속 가르쳐주는데도.

그런데도 이 틈에서 자꾸만 허우적거리고 있었다.

"이런 건 싫어…… 헤어지는 거, 싫단 말이야."

"알아. 나도 그래."

"다시는 못 보는 건 싫어."

우리 이미 만나버렸잖아. 사랑하는 법을 알아버렸고. 그런데 잊어버리는 건 너무 슬픈 일이야.

죽은 개를 안고 우는 해인을 보며 시율은 제 눈가가 젖어드는 걸 느꼈다. 심장이 통탄했다. 죽은 짐승이라면 매일같이 보는데도 지금은 극에 달한 안타까움에 시달렸다. 더군다나 해인은, 마치 그의 앞에서 울어도 좋다고 허락받은 것처럼 눈물을 쏟아냈다. 하염없이 시율을 바라보며 눈물 흘렸다.

"내가 어떻게 해줄까…… 응?"

그것이 안타까운 나머지 죽은 것은 되살릴 수도 없으면서도, 시율은 해인이 그렇게 해달라 하면 할 수 있을 것처럼 물었다. 이 순간은 그저 해인이 울음을 그쳤으면 싶기만 했다. 우는 어깨를 당겨와 안으며 그 훌쩍이는 뺨에 입술을 묻었다.

울지 마라, 울지 마라 속삭여보지만, 사랑함을 깨닫자마자 절망하느라 해인의 울음은 도통 잦아들지를 않았다. 제가 떠나거든 데리러 오라고는, 차마 염치가 없어서 말할 수도 없었다.

그리고 그건 불가능하니까.

"제발, 울지 마."

어떻게 해야 네가 안 울까. 손끝으로, 눈으로 쉼 없이 묻는 시율이었다. 달래지 못하는 것에 가슴이 미어져서 그도 울 것 같았다. 그런 그들을 바라보며 직원들은 생각했다. 저 둘, 사랑하고 있구나. 연인이겠구나. 그렇지 않을 수 없을 테니까.

　진료실 구석의 평범한 3인용 소파는 해인이 앉자 평소보다 커 보였다. 그렇지 않아도 작은 몸집인데, 어깨를 한껏 움츠리고 발끝을 모아 꼼지락거리며 두 손을 가만두지 않는 모양이 꼭 혼날 준비를 하는 아이 같기도 했다.

　"좀 괜찮아졌어?"

　"응……."

　"이것 좀 마셔봐."

　그런 해인에게 시율이 방금 탄 코코아를 내밀었고, 아직도 눈가가 붉게 물든 해인은 이래저래 민망한 기분이었다.

　"기분이 나아질 거야."

　잠자코 저를 올려다보기만 하는 해인의 손 위에 코코아를 쥐어 주며 웃는 시율은, 어느 때보다도 상냥했다.

　"……고마워."

　"별말씀을."

　"그리고, 저기 정말 미안해."

　해인은 고개를 푹, 숙이며 기어들어가는 목소리로 사과했다. 시율이 정말 알 수 없어서 반문했다.

　"뭐가?"

　"……남의 직장에 와서 이러면 안 되는 거잖아?"

　해인은 정말 부끄러웠다. 쥐구멍이 있다면 자신은 고양이지만, 염치 불구하고 숨고 싶을 정도였다.

　"직장에 여자 친구가 찾아올 수도 있지 뭐가 문제겠어."

　"하지만 강은, 이런 거 싫어하잖아."

　눈에 띄는 짓이라면 질색인 시율인데, 특히나 공과 사가 서로를 침범하는 건 사전에 있을 수 없는 남자인데. 갑작스레 찾아와서 개가 죽었다며 엉엉 울어댔으니 보통은 황당하고도 남을 일이었다. 아까는 감정이 북받쳐서 몰랐지만, 정신이 들고 보니 이건 꽤나 창피한 일이었던 것이다. 병원 사람들도 다 있었는데 품에 안겨 울다니.

애도 아니고⋯⋯. 하지만 그때는 시율밖에 보이지 않았다. 그저 그 죽은 것이 가엾고, 저 같아서 어쩔 줄 몰랐다. 다행히 시율은 뭐가 대수냐는 표정으로 해인의 곁에 가까이 와 앉을 뿐이었다. 그가 마음에 들지 않는 건 다른 것인 듯했다.

"보통은 그렇지만, 너는 그 빔주가 아니잖아. 특별하다는 건 그런 거지."

그는 그걸 아직도 모르냐는 듯 물었다. 주책없게도 슬픔에 가득 찼던 마음이 순식간에 부끄러운 색으로 물들었다. 매사 간지럽히듯 구는 시율 때문이었다. 그의 하얀 가운 자락이 무릎에 닿자 해인은 냉큼 무릎 사이를 좁혔다. 소파는 꽤 널찍한데도 시율과 반대쪽으로 슬쩍 자리를 옮기며 그의 눈치를 봤다. 저 눈길은⋯⋯ 딱 키스하기 전과 같았으니까.

"그런⋯⋯ 가."

괜히 민망하니 피신해보려는 의도가 빤히 보여서, 시율은 소파에 몸을 기대며 등받이에 팔을 걸고 그 위에 느긋한 얼굴로 턱을 괬다. 한 소파에서 도망가봐야 거기서 거기였고, 그는 해인을 주시하며 입술을 뗐다. 수려한 그의 입술은 역시 여유롭게 웃는 게 가장 잘 어울렸다.

"그리고 속상해서 우는 걸 탓할 만큼 못되진 않았거든."

"⋯⋯."

어떻게 이 거리에서 손이 닿는 거지. 키가 크니 손도 긴 모양이야. 해인은 어느샌가 제 뺨을 매만지는 그의 손끝을 느끼며, 홀린 듯 시율이 다시 곁으로 다가오는 걸 보고 있었다. 그가 가만히 속삭였다. 긴 속눈썹을 천천히 내리깔며.

"내가 너를 달랠 수 있게만 해주면 돼."

"지금⋯⋯ 키스할 거야?"

"그럴 생각인데."

"……병원, 인데."

"기운 내라고."

그거 조금 이상한 위로 방법 같아. 물론 싫진 않지만……. 해인은 그가 가까워지는 만큼 저도 서서히 눈을 감았다. 슬픈 기분들이 그의 온기에 사그라지는 걸 느꼈다. 키스 때문이라기보다는, 그가 진심으로 제가 기운 내길 바라서였다.

똑똑.

"선생님? 차라도……."

닫아뒀던 진료실 문이 열리며 간호사 하나가 얼굴을 들이밀었다.

"아이고, 죄송합니다."

쾅- 곧장 눈을 가리며 도망쳤지만. 그리고 문이 열리고 닫히는 그사이 내내, 둘의 입술은 온전히 닿아 있었다. 하기 전도 아니고 후도 아니고, 열렬히 진행 중이었다. 소문이 빠른 동물병원 직원들 사이로 이 이야기가 일파만파 퍼질 건 당연해 보였다.

해인은, 제가 가끔 훔쳐 듣던 소문의 주인공이 되게 생겼다는 사실에 입을 다물지 못했다.

"……또 울 것 같은 얼굴이 됐네."

시율이 그렇게 중얼거린 건, 순식간에 새빨개진 해인의 얼굴이 놀라웠기 때문이었다.

"우, 웃음이 나와? 강은 창피하지도 않아?"

"애인 사이에 키스할 수도 있지, 뭐. 이건 당연한 거라고. 오히려 갑자기 들어온 쪽이 나쁘달까……."

"으아……!"

"차라리 잘됐어. 내가 연애가 귀찮아서 없는 여자 친구를 있다고 한다는 소문은 없어질 테니까."

네가 실존 인물임이 밝혀졌으니까. 시율이 느긋한 말투로 말을 덧붙였고,

해인은 그 뻔뻔한 얼굴을 한 번 긁어주고 싶어졌다.

"이제 여기 다신 못 와!"

"아, 그건 아깝네."

그의 말에선, 진심이 느껴졌다.

이 병원 사람들은 처음 본 시율의 '그녀'에 대한 호기심이 어마어마했다. 시율이 누군가에게 그리 상냥한 남자일 거라고는 여겨본 적 없을 테니까. 그는 여자가 울면 달래주기보다는 그러거나 말거나 버리고 가버릴 것 같은 냉랭한 남자였다. 마치 쿨한 남자의 대명사 같달까. 그런 그가 그렇게 안타까운 얼굴을 하고, 어쩔 줄 모르며 여자를 달래는 모습을 봤으니, 관심이 쏠리는 건 당연지사였다.

"중앙 공원에서 발견하셨다고요."

"네……."

"기존에 등록된 실종신고들과 죽은 아이의 특징을 대조해봤는데 주인으로 보이는 분이 몇 분 계세요. 저희가 계속 연락해보고 찾는 대로 알려드릴게요."

"결과는 나한테 말해주면 됩니다."

"아, 그럴까요."

시율이 떡하니 버티고 있으니 별다른 말을 하지는 못했지만, 그 눈이 호기심으로 과하게 반짝거리는 건 분명했다.

"주인을 찾을 수 있을까요?"

"당장에라도 댁의 아인지 보러 오신다는 분이 계셔서, 아마 금방 찾겠지 싶어요."

해인은 매번 저를 냥이라고 부르며 간식을 흔들던 여자 직원이 깍듯하게 예의를 차리자 오히려 어색한 느낌이었다.

"만약 주인을 찾지 못하면…… 보통은 어떻게 되나요?"

"살아 있었다면 유기견 센터로 보낼 테지만 그게 아니니 소각 처리 될 겁니다. 일단 저희 동물병원의 내규는 그래요. 슬프긴 하지만 병원에 따라 쓰레기로 분류하는 곳도 있으니 이 정도면 양호한 거랍니다."

익히 알고 있었지만 주인을 찾지 못한 녀석들의 끝은 대개 좋지 못했다. 유기견센터로 보내진다고 해도 주인이 나타나지 않으면 안락사 되고 마는 운명이었다. 해인은 부디 이름 모를 녀석이 제 주인의 품으로 돌아가길 바라는 것 말고는 더 이상 할 수 있는 게 없었다.

가슴이 아픈 건, 저 역시 무력하기는 마찬가지라서였다.

해인은 집으로 돌아와서는 어쩐지 계속 시율에게 어리광을 부리고 있었다. 시율은 말없이 그런 해인의 머리며 이마를 쓰다듬어 줬다. 깨끗하게 씻은 손바닥을 쥐여 주고, 종종 깍지 껴 가져가 그 마디마디에 키스해줬다. 커다란 품은 따듯했고 손길은 다정했다.

이것들을 잃어버리는 건 그저 한순간일 테지만.

"……강."

"음?"

"생일 축하해."

단지 그 말이 하고 싶었던 것뿐인데. 길 잃은 녀석을 만나서 함께 길을 잃어버린 기분이었다. 그 슬픈 기분이 너무 치덕치덕하게 몸 여기저기에 남아 있는 듯했다. 지금 해인이 골골거리는 건 기분 좋아서라기보다는 기운이 빠져서였다.

"고마워. 이왕이면 좀 웃어줬으면 좋겠지만 말이야."

시율이 손으로 해인의 입술을 지그시 웃는 모양으로 만들었고, 해인은 그걸 따라 웃다가 그가 키스해와서 그대로 받아들였다. 자잘하게 웃으며 나누는 키스는 대화 같기도 했다. 그냥 너무 좋아한다는, 그런 말들.

우리, 눈을 마주치고.

우리, 서로를 쓰다듬을 뿐인데.

우리, 왜 심장이 두근댈까. 왜 이렇게나 불편할 정도로 쿵쾅댈까.

"이제 기운이 좀 났어?"

"……아까부터 났다, 뭐."

해인은 그에게 기댄 채 고개를 끄덕였지만 그다지 기운찬 느낌은 아니었다. 시율의 손이 해인의 정수리를 쓰다듬고 뒤로 넘어가 머리카락 속을 부드럽게 그러쥐며 해인을 끌어왔다. 느릿하니 눈길을 한번 섞더니 이어 보란 듯 해인의 이마에 느린 입맞춤을 했다. 그러고는 눈까풀 위에 스치듯 키스하고 속삭이는 목소리는, 한없이 다정했다.

"전혀 그런 얼굴이 아닌데?"

애초에 이 남자 눈을 속이는 건 불가능했다. 하지만 사신의 일부터 구구절절 털어놓을 수도 없는 노릇이라, 해인은 웃을 수밖에 없었다. 나쁜 아니라 당신도 기억을 잃을 수 있고, 인연이 아니라면 결국 영영 헤어질 거라는 말들을 할 수는 없지 않은가. 죽음은 남의 일이 아니라는 것도.

"……내 얼굴이 어때서."

"우울하다고 쓰여 있거든."

"난 지금 행복한걸."

정말이었다. 시율의 커다란 손바닥을 가져와 그에 뺨을 기대며 해인은 눈을 감았다. 그의 감촉을 만끽하는 것은 굉장히 행복한 기분이 들게 했다. 짐승들이 좋아하는 상대에게 몸을 비비적거리는 기분을 이젠 잘 알 것 같았다. 함께하는 것만으로 너무 좋은 거야. 좋아한다는 마음을 말로는 표현 못 하니까, 자꾸만 몸을 기대는 거야. 그리고 행복한데도 욱신거리는 이 기분은, 그래…… 눈물이 날 만큼 행복한 거로 하자.

"……너, 그 죽은 녀석한테 동질감이라도 느끼는 거야?"

"음. 그야, 들리니까."

귀신은 속여도 강시율은 못 속일 것 같았다.

"……다르잖아, 너랑은."

"같아."

"어디가."

"헤어지면 다신 못 만나는 게, 같아."

어떻게 말할까. 강 너를 사랑할수록 나는 우울해진다고. 네가 내게 빛을 주는 만큼 그림자가 진해진다고. 말할 수 없는 것만 너무도 많은 자신이 싫었다. 하지만 그런 자신이라도 있어야만 시율을 만질 수 있었다. 이렇게, 만지는 거라도…… 해인은 두 손을 움직여 시율의 뺨을 감쌌다.

그에게 손을 뻗는 순간이 행복했다. 이내 그가 만져질 테니까, 어루만질 수 있을 테니까.

"내가 말할 수 있는 건…… 단 하나야. 내가 언젠가 네게서 떠나야만 한다는 거. 하지만 절대 네가 싫어서는 아니야. 그것만 알아줘."

시율은 매번 정색했지만, 해인은 이 말이라도 할 수 있어서 다행이라고 생각했다. 말이 없는 시율을 보며 해인은 그의 뺨을 좀 더 제게로 당겨왔다. 이마가 겹치고, 속눈썹의 끝이 닿을 만큼 아주 가까이로. 하지만 키스할 수도 있는 그 거리에서 말하는 건 그와는 전혀 어울리지 않는 것이었다.

"그때 너무 아프면 안 되니까, 날 너무 사랑하지 마. 강, 차라리 그게 좋겠어."

처음에는 이왕 줄 거라면 듬뿍 달라고 했었다. 하지만 마음이 깊어지고 엉켜갈수록…… 생각은 갈대처럼 바뀌었다. 많이 아프지 마. 우리 마음 닿아 있어서 네가 아프면 내가 아프니까. 강, 내가 아픈 것보다, 네가 아플까 봐 그게 걱정이야. 나는 잊겠지만 너는 가지고 있을 테니까.

차라리 그도 잊는다면 마음이 편할까?

"이미 늦었어. 이미 너무 사랑해."

"……그러지 마."

시율은 이제 전처럼 화를 내지도 않았다. 해인이 하도 수차례 말해서인지, 차라리 떠날 수밖에 없다는 건 받아들인 듯했다.

"어디로 가는데? 꼭 가야 해?"

"응."

"어쩔 수 없어?"

"……응."

"너 혼자는, 돌아올 수 없어?"

그는 웃을 듯 우는 해인에게 연거푸 물었다. 왜 엉엉 울던 아까의 눈물보다 소리 없는 이것이 더…… 가슴이 아릴까. 살짝 끄덕이는 고개와 겨우 내는 긍정의 한 음절에 목이 막힐까.

"응."

여자의 그 작은 끄덕임에 왜 목이 메다 못해 쓰리고 끊어질 듯 아플까. 네 눈이 그렇게 아픈 빛이기 때문일까. 시율은 담담하니 물었다.

"……찾으러 가도 돼?"

아니, 안 돼.

아니, 제발.

응…… 사랑해.

몇 번이나 목 안으로 하고 싶은 말을 삼키면서는 또다시 눈이 젖어들었다. 모든 건 속절없었다.

강, 나는 이리도 나약하고.

당신만 보며 하루하루 살고 있어.

겨우 깨닫기로, 당신을 너무도 사랑해.

시율은 평소보다 조금 일찍 잠들 채비를 하고 있었다. 내일 새벽으로 알람을 맞추며 침대 옆으로 앉았다. 내일은 출근이 일렀기 때문이다. 야행성인 해인은 잠들 때가 아니라 일부러 거실에 내버려뒀는데…… 해인이 시율의 방으로 자연스레 걸어 들어왔다.

두 발로 타박타박, 걸어오는 발소리가 등 뒤에서 들렸다. 처음엔 그림을 그리려고 색연필을 가지러 온 줄 알았다. 하지만 아니었다. 해인의 그림자가 곧장 가까워지나 싶더니, 그것이 시율의 그림자에 겹쳐졌다. 어딘가 평소랑은 다른 느낌이 들었다.

"……?"

침대 위로 올라오는 게 느껴져서, 뒤를 돌아보던 시율은 그대로 굳었다. 어느새 제 어깨에 매달린 해인이 보였으니까. 꼬리가 있다면 살랑살랑 흔들고 있을 것 같은 얼굴을 한 채. 말캉거리는 몸이 등 뒤로 여과 없이 느껴졌다.

"강."

"……왜?"

시율은 문득, 두려워졌다. 이런 행동이 저를 어떻게 만드는지 알고 이러는 걸까. 아니, 아마도 아닐 테니, 그는 일단 참자고 생각했다. 해인은 시율의 그런 노력을 아무렇지 않게 배신했지만.

"있잖아, 강."

가냘픈 목소리로 거듭 그를 불렀다. 무엇이든 들어줘야 할 것 같은 목소리를 냈다. 좀 더 가까이 그에게로 몸을 숙이며 시율의 귓가에 입술을 댔다. 말하는 족족 따듯한 숨결이 섞여 그의 등골이 오싹해졌다. 언젠가 그가 해인에게 했던 짓이니, 그야말로 보고 배운 대로였다.

시율은 이것도 해인의 3대 기습 공격 중 하나로 넣어야 할지 고민했다.

"난 슬퍼만 하는 건 싫어. 그러니까……."

그는 해인이 속삭이는 걸 가만히 듣고 있었다. 정확히는, 움직일 수 없는 상태였다.

"기회가 있을 때, 안아줬으면 좋겠어."

"……."

"우리가 헤어지기 전에."

5. 마음을 여는 날

숨소리라는 게 이렇게 크고, 절박한 것이었던가. 해인은 그의 뛰어오르는 심장 소리를 들었다. 그의 단단해지는 어깨를 느꼈고, 불거지는 목덜미의 힘줄도 보았다. 자신은 분명 원해지고 있었다.

"……진심이야?"

"진심이지, 그럼."

당혹스러워하는 시율의 얼굴을 가슴께로 끌어안으며 말하는 해인의 목소리는 어딘가 새까맸다. 밝으려 애쓰는 와중에 그 밑에 깔린 그림자 같았다. 마치 여린 별처럼 덧없었다. 자신도 그를 원한다는 건 그렇게 애탄 마음이었다.

"강은 항상, 날 보고 사랑한다고 말해주잖아."

해인은 새까만 자신의 안에서 미약하게 빛나는 별을 느꼈다. 그건 분명 품 안의 이 남자였다. 어느 날에 한순간에 사랑하는 모든 것들에게서 뜯겨져 나와 허무하고 텅 빈 자신의 가슴속을 채워주고 있는 건, 태일이 아니라 그였다. 잃어버린 많은 것들이 휘황한 달이라면, 시율은 그 곁의 별과 같았다.

달을 이기진 못하겠지만, 그보다 빛나진 못하겠지만, 그래도 무수하게 빛나는 것. 소중하기는 같은 것. 다만 안타까운 것은 그 어떤 기적이 일어난다고 해도 별들이 달을 대신할 수는 없다는 것이었다. 사랑하기는 둘 다 마찬가지라고 해도 말이다. 아무리 생각을 거듭해봐도 자신이 돌아갈 곳은 정해져 있었다. 그런데도 그를 마음에 담았으니 자신은 참 어리석었다.

"그런데 나는 항상 듣기만 했던 것 같아."

"……."

해인은 말이 없는 시율을 다독이듯 보듬어 안았다. 돌아서는 그의 이마에 뺨을 기대며 느릿한 숨을 내쉬었다. 기대며 말하고 싶었다.

'당신을 위해 모든 걸 버리진 못해서 미안해.'

언젠가 달빛에 완전히 묻혀버릴 사람이어도, 지금만이라도 꼭 끌어안고 싶어. 그 마음으로 온통 심장이 가득해. 받기만 하기에는 시간이 너무도 빨리 흘러. 괴로움으로 돌아올 욕심이라는 건 알지만 그럼에도 그래. 해인이 눈으로 속삭이는 것들에 시율은 점점 힘을 잃는 것 같았다. 완고한 무기들을 하나둘 떨어뜨리고 무방비해졌다.

"이런 건, 훨씬 나중의 일이라고 생각했어."

"나도 그랬어."

그가 선뜻 이 상황을 받아들이지 못하는 것도 무리는 아니었다. 해인 역시 자신이 이런 마음을 먹을 거라고는 짐작조차 하지 못했으니까. 마음이 커지는 만큼 가진 시간이 적게만 느껴졌다. 아주 급속도로.

"우리한테 시간이 그리 많지 않다는 걸 알기 전에는, 그랬어."

어제까지 하악대던 고양이가 난데없이 무릎 위에 올라오면 이런 당황스러움이 들까. 시율의 표정은 갈수록 복잡해졌다. 그러다가 해인이 다가와 제 가슴팍에 마주 안기는 순간에는 어지럽고, 숨이 막 막히는 걸 느꼈다. 기쁘기보다는 슬펐다.

'대체 얼마큼의 시간이 남았기에 이러는 걸까.'

떠난다는 걸 알려주자마자 안겨오는 건 너무도 가혹했다. 남은 시간을 물어봤자 답을 해주지 않을 거라는 걸 그는 잘 알았다. 다만 그 시간이 제 예상보다 훨씬 짧으리라는 것만 짐작해야 했다. 자꾸 울었던 건 어쩌면, 그 죽은 짐승 때문이라기보다는 헤어질 날이 너무도 싫어서이기 때문일지도 모르겠다는 생각이 들었다. 연이어 몇 가지 두려운 일들이 떠올라 그를 괴롭혔지만.

"강, 정말 좋아해."

"……나도 그래."

"태어나서 처음으로, 사랑해."

그러나 이 순간에는, 이내 그런 생각들은 모조리 잊고 품 안의 여자가 저를 두고 죽으라면 죽자고 다짐했다. 무슨 말을 하든, 이루어줘야 할 것 같았다. 조르듯 안겨오는 작은 몸의 가느다란 허리를 끌어안으면서는, 피가 끓어 몸이 뜨겁게 느껴졌다. 자신의 목덜미에 뺨을 묻어오는 해인이 이 순간에 오로지 제 것이라는 것 말고는 생각할 수 없게 됐다.

갑작스레, 긴 밤이 찾아왔다. 누가 누구의 것이든 상관없는, 결국 하나인, 그런 밤.

해인은 가만히 침대 위에 앉아 있었다. 고분고분 길든 것처럼 착하게 굴었다. 한쪽으로 살짝 기울인 그녀의 목선은 지극히 가냘팠다. 새하얀 상체의 어깨와 허리는 아기의 피부를 닮은 능선이고, 엉덩이와 무릎, 발꿈치까지 이어지는 선은 흐르듯 빛났다. 그 부드러운 곡선 속에 어떤 아찔한 것이 있었다.

가린 것 없이 그대로 드러내자, 무방비하기보다는 오히려 위협적이었다. 그의 숨결이 토막 나기 시작한 건 그런 이유였다.

"앗, 잠깐만."

다가오는 시율을 가만히 올려다보던 해인은 무슨 생각인지 창가로 달려가 꼼꼼히 커튼을 닫았다. 그러고는 다시 침대 위로 돌아와 두 눈을 반짝였다.

"뭘 한 거야?"

"누가 볼까 봐."

"여기가 몇 층인지는 알지?"

"잘 알지."

해인은 엄지까지 척 들어 보였고, 시율은 아무려면 어떠랴 싶어 웃음을 터트리며 침대 위로 올라왔다.

그 뒤는…….

살가운 손으로 만지고, 만져졌다. 눈을 감은 채 키스했다. 모든 순간이 선명해서 끝나지 않을 것 같은 기쁨이었다. 바로 귓속으로 스미는 가는 음성에 시율은 천천히 눈을 감기도 했고, 뜨기도 했다. 조도가 낮은 방 안에서 느껴지는 건 오로지 해인뿐이었다. 그의 목덜미를 끌어안고 그의 몸 어느 곳이고, 닿으면 뺨을 비비는 보드라운 여자.

자신에게서 솜사탕 냄새가 난다는 걸 알고 있을까? 단걸 좋아하기 때문인지, 샴푸 냄새 때문인지, 이렇게 가까이 안고 있으면 달콤한 냄새가 말할 수 없이 진하게 났다. 정말 잡아먹고 싶어졌다. 시율은 해인의 귀 밑으로 입술을 묻었다.

"음, 간지러워."

해인의 웃음 섞인 칭얼거림에, 그가 피식 웃어버린 건 결국 유혹당한 게 자신이라서였다. 저보다 먼저 원해올 줄이야. 매일 도망만 다녀서 선수를 칠 거라고는 생각 못 했는데. 누가 고양이 아니랄까 봐 부를 때는 팩 무시하더니 가만있으면 와서 온몸으로 비비적거렸다.

종잡을 수가 없어서, 흠뻑 빠지는 수밖에 없었다. 시율은 침대 시트를 움켜쥐고 있는 해인의 손을 들어 저를 붙잡게 했다. 그녀의 쇄골 위로 입술을 묻었다. 갈비뼈가 닿아 딱딱함이 느껴질 정도로 끌어안았다. 자신의 그늘 아래서 해인을 찾았다. 저를 올려다보는 눈길을 찾아 느리게 시선을 얽었다.

"좋아해…… 강."

그러다가 부끄럽게 웃는 게 보여서, 마주 보고, 입술을 겹쳤다. 시선을 섞으며 천천히 맞붙이는 입술은 아무것도 닿지 않은 듯 감각이 없었다. 너무도 살며시 스멀스멀 닿아 그것이 다른 이의 체온이라는 걸 느끼지 못할 정도였다. 그저 스며드는 것처럼. 서로의 혀끝을 더듬었다.

톡톡, 톡. 숨 쉬듯 스쳤다. 그러다 왈칵 혀가 밀려들었는데도 놀라지 않았다. 그도 그럴 것이, 이다지도 친밀하고 부드럽고 사랑스럽게 느껴지는 대화는 또 없을 테니까. 사랑하고 사랑해. 느리고 깊은 이 순간의 키스는, 분명 그렇게 말하는 데 쓰이고 있다.

"지금 너한테…… 이렇게 키스할 수 있어서 기뻐."

"……음, 연인만 이런 걸 하니까?"

"비슷해."

둘은 떨어질 듯 말 듯 입술 살을 겹친 채 끊임없이 속삭였다. 서로에게 자잘한 키스를 되돌려주었다. 키스, 흠뻑 받아버렸다.

"나 말이야. 강, 전에는 이러면 후회할 것 같았는데…… 지금은."

"지금은?"

"어디까지 사랑받을 수 있는지 모르는 채로 헤어지면 그게 더 후회스러울 것 같아. 이런 것들, 당신이 아니면 누구에게 받아야 할지 모르겠는걸."

부끄럽고 창피한 걸 이유로 눌러왔던 마음을 꺼내자 넘쳐흐르기가 끝이 없었다. 사랑을 속삭이는 게 이렇게 기분 좋은 일일 줄이야. 자신에게 솔직한 건 힘든 일이지만 그만큼 뿌듯하고 벅찼다. 이 순간 기분이 너무 들뜨고 말랑말랑하게 변해서, 해인은 쪽, 시율의 뺨에 키스하며 많은 걸 고백했다. 그의 뺨에 연신 입술을 눌렀다.

그것은 촉촉하고 뭉개질 듯 부드러운 감촉이었다. 그에게 그건 제법 엄청난 괴롭힘이었다. 어디에 이런 애교를 숨겨뒀던 건지 모르겠다. 갑자기 이렇게 살갑게 만져주면…… 참기가 힘들어졌다. 닿지 않았을 때도 힘겨움을 느꼈것만. 시율은 저도 모르게 숨을 들이켜며, 울컥울컥 격해지려는 자신을 겨우 다잡았다.

가쁘게 내쉰 신음 중 훈기만이 남아 고이는 두꺼운 시트 안은 평소의 그 편한 공간이 아니었다. 잠이 오는 그런 아늑한 공간이 아니었다. 남자 하나와 여자 하나가 섞여 다리를 얽은 그 순간부터는 아찔하게 덥고 치가 떨리게 퇴폐적이며, 그러다 숨이 막혀 그러다 혼절할 것 같은 공간이었다. 평온 대신 터질 듯한 흥분과 긴장이 자리했다.

"응……!"

전에 없이 질척한 키스였다. 들어본 적 없는 남자의 앓는 신음과 함께였다. 뜨거운 혀와 타액이 뒤엉켜 넘쳐버렸다. 닿은 몸 역시 그와 별반 다르지 않았다. 하나처럼 맞물려 시율이 이끄는 대로 달아올라 애탐을 배우고 있었다. 그에게 온통 파묻히는 기분은 언뜻 버거웠지만 그의 것이 되는 순간은 분명한 기쁨이었다.

"강."

"아프면, 말해야 해."

그의 혀가 입안으로 파고드는 만큼, 그의 다른 일부도 서서히 치밀어 들어왔다. 그건 더운 안개 속에 흠뻑 빠진 기분이었다. 아득함에 시달리며 해인은 그의 손길에 바르르 떨었다. 매 순간 어깨를 뒤틀고 입술을 깨물었다. 제 발로 걸어 들어온 남자의 손바닥 위는 맹수의 입안처럼 뜨거웠다.

그간 너무도 야하다고 생각했던 키스는 그저, 이 행위의 일부였나 보다. 이 행위의 시작일 뿐이었다. 맨살이 닿았을 뿐인데 죽을 것 같은 기분이 됐다. 자꾸만 눈물이 나고 우는 소리를 내게 됐다. 피부라는 것에 당기는 힘이 있던가? 이 남자가 알려주는 바로는, 그랬다.

"흐윽."

그것이 주는 낯선 벅참과 달뜸에 해인은 크게 움찔거리며 시율의 단단한 어깨를 힘껏 붙잡았다. 쇄골 사이에 이마를 묻고 그의 가슴팍 위로 축축한 입김과, 다섯 손가락이 긋는 붉은 자국을 남겼다. 일부러 낸 것이 아닌 상처가 미안해서 그 위로 입술을 댔다가, 얼마 못 가 여유 없이 엉망으로 흐트러졌다.

시율은 느리게 숨을 몰아쉬며, 어찌해야 할지 몰라 헤매는 해인의 손끝을 들어 올려 제 목덜미를 감싸 안게 했다. 크게 들썩이는 심장 때문에 오르락

거리는 해인의 가슴이 그의 가슴에 닿았다. 온몸 어디고 마주쳐 겹치지 않은 곳이 없었다. 땀으로 홍건해진 피부는 붉게 달아올라 열을 뿜어내고, 예민하게 변했다.

"왜 이렇게…… 예민한 거야, 너."

"나쁘, 나쁜…… 거야?"

"그럴 리가."

질끈, 시율은 눈을 감았다. 생각만큼 적당히…… 안 될 것 같다. 그는 점차 절제를 잃어갔다. 입술을 대는 데서 그쳐야 하는데 깨물고 이내 삼켜버리고 말 것 같았다. 가냘픈 어깨에 기어코 입술을 맞추고 이로 잘근대서 붉은 자국을 냈다. 제 것이라는 상처를 내는 건 야만적이라고 생각했는데, 지금은 그러지 않고는 견딜 수가 없었다.

"강…… 지금, 키스해줘."

해인은 두려운 듯 행위 속에서 그를 찾았다. 급히 입술을 겹치면서 시율은 제 밑에서 달달거리는 해인의 몸을 품 안 가득 끌어안았다. 진정하라는 듯 울지 말라는 듯 보듬는 손이었다. 사랑해서 견딜 수 없는 짙은 쓰다듬이었다.

삐빅- 삐빅-

계속해서 알람이 울리고 있었다. 그리고 시율은, 그러거나 말거나 깊이 잠들어 있었다.

"강……?"

그리고 해인은 진작 눈이 떠져서 꼼지락거리다가, 어째 요지부동인 시율이 이상해서 옆구리를 쿡, 쿡 찔러보고 있었다. 보통은 이런 걱정을 안 하겠지만 해인은 간밤에 너무 놀란 터라……. 그러니까 그게 그렇게 체력을 요하는 격렬한 행위인지 몰랐던 터라, 내심 시율의 건강이 걱정되고 있었다.

'사신이 이런 걸 하면 내가 양기를 빼앗는다고 했는데…… 그것 때문에 못 일어나는 건가?'

안절부절못하며 꼭 감은 시율의 속눈썹이 어서 떠지기만 기다렸다. 그 양기라는 거 보통 사람에게 얼마큼 있는 걸까. 확실한 건 해인의 안에는 기운이 넘쳐흐르고 있었다. 사람으로 며칠을 내내 돌아다녀도 될 만큼 가득했다. 그리고 원래 이 기운의 주인은 시율이니까…….

"……서, 설마 죽은 건 아니겠지?"

정확하게는 빼앗았다기보다는 시율이 아낌없이 준 거지만, 이렇게 많이 흡수했는데 문제없는 건지 심히 걱정됐다. 사신이 웬만해서는 안 죽을 거라고 해서 그것만 믿었는데, 생각해보니 사신이 그리 믿음직스러운 인물은 아니었다. 그리고 어젯밤에 시율이 저를 얼마나 많이 괴롭혔는가를 생각하면, 그래서 제가 기어코 울어버릴 정도였던 걸 생각하면 심하긴 했던 것 같았다. 다른 비교 대상이 없긴 하지만 그건 분명 보통은 아니었을 거다.

해인은 심각한 표정을 하고는 손톱을 깨물었다. 얼굴에 찬물이라도 부어봐야 하나……?

"끼악!"

궁리에 빠져 있던 해인은 어느 순간 제 맨발바닥을 움켜쥐는 힘에 깜짝 놀라 그 자리에서 펄쩍 뛰어올랐다. 범인은 당연히 시율이었다. 침대 위에는 둘뿐이었으니까.

"으, 놀랐잖아! 뭐 하는 거야!"

"크큭, 너야말로 뭐 하는 거야."

"내가 뭘!"

"하도 뚫어져라 보길래 키스라도 해주려나 했네. 기다렸다고."

아무래도 일부러 자는 척하고 있었나 보다. 넘치는 기운만큼 넘쳤던 해인의 걱정이 무색하게도 시율은 기지개를 켜며 느긋하게 몸을 일으켰다. 그는 천천히 주변을 두리번거렸다.

"……뭐 찾아?"

"으음, 내 휴대폰 못 봤어? 조금 전까지 알람이 울리던데."

"침대 아래 떨어져 있던데."

분명 어젯밤에는 침대 위에 있었지만, 어느 순간 떨어졌다. 방해물이었으니까.

"여기 없는데?"

어느 쪽에 있는지 본 터라 일어나서 주워주려던 해인은 자신이 지금 시트만 두르고 있다는 사실을 상기했다. 누에고치 같은 모양에서, 손만 조금 시트 밖으로 꺼내서 휴대폰이 있는 쪽을 가리켰다.

"저쪽에."

"아, 고마워."

그는 눈을 뜨자마자 어디에 전화하려는 걸까? 태일이라면 내일 점심때나 되어야 올 텐데, 연락할 데가 또 있을까? 게다가 지금은 고작 아침 7시였다.

"왜? 어디 전화해?"

"병원. 출근 못 한다고. 아픈 척해야지."

하나도 안 아파 보이시는데요? 방금 죽었나 살았나 걱정한 게 무색할 만큼 건강해 보이는 시율이었다. 뜬금없이 무슨 소린가 싶던 해인은, 겉보기에는 멀쩡해도 다른 어디가 안 좋은 걸까 싶어 순식간에 사색이 됐다. 역시나 때문에? 누에고치 모드 같은 건 신경 쓸 새도 없이 얼른 무릎으로 기어 시율의 뒤에 바짝 다가갔다.

"아, 아파? 어디가?"

열이 나나? 해인은 더듬더듬 드러난 그의 등짝이며 팔뚝을 서슴없이 주물러댔다. 어제까진 이렇게 그를 만지는 건 상상도 못 했는데.

"열은 안 나는데? 괜찮아? 강, 많이 아파?"

"……꾀병이지, 당연히."

"엥?"

"아픈 척, 이라고 했잖아."

"뭐, 뭐 때문에?"

"아직 난 만족 못 했거든. 뭐야. 끝난 줄 알았어?"

시율이 괘씸하다는 듯 물어왔다. 해인은 바보 같은 표정으로 있다가, 사태를 파악하고는 슬금슬금 무릎으로 후진했다. 시율의 양기가 딸리기 전에, 제 체력이 바닥날 것 같았으니까.

"내일이면 태일이 녀석이 오잖아. 그 전에 분발해야지."

충분히 하신 것 같은데요. 병가 내실 것까지야…….

"안 그래?"

"안 그래, 안 그래."

"많이 부족한데."

"난 넘치는데?"

있는 힘껏 도리질 쳤지만 다시 잡히는 건 금방이었다. 시율은 늘 그랬듯, 욕심쟁이였다.

혹시 그 집에 아가씨가 사냐는 얘기를 들을까 봐 해인은 외출할 때면 항상 현관에 아무도 없는지를 살폈다. 그리고는 조심스럽게 나와 계단을 이용했다. 한 라인에 두 집이 있는 구조라 신경만 쓴다면 크게 어려운 일은 아니었다. 딱, 500원이 필요한 해인의 외출은 대개 아주 잠깐이었다.

돈을 모으는 출처는 대부분 침대 밑이나 옷장 아래였다. 가끔 운 좋으면 천 원짜리가 나왔다.

"엄마! 나야."

-어어, 웬일로 전화를 다 하니?

"그냥…… 집엔 별일 없고? 해강인?"

태일의 집에서 몇 분 정도 떨어진 곳에 공중전화 위치를 알아둔 해인은 종종 이렇게 엄마가 있는 집에 전화하고는 했다. 엄마와 군대 간 남동생의 안부를 짧게 묻는 식이 전부였지만, 한 달에 한두 번은 할 수 있을 만큼 눈치가 생겼다. 같이 사는 두 남자의 생활 반경과 리듬을 알아 제법 여유를 부리게 되었달까.

-우리야 잘 지내지. 넌 어디니?

"난…… 내일 또 출국해. 물건 두러 잠깐 들어왔어."

-으이고, 이번엔 외국이니? 하여간 못마땅해라. 너는 그 나이에 무슨 배낭여행을 한다고 그리 싸돌아다녀. 일은 하는 거야?

"그럼, 이게 다 일이고, 자료 조사라니까."

독립한 뒤로 본래 연락이 뜸했던 터라, 이런저런 핑계가 먹히는 건 다행스러운 일이었다. 또한 해인이 사라진 시기가 마침 여행을 떠났던 시기와 같아서 가족들은 그러려니 하는 눈치였다. 또 그놈의 방랑벽이 도졌구나, 하는 것이다.

-그래, 집엔 언제 오고?

"어…… 집엔."

-크리스마스 땐 또 친구들이랑 놀 테고, 신정엔 올 거니? 네 아버지 제산데.

"가야지, 그럼."

해인은, 아버지의 죽음 이후 한동안 그림을 그리지 못했다. 제가 하는 일을 가장 많이 이해하고, 응원해주던 사람의 죽음은 상실감이 지대한 것이었으니까. 가장 즐거웠던 순간에 상실감을 맛봐서인지, 해인은 유난히 슬럼프가 잦았다. 작품에 기복이 컸고, 툭하면 방황했다. 일이 안 풀리면 히스테릭해질 때가 많았고, 가족들에게 그런 모습을 보이기 싫어서 일찌감치 독립했다.

해인은 힘들 때면 아프다고 말하는 대신 굴을 파고 숨는 습성이 있었고, 엄마도 그걸 알아서 잠자코 기다려주고는 했다. 정이 없는 것 같아도 사실은 그렇지 않았다. 해인이 아는 한, 자신의 엄마는 자신과 가장 닮은 사람이었다.

-집에 안 오는 건 괜찮아. 연락이나 좀 자주 하렴.

"그럴게."

-누구네 딸인지 말은 잘해요.

마음 같아서야 훨씬 자주 집에 가고 싶은 해인이었다. 하지만 그러기에는 제약이 너무도 많이 따랐다. 우선 시율과 태일의 눈을 피해야 했고, 사신의 주술은 도움이 되기도 하고 방해가 되기도 했다. 일단 자신의 입으로 이름을 말할 수 없는 이상한 상태였다. 만약 누군가 해인에게 이름을 묻는다면 해인은 다름 아닌 그것을 잊어버린 양 바보처럼 아무런 대답도 할 수가 없다. 나이도, 주민등록번호도, 인간인 저에 대해 말할라치면 소리가 얼어버렸다. 적으려고 해도 되지 않았다. 누군가 저를 보고 있다는 걸 인식하는 순간 손은 움직이지 않게 됐다. 해인을 감시하는 건 다름 아닌 '자기 자신의 무의식'이었으니까. 자신을 속일 수 있을 리 없으니까.

"바빠서 그래."

-알았다. 그래도 너무 바쁘게 살지 마라, 너만 힘들어.

"난 괜찮아."

-으휴, 말도 안 듣지. 남들처럼 평범하게만 살면 다 되는 거야. 알았지?

"……알았어."

그래, 나도 평범하게 살고 싶어. 이런 불안정한 몸은 싫은걸. 빨리 본래대로 돌아가고 싶다는 게 해인이 가진 가장 강한 마음이었다. 하지만 요즘 들어서는 덜컥덜컥하고 무언가 걸려댔다. 시율을 떠올렸지만, 사실은 자신 하나를 추스르는 것도 힘겨운 상태였다.

-밥은 잘 먹고 다니는 거지? 너 또 대충 먹고 있니?

눈을 감아버렸다. 파란 공중전화 수화기에 기대며 해인은 조금 울먹였다.

"……엄마, 보고 싶어."

왜 눈물이 나는 걸까. 가족이 그리운 만큼 그에 대한 미안함과 안타까움이 치밀어 올랐다. 여지없는 기로에 서서, 밀려오는 건 아픔이었다.

날은 어느새 완연한 겨울이었다. 이미 첫눈이 왔고, 크리스마스가 바로 코앞이었으니까. 바람도 제법 쌀쌀해져서 이젠 외투 없이는 돌아다닐 수 없게 됐다.

"호오오."

해인은 차가워진 손끝을 입으로 불어 녹이며 집으로 돌아가는 발걸음을 재촉했다. 공중전화까지만 얼른 다녀올 생각으로 대충 걸치고 나왔더니, 그새 손끝이 새빨갛게 변해 있었다. 저야 상관없지만 시율이 이걸 본다면 한소리 할 게 분명했다.

'너 또 대충 입었지. 밖은 추워.'

'하나도 안 추운걸?'

'……보는 내가 춥다고. 안 돼.'

'엥, 괜찮은데.'

이 몸의 장점이라면 추위니 더위니 하는 것에 매우 강하다는 것이었다. 보기엔 어떨지 몰라도 체감하는 기온 차는 크지 않았다. 특히나 요즘처럼 몸에 기운이 넘칠 때는 그야말로 무적이라도 된 것 같았다. 그 증거로 재채기도 나오지 않았다. 하지만 아무리 괜찮다고 말해도 시율은 해인이 얇게 입고 다닌다며 구박을 했다. 같이 어디라도 갈라치면 얼굴을 다 가릴 만큼 목도리를 둘둘, 둘러주는 건 흔한 일이었다.

"으음, 아직 자고 있겠지?"

또 혼나는 건 싫으니까. 외출했던 걸 들키지 않으면 좋겠는데. 해인은 엘리베이터 앞에 서서 복도에 걸린 시계를 확인하며 중얼거렸다. 오후 8시 32분. 보통이라면 잠들어 있을 시간이 아니었지만 시율은 어젯밤부터 내내, 그리고 이어 출근도 미뤄두고 하루 온종일 해인을 괴롭히더니 결국엔 곯아떨어져 있었다.

그 남자, 무슨 욕심을 그렇게 부리는지 잠시도 놓아주질 않아서 곤란할 정도였다. 낯부끄러운 일이기도 했고 말이다. 다들 이러는 건지는 몰라도…… 그는 좀 강력한 타입 같았다.

"하긴…… 벌써 일어나면 그게 이상하지."

자기가 무슨 슈퍼 파워도 아니고, 사람인 이상은 나가떨어지는 게 당연했다. 반면 그와 같이 기진맥진해서 잠들었던 해인은 일찌감치 먼저 눈이 떠졌다. 그에게 받은 넘치는 양기 때문이었다. 몸 안에 기운이 얼마나 넘치는지 잠이 오지 않을 정도였고, 언제 체력이 바닥났었냐는 듯 몸은 지나치게 쌩쌩해져 있었다. 시율은 양기를 빼앗긴 덕인지 평소보다 더 깊이 잠들어 있었지만. 그 곁에서 뒹굴며 시율이 눈뜨길 기다리던 해인은 결국 지루해져서 잠시 밖으로 나온 참이었다.

"그러고 보니 강 얼굴 보기가 좀 부끄러운데……."

이런저런 생각을 하던 해인은 슬그머니 뺨을 붉게 물들었다. 시율을 떠올리자 저절로 그의 나른하고 널찍한 가슴팍이 떠올랐다. 이건 틀림없이 하루종일 시달린 탓이었다. 난데없이 귓가가 간지러워지는 것도 그 때문이었다.

'좋아해. 아주 많이.'

'그래, 사랑한다는 말이야.'

'전부 기억해둬.'

그가 침대 위에서 내내 지독하게 속삭인 것들이 아직도 귓가에 울렸다. 눈에 박히게 봤던 그의 강한 어깨라든가, 팔뚝이라거나…… 야한 눈길이라든가 하는 것들이 멋대로 머릿속을 떠다녀서 큰일이었다. 그리고 막상 몸에 닿아 보니, 그는 보기보다 근육질이었다…….

"흠흠!"

해인은 괜스레 헛기침을 터트리며 서둘러 계단으로 발길을 옮겼다. 집에서 나온 지 15분 남짓밖에 지나지 않았으니, 이 정도면 시율은 아직 잠들어 있으리라. 그는 자신이 나갔다 온 것도 모를 거다.

아니, 그럴 거라고 생각했다.

"엇, 강? 어디 가?"

계단에서 복도로 통하는 비상문을 열자마자, 막 집에서 급하게 나오는 시율과 마주쳤다. 한숨 자고 있어야 할 사람이 왜 저리 헐레벌떡 굴고 있는 걸까. 시율은 무슨 큰일이라도 난 사람 같았다. 해인을 발견하고는 멈춰 섰지만 여전히 안색이 좋지 않았다. 식은땀까지 흘리는 걸 보아하니 보통 일은 아닌 것 같았다.

"너……."

"응?"

무슨 일인가 싶어 해인은 눈만 멀뚱거렸다. 시율은 손에 잡히는 대로 급하게 주워 입고 나왔는지 옷차림이 엉망이었다. 심지어 맨발에 운동화를 그냥 신은 채였다. 저러고 어디 나갈 남자가 아닌데.

"무슨 일 있어?"

드물게도 그는 지금 감정의 변화가 얼굴에 전부 적나라하게 드러나고 있었다. 놀람, 화남, 안심, 다시 화남…….

"그걸 몰라서 물어!"

멀뚱멀뚱, 태평하기만 한 해인에게 시율이 냅다 소리친 건 그때였다. 그는 자신답지 않다는 걸 알면서도 버럭, 숨도 쉬지 않고 해인을 향해 성난 말을 쏟아냈다.

"어딜 가면 간다고 말을 해야 할 것 아니야!"

"푹, 잠들었기에…… 잠깐 이 앞에…….."

"걱정했잖아!"

평소라면 겨우 15분이었고, 넌 자고 있지 않았느냐고 박박 대들었을 해인이지만, 지금은 차마 그럴 수가 없었다. 유난이라며 투덜대기에는 시율의 얼굴이 너무도 화나 보이고, 또 무서워 보여서 그럴 수가 없었다. 자신한테 시율이 무서운 게 아니라, 시율이 무언가를 무서워하고 있어서.

곧장 사과하는 수밖에 없었다.

"미안…… 해."

내가 뭘 잘못했나? 그래서 강이 화가 났나? 당황스러운 와중에도 해인의 온 신경은 그의 감정을 파악하는 데만 내리 쏠렸다. 귀를 접는 고양이의 심정으로 고개를 푹 숙이고는 그의 눈치를 살폈다. 해인이 눈에 띄게 시무룩해하자 시율은 그제야 좀 진정되는 듯했다. 하지만 여전히 핏발 선 눈이었다. 잔뜩 여유를 잃었던 뒤라 그는 어딘가 허망한 얼굴이었다.

"하……."

힘줄이 불뚝 선 손으로 앞머리를 쓸어 넘기며 내쉬는 긴 한숨은 듣는 사람 속이 다 미어질 정도였다.

"정말이지…… 어딜 가면, 간다고……."

손을 떨며 말을 잇지 못하는 그를 보고, 해인은 전부 제가 문제였음을 깨달았다.

'날 찾으러 가려던 거구나.'

몰래 나갔던 건 어딜 가냐고 물으면 할 말이 없기 때문일 뿐이었는데. 집에 전화하고 온다고 말할 수가 없어서 스리슬쩍 나갔을 뿐인데, 그 공백을 그는 최악의 사태로 받아들였나 보다. 나는 그를 이렇게나 불안하게 만들고 있구나.

"……잘못했어."

"네가, 없어진 줄 알고……!"

겨우 안도했기 때문일까, 그의 목소리가 얼핏 떨리고 있었다. 시율이 저 때문에 이만큼 평정을 잃었다는 사실에 해인은 아무 말도 할 수가 없었다.

"이러려고…… 어제, 안겼던 건가 해서……. 그래서 이상하게 굴었나 해서."

"강……."

"……그래서."

그 스스로도 이토록 놀란 자신을 보기는 처음이었다. 해인이 사람이 됐을 때보다도 더 놀랐다. 곁이 허전하다는 사실에 거짓말처럼 눈이 떠졌고, 이어 텅 빈 침대와 집에 소름이 끼쳐 헐레벌떡 굴었다. 눈앞에서 사라졌다는 이유로 이성이 아득해졌다. 놀라 도리질을 치는 해인의 어깨를 덥석 끌어안는 이 순간에도 숨을 고르다가 숨이 막혔다.

없어진 줄 알았을 때는 덜컥하고 몸 안의 이것저것이 내려앉았다. 그런데 눈앞에 태평하게 다시 나타난 걸 보자니, 세상에서 가장 추한 남자가 되어제발 어디 가지 말아달라고 매달릴 것만 같았다. 차마 그 말을 입 밖으로 낼 수는 없어서 대신 있는 힘껏 해인의 몸을 끌어안았다.

"아직 안 가."

"……"

그는 자존심 때문에라도 자신의 두려움을 말할 수 있는 남자가 못 됐다. 하지만 해인이, 저도 두려운 것처럼 작은 손끝에 안간힘을 내며 그의 허리를 끌어안자, 도무지 그것에는 참을 수가 없어졌다.

"아직 아니야. 아직 안 돼. 싫어, 아직……."

저만 두려운 거라면 어떻게 참아보겠는데, 저만 그런 게 아니라니. 우린 왜 이런 불안을 느껴야 하는 걸까. 스멀스멀 무력함이 발끝부터 기어오르듯 그를 괴롭혔다. 지금도 이렇게 놀랐는데 진짜 헤어지는 순간에는 어떻게 해야 하는 걸까.

해인이 아직, 이라고 되뇔수록 그는 그게 두려워졌다. 그건 언젠가는 가야 한다는 뜻이기도 했으니까. 벌써부터 허무함이 그를 괴롭혔다. 눈시울이 문득 뜨거워지는 건 그래서였다.

"강…… 울어?"

해인은 자신을 안은 그에게서 미약한 떨림을 느꼈다. 꼭 안고 있다가 더 힘주어 안는데 그게 저를 버겁게 할까 봐 자신이 떨고 마는 그런 것이었다. 고개를 돌려보려 했지만 너무 가까이 붙어 있어 그의 얼굴을 볼 수 없었다.

"……안 우는데?"

"하지만……."

"내가 왜 우냐."

목소리까지 이상해서 겨우 밀어내고 본 시율의 어그러진 표정은, 우는 것과 그리 다르지 않았다. 눈물이 안 나도 그가 운다는 느낌이 강해서 해인은 제가 울상을 지으며 안타까운 소리를 냈다.

"……미안, 내가 미안. 그렇게 놀랄 줄 몰랐어."

시율은 한 손으로 마른세수를 하며 손바닥에 제 얼굴을 묻고 눈을 보여 주지 않았다. 너를 떠나보낼 걱정에 눈물이 날 것 같다고 어떻게 말할까. 네가 없는 시간이 벌써 걱정이라고, 이렇게 안고 있는 순간에도 그렇다고. 유령처럼 사라질까 무섭다고, 두려워 죽겠다고. 겁쟁이가 되어가는 수밖에 없는 내가 가엾다고. 그런데 원망도 못 하고 타박도 못 하는 미련한 사람이 되어간다고. 네가 나를, 바보로 만든다고.

기어코 붉어진 눈시울을 가리며 시율은 말은 잇지 못했다. 자책하는 큰 손 밑으로 울지 않으려 애쓰는 입술만 보였다. 다시금 말하는 해인의 눈도 젖어갔다.

"강…… 울지 마."

따라서 울먹거리며 그의 가슴팍에 매달렸다.

"내가 잘못했어. 이젠 안 그럴게. 응?"

해인의 잘못으로만 치부할 수는 없었다. 지레 겁을 먹은 것도 저였고, 두려움을 이기지 못하고 기어코 소리친 것도 저였으니까. 그도 이러고 싶지 않았다. 하지만 그 순간에는 말하기도 덧없을 만큼 겁이 났다. 옆자리가 비었다는 사실에 소름 끼치게 눈이 떠져서. 집 안을 아무리 뒤져도 네가 없어서. 간밤에 꼭 안겨오던 게 이러려고 그런 건가 싶어서. 작별 인사였나 싶어서. 피가 생으로 마르는 느낌에 그만…….

"안 울어!"

시율은 언제 눈물을 비쳤냐는 듯 소리쳤지만, 해인은 이미 뚝뚝 눈물을 흘리고 있었다. 그가 강한 척하고 있다는 걸 이제야 알았다. 그는, 버틸 수 있을 줄 알았다. 저 하나쯤 없어져도 잘 살 줄 알았다. 하지만 아니었다. 지금, 그 사실을 아프도록 느껴야만 했다.

"강이 울면, 나도…… 나도 울고 싶어진단 말이야."

"……그럼 사라지지 마."

기어코 그는 힘겨운 속을 토해내는 목소리였다. 막연한 불안에 힘겨워하는 남자를 보는 것이 이리도 가슴 아프다니. 저 때문에 그렇게까지 해야 하나 싶어 미안하면서도 손을 놓을 수 없는 마음이라니. 미어지고 찢어지다 뭉개져버려 형체가 엉망이 되는데도, 그래도 그걸 주섬주섬 쥐고는 놓지를 못하는 마음이라니. 해인은 아주 바보 같다는 걸 알면서도, 시율에게 이 말밖에 할 수 없었다.

"있잖아. 나…… 포기하면 안 돼."

"……찾으러 가도 돼?"

전에는 찾을 생각일랑 절대 하지 말라고 했는데, 제가 없어지거든 얼른 새 애인을 찾으라고 핀잔했는데. 저를 찾지 말라고, 그냥 잊으라고, 그렇게 수십 번 말했는데. 이제는 그럴 수 없었다. 억지라는 걸 알지만 해인은 시율에게 조르는 수밖에 없었다.

"조금 찾다가, 이제 없나 보다 하면 안 돼. 잘 찾아서, 나 데리러 와야 해."

작은 몸으로 필사적으로 그에게 매달렸다. 매번 도망치기 바빴던 해인이 제 손을 붙잡자 시율의 눈이 크게 변했다. 말을 바꿀까 봐 얼른 해인의 손목을 붙들며 되물었다.

"정말 찾으러 간다?"

"……강, 강. 꼭 찾으러 와야 해. 꼭이야."

"응."

"안 오면…… 막 울 거야."

전과 달라진 마음은, 전보다 아프고 쓰라렸다. 전보다 말을 듣지 않았다. 하지만, 더 소중해졌다.

"약속할게. 계속 찾을게."

그가 너무도 기쁜 듯 속삭여서, 해인은 입술을 깨물며 고개를 끄덕이는 수밖에 없었다. 그를 힘들게 하는 일이라는 걸 알면서도 그러길 조를 수밖에 없었다. 이게 얼마나 힘든 바람인지 알면서도. 시율의 목을 끌어안으며 그의 어깨에 눈물을 묻고 숨을 참는 듯 말했다.

"미안해, 힘들게 해서."

"널 찾지 못하게 하면, 그게 더 힘들 거야."

"……응."

"네가 날 기다린다고 생각하면, 힘들지 않을 거야."

눈물이 참아지는 게 아닌 것처럼, 이 마음도 넘치는 걸 어쩔 수가 없었다. 그래, 어쩔 수 없구나. 다시 만나고 싶은 건 어쩔 수 없어. 그가 너무 좋아서, 당신이 없으면 내 앞은 평생 허전하고, 버림받은 기분일 것 같아서. 결국 잊어버린 뒤에도 기억 못 하면서도 하염없이 누군가가 나를 데리러 오길 기다리게 될 것 같아서.

"우린 금방 다시 만날 수 있을 거야. 그렇지?"

"그럼."

이루어지길 바라며 되지 않은 소원을 비는 수밖에 없어. 이 손이 나를 잃어버리더라도, 다시 잡아주리라 믿고 바보같이 기다릴 거야. 그의 얼굴을 잊어도, 모습을 잊고 체취와 목소리를 전부 잊어도.

나는 계속 기다릴 거야. 바보같이 기다릴 거야.

"……강, 정말 좋아해. 아니, 사랑해."

내 영혼에도 심장이 있어서, 그 주인을 기다릴 거야.

그 밤에는. 사랑한다고 입술로 말한 밤에는 모든 게 기꺼웠다. 그가 주는 온기도, 손길도 사랑스러워서 견딜 수가 없었다. 누가 누구에게 더 사랑스러운지 깊게 생각해야 했다. 서로 바라보자니 둘 중 하나가 없었던 때를 상상할 수 없어서, 이상한 기분이 됐다. 그와 더없이 살가운 밤에.

해인은 자꾸만 웃음이 나고, 그러면서도 눈물이 나서 웃음을 터트렸다. 울 듯 웃는 젖은 눈가에 그가 입술을 맞춰줄 때면, 지금 이 순간을 잊는 날이 올 거라는 사실에 더럭 겁이 나면서도…… 이런 마음이라면 기억나진 않을까 하는 희망이 들었다.

제가 전부 잊더라도, 그가 기억하고 있을 거라는 것만이 힘이 됐다. 만에 하나 그가 저를 찾지 못한다고 해도 자신이 다른 사람을 사랑하는 일은 없을 거라는 확신이 들었다.

이 사람, 이 손길 말고는 허락하지 않겠다는, 그런 맹세를 했다. 어지럽고, 기분 좋은, 간지러운 그 밤에.

해인은 며칠 만에야 비로소 고양이의 모습으로 돌아와 있었다. 일주일 만에 태일이 시골에서 귀가했기 때문이었다.

"다녀왔습니다."

"미양!"(주인!)

어째 갈 때보다 짐이 많아져서 돌아온 태일이었고, 그가 현관에 들어서자마자 해인은 냉큼 그의 바짓단에 폭, 안겨들었다. 두 손으로 다리 한쪽을 끌어안고는 살래살래 꼬리를 흔드는 모습은, 예뻐하지 않을 수가 없었다. 십 년 만의 모자 상봉도 아닌데, 서로 좋아 반가움의 비비적거림이 이어졌다. 그러니까, 개냥이와 태일 사이에 말이다.

"여어, 왔냐……."

이제는 익숙한 일인데도 그 모양이 눈꼴신 시율이었다. 팔짱을 끼고는 삐딱하게 서서 그 모양을 지켜봤다.

'지금은 고양이다, 고양이. 내 애인이기도 하지만 아니기도 한.'

잠시간 속으로 그렇게 곱씹어봤지만 여전히 못마땅한 건 어쩔 수 없었다. 전에는 제가 이렇게 속 좁지 않았던 것 같은데, 시율은 그런 생각을 하면서도 둘 사이를 훼방 놓기로 했다. 둘이 오랜만에 한 해후라는 건 제 알 바 아니었다.

"언제까지 그러고 있을 거야? 찬바람 들어오잖아."

시율은 문을 닫는 척 현관으로 나가며 해인을 태일에게서 떼어냈다. 능숙하게 낚아채서는 제 옆구리에 끼웠다.

"먄?"(뭐야?)

"그리고 목줄도 안 했는데 이 녀석이 밖으로 나가면 어쩌려고."

"미야앙!"(아냐! 안 나가!)

"아, 그러게요. 오랜만에 봤더니 반가워서 그만……."

그걸 못 참고 질투하다니, 해인은 하여간 이 남자 욕심은 알아줘야 한다고 생각했다.

"일단 들어와. 근데 생각보다 빨리 왔네."

"그런가요? 오랜만에 쉬느라 시간 가는지도 몰랐네요."

"그럼 좀 더 거기서 지내다 왔어도 되는데 말이지."

"저도 그러고 싶었는데, 출국 전에 할 일이 아직 많이 남아서요."

당연하겠지만 태일은 시율의 말에 박힌 가시를 전혀 눈치채지 못하고 있었다. 하긴, 시율이 저를 커플 방해자로 여긴다는 건 꿈에도 모를 테니까. 더군다나 그 상대가 '사람으로 변하는 검은 고양이'라는 것부터가 추리 불가한 미지의 공식이었다.

"출국 일정은 잡혔고?"

"예, 잡혔습니다."

"그래?"

그제야 보이는 웃는 얼굴이 얼마나 만족스러운 것인지는, 시율 본인도 잘 알고 있으리라.

"냐냐냑!"(웃지 마, 이 남자야! 속 보인다고!)

양심 없는 남자 같으니라고. 내내 사람 모습을 하고 있었는데도 여전히 양기가 남아돈다는 건, 시율과 요 며칠간을 어떻게 보냈는지 증명해주는 일이었다. 그건 과하게 사이좋은 나날들이었고, 해인은 그 정도면 충분히 둘만의 러브러브한 시간을 보냈다고 생각했다. 시율은 전혀 아닌 듯했지만. 지금 그의 머릿속 최대의 관심사는, 태일의 출국이었다.

"일단 정식으로 미국으로 떠나는 건 3주 됩니다."

"아아, 거기서 팀이랑 합류하는 건가?"

"그렇죠. 그쪽에서 몇 달간의 준비를 끝마친 다음에 아프리카로 이동할 겁니다."

"바쁘겠군."

그럼 3주만 참으면 된단 말이지? 해인은 지금 이 순간 제가 시율의 생각을 읽을 수 있다는 게 참으로 신기했다. 마치 생각을 얼굴에 써 붙인 것 같아 보였다.

"네, 당장 급한 건 스미스 씨의 사무실이 있는 샌프란시스코 쪽으로 단기 체류가 가능한 숙소를 알아보는 건데…… 이게 생각보다 쉽지 않네요."

"어라? 샌프란시스코라, 그럼 내가 도와줄 수 있을 것 같은데."

"네?"

"대학 동기 중에 그쪽에 사는 녀석이 있거든."

"정말입니까?"

"그래. 애가 생겨서 다음 달에 결혼하거든. 그래서 지금 사는 집을 갑자기 비우게 된다는 것 같던데…… 그 집 주인도 한국인이랬어. 어쩌면 둘이 일정이 맞을 수도 있겠네."

안 맞으면 맞게 해서라도 보낼 위인의 싱글벙글한 웃음에, 태일은 마치 보살이라도 만난 것 같은 얼굴이었다. 아마도 태일의 입장에서 시율은 쿨하고 능력 좋은 형일 테지만, 그는 한 가지 사실을 간과하고 있었다. 시율이 친절할 때는 반드시 저에게도 이익이 있다는 걸 말이다.

"잘 안 되어도 널 재워줄 데 정도는 찾아볼 수 있을 거다."

"……이거, 매번 감사해서 어쩌죠."

"감사까지야."

떠나주면 내가 감사하지.

시율은 한껏 웃다가, 제 생각을 읽고 있는 해인의 뾰족한 눈과 시선이 마주쳤지만, 그러거나 말거나 더 진한 웃음을 지을 뿐이었다. 그는 그 어떤 고양이보다도 뻔뻔한 남자였으니까.

"이것들은 다 뭐야? 1년은 먹겠는데."

태일은 거실에서 짐을 풀었는데, 어째 갈 때보다 짐이 늘었다 했더니 채소와 과일 무더기가 캐리어 안에서 쏟아져 나오고 있었다.

"어른들께서…… 너무 많다고 했는데도 한사코 챙겨주시는 바람에 거절할 수가 없었어요."

"잘됐네. 네 이별 파티 때 쓰면 되겠어."

"아, 그럼 되겠네요. 친구들도 좀 챙겨주고요."

"좋은 생각이야. 그나저나 파티는 예정대로 이번 주 금요일에 하면 되는 건가?"

"네."

은근슬쩍 이별 파티를 언급하면서부터는, 시율은 눈에 띄게 기분이 좋아 보였다. 방금 막 돌아온 남자를 떠나보낼 생각에 신이 난 게 분명했다.

"친구들 시간은 괜찮대?"

"물어봤는데 괜찮다네요."

"몇 명?"

"뻔하죠. 기도랑 하은이, 둘이 전붑니다."

"흠, 더 불러도 되겠는데? 재료도 이렇게 많고…… 대여섯 명까지는 괜찮 겠는걸."

가져온 채소들을 뒤적이면서 시율이 모처럼 인심을 쓰고 있었지만, 태일은 어깨를 한 번 으쓱이더니 그냥 웃을 뿐이었다.

"그렇게 말씀하셔도 친구는 그 둘이 전부라서요."

"……해맑게도 말하네."

"그냥 아는 사람이라면 많지만요, 친구는 평생에 둘이면 충분하다고 생각합니다."

"나도 많진 않지만…… 그래도 둘은 너무 적은 거 아닌가?"

"어중간해서 나한테 상처를 주고 스쳐 갈 열 명이나 백 명보다는, 마지막까지 같이 있어줄 소중한 둘이면 돼요. 제가 욕심이 부족해서 그런지는 몰라도요."

해인은 두 남자의 대화를 들으며 하은의 포지션이 제법이라는 생각을 했다. 평생에 둘인데, 그중 하나라. 그만큼 특별하다면 쉽게 고백할 엄두를 못 내는 것도 당연하지 싶었다. 잃기에는 니무도 아까운 자리니까. 심지어 상대를 게이로 오해하고 있다면 더욱더 그리리라. 가망 없는 도전을 하느니, 곁에 오래 남을 수 있는 안전한 자리를 택하리라. 저 같아도 같은 선택을 할 것 같았다.

'응? 근데 내가 왜 이 하은한테 동조하고 있는 거지.'

문득 생각하니 이상했다. 전에는 애인도 따로 있으면서 태일에게 집적거리는 게 참으로 꼴 보기 싫었는데. 인정하긴 싫지만, 예쁜 얼굴을 하고는 착하기까지 하다는 사실 자체로 마음에 들지 않았었다. 세상에 그렇게 완벽한 여자가 있을 리 없으니, 분명 본성은 분명 여우과일 거로 생각했었다.

착한 건 연기일 거라고……. 하지만, 알고 보니 여우보단 곰에 가까웠지만. 이하은이 얼마나 어처구니없는 오해를 하고 있는지 알게 된 뒤로는, 그냥 불쌍해 보이기만 했다.

'바보 같은 여자라는 점에서 남 같지 않은 걸지도.'

바보 하면 저도 한가락 하니까 말이다. 이런 행복한 만큼 고통스러운 연애를 하고 있는 걸 보면, 남을 나무랄 처지는 아니었다. 해인은 시율을 힐끔 쳐다봤다.

"어디 보자, 그럼 나까지 총 네 명인가? 재료가 이렇게 많으니까 메뉴 가짓수나 늘려볼까……."

"도와드릴게요."

"됐어. 난 혼자 하는 게 편해."

그래도 저는 좋아하는 사람과 한순간이라도 이루어졌는데, 이하은은 마음조차 전해보지 못했다고 생각하면 안쓰럽긴 했다. 서로의 마음조차 모른다는 건 슬픈 일이었다.

"그보다 그 녀석들 뭐 싫어하거나, 절대 못 먹는 거 있나 물어보고 알려 줘. 메뉴를 짜야 하니까."

"기도 녀석은 뭐든 잘 먹습니다. 하은이는…… 해초류를 잘 못 먹고요."

"그래?"

"전복 이런 것도 생으로는 못 먹고, 굴 같은 것도 안 좋아합니다. 익히면 먹을 수 있는 모양이지만요."

"잘 아네."

"그 녀석, 못 먹는 걸 줘도 만든 사람 성의를 생각해서 꾸역꾸역 먹다가 탈 나는 걸 몇 번 봤거든요."

"……굴이라. 메뉴에 넣을까 했었는데 빼야겠네. 일단 알겠어."

하은이로 시작해서 하은이로 끝나는군. 그렇게 좋아하면 아프리카로 데려가라고! 해인은 뚱하니 그런 생각을 했지만 입 밖으로는 낼 수 없는 노릇이었다. 태일이 결혼식장에서 신부를 강탈하는 건 상상도 안 갔고 말이다.

"그럼 전 또 나가봐야 할 것 같아요. 수속할 게 많아서 내일도 바쁠 것 같고요. 냥이 좀 부탁드릴게요, 형님."

"병원에 데려가지, 뭐. 수고해."

"그럼 되겠네요."

"너, 어째 표정이 이상해 보인다? 안 풀리는 거 있으면 얘기해. 도와줄 테니까."

"그런 거 아닙니다. 그냥, 정리할수록 뭔가 기분이 이상해서요."

시율이 적극 도우면서 모든 게 너무 착착 진행되어서일까. 태일은 조만간 이 집도 차도, 고양이도 전부 제 것이 아니게 된다는 게 잘 받아들여지지 않는 모양이었다. 헛헛한 웃음을 흘리는 태일을 보다가 시율이 툭, 정곡을 찔렀다.

"그야 네가 뭔가 미련이 남아서겠지. 반은 도망치듯 아프리카로 가는 거니까."

"이런, 역시 형님은 못 속이겠네요."

"그렇지?"

저 의기양양한 얼굴이라니, 알면 위로나 해줄 것이지. 하지만 시율은 그런 서비스는 하지 않는 남자였다.

"그런데, 형님은 무슨 좋은 일 있으세요?"

"……음?"

"그래 보이는데요."

"이거 너도 못 속이겠는데그래."

시율은 제가 속을 읽혔다는 사실에 한 방 먹긴 했지만, 그게 또 기분 나쁘지는 않은 모양이었다.

"그렇게 얼굴에 다 드러나실 정도면 엄청 좋은 일 같은데."

"맞아."

"무슨 일인데요?"

"음…… 비밀이야."

자기는 실컷 듣고 참견해놓고는 잘도 비밀로 하고 있었다.

"좀 야하니까."

제 남자 친구지만 참 성격 고약하다는 생각을 하고 있던 해인은, 그거 꼭 비밀로 해야겠다는 데 적극 동의할 수밖에 없었다.

시율은, 병원에 출근한 뒤에도 여기저기서 무슨 좋은 일 있냐는 소리를 한참 들었다. 대놓고 싱글대고 있으니 누군들 모르겠냐마는 말이다.

"강…… 표정 관리 좀 하지그래?"

"오, 그거 내 전공인데."

"지금 하나도 안 되고 있잖아!"

"행복한 걸 어쩌겠어. 자랑하고 싶을 만큼인데 티를 내는 수밖에."

말이나 못하면, 너무 당당하니 오히려 할 말이 없어지는 수준이었다. 그가 행복한 이유가 민망한 건 아무래도 해인뿐인 것 같았다. 시율은 진지한 얼굴로 이런 소리나 하고 있기 때문이다.

"오늘 밤에도 태일이 녀석이 집에 안 들어왔으면 좋겠는데. 좀 더 바빠야 돼, 그 녀석은."

"응?"

"그래야 둘만 있지."

"……으익, 양심 좀 있어!"

"양심은 쓸 데가 있고 안 쓸 데가 있는 거지."

해인이 빽! 하고 소리 지를 수 있는 건 이곳이 둘만 있는 진료실이라서였다. 조금 더 반박하고 싶었지만, 누군가 진료실로 다가오는 기척에 해인은 벌렸던 입을 다시 다물어야 했다.

똑똑.

"선생님?"

"네, 준비됐습니다."

문을 열고 고개를 들이민 건 간호사였다. 오후 진료가 시작될 시간이었고, 그 사실을 알리러 온 것 같았다. 가봐. 손님이 온 것 같으니까. 그런 뜻이 내포된 시율의 설렁설렁한 손짓에 해인은 책상 아래로 톡, 하니 뛰어내렸다.

"미야옹!"(집에 가서 두고 보자!)

이어 앙칼진 소리를 낸 것치고는 도도한 걸음걸이로 문을 향해 걸어갔다. 해인은 요 며칠 사람으로만 지내느라 병원에 오랜만에 왔으니, 저번에 입원한 녀석들 잘 있나 구경이나 갈 생각이었다. 막 간호사 곁을 지나려는데, 그녀가 난감한 목소리로 말했다.

"저기, 보호자는 아니고 이하은 씨라고 손님이 찾아오셨는데요."

"하?"

"이름을 말하면 아실 거라고 하시던데…… 어떻게, 들여보낼까요?"

"……거참."

의외의 방문자였다. 이하은이라니. 해인은 눈을 한 번 반짝이더니 도로 몸을 돌려 시율의 책상 위로 올라갔다. 그러곤 방의 주인인 양 한쪽에 자리를 잡고 앉아서는 꼬리로 시율의 손등을 간지럽혔다. 그건 명백하게 들여보내라는 뜻이었다.

이 잔망스러운 고양이는 말을 못 할 때도 의사 표현은 다 했다. 그리고 엄청난 호기심의 소유자였다. 시율은 잠시 턱을 긁적이며 고민했지만 결국에는 고개를 끄덕이는 수밖에 없었다.

"들여보내주세요."

"네, 모셔올게요."

"커피 좀 부탁합니다."

"알겠습니다. 두 잔이요?"

"그리고 10분 후에 다음 보호자가 오든 안 오든 왔다고 하고 내보내줘요."

"알겠습니다."

해인은 두 귀를 쫑긋 세우며, 이하은이 과연 10분 안에 찾아온 목적을 달성할 수 있을지에 촉각을 세웠다.

"안녕하세요……?"

얼마 안 가 이하은이 받으며 진료실로 들어왔고, 시율은 고개를 끄덕이는 거로 시큰둥하니 인사를 대신했다. 그녀는 민망한지 해인을 향해서도 인사를 건넸다.

"개냥이도 안녕?"

아니, 생각해보니 늘 알은체를 하긴 했던 것 같았다. 해인이 항상 무시했지만.

"……먀."(……그려.)

"어머? 제 인사를 받아준 건 처음이에요."

"그렇습니까?"

"네, 저를 싫어하는 줄 알았는데…… 오늘은 기분이 좋은가 봐요."

기분이 좋다기보다는, 하은이 시율의 맞은편에 서서 앉지도 못하고 꾸물대는 게 불쌍했을 뿐이었다. 시율이 마음만 먹으면 얼마나 사람을 불편하게 하는지 잘 아니까.

"됐고, 무슨 일로 온 겁니까?"

"지나가다가…… 들렀어요."

"짐승은 안 기르는 걸로 아는데요."

"……전에 주신 병원 명함을 보고 찾아왔고요."

"아아, 그거."

"몇 번 병원으로 전화를 걸었는데…… 환자가 아니라서 그런지 연결을 안 해주시더라고요. 연락처도 모르고, 태일이한테 물어보자니 이상하게 생각할 것 같고…… 그래서……."

하은이 시율에게 연락을 시도한 이유라면 대충 짐작이 갔다. 다만 찾아오기까지 한 건 의외였다.

"저…… 이거부터 받으세요."

자리도 권하지 않고 있는 시율에게 이하은이 조심스레 내민 건 손잡이가 달린, 검고 긴 상자였다.

"뭡니까?"

"이, 이거…… 조만간 크리스마스고 해서, 여자 친구분이랑 드시면…… 좋을 것 같아서요. 별건 아니지만 맛이 좋거든요."

상자 모양이나 냄새로 봐서는 백 프로 와인이었다. 포장 너머로도 향이 제법 좋아서 해인은 코를 대고 살짝 킁킁댔다. 그건 명백한 뇌물이었다. 이야기 좀 들어달라는.

"도수는?"

"……어, 조금 높은 편인데요. 그래도 달콤해서 여자분들한테 인기 있는 와인……."

"감사히 받죠. 여자 친구가 술을 먹으면 귀여워지거든요."

시율은 술 먹은 해인이 어떤지 알아서, 일단 덥석 받아두기로 했다. 본능에는 충실해야 하지 않겠는가.

"니양!"(안 먹을 건데!)

해인이 기겁하거나 말거나 그는 와인을 챙기고는 그제야 이하은에게 자리를 권했다. 이 커플도 어떻게 해서든 결말을 내줘야만 했으니까. 그래야만, 온전한 둘만의 시간이 찾아올 것 아닌가.

이하은은 자리에 앉으며 얼떨떨한 듯 말문을 열었다.

"사실은 이야기를 들어주시긴커녕…… 절 내쫓으실지도 모르겠다고 생각했어요."

그리고 그건 거의, 정답이었다. 오늘 해인이 시율과 함께 출근하지 않았다면, 그래서 병원에 해인이 없었더라면, 그리고 시율이 오늘따라 기분이 좋지 않았더라면 어림없는 이야기였으니까. 시율은 저를 게이라고 여겼던 여자한테 그리 친절할 타입은 아니었다.

"이런, 왜 그렇게 생각했는지 모르겠군요."

"……그, 그러게요."

"제가 이래 뵈어도 꽤 신사적이거든요. 뭐, 아무한테나 그러진 않지만."

결국은 대부분의 사람들에게 신사적이지 않다는 뜻이었다.

"오늘…… 이렇게 갑자기 찾아와서 죄송해요. 일전의 무례를 꼭 사과드리고 싶어서……."

"그거라면 됐다고 했잖습니까."

"공연 이후로 뵙지 못해서, 다시 얼굴 뵙고 말씀드리는 게 도리일 것 같……."

"이봐요, 이하은 씨, 그날 일이라면 정말 됐습니다. 생각하고 싶지도 않고요."

하여간 시율은 사람 긴장시키는 재주가 보통이 아니었다. 예전엔 어쨌든 지금은 제게 그러지 않는다는 게 해인으로선 감사할 정도였다. 당해본 경험이 있는 탓에 이하은이 시율을 어려워하는 것도 이해가 됐다. 그런데도 굳이 찾아와서 동공 지진을 내며 하려는 말이 뭔지 궁금하기도 했고.

"……죄송해요."

"그건, 정말, 됐습니다. 이제 그만 얘기하죠."

강시율의 됐다는 건 전혀 안 괜찮다는 소리로 들려서 말이지. 해인은 책상 위가 번잡스러워지자 시율의 무릎 위로 자리를 옮겨갔다. 본인은 알지 모르겠는데, 무릎 위로 올라오는 검은 고양이를 우아하게 집중해서 쓰다듬는 그의 모습은 어딘가 악당 같은 구석이 있었다. 작은 동물을 예뻐하는 모습이라면 보통은 대하기 편한 이미지이기 마련인데 말이다.

"진심으로 사과드릴게요. 용서하세요."

"이하은 씨, 당신이 태일이 절친한 친구기도 하고, 앞으로 또 볼 테니 웬만해서는 좋게 대하고 싶지만 말입니다."

"……네?"

"당신 마음 편하자고 사과나 하러 온 거라면, 그만 꺼져달라고 하고 싶네요."

살벌하긴. 그는 절대 그럴 생각이 없겠지만, 해인은 시율이 호의적이기만 하다면 이하은과 태일의 관계도 어떻게 변할 수 있을 것으로 생각했다. 보시다시피 호의는 둘째 치고 아주 비협조적이긴 하지만. 해인은 시율이 사나워지는가 싶자 일단 그의 무릎 위에 꾹꾹이를 시작했다.

'이보세요, 남친님, 여자한테 그러는 거 아니거든요. 화난 심정은 이해하지만 말이야. 뭐, 살다 보면 게이로 오해받을 수도 있…… 지 않겠어?'

썩 자신은 없었지만 일단 시율을 달래보는 해인이었다. 이하은이 오들오들 떨어서인지, 해인의 그런 노력이 가상한 덕인지 시율은 조금 성질을 누그러뜨렸다. 인상을 팍, 쓴 채 턱을 괴긴 했지만 말이다.

"다 됐고, 겨우 그 얘기를 또 하겠다고 찾아온 건 아닐 테니까 빨리 용건을 말하고 가줬으면 좋겠군요. 나도 일을 해야 하니까."

"……그."

"용건이, 뭡니까."

진료실 안에 두 사람과 태평한 고양이 한 마리 사이로 팽팽한 공기가 흘렀고, 자신에게 주어진 시간이 10분이라는 걸 모르는 이하은은 어렵게도 입을 열었다. 뭐가 그리 어려운지 두 손을 꼭 모아 쥔 모양은 제법 용기가 가상했다.

"부디…… 일전의 일은 잊어주세요!"

"당신이 태일이를 게이로 생각한다는 거?"

"……선생님은 아시는 줄 알았어요."

"그야 커플이라고 생각했으니까, 당연히 그러셨겠지."

"……모르셨다면 태일이한테는 아는 척하지 말아주세요. 제가 알고 있다는 것도 비밀로 해주세요. 그 말씀을 드리고 싶었어요……. 이렇게 부탁드릴게요. 전부, 제 잘못이에요."

"뭐가."

"태일인 힘들여 숨기고 있는데, 제가 멋대로 밝혀버린 셈이니……."

그놈의 게이 소리, 이렇게 답답할 때가 또 있을까. 웬만하면 참견하고 싶지 않은 시율이었지만 이것만은 너무 말도 안 되는 오해여서 더는 두고 볼수가 없었다. 이를 갈며 낮게 읊조렸다.

"미안하지만 난, 녀석이 게이라고 전혀 생각 안 합니다."

"네?"

"게이, 아니라고. 그거 당신 착각 아닙니까? 바보 같은 오해."

나이스, 강시율! 역시 내 남자 친구! 못 하는 말이 없네! 해인은 모처럼 시율의 막말이 마음에 들었다. 사이다를 들이켠 기분에 기쁨의 귀 파닥파닥을 하고 있자니, 이하은이 다시 고구마를 먹여줬다.

"그렇게 생각하시는 것도 당연해요. 워낙 잘 숨기고 있으니까……."

"아니, 그러니까, 애초에 게이가……."

"대부분의 그쪽 분들이 성향을 숨기고 사시더라고요. 우리나라가 그런 방면에 워낙 폐쇄적이다 보니 드러내는 경우는 거의 없더군요. 먼저 말하지 않는다면, 지켜주고 싶어요."

그녀는 정말이지 꿋꿋하게 믿고 있었다. 답답함에 시율은 고개를 내둘렀고 해인도 한숨을 내쉬었지만, 이하은에게 그런 눈치가 있을 리 없었다.

"전 15년 넘게 태일일 봐왔어요. 제 말이 맞아요."

"15년이라, 30년 넘게 보고 사는 가족들 간에도 오해는 생기는 법입니다."

"태일인…… 살면서 한 번도 애인이 없었어요. 그렇게 멀쩡한데도요."

"그래도 아닌 것 같네요."

"……좋아한다는 여자는 많은데도, 아무도 사귀지 않았어요."

"취향이겠지."

강력한 의견 둘이 맞붙었고, 해인은 이하은은 어쩌자고 저렇게 철석같이 태일을 게이로 믿고 있는 건지 궁금해졌다. 그 의문은 곧 풀렸지만.

"……고등학교 1학년 때였나, 2학년 때였나? 선배들이 놀리는 걸 본 적이 있어요. 야동을 보여줬더니 비위 상한다고…… 구역질을 했대요."

"그…… 건 개인의 취향이니까. 남자라도 그럴 수 있습니다."

"또, 결정적으로…… 직접 물어본 적이 있어요."

풉, 시율은 답답함에 들이켜고 있던 커피를 조금 뿜었다. 아니, 그런데도 오해를 한단 말이야?

"냐앙?"(괜찮아?)

"괜찮아…… 아니, 그보다 물어봤다고요?"

"네."

"뭐라고 물어봤습니까? 구체적으로 물어본 건 맞습니까?"

"……물론이죠. 왜 아무도 사귀지 않느냐고. 넌 여자한테, 관심이 없느냐고. 그렇게 대놓고 물어본 적이 있어요."

그 정도면 제대로 물어봤는데. 시율은 자꾸만 좁혀 드는 미간을 손끝으로 펴 누르며 자신의 인내심이 어디까지인가 새삼 확인해야 했다.

"하, 뭐라고 답하덥니까."

"없다고 하더군요."

"……그 녀석."

"쓴웃음을 지으면서요. 전, 그때 그 웃음을 잊을 수가 없어요."

시율이 이렇게 할 말을 잃는 건, 정말 드문 경우였다.

"아주, 아주 쓸쓸해 보였거든요……. 아직도 가끔 그 얼굴이 생각나요."

진료실에 잠시간 침묵이 흘렀고, 이하은은 자신이 어색하게 만들었다고 생각하는지 아무 말도 못 하고 있었다.

"쓴웃음이라."

시율이 겨우 정신을 회복하고 입을 열긴 했지만 그건 헛웃음을 터트리는 수준에 가까웠다. 아무리 생각해도 그 쓴웃음이 그 쓴웃음이 아닌 것 같은데. 단순히 좋아하는 여자가 그런 소리를 하니까 허탈해서 지은 게 아닐까 싶은데. 해석하기 나름일 테지만, 일단 시율이 지금 생각하기에 가장 큰 실수를 한 건 태일이었다.

'그 타이밍에 쓰게 웃을 게 아니라 고백을 했어야지, 이 못난 자식아!'

당장에라도 쫓아가서 그렇게 말하고 싶은 마음이랄까. 그 초식남을 누가 말리겠냐마는 말이다. 웬만해서는 태일은 지지하는 해인도 지금은 시율과 비슷한 마음이었다.

"이런 이야기를 하려던 게 아닌데, 죄송해요. 저는 그냥 모른 척해주셨으면 할 뿐이에요."

하은이 조금 울 것 같은 얼굴을 하고 있다가 힘든 숨을 들이쉬며 말했다. 그것참, 쉬운 부탁이었다. 한 가지 오류만 제외한다면. 시율은 차라리 이제 정말 태일이 게이였으면 싶을 정도였다. 그럼 모든 문제는 해결될 텐데. 바로 무릎 위에서 해인이 눈을 동그랗게 뜨고 모든 걸 듣고, 보고 있지만 않았다면 그냥 그런 것으로 하고 넘어가고 싶었다.

"하하. 그래도, 단정하기엔…… 이르지 않나…….'"

하지만 대충 넘어가면 이 불의를 못 참는 고양이가 그게 아니라며 밤새 귓가에 울 게 분명했다. 슬프게도 무소불위 천상천하, 유아독존 같기만 한 이 남자 강시율은, 지금 고양이 눈치를 보고 있었다.

"저도, 희망이랄까…… 미련이 남아서…… 남자 대 남자니까, 기도라면 알지 않을까 해서 그 친구를 떠본 적이 있어요. 대학에 다닐 무렵이었죠."

"아, 김기도! 그 친구라면 나도 알죠. 뭐라고 하던가요."

"태일이한테 제 친구를 소개해줄까 하는데…… 어떠냐고, 물었더니…… 절대 그러지 말라고 하더군요. 태일일 위한다면, 절대 그런 짓 하면 안 된다고…….'"

시율은 해인에게 보이도록 앞에 있던 진료 차트에 한 구절 끄적거렸다.

<난 포기.>

하지만 해인이 불만스러운 얼굴로 펜을 빼앗아 물고는 멀리 던졌다.

"제가 너무 어려운 부탁을 드린 건 아니라고 생각해요. 지금까지 그러셨듯 앞으로도 태일이와 좋은 관계로 지내주세요. 부디, 색안경 끼고 보진 말아주세요. 태일이는 선생님을 정말 좋아해요. 아니, 믿고 따른다고 해야 하나."

"……그건 나도 압니다. 하아, 난 딱 한마디만 하겠습니다."

"뭔가요?"

"이하은 당신이 뭐라고 믿든, 난 녀석이 게이가 아니라고 분명 말했습니다. 그것만 기억해줬으면 좋겠군요."

그럼 난 내가 할 수 있는 건 다 한 거니까. 양심도 지켰고, 그렇지? 시율이 해인을 보며 눈썹을 까닥였다. 더 이상은 어떻게 되든 신경 쓰지 않겠다는 뜻이었다.

"……왜, 게이가 아니라고 생각하세요?"

그때였다. 이하은이 심각한 얼굴로 되물은 것은 말이다. 이런 역질문을 당할 줄은 몰랐는데.

'그야 널 좋아하니까, 이 여자야!'

차마 말할 수는 없는 사실이지만.

"냐냐냐냐!"(널 좋아하니까!)

"……워워."

"니야악!"(으갸악!)

해인이 답답함에 버둥댔고, 시율은 그 마음을 십분 이해했다. 이러다 우리 고양이 또 말문을 트겠네 싶어 슬쩍 입을 막아주기도 했다. 그건 가장 명백한 증거이자 유일한 해답이었지만, 아무리 막말이 특기인 시율이라고 해도 말할 수 없는 것이다. 다른 사람에게는 다 말해도 이하은에게는 말할 수 없는 사실이기도 했다. 남의 소중한 마음을 멋대로 전할 수는 없지 않은가.

"당신 요구는 알겠으니, 이 얘긴 그만합시다. 우리가 각자 어떻게 생각하든 우리 인생에 서로에게 전혀 상관없는 일이니까. 난 그만 얘기하고 싶네요."

"아…… 네."

모처럼 좀 도와주려던 시율은 결국 발을 빼버렸고, 해인은 제 입을 막은 손을 치우려고 애썼지만 시율의 손은 고양이 발톱에 매우 익숙했다. 해인이 예전처럼 날카롭게 공격하지 못하는 것도 컸고 말이다. 이래저래 하은은 상당히 혼란스러운 얼굴이었다. 그것의 진실 여부는 그녀에게는 굉장히 중요한 사안이었으니까.

내내 그렇게 믿어왔고, 살아오면서 확신만 얻었다. 아니라고 말해주는 사람은 처음이었다. 애초에 누군가와 그것에 대해 대화를 나눈 자체가 처음이기도 했다.

"이런 생각 드네요. 당신이 이런 식으로 날 귀찮게 하면서 애를 쓰는 이유 말입니다."

"……이유요?"

"당신이 그 녀석을 이성으로 좋아해서는 아닐까 하는."

"……."

"틀립니까?"

"……맞아요."

이하은은 조용히 생각했다. 언젠가 태일이 말했던 대로, 이 강시율이라는 수의사는 속일 수가 없겠다고 말이다. 하지만 그렇다면, 그가 아니라고 말하는 것에 대해 다시 생각해봐야 하는 건 아닐까. 오랫동안 믿어왔던 어떤 일에, 처음으로 흔들림이 일었다.

"그러면서 다른 남자를 사귈 수 있다니 놀랍군요."

"그건."

"심지어 내가 알기로 당신은 이주 뒤면 결혼식을 올리는데, 이러고 돌아다녀도 되는 겁니까? 당신 약혼자가 알면 참, 좋아하겠군요."

"그 사람은…… 알고 있어요. 제가 누군가한테 미련이 있다는 걸요. 하지만 이뤄질 수 없어서 바라만 본다는 것도."

비난을 던져주면 얼른 도망갈 줄 알고 한 말인데, 이하은은 다만 조용히 고개를 숙일 뿐이었다. 뭐랄까, 한없이 죄인 같은 얼굴이었다. 너무 잘못이라는 걸 알아서 그 일을 비난당해도 하나 불쾌해하지 않는 모습이었다. 겸허히 받아들이는 모양에 오히려 당황한 건 시율 쪽이었다.

"미안할 뿐이에요. 이상한 일이긴 한데…… 그 사람은, 항상 저를 좋아해줬어요. 보시다시피 이런 바보 같은 여잔데도요."

"……알긴 아는 모양이군요."

"하핫, 네. 그래서…… 그 사람이 제 어디가 좋은 건지, 사실 모르겠어요. 자신이 없거든요."

태일이 보여줬다던 씁쓸한 웃음이 딱 저런 걸까 싶었다. 시율의 손안에서 버둥대던 해인이 얌전해진 건 그때였다.

"전 공부만 해서…… 야무지진 못해요. 사회생활을 많이 해본 것도 아니고……. 세상 물정 모른다는 소리도 많이 듣고요. 스스로 창피할 만큼 멍청하게 굴 때가 있어요."

이하은은 겉만 봐서는 명문대생에, 예쁘고 집안 좋은 아가씨일 뿐이었다. 전에 태일에게 듣기로 사실 일할 필요도 없을 만큼 넉넉한 집의 외동딸이라고 했다. 전형적인 온실 속 화초 타입이랄까. 모델 일을 하는 것도 아마 태일이랑 가깝게 지내고 싶어서 아닐까, 하는 건 시율의 추측이었다.

"그런데도…… 그 사람은 절 좋아해줘요. 제 부족함으로 제가 힘들어할 때면 다 괜찮다고, 그렇게 말해줘요. 그리고 자길 좋아해주지 않아도 된대요. 그냥, 곁에 있게 해달라고. 제가 행복했으면 좋겠다고……."

"그게 사랑은 아닐 텐데."

"……좋아는 해요."

오랜 짝사랑을 하고 있어서. 자신을 상대로 오랜 짝사랑을 한 남자는 외면 못 하는 마음, 해인은 알 것 같았다. 자신이 한없이 작아지는 마음도 알았다. 지금이야 시율이 확신을 줘서 안정을 찾았지만, 이전에 해인도 시율의 마음을 믿지 못했으니까. 제가 그렇게 잘난 여자도 아닌데, 왜 좋아한다고 말하는 건지 이해할 수 없었다.

짝사랑을 하는 여자는 자존감이 높을 수가 없었다. 더 나은 누군가와 자신을 비교하고, 의심하고, 끊임없이 자신의 부족함만 들여다보게 되니까.

"그래서야 아무도 행복하지 못할 텐데?"

"알아요. 하지만 이런 여자인데도, 좋아한다고…… 제가 행복하면 좋겠다고 해주는 그 사람이…… 나 같고…… 그래서……. 이런, 너무 말이 많았네요. 죄송해요. 선생님이라면 뭐든 답을 아실 것 같아서 저도 모르게 말을 늘어……. 엇."

"니양. 니양. 니앙!"(맞아. 맞다고. 맞아!)

"개, 개냥아?"

"니야냐냐! 냐냐냥?"(그래! 여자들은 그렇게 생각한다고! 자신이 없다고! 나만 그런 거 아니지?)

해인은 어느새 하은의 가슴께에 매달려서는, 얼굴을 파묻고는 엉엉대고 있었다. 마음 같아서는 서로 부둥켜안고 연애 상담이라도 하고 싶었다. 고양이의 몸만 아니라면 도움이 될지도 모르는데, 물론 도움 받을 일이 훨씬 많을 것 같지만 말이다. 해인의 고민은, 남친이 너무 강력하다는 점이었다. 여러 면에서!

"얘가…… 왜 이러죠?"

"……글쎄요."

하은은 돌연 달라붙는 해인이 당황스러운 모양이었다. 건드리지도 못하게 하던 도도한 고양이가 갑자기 품에 안겨들고 있지 않은가. 고양이들이 제멋대로라는 얘기는 들어봤는데, 그게 바로 이런 거구나 싶었다.

'이 여자, 아무래도 내 여자를 자기편으로 만든 것 같은데…….'

어딘가에서 동질감을 느낀 게 분명했다. 시율은 해인이 마음이 너무 약해서 걱정이었다. 좀 더 도도하게 굴면 좋으련만.

똑똑.

"선생님? 다음 손님이……."

"아, 들여보내세요."

간호사가 들어왔지만 갑작스러운 고양이의 애정 공세에, 찰싹 달라붙는 걸 떼어내지도 못하고 바라만 보는 하은이었다. 시율은 작게 한숨을 한 번 쉬고는 해인의 등가죽을 잡아 늘려 하은에게서 떼어냈다.

"이만 가시고, 금요일에 뵙죠."

"네……."

오후 4시 무렵, 다시 시율과 단둘이 된 해인은 혼이 나고 있었다. 사탕 준다고 아무나 따라간 어린아이 취급이었다.

"대체 왜 그래. 오늘 봤으니 알 테지만 그 녀석들을 어떻게 해줄 방법이 없다는 거 잘 알잖아."

"……알기야 알지만."

"우리는 지금 당장 우리 문제로도……."

브브브브. 업무 중에는 거의 전화를 받지 않는 시율이었지만, 딱 이 시간대에 오는 전화는 받는 편이었다. 수술이 없는 한 그나마 진료가 한가한 시간이었기 때문이다. 그리고 이 시간에 전화를 한다는 건 그걸 아는 사람일 확률이 높았다. 발신자를 보니, 과연 태일이었다.

"여보세요?"

전화를 받아 드는 시율의 목소리가 매우 언짢은 건 이하은에게 시달려서였다. 그리고 이게 전부 태일의 탓처럼 느껴졌으니까.

-형님, 접니다.

"뭔데?"

-오늘 집에 못 들어갈 것 같아서요.

하지만 가시가 잔뜩 박혔던 시율의 목소리가 변하는 건 순식간이었다.

"와우, 그래?"

──……와우?

"말이 헛나갔네. 새로 나온 수술 시뮬레이터가 너무 잘 만들어져서 그만."

-아, 사무실에 들렀는데 회사 분들이 밤새 마셔야 한다고 집에 들어갈 생각 하지 말라고 그래서요.

"……태일아."

-네?

"난 네가 정말 좋더라. 고맙다는 말이 하고 싶었어. 실컷 놀고 오렴."

이렇게 속 보일 수가. 해인은 직감적으로 오늘 밤도 푹 자긴 글렀다는 사실을 깨달았다. 시율이 전화를 끊고 저를 보는 눈이 어젯밤과 같다는 게 그 증거였다.

"자, 아가씨."

"……니에?"

"우리의 밤이 찾아왔군요."

그 밤은 매일매일 오나 보네요. 해인은 시율에게는 보양식이 필요 없다고 생각했다. 더 강해지는 건 무서운 일이었으니까.

한 침대 안에서 어울리는 일은, 따듯하지만 숨 막히고, 기분 좋지만 때로 부끄럽기도 했다. 그건 마음을 확인하는 시간이자, 서로를 느끼는 데 몰두할 수 있는 유일한 시간이기도 했다. 누군가의 살가운 온기로 따듯한 밤에 해인은 전에는 미처 알지 못했던 이런 밤의 의미를 알게 됐다. 사랑이 형체를 가졌다면 그건 바로 이 순간과 가장 흡사하리라.

"강."

"응?"

"있잖아……."

해인이 베개를 안고 엎드린 채 반쯤 잠기운에 빠져 중얼거리자, 시율이 해인의 맨어깨 위로 자잘한 키스를 해왔다.

"뭐야, 간지러워."

"그럼 얼른 말해봐. 뭔데?"

슬쩍 밀어내는 손에도 시율이 키스를 해와서 키득거리는 수밖에 없었다. 단단한 피부를 어루만지는 게 기분 좋은 일이라는 걸 전에는 왜 몰랐을까. 그건, 이렇게 누군가에게 자신을 허락해본 적이 없어서이리라. 그를 만나기 이전에 저는 온전히 저만의 것이기에, 나누거나 함께할 필요성을 느끼지 못했었다.

만져진다는 것만으로 행복할 수 있고, 그가 저를 따뜻하게 바라보는 게 마음에 안성이 될 수 있다는 것도 몰랐으니까. 이제 와 생각해보니, 몰랐던 것투성이였다.

"내 삶은 말이야, 그리 길진 않았지만…… 강을 만나기 전이랑 후로 나뉠 거야. 많은 게 달라졌거든."

"그거 엄청난 사랑 고백이네."

"그렇게 되나?"

"으흠."

시율이 목을 울리며 등 뒤에서부터 나른한 동작으로 해인의 허리를 끌어안았고, 해인은 얌전히 끌려가 안기는가 싶다가…… 아르릉댔다.

"안 돼! 떨어져, 떨어져."

그가 자신을 힘껏 끌어안는 데서 끝나지 않을 거라는 걸 직감적으로 깨달았으니까. 단호하기가 조금 전까지 기분 좋게 방긋거리던 여자가 맞나 싶을 정도였다. 시율은 마치 배신이라도 당한 얼굴이었다.

"어째서?"

"좋은 건 좋은 거지만, 또 하진 않을 거야!"

"왜?"

"그야…… 하, 한 번만 하면 되잖아!"

몰라서 묻나, 이 남자? 해인이 정색하며 방어 태세에 들어가자, 시율이 진지한 얼굴 그대로 토라졌다. 잘생긴 얼굴에 안 어울리게 볼을 부풀리기까지. 하지만 안 되는 건 안 되는 거였다.

"부족한데."

"나는 강이 비쩍 마르는 걸 보고 싶진 않단 말이야. 알잖아!"

안 되는 이유를 뻔히 알면서 달려드는 이유가 대체 뭘까. 자기가 불나방도 아닌데. 해인은 벌써부터 태일이 떠난 뒤가 걱정이었다. 지금도 이런 시율인데 둘만 남게 되면 얼마나 더 강해질지 상상도 안 갔다.

"아무튼! 절대 안 돼!"

"……보양식을 먹을게."

"그건 더 안 돼! 지금도 충분히……."

"픕."

물론 해인은 자신이 말하면서도 이게 이율배반적이라는 건 알았다. 그의 건강을 걱정하면서도 그가 보양식을 먹는 건 더 무서웠으니까. 그도 그렇게 지금도 이렇게 기운이 넘치는데, 그런 걸 먹었다간…… 상상만 해도 목이 바짝 말라왔다.

"크크큭!"

무슨 생각을 하는지 다 알겠다는 듯 시율이 크게 웃음을 터트려서 해인은 얼굴을 붉게 물들일 수밖에 없었다.

"강은……!"

"으흠?"

"강은 왜 이렇게 밝히는 거야!"

"지금 널 왜 이렇게 좋아하냐고 물어보는 거야?"

기분 좋게 웃으면서 그런 말을 하면, 더는 화를 낼 수 없게 됐다. 해인이 이 남자에게 당해낼 수 없는 이유 첫 번째는 그가 매사 필요 이상으로 사람을 설레게 하기 때문이었다.

"말이나 못하면……!"

시율은 투덜대면서도 멀리 가진 않는 해인을 붙잡아 제 품에 가뒀고, 해인은 일단 잡혀줬다. 그가 목덜미 뒤편에 느린 입맞춤을 해서 움찔거리긴 했지만, 아직 도망치진 않았다. 시율은 개인적으로 해인의 이 도망갈까 말까 궁리하는 순간을 좋아했다. 보고 있으면 재미있었으니까.

물론 귀여운 것도 있었다.

"그럼, 이렇게 안고만 있을게."

"……거짓말."

"정말이야. 참아볼게."

상시율은 너무 섹시한 남자였고, 유난히도 다정한 순간을 꼽으라면 딱 지금이었다. 이러니저러니 해도, 해인이 가장 좋아하는 순간이기도 했다.

"그런데 말이야. 너 정확하게, 몇 살이야?"

참 흔한 질문인데도 해인은 순간 뜨끔, 하며 몸을 굳혔다.

"에…… 나?"

"그럼 나겠어? 아까 그리 오래 살진 않았다고 했잖아. 그래서 궁금해졌거든."

이건, 해인이 결코 대답할 수 없는 종류의 질문 중 하나였다. 아무리 베갯머리송사라고 해도 말이다. 의뭉을 떠는 수밖에 없었다. 해인은 시율이 자신의 등을 쓰다듬게 둔 채로 베개 속으로 얼굴을 파묻었다. 그리고 못 들은 척 잠들려는 시늉을 했다. 딱, 딴청 부리는 고양이의 작태였다.

시율은 그것으로 충분히 해인에게 대답할 의향이 없음을 알아챘지만 오늘은 조금 집요했다.

"태어난 곳은?"

그가 재차 물어왔다. 자신의 입술 자국이 난 어깨를 꽉 그러쥔 채. 돌아누워 보라는 손이었다. 날 좀 보라는 그런. 해인은 결국 마지못해 고개를 들었고, 시율을 올려다봤다. 무감한 얼굴이었다.

"모르겠어."

"기억이 안 나? 아니면……."

"대답을 못 하는 거지."

"……그렇군."

이런 대답으로 이해를 해준다니 슬픈 일이었다. 가장 슬픈 건 이제는 이런 의뭉을 떠는 데도 익숙해진 자신이었고.

"뭐라도 말해줘."

"나도 그러고 싶어."

해인은 조금 웃으며 한 손으로 상체를 일으키고 다른 손으로 시율의 목을 끌어안았다. 시트에서 빠져나오며 그에게 키스했다. 그는 이게 해인 나름의 사과라는 걸 알았지만 불만스러운 것은 어쩔 수 없었다. 해인이 이럴 때면 말할 수 없이 답답하고 불안했다.

"……봐, 보라고. 지금 우리가 다른 사람들 걱정할 때가 아니란 말이야."

시율이 지금 말하는 남은 하은과 태일이었다. 해인이 자꾸만 신경 쓰는 그 커플. 그가 남의 연애사에 참견하기 싫어하는 이유 중에는 본인의 성격 탓도 있겠지만, 당장 자신이 힘든 연애를 하고 있는 탓도 있으리라. 이런 느긋한 시간을 보내고는 있지만, 심적으로 썩 여유 있는 상태는 아니었으니까.

"확실히, 우리도 힘들긴 해."

"잘 아는군그래."

"응, 하지만 우리보단 가망이 있잖아? 그래서 이왕이면 잘 됐으면 좋겠어."

"……."

"그런 거야, 강."

해인이 먼저 그에게 입술을 댈 때는, 대개 아주 슬플 때였다. 꼭 지금 같은.

한산한 낮, 집에 있는 건 일찌감치 퇴근한 시율뿐이었다. 해인은 거실을 뒹굴며 그림을 그리고 있었다. 근래 공들여 그리는 건 주로 시율의 초상화였다. 이렇게 손으로라도 계속 그리다 보면, 나중에 손이 그를 기억하진 않을까 하는 바람 때문이었다. 몸이 바뀌더라도, 기억이 기억해주진 않을까 하는 부질없는 바람. 기억을 지우더라도, 기억의 밑바탕에는 그가 그려져 있지 않을까 하는 그런 바람. 제가 생각해도 우습지만 아무것도 하지 않는 것보다는 의미 있는 일이었다. 그래서 해인은 시간이 허락하는 한 스케치북 가득 시율을 그려 나갔다. 벌써 두 권째 스케치북이었다.

"또 날 그리고 있어?"

"응."

"멋진데."

"그래도 전보단 낫지?"

인물화가 전공이 아니다 보니 처음엔 실패도 많이 했는데, 이제는 제법 그가 가진 특유의 느낌을 담아낼 수 있게 되었다. 어딘가 오만하고, 얄밉지만 섹시한 남자. 나른한 시선 속에 여러 생각이 들어서 그리기 힘든 남자. 색으로 비유하자면 블루. 해인이 아는 한 가장 까다로운 색.

"내가 어째 갈수록 벗고 있는 것 같은데, 착각이겠지?"

시율이 턱을 만지며 의미심장하게 말했고, 해인은 그제야 아차 싶어서 제가 그린 그림을 다시 들여다봤다. 그릴 때는 집중하고 있느라 몰랐는데, 이제 보니 근래로 올수록 그림 속에서 점점 그를 벗기고 있었다. 심지어 근육은 날이 갈수록 섬세해지고 있었다.

처음엔 얼굴만 그리다가, 그다음엔 흉상, 지금은 반신. 조만간 전신 누드를 그릴 작정이었을까?

"미, 미안……."

"그게 마음에 든다니 나야 좋지만."

"……우씨! 강이 시도 때도 없이 벗으니까 그렇잖아!"

부끄러워서 그를 탓하긴 했지만 사실은 제 잘못이 맞았다. 아무리 영향을 받았다고 해도 그렇지, 무아지경으로 그리고 있는 게 그의 누드라니. 뭐, 이런 변태 같은 여자가 다 있는 걸까. 이젠 제가 시율을 변태라고 놀릴 처지가 아니었다.

"그보다 말이야. 내가 생각해봤는데……."

"뭔데?"

"나보단 널 그려보는 건 어때?"

"그거…… 해봤는데, 안 되더라고."

거참, 안 되는 것도 참 많아. 시율이 불만스레 중얼거렸다. 해인이 시무룩한 기색을 보이자 곧장 말을 돌렸지만.

"심심하면 같이 마트나 갈래?"

"마트에?"

"저녁에 있을 태일이 녀석 파티 때문에 장을 봐야 하거든. 너 뭐라도 돕고 싶어 했잖아."

"어, 그럼 갈래!"

마음 같아서는 요리를 도와주고 싶었지만, 제 요리 솜씨가 참담하다는 걸 시율에게 새삼 확인시켜줄 필요는 없었다. 해인이 반색하며 얼른 몸을 일으켰고, 시율은 금세 나쁜 일을 까먹는 게 기특한지 해인의 머리를 쓰다듬어 줬다.

"착하네, 좋아. 얼른 정리하고 가자고."

"응!"

겨우 마트에 나온 거지만 그와 함께니 이것도 데이트 같았다. 해인은 카트를 밀며 신나서 물어봤다.

"그런데 메뉴가 뭐야?"

"음, 아직 생각 중인데. 재료 상태 봐서 정할까 하고."

"오호라!"

"……연어 샐러드랑 케이준 샐러드, 둘 중 뭐가 좋아?"

"난 케이준!"

해인이 두 눈을 반짝이며 한쪽 손을 높이 들어 보였고, 시율은 웃음을 터트리며 가까이 다가와 해인과 함께 카트를 끌었다. 남들이 보면, 그냥 사이 좋은 신혼부부 같을지도 모르겠다.

"새우갈릭버터구이랑 갈릭치킨봉 중에서는?"

"새우! 샐러드가 케이준이니까!"

"그럼 그걸로 하지, 뭐. 주메뉴는 홍합그라탱으로 할까 하는데. 어울리는 와인도 있고, 무엇보다 만들기 쉬우니까."

"스파게티 같은 건?"

"그 녀석 시골에서 홍합을 엄청 가져왔더라고."

맞아. 고등어 같은 것도 있었지. 해인은 이해하는 수밖에 없었다. 4명이서 먹기에 이미 충분한 메뉴 구성이었으니까.

"그거랑 간단하게 컵케이크 좀 굽고, 양배추가 많으니까 양배추 롤이나 할까 하는데."

"……침 나온다."

"흘리진 마시구요, 아가씨."

곁에선 시율이 입가를 닦아주는 시늉을 해서, 해인은 앙! 하고 손가락을 깨물려는 시늉으로 맞받아쳤다. 그러고 있다 보니, 그냥 즐거워졌다.

"강은 정말 못하는 게 없는 것 같아. 요리도 잘하고, 과자도 잘 만들고. 맨날 맛있는 걸 먹게 해주잖아?"

"그럼, 나한테 시집올래?"

너무 쉽게 청혼 비슷한 걸 하는걸, 이 남자? 설레게스리. 해인은 시율을 흘겨보다가 입술을 삐죽였다.

"그런 말 너무 쉽게……."

"키스해도 되나?"

"다, 당연히 안 돼…… 앗."

시율이 불쑥 다가왔다. 갑자기 무슨 짓이람. 공공장소잖아, 이 남자야! 해인은 깜짝 놀라 뒷걸음쳤지만 시율의 손에 허리를 붙잡힌 다음이었고, 이미 이마에 가벼운 키스를 받아버렸다. 둘은 지하 1층 식품관으로 내려가는 에스컬레이터 위였다. 그리고 이미 충분히 남들이 눈꼴실 만큼 붙어 있었다.

장을 보다 보니 주변엔 아이를 데리고 장을 보러 온 주부들이 대부분이었다. 남녀가 나란히 장을 보는 케이스는 상당히, 드물어 보였다.

"그나저나 이러고 있으니까……."

"우리, 신혼부부 같네."

시율은 해인이 하려던 말을 가로챘다. 그리고 그 말을 하는 데 꼭 그래야 하는지는 모르겠지만, 해인의 등 뒤로 바짝 다가와서 해인이 밀고 있는 카트를 굳이 함께 밀고 있었다. 제 손 위를 덮은 시율의 손을 보자니, 주변 보기가 참으로 부끄러웠다. 이러면 그냥 신혼부부가 아니라…… 업그레이드 닭살 신혼부부 같잖아!

"강…… 너무 가까워."

"음, 그야 넌 감시가 필요하니까."

"그래서 붙는 거 아니잖아!"

"그렇지, 그냥 우리가 이렇게 닿는 게 좋을 뿐이지."

말을 말자, 말을. 이 남자의 애정 공세는 너무 달아서 혀가 쓸 정도니까. 해인은 결국 툴툴대면서도 시율을 밀어내는 건 포기했다. 얼추 장을 다 본 것 같았고, 카트도 이젠 혼자 밀기에는 너무 무거워져 있었으니까. 카트 안을 들여다보고 있는데, 시율이 뒤에서 감싸 안은 채로 귓가에 속삭여 물었다.

"지금 든 생각인데, 선녀와 나무꾼 알아?"

"알지?"

"설녀(雪女) 신화는?"

알기야 알지만, 이런 건 또 왜 물어보는 걸까. 시율은 멀쩡하게 생겨서 걸어만 다녀도 곧잘 여자들의 시선을 샀지만, 사실은 엄청난 비밀이 있었다. 바로! 이 남자의 방에 가면 책장 가득 요괴 관련 책으로 들어차 있다는 것이었다. 심지어 최근에는 오컬트라고 불리는 서양의 초자연적 현상을 다룬 책들까지 사들여서 읽고 있었다. 그것도 우리나라에는 없는 책들을 찾다 보니 원서도 있었는데, 사전도 없이 잘도 읽었다. 의학 서적에 비하면 쉽다나? 그걸 존경해야 하는 건지 질색해야 하는 건지는 모르겠지만 말이다.

"……왜 또 그런 건."

"그 이야기들에는 공통 사항이 있거든."

"음? 예쁜 여자가 나오는 거?"

"아니."

또 어려운 문제 내려고…… 나는 그거 공부 안 한댔잖아! 불만스러워지는 해인의 눈길이 쏠린 건 시율이 저기 좀 보라는 듯 눈짓하는 방향이었다. 어린 아이 둘이 뛰어가고 있었다. 혹은 아빠의 목에 목마를 탄 아이도 있었다.

"아이가 생긴다는 거."

"강?"

"어떤 이야기에서는, 사람의 아이를 낳으면 사람이 되기도 해."

해인의 입술이 점점 벌어졌다. 이 남자는 정말…… 머릿속에 그 생각밖에 없구나. 저를 떠나지 못하게 할 생각.

"구미호도 사람이랑 아이를 낳잖아."

"하지만 난, 구미호가 아니잖아."

"그 비슷한 무언가."

말하지 않아도 알 것 같았다. 아마 그의 머릿속에서는 구미호가 가장 자신과 비슷한 존재인 모양이었다. 그의 발상에는 어쩐지 그가 가여워졌다. 해인은 피식 웃으며 자신의 곁을 뛰어가는 여자아이를 바라봤다.

"강은 항상 너무 앞서 나간다니까."

"그야 거기까지 생각하고 있으니까."

"발상은 좋았는데, 안 될 거야."

그의 아이라면 여자아이가 좋겠다. 분명 예쁜 아이일 테니까.

"……그럼 셋을 낳으면?"

"이보세요, 선생님. 선녀와 나무꾼을 너무 보셨네요."

어떻게 들으면 프러포즈 같은 말을 아무렇지 않게 하더니, 이번엔 진지한 얼굴로 구전동화 이야기를 하고 있는 시율이었다. 그러니 해인이 웃을 수밖에.

"안 되는 건가?"

"아마 불가능할 거야."

"아마라는 건, 될 수도 있다는 거 아닌……."

"아, 정정할게. 절대 안 될 거야. 확실해."

해인은 검지를 세워 흔들며 강한 부정을 해 보였다. 그에 시율은 대놓고 실망한 얼굴이 되었다. 아이를 셋 정도 낳으면 돌아가지 않아도 되는 건 아닐까, 하는 일에 정말 희망을 품었던 모양이다. 어떻게 보면 귀엽고, 어찌 보면 미안했다.

"그렇군……."

"미안."

안 되는 이유는, 우선 본능적으로 이 몸이 뭔가를 잉태할 순 없을 거라는 확신이 있었다. 더불어 이 몸은 발정기도 없고, 배란도 없고, 당연히 생리도 없었다. 아이가 생길 리 없었다. 만에 하나 가능하다고 해도, 남은 시간이 그만큼 넉넉하지도 않았다. 앞으로 고작 몇 달 남았다는 걸 알면 그는 어떤 표정을 지을까. 그렇게 짧을 거라고는 여기지 않을 텐데.

"음, 아쉽다. 강의 아이라면 분명히 엄청 귀여울 텐데."

"뭐야, 가능하다면 낳아줄 생각은 있고?"

밝게 말했더니, 시율이 어딘가 우울한 목소리로 되물었다. 그는 아직 모르는 모양이었다. 그가 생각하는 것보다 해인이 훨씬 많이 그를 좋아하고 있다는 걸.

"있어."

"……."

"난 여자아이가 좋아."

살면서 누군가와의 결혼을 상상해본 적이 없는데, 그와 자신의 아이를 상상하는 일에는 서슴없다니. 그 마음에 다른 답이 있을 리 없었다.

"강, 이제 그만 돌아가자."

그러고 보니 그와 정말 신혼부부 같은 대화를 하고 있었다.

집으로 돌아온 시율은 저녁 준비로 제법 분주해졌다. 막힘없이 하고는 있었지만 파티식의 요리는 아무래도 손이 많이 갔고, 구경하던 해인은 고양이 손이라도 보태자 싶어 팔을 걷어붙였다. 물론 정말 고양이 손은 아니었다.

"씻으면 돼?"

"응, 써는 건 내가 할 테니까 그것만 해줘."

기껏해야 채소를 씻고 계속 저어야 하는 음식에 손을 빌려주는 정도였지만, 시율과 나란히 요리를 하고 있자니 이건 이거대로 즐거웠다.

"주인이 떠나는데 이거라도 할 수 있어서 다행이야."

"난 그 녀석이 정말 아프리카에 가고 나면 네가 얼마나 울지 걱정이야."

별생각 없이 한 말이었는데, 시율이 진지하게 받아쳐서 해인은 뜨끔하는 수밖에 없었다.

"……내가 언제 울었다고 그래!"

"달걀프라이 같은 눈을 하고는 엉엉 우는 거 봤거든."

"울먹이기만 했다, 뭐!"

하여간 기억력도 좋지. 손에 너무 힘이 들어간 나머지 씻고 있던 양배추가 으스러져 해인은 얼른 제 입에 넣고 씹었다. 증거인멸을…….

"다 봤어."

"윽…… 주인은 그냥, 길러준…… 정이랄까. 그런 거란 말이야. 물론 좋아하긴 했지만. 그건 강이랑은 다른 거였고…….."

"뭐, 아무튼 머리로는 이해하는데 말이야, 그런데도 질투가 난단 말이지. 그 녀석이 가거나 말거나, 네가 다른 남자 때문에 운다는 자체가 싫어."

해인은 꼼지락꼼지락, 소심하게 양배추를 씻었다. 시율이 유일하게 해인을 탓하는 게 있다면, 태일에게 너무 친하게 구는 것이었다. 그가 마른행주에 손을 닦으며 의미심장하게 말했다.

"나도 길러주는 여자가 생기면 네가 내 마음을 좀 알려나."

……그거, 상상해보니 엄청 싫은 기분이기는 했다. 미모의 여주인이 섹시한 옷을 입고, 고양이 버전의 시율을 만지작거리는 모습이 떠오르자 심기가 꽤나 불편해졌다. 자신처럼 고양이와 사람의 모습을 왔다 갔다 하는 케이스

가 또 있을 것 같진 않지만 말이다.

"끄응……."

"내가 고양이였으면 인기 좀 있을걸?"

그것 역시 부정할 수 없는 이야기였다. 그는 분명 미묘일 테니까. 그것도 엄청 도도하고 시크한 타입. 상상이 간다는 점에서 불현듯 무언가가 떠오르는 해인이었다.

"맞다! 강은 전생에 자기가 뭐였을 것 같아?"

"……뜬금없이 무슨 소리래?"

"전생 말이야!"

"전생 같은 건 안 믿어."

너무 단호한 대답이었다. 하긴 믿는다고 해도 자신의 전생을 아는 사람은 없을 터. 해인은 그와 제 접점이 궁금했다. 만약 전생에도 연이 닿아 있다면, 조금은 안심이 될 것 같은데. 다시 어떡하든 만날 거라는 확신이 들 것 같은데, 사신이 귀띔했던 그 영혼이 시율이 아니면 어쩌지 싶었다.

조마조마한 얼굴을 하고 있자니 시율이 덧붙여 말했다.

"원래는 안 믿었지."

"……그럼 지금은 믿어?"

"뭐, 이공계인 내 입으로 말하긴 웃긴데…… 널 만나고부터는 생각이 조금 바뀌었어."

"엣, 내가…… 좀 괴상망측하긴 하지?"

미스터리하고, 비과학적이고, 또…….

"아니. 그런 이야기가 아니라 뭐랄까, 오래전부터 널 알지 않았을까 하는 생각이 가끔 들거든. 그러지 않고서야 이렇게 속수무책으로 빠질 수 있나 싶을 때가 있어."

그런 뜻이었구나. 해인은 말하며 뭔가를 썰고 있는 시율을 빤히 바라봤다. 그러자 시선을 느꼈는지 시율이 저를 돌아봐서, 기쁜 듯 웃었다.

"나도 그래."

웃음이 가득 든 소리를 냈더니, 시율의 얼굴이 조금씩 가까워졌다. 아무래도 키스하려는 듯했다. 해인은 천천히 눈을 감고 그가 닿기를 기다렸다.

"……?"

기다리다가, 그가 닿을 기색이 없어서 한쪽 눈만 슬쩍 떠본 건 몇 초쯤 지나서였다. 시율은 휴대폰을 들여다보고 있었다. 벌써 저와의 키스에 질린 걸까? 이 남자를 아주 그냥…….

"비상."

"응?"

"태일이 녀석, 지금 집 앞이래."

그거 확실히 키스나 하고 있을 때가 아니었다. 해인은 당장 시율의 방으로 뛰어들었다. 쌩 소리가 날 만큼 재빠른 동작이었다.

"……이래서 내가 태일이 녀석을 예뻐할 수가 없다니까."

부엌에는, 불만스러운 시율의 중얼거림만 남았다.

씻다 만 양배추나, 반쯤 썬 파프리카로 볼 땐 수상한 현장이기는 했다.

"형님, 혼자 하고 계셨던 것 맞죠? 뭔가 평소랑 다르게 이것저것 어수선한 느낌인데요."

조금만 더 멍청했으면 참 좋았을 텐데. 시율은 태일을 보면서 진심으로 그런 생각을 하고 있었다.

"여러 가지 하고 있어서 그런가. 좀 싸줄까 해서 많이 하고 있기도 하고. 그래서 그런가 봐."

"아하."

"넌 늦는다더니 벌써 왔네."

"혼자 준비하고 계실 것 같아서 서둘렀죠. 뭐라도 도와드려야 할 것 같아서요."

태일은 비닐장갑을 끼고 해인이 맡고 있던 자리에 그대로 끼어들었다. 아슬아슬하게 고양이로 변하는 데 성공한 해인은 소파 위에서 겨우 숨을 돌리고 있었다. 변신은 태일이 엘리베이터에서 내려서 도어록을 누름과 거의 동시였다. 그야말로 십년감수한 해인이었다.

"네 친구들 언제쯤 온댔지?"

"하은이는 6시쯤 도착할 것 같다고 했고, 기도는 6시 30분까지 온다더군요."

"그 정도면 여유 있게 되겠네."

"……저기 형님, 며칠 전에 하은이가 형님을 찾아갔던 것 같은데…… 무슨 일인지…… 물어봐도 됩니까?"

해인은 긴장으로 바짝 선 털을 겨우 가다듬어 놨는데, 태일의 말에 털이 다시 거꾸로 치솟고 말았다. 히익.

"……네가 그걸 어떻게 아냐."

갑작스러운 질문에 놀라긴 시율도 마찬가지인 것 같았다.

"출국하기 전에 인사드릴까 해서 병원에 들렀다가 우연히 들었어요. 아니, 그냥 물어보시더라고요. 형님 여자 친구 본 적 있냐고."

"그런데?"

"못 봤다고 했더니. 그, 울면서 왔던 아담한 쪽이랑, 모델처럼 잘 빠진 이하은이라는 여자가 있었는데…… 누가 형님 여자 친군가, 그런 이야기를……."

"아담한 쪽이야."

"그건 저도 알지만, 하은이가 왜 형님을 찾아갔던 건가 궁금해서요."

"이하은은, 그냥 나한테 뭘 부탁하러 왔었던 거야."

해인은 살금살금 발소리를 죽이고 두 사람 곁으로 자리를 옮겨왔다.

"오늘 볼 텐데 왜 굳이."

"네가 알 필요는 없잖아. 그리고 비밀로 하기로 했거든."

"……그렇습니까."

"난 이하은이랑 아무 사이도 아냐."

시율의 못마땅한 대꾸에, 제가 생각해도 질문이 이상했던지 태일은 눈에 띄게 당황하고 있었다. 서로 전화번호도 모르는 두 사람이 만난 이유가 궁금했을 뿐이었다.

"그런 뜻은 아니었어요. 요즘 하은이가 힘들어 보였거든요. 제 일정이 확정된 뒤로 더 그래 보여서, 형님에게라도 무슨 이야기를 했나 싶어서…… 궁금했어요. 그뿐입니다. 죄송해요."

"알면 됐고."

"제가 요즘 제정신이 아니긴 한가 봅니다."

"……뭐, 정신없기야 하겠지. 너나 이하은이나 둘 다 참 바보 같다. 내 눈엔 그래."

시율의 시큰둥한 말에 태일의 눈동자가 조금 흔들렸다. 그 말에 어렴풋이, 제 예상대로 저와 관련된 이야기라는 걸 깨달은 모양이었다. 자신이 줄 수 있는 최대한의 힌트는 준 시율은 아주아주 못마땅한 목소리를 냈다. 답답해 죽겠다는 투였다.

"이 자식, 너는 그렇게 신경 쓰이면 고백이라도 하든가."

"……진심이세요?"

"아니! 농담이야!"

반어법을 못 알아들을 만큼 백치는 아니었고, 태일은 제 미련이 저도 웃긴지 씁쓸한 얼굴로 중얼댔다.

"……약혼자가 있는걸요."

"젠장, 그러거나 말거나 내 여자는 내 여자지."

험하게 이를 가는 모양새가 시율은 태일의 뒤통수를 한 대 쳐주고 싶은 모양이었다.

"형님은, 좋아하는 여자가 다른 남자랑 결혼하면…… 빼앗아 오실 겁니까?"

"찾았는데 결혼식 중이면 데리고 도망칠 거다."

"……형님이 그러는 건 상상이 안 가는데요."

"결혼해서 남편이 있으면 다시 혼자가 될 때까지 기다릴 거고. 애가 있으면 애까지 데리고 살 거다. 됐냐."

그는 진심이었지만, 태일은 저를 위로하려는 농담이라고 여기는지 나지막이 웃고 있었다.

"사실, 한 번쯤 좋아한다는 말을 했으면 어땠을까…… 그런 생각을 해보긴 했죠."

"생각만 하면 이뤄지냐? 마법이게? 했어야지."

"그러게요."

"……답답하긴."

동감이야. 고개를 끄덕이며 해인은 얘기하면서도 잘도 칼질하고 볶는 두 남자를 구경했다. 어째 태일까지 저보다 요리를 잘하는 것 같았다.

"만약, 이하은이 널 좋아한다면 빼앗아 볼 욕심은 있고?"

"절 좋아한다면야. 얼마든지."

그런 웃긴 농담은 처음 듣는다는 듯, 피식 웃어버리는 태일이었다. 반면 해인은 정말정말, 입이 간지러워졌다. 말하고 싶어서.

"하지만 그건 너무 말도 안 되는 이야기예요. 그 사람이랑 잘되는 편이 어느 모로 보나 하은이가 더 행복할 겁니다. 안전하고요, 훨씬 능력 있는 남자니까."

"그 약혼자 이름이 무슨 태준이었는데."

"서태준, 저랑 하은이의 대학 선배기도 합니다."

"뭐야, 아는 사이였어?"

해인은 두 번인가 마주친 적 있는 이하은의 약혼자를 떠올렸다. 다른 건 몰라도 자신만만한 남자였던 건 분명했다.

"대충요. 하은이가 미스 세원대로 뽑혔을 때, 미스터 세원대로 뽑힌 사람이에요."

"세원대 커플이면, 인재는 인재네."

그걸 제외하더라도, 확실히 선남선녀 커플이었다.

"그 사람, 하은이를 오래 짝사랑했어요. 과에 모두가 알 만큼 하은이한테 노력했고요. 제가 알기로만 대학 다닐 무렵부터 쫓아다녔으니까…… 몇 년이나."

"하지만 네가 더 오래 좋아했잖아."

"……그건 의미가 없어요. 하은이가 좋아한 건 그쪽인걸요. 그걸로 끝입니다."

용기 있는 자가 미인을 얻는다. 그게 명언은 맞는 모양이었다.

"……거참, 문제가 많네."

"미양."(성발 많아.)

상을 차린 곳은 태일의 집 거실이었다. 바닥에 둘러앉아서 먹어야 했고, 파티라고 부르기엔 장소가 조금 조촐했지만 적어도 준비된 음식만큼은 호화로웠다. 하은이 먼저 도착했고, 이내 술을 가지고 도착한 기도도 입을 다물질 못했다.

"대박, 이걸 다 형님이 하셨다고요?"

"음."

"상다리 부러지겠네. 집에서 파티라기에 뭘 잔뜩 배달시키려나 했더니 엄청 본격적인데요? 정말 공짜로 먹어도 되는 겁니까, 이거?"

"어쩌면…… 이렇게. 세상에, 저보다 요리를 잘하시겠어요."

뜻하지 않게 이하은의 기를 죽인 시율이었고. 해인은 그 마음에 적극 공감했다. 새삼 버려버린 자신의 생일 케이크가 떠올랐다.

"칭찬이라면 됐어. 그런 건 말 안 해도 아니까."

"이 형님은 못하는 게 뭐람."

"없어."

"우와…… 뻔뻔해."

"김기도 너 그걸 말로 하냐. 감사히 먹기나 하자고 응? 자자, 다들 앉아."

태일의 출국 전에 정말 친한 사람들만 모여서 가지는 이별의 자리다 보니 무리해서 마시는 사람은 없었다. 조용한 배경 음악처럼, 천천히 오래 마시는 술자리가 이어졌다.

"형님, 여자 친구 생기셨다면서요?"

"……다들 어떻게 그렇게 잘 아냐."

네 사람이 모여서 술을 마시는 건 이번이 처음이 아니었다. 태일과 시율이 함께 산 뒤로 곧잘 있는 자리였다. 하은을 뺀 남자 셋이서는 더 자주 모이고는 했으니 어색할 것도 하나 없었다.

"다 소식통이 있죠. 병원에서 둘이 얼레리꼴레……. 윽."

김기도는 꼭 까불다가 시율에게 지금처럼 한 대씩 뒤통수를 맞고는 했다.

"아, 형님 진짜. 너무하십니다."

"너무하긴."

"그래서 여자 친구분 안 보여주실 겁니까?"

"나만 볼 거다."

나 여기 있는데? 해인은 시율의 무릎 위에서 꼬리를 살랑거리고 있었다. 평소라면 태일의 무릎에 앉아 있었을 테지만, 오늘은 시율의 말을 듣고 반성한 바가 있었다. 여주인은 상상만 해도 싫었으니까.

"이쁩니까?"

"예쁘지."

"……형님 표정 보니까, 장난 아닌가 본데요."

술이 들어간 탓인지, 해인이 제 무릎 위에 얌전히 있는 탓인지 대답하는 시율의 표정은 매우 다정한 것이었다. 그리고 그에 따른 부끄러움은 온전히 해인의 몫이었다.

"그럼, 넌 상상도 못 할걸."

"오."

"내가 태어나서 본 여자 중에, 가장 예뻐."

모델 사무실 매니저한테 어쩌자고 그런 거짓말을! 김기도는 전에 없던 시율의 느슨한 얼굴 표정에 내심 놀란 눈치였다. 자신의 턱을 매만지나 싶더니, 이내 직업병을 발동시켰다.

"그럼 저희 사무실에 한번……."

"말도 꺼내지 마."

"그럼 사진이라도……. 알았어요. 알았다니까요."

또 매를 버는 김기도였고, 그 모습에는 구경하던 하은도 태일도 큰 소리로 웃어버렸다. 정말 즐거운 자리였다. 네 사람은 제법 잘 어울렸다. 정확히 하자면, 이하은이 시율을 다소 어려워하는 것 빼고는 아주 완벽한 멤버였다.

"김기도."

"예?"

"보니까 술이 부족한 것 같은데."

평소 술을 그리 즐기는 사람들이 아니다 보니 김기도가 사 온 술은 그리 많은 양이 아니었고, 안주가 훌륭했던 탓도 있어서 벌써 바닥을 보이고 있었다. 그런데 페이스로 봐서는 몇 시간은 더 마실 것 같았다.

"엇, 그러게요. 나가서 사 올까요, 그럼?"

"그래."

"맥주로 사 오면 됩니까?"

"같이 가자. 술 좀 깰 겸."

시율은 몸을 일으키며 해인은 바라봤고, 해인은 만족의 표시로 고개를 끄덕여 보였다. 그에게 내린 지령대로였다.

'강, 잠시라도 좋으니까. 주인이랑 이하은이 둘만 있을 수 있게 해줘.'

'……내가 왜.'

'두 사람이 조금이라도 둘만의 시간을 가졌으면 좋겠어. 헤어지기 전에. 그건 소중한 거잖아?'

고양이한테 잡혀 살고 있다고 말하면 다들 믿을지는 모르겠지만 말이다.

두 사람이 자리를 비우자, 집 안에는 하은과 태일만 남았다. 정확하게는 고양이가 한 마리 더 있었지만 그리 신경 쓰이는 부분은 아니었다.

"⋯⋯음, 그러고 보니 둘만 있는 건 정말 오랜만이다."

"그러게."

"엄청⋯⋯ 오랜만인데."

태일은 선을 긋는 데 확실한 구석이 있었다. 이하은이 서태준 사귄 몇 년 전부터 조금 거리를 뒀고, 하은과 단둘이는 만나지 않게 됐다. 시율과 자신이 같이 산 뒤로는 집에 외간 남자가 생겼으니 하은이 자신의 집에 오는 걸 꺼렸다. 얼마 전 하은이 약혼한 뒤로는, 남들 눈이 있으니 아예 대놓고 오지 말라고 했다.

"오늘 와줘서 고마워."

"고맙긴."

"네 결혼식 준비로 많이 바쁠 텐데."

"⋯⋯그거야⋯⋯ 뭐, 괜찮아. 네가 떠난다는데 당연히 와야지!"

"신경 안 써도 되는데."

태일은 매사 담담한 구석이 있어서 사람들은 곧잘 그를 무뚝뚝한 것으로 착각하기도 했다.

뭔가 내색하는 법이 별로 없고, 조용한 걸 좋아하다 보니 알 수 없는 인물이라는 평을 듣기는 강시율과 닮은 면이 있었다.

'시율이 물이라면 주인은 흙이지만.'

해인이 두 사람을 보면서 느낀 건 그 정도였다. 알 수 없기는 시율이 훨씬 더 하지만, 태일도 만만치 않았다. 두 사람의 결정적으로 다른 점이라면 시율은 수컷 느낌이 확실해서 보기만 해도 두근거리고, 태일은 성욕이 있는 걸까 싶은, 마치 성직자 같은 경건한 얼굴이라는 점이었다. 이하은이 저렇게 끙끙 앓는 것도 무리는 아니었다.

"그, 사무실 사람들도 많이 섭섭해하더라."

"그래⋯⋯."

모델 사무실을 이야기하는 거였다. 태일은 어쩌 단둘이 되자 말수가 급격하게 줄었다. 해인으로서는 답답해 죽을 맛이었다. 겨우 둘만 있게 되었는데, 조금 더 말을 하라고, 말을! 허심탄회할 수 있는 마지막일 수도 있는데! 이 초식동물들아!

"물론 나도 섭섭했고. 그래도, 네가 하고 싶은 게 있다면 전력으로 응원하는 게 맞는 것 같아. 얼마 전엔…… 정말 미안했어. 내가 너무 당황했나 봐."

"얼마 진……?"

"막무가내로 가지 말라고 해서…… 널 너무 곤란하게 했던 것 같아. 생각해보니까 나한테 그럴 권리는 없더라고. 우리는 친구지만……."

"하은아."

이하은은 원래 눈물이 많은 게 분명했다. 울컥하는지 눈시울을 붉혀서 결국엔 태일을 당황하게 했다.

"친구지만, 그래서 더 이해해야 하는데…… 넌, 외국이 더 어울릴 거라는 거 알아."

"……그런가."

"미안, 네가 떠난다니까, 뭔가…… 기분이 너무 이상해서."

"나도 그래."

"항상 내 곁엔 네가 있었는데……."

그녀 자신도 태일과 이렇게 단둘이 이야기할 수 있는 시간이 얼마 없다는 걸 잘 알고 있었다. 어쩌면 이제 없을지도 몰랐다. 그러니 많은 대화를 나누고 싶은데, 못 할 이야기투성이였다.

"나도 내가 떠나게 될 줄은 몰랐어. 네가…… 결혼할 줄도 몰랐고. 아마너 그래서 힘든 걸 거야. 요즘 감정 기복이……."

"태일아, 멀어져도 우리…… 항상 친구지? 응?"

"……그럼."

"나, 너한테 어떤 일이 일어나도 친구로 있을 거야. 네가 어떤 사람이라고 해도…… 친구로 있을 거야."

울음을 참으려 애쓸수록 하은의 어깨는 엉망으로 흔들렸다. 그녀의 등을 두들겨주다가 태일이 씁쓸하게 웃자, 하은은 결국 못 견디고 무릎에 얼굴을 파묻고 울었다. 태일은 하은이 무엇을 그렇게 못 견뎌 하는 건지 알 수 없었다. 약혼자와 관련된 게 아니길 바랄 뿐이었다. 건너서 알긴 하지만 나쁜 사람은 아닌 거로 아는데, 하은이 자꾸만 힘들어하니까 짐작 가는 게 그것뿐이었다. 결혼이 상당히 급하게 진행된 것도 태일을 신경 쓰이게 하는 것 중 하나였다.

"너 역시 무슨 일 있는 거야?"

"아냐, 아무것도."

"말해봐, 하은아. 네게 고민이 있다면 도와주고 싶어. 이젠…… 들어주지 못하게 될 테니까."

태일의 말은 하은을 더욱 울릴 뿐이었고, 해인은 더는 지켜보고 있기가 힘들어졌다. 둘만 내버려두고 다른 방으로 가버릴까 싶었다.

"……미안해. 나는 너한테 걱정만 시키나 봐. 항상 의지만 하고……."

"하은아, 난 네가 나한테 기대줘서 기뻤어. 너한테 힘이 될 수 있어서 고마웠어. 넌 나한테 소중한 사람이야."

"으, 한 번쯤은 말할 걸 그랬나 봐."

"……뭘 말하는 거야?"

"그냥, 바보 같은 짓이라는 건 알지만, 그래도…… 솔직할 수 있으면 좋았을걸."

하은은 말하는 내내 도통 고개를 들지 못했다. 해인이 낮은 자세로 몸을 움직인 건 그때였다.

'……더는 못 봐주겠네.'

솔직할 수 있는 것도 한순간뿐이건만. 고양이도 아는 걸 왜 이 사람들은 모르는 걸까.

"뭔데?"

"이걸 말하면 네가 친구로 있어주지 않을 거야."

"그런 건 없을 거야. 네가 나한테 말한 것처럼, 나도 항상 네 친구로……."

"좋아해."

뜻하지 않게 두 사람 사이를 가른 분명한 속삭임에, 이하은은 번쩍 고개를 들었다. 우느라 부어버린 두 눈을 크게 뜨고는 태일을 믿을 수 없다는 듯 노려봤다.

"어……?"

"……방금."

"어, 어머? 내가 말했어……?"

물으나 마나, 그건 분명 여자의 목소리였다. 태일은 방금 자신이 두 귀로 듣고도 그 말을 의심하는 모양이었고, 그건 하은도 마찬가지였다. 말한 기억은 없는데 입 밖으로 목소리가 나가다니. 귀신의 곡할 노릇도 아니고. 바쁘게 눈을 굴려봤지만 말할 사람은 역시 자신뿐이었다.

"내, 내, 내가 말했나 봐……!"

술기운에 나도 모르게 그만 말해버렸나 봐.

"미쳤나 봐!"

이하은은 경악한 나머지 숨을 멈춰버렸고, 태일은 멍한 채로 잠시간 아무 말도 하지 못했다. 정적은 깬 건 고양이의 울음소리였다.

"야아옹."(인생은 한 번.)

해인은 자신은 아무것도 모른다는 양, 뒷다리로 턱 근처를 긁적였다.

그리고 수차례의 자문자답 끝에 이하은은 제가 술김에 말했다고 생각했다. 그것 말고는 없었으니까. 제 속내를 제가 아니면 누가 말하겠는가. 숨을 한 번 깊게 들이쉬고는, 얼른 태일에게 매달렸다.

"미안, 태일아! 못 들은 거로 해!"

"……뭐?"

"내가 잠깐 미쳤나 봐. 못 들은 거로 해. 내가 잘못했어……. 나, 나 싫어하지 마."

이하은은 심지어 절박해 보였다.

"내가 왜, 널 싫어하겠어."

"그야, 넌 여자를 싫어하잖아!"

"……뭐어?"

"아니지, 남자를 좋아하잖아!"

그건 거의 절규에 가까웠다. 이게 대체 무슨 소릴까. 태일은 빠른 속도로 술이 깨는 걸 느꼈다. 그리 거나하게 취한 상태도 아니었지만 이건 뭔가 이상하다는 느낌이 머리를 강하게 회전시키고 있었다. 누가 남자를 좋아한다는…….

"그게 무슨, 말도 안 되는 소리야?"

그 와중에 태일의 시선에 걸리는 건 조용히 하은의 뒤를 지나가는 검은 고양이, 개냥이였다. 언제부터 거기 있었던 걸까. 하여간 고양이는 기척을 느낄 수가 없었다. 해인은 몸을 숨겼던 소파 뒤쪽에서 빠져나와 뒤도 안 보고 총총총 현장을 도주하고 있었다. 재빠르게 시율의 방으로 향했다. 꼭 뭔가 잘못이라도 한 것처럼.

띠리릭. 때마침 술을 사러 갔던 두 사람이 돌아왔고, 해인은 도도도도 더 빠른 걸음으로 현장에서 완전히 사라졌다.

"……뭐야. 분위기가 왜 이래?"

"어? 너희들 무슨 일 있었어?"

망부석이 된 하은과 태일은, 누가 봐도 혼란의 극치를 맞이하고 있었다. 잠깐 나갔다 온 사이에 무슨 일이 있었던 걸까.

'범인은 그 녀석이군.'

짐작은 어렵지 않았다. 귀신같이 사태를 파악한 시율의 눈이 매섭게 해인을 찾기 시작했다. 해인은 이미 꼭꼭 숨은 뒤였다.

고양이의 종족 특성을 꼽으라면 우선 그 특유의 뻔뻔함을 들 수 있겠다. 제멋대로 구는 건 기본 옵션이었고, 사고 치고 모르는 척하는 건 일상이었다. 예를 들어 사람과 눈을 마주친 채로 컵을 바닥에 떨어뜨리는가 하면, 보란 듯 비닐봉지 따위를 씹으면서 꼭 바쁜 사람이 저를 쫓아다니게 해야만 직성이 풀리는 사악한 종족인 것이다.

그에 관한 한 고양이를 키워봤다면, 누구라도 공감하리라.

'말썽은 이 녀석들의 숙명이 틀림없어.'

물론, 그중 누구의 고양이도 말을 하거나 하지는 않겠지만 말이다. 그리고 그 능력을 남의 십몇 년 묵은 고백을 대신하는 데 쓴다든가 하지도 않을 테고. 세상에 이런 유의 사고를 쳐서 사람 속을 썩이는 고양이는 아마……

"냥?"

"……귀여운 척하지 마, 인마."

"어머, 난 존재 자체가 귀여운걸. 어쩔 수 없다고."

두 눈을 크게 깜빡여 보이는 해인의 귀여운 척에 시율은 못마땅한 얼굴을 하고는 한숨을 푹 내쉬는 수밖에 없었다. 인정하긴 싫지만 맞는 소리였으니까. 고양이란 자신들이 얼마나 귀여운 생물인지 잘 알고 있는 게 틀림없었다. 어제만 해도 그런 짓을 해버려서 혼을 내려고 했더니 울음을 터트렸다.

그에 저도 모르게 달래주고 난 뒤 시율의 소감은, 당했다! 싶은 것이었다. 울먹울먹한 눈을 보면 더는 혼낼 수 없게 됐는데, 지금 와서 생각해보니 혼나기 싫어서 일부러 울어버린 건가 싶기도 했다. 하여간 고양이는 요망한 생물이었다.

"오냐오냐하니까 아주 못 하는 소리가 없구만."

"하지만 사실인걸."

확실히 해인은 지금처럼 고양이 모습일 때 유난히도 뻔뻔했다. 그리고 컵을 떨어트리거나, 비닐을 씹는 흔한 말썽을 부리는 대신 희한한 말썽을 부렸다. 바로 어제 같은……

사실 어제만 해도 태일과 이하은을 잠시 둘만 있게 둔다고 무슨 큰일이 나겠냐 싶었던 시율이다. 어차피 해인이 할 수 있는 건 아무것도 없을 거로 생각했다. 아니, 그랬었다.

"……그래서 어제 그런 폭탄선언을 했냐!"

누가 고양이 손을 도움 안 되는 손으로 비유했던가. 그보다는 말썽을 부리는 손으로 정정해야 했다.

"왜! 말은 하라고 있는 거야!"

"이제 당당하구나, 아주."

"……내가 한 것만 모르면 돼!"

둘은 얼굴을 보자마자 다시 옥신각신하는 것치고는 아주 소곤소곤 대화하고 있었다. 방 안에 태일이 있었으니까.

"하여간……. 그래서, 저 녀석은 계속 저 상태야?"

"아, 응."

"내가 병원에 다녀온 내내?"

"내내."

이제 막 퇴근한 시율은, 자신이 출근할 때와 마찬가지로 굳건히 닫혀 있는 태일의 방문을 지긋한 눈으로 바라보다가 고개를 내두를 수밖에 없었다. 태일은 어젯밤부터 쭉 저 상태였다. 그러니까, 이하은이 술자리에서 허겁지겁 도주한 뒤로 계속. 누가 초식동물과 아니랄까 봐 이하은은 궁지에 몰리면 도망치는 게 특기였고, 태일은 아프리카행을 정할 때도 그러더니 고민이 생기면 굴을 파는 게 특기인 모양이었다.

"밥은 먹고 저러는 거야?"

"아니, 밥은커녕 방 안에서 한 번도 안 나왔어."

"……거참, 전화도 안 받고."

시율로서도 답답할 따름이었다. 낮에 걱정돼서 해본 그의 전화도 받지 않더니, 지금도 아까부터 계속 울리고 있는 누군가의 전화를 그냥 방치하고 있었다. 출국이 코앞이라 연락 오는 곳도 많을 텐데. 방 안에 있는 건 분명한데, 문을 닫고 있으니 안에서 무얼 하는지도 알 수 없었다.

"있잖아. 강이 한번 열어보면 안 돼?"

해인이 소파 등받이 위로 뛰어오르더니 그의 귓가에 슬그머니 속삭였다.

"내가 미쳤냐."

"왜? 걱정되잖아!"

"삼 일째 저러고 있으면 열어봐주지."

걱정되기야 하지만 해인만큼은 아닌 시율이었고, 애초에 그는 지금 이 상황이 마음에 들지도 않았다. 오히려 화나는 걸 애써 참고 있는 쪽에 가까웠다. 사고는 고양이가 치고 뒷수습은 제가 해야 하는 건지. 그것 참 생각할수록…….

"너무해!"

"너무하긴! 얌마, 너만 참고 넘겼으면 이 지경이 됐겠…….."

덜컥.

"형님?"

"……어어."

"누구랑…… 이야기하세요?"

그건 눈 깜빡할 새였다. 돌연 태일이 자신의 방문을 열고 거실로 몸을 내민 것은. 한참을 더 닫혀 있을 것 같더니……. 시율은 당황해서는 때마침 뺨을 잡아 늘리고 있던 해인을 눈으로 가리켰다.

"……개냥이랑."

사실이긴 했지만 썩 그럴싸한 대답은 아니었다.

"내가 원래 동물이랑 대화를 잘하거든. 이 녀석 원체 대답도 잘하잖아?"

수상쩍긴 했지만 태일은 다른 심각한 고민으로 인해 시율이 누군가와 대화하고 있었다는 의문은 대수롭지 않게 넘기는 눈치였다. 그의 관심사는 다른 것인 듯했다.

"그보다 형님, 지금 퇴근하신 겁니까?"

"뭐, 한 10분 전에."

"그렇군요. 잠깐 멍했던 것 같은데…… 거의 하루가…….."

태일은 벽에 걸린 시계를 한참 멍하니 바라봤다. 저녁 8시를 가리키고 있었는데, 어제 술자리 이후로 거의 하루가 지나 있었다. 태일이 상당히 멍한 상태였다.

저 영혼 없는 표정이라니, 스파게티를 주면 멍청히 코로 먹을 것 같았다. 지금의 태일이라면 고양이가 눈앞에서 말을 해도 못 알아먹고 지나갈 것 같았다.

"거…… 사람이 정신없으면 그럴 수도 있지."

"형님."

"으응?"

"혹시 시간 괜찮으시면, 잠깐 이야기 좀 할 수 있을까요."

"지금?"

"상담하고 싶은 게 있는데."

늘 그랬듯, 태일이 뭔가 상담해올 거라는 건 짐작하고 있었다. 어제의 자세한 정황을 듣고 싶기도 했다. 해인의 말만 듣고는 돌아가는 상황을 알 수 없었으니까.

"그러지, 뭐."

"아, 집 말고 밖에서 술이라도 한잔하면서 얘기하고 싶은데……. 오늘은 제가 사겠습니다."

"나가서 먹자고? 술도 안 좋아하는 녀석이 무슨."

"그냥…… 집이 좀 답답하게 느껴져서요."

시율은 소파에서 일어나며 다시 시계를 봤다. 마침 한잔하러 나가기 딱 좋은 시간이었다.

"사실 내가 술집을 그다지 안 좋아해서 말이야. 시끄럽고 취객 많은 건 둘째 치고…… 남이 해주는 요리 먹는 것도 별로고."

"그럼……?"

"어제 남은 안주 싸서 한강이나 갈까. 캔 맥주도 그냥 있고."

"……그거 좋은 생각이네요!"

수척했던 태일의 얼굴에 그제야 조금 화색이 돌았다.

"그럼 넌 맥주 좀 챙겨라. 내가 안주를 챙기……."

"냐냐냐냐! 냐냐!"(나도나도! 나도!)

그리고 절대로 이 사이에 빠질 해인이 아니었다. 잠자코 듣고 있나 싶더니 귀신같이 시율의 다리에 매달렸다. 나가자는 소리에 반응하는 게 마치 일주일 산책 못 한 개처럼 전광석화처럼 빨랐다.

"니야냐!"(나도 데려가!)

"……알았으니까, 가서 네 목줄이나 가져와."

못마땅한 시율의 목소리에, 해인은 냉큼 자신의 산책 줄을 걸어둔 드레스룸으로 뛰어갔다. 그리고 그 모습만으로 충분히 보통 고양이는 아니었다.

때아닌 한강 산책이었다. 사람들은 일단 나란히 걷는 잘생긴 두 남자에게 시선을 빼앗겼다가, 이내 그 사이에서 귀여운 소리를 내며 총총, 품종 좋은 개처럼 걷는 해인을 발견했다. 개를 산책시키는 거야 흔하게 볼 수 있지만 이건 나름 구경거리였다.

"……고양이였어."

"방금 고양이였지?"

"고양이야?"

지나가는 사람들이 수군거리며 돌아보는 것도 당연했다. 얼핏 보면 흔한 소형견과 비슷한 몸집이었지만, 자세히 보면 고양이 특유의 낭랑한 발걸음이라거나, 기분 좋을 때 절로 내는 그 울음소리가 개와는 명백하게 달랐다.

"냥~ 냥냥!"

두 눈이 금색으로 반짝이는 날렵한 생물은, 심지어 심각하게 귀여웠다. 제가 무슨 소리를 내고 있는지도 모르는 채로 기분 좋은 꼬리를 공중에 살랑거렸다. 뿐만 아니라 한 마리 뱀같이 유연한 꼬리 자체로 사람들의 시선을 끌었다. 해인은 자신들이 관심을 받고 있다는 사실을 깨닫고는 청각을 곤두세웠다.

"너 방금 봤니? 산책시키는 남자들, 완전 잘생겼던데?"

"어? 고양이 보느라고 못 봤는데. 고양이 짱 귀엽더라."

"헐. 둘 다 대박이었는데 못 봤단 말이야?"

대부분의 여자들이 오른쪽이네, 왼쪽이네 누가 잘생겼는지 토론하며 사라졌다. 둘 다 제 것이라고 생각하는 해인으로서는 뿌듯한 일이었다.

"그러고 보니 너랑 이렇게 나란히 둘이 걷는 거 처음인 것 같다?"

"그러게요, 형님."

"하긴, 남자 둘이 이러고 다닐 일이 별로 없긴 하지."

"개냥이 아니었으면 산책할 일도 없으니까요."

"이게 처음이자 마지막일 거라고 생각하니까…… 기분이 그렇긴 하다."

해인만큼 청각이 좋지 않은 두 남자는 나름 오붓하게 사색에 빠져 있었지만 말이다.

"저기……."

"네?"

"너무 예뻐 그러는데, 고양이 한번 만져봐도 되나요?"

그때였다. 산책로를 마주 지나가던 여자 하나가 태일에게 말을 거는가 싶더니 해인을 가리킨 건. 그 젊은 여자는 고양이라면 껌뻑 죽는지, 눈이 상당히 반짝이고 있었다.

"아…… 그게."

태일이 그에 시율의 눈치를 보는 건, 이젠 해인의 주인이 시율이라서였다. 허락은 시율이 해야 했고, 시율은 의외로 흔쾌히 고개를 끄덕이며 눈웃음을 지었다.

"뭐, 가능하시다면."

"예?"

이내 그녀는 시율이 그런 말을 한 이유를 깨닫고는 가던 길을 가야 했다. 해인은 결코 호락호락하지 않았으니까. 얼마나 유연하게 낯선 이의 손길을 요리조리 피하는지, 뼈가 없는 건가 싶을 정도였다. 그야말로 철벽 방어였다.

"……전 개냥이가 사람이라면 다 좋아할 줄 알았어요."

"하하! 넌 그 이름부터 잘못 지었어."

"저한테만 개냥이였나 봐요."

"그걸 이제 알았냐."

"알고 나서는 바꿀까도 했지만, 이미 입에 익어서요. 그리고 전 정말 그 이름이 예쁘다고 생각했거든요."

"……네 취향이 조금 특이하긴 하지."

"그런가요?"

태일은 조금 기운이 났는지 약간 웃음 섞인 목소리가 됐다. 그래서일까, 해인은 기분이 좋았다. 제가 좋아하는 두 남자와 산책을 하는 것만으로 마냥 흥겨운 기분이었다. 웃는 얼굴로 저를 보는 두 사람이 세상 전부처럼 느껴졌다. 이런 게 바로 애완동물로서의 행복일까? 그런 걸 깨달아봐야 아무 짝에도 쓸모없겠지만, 지금은 확실하게 느끼는 중이었다.

얼마 안 가 외출의 목적을 상기하고는 눈치를 봐야 했지만.

"이쯤에 앉을까?"

"그럴까요."

"날이 좀 쌀쌀해지긴 했지만, 괜찮겠지."

시율과 태일이 산책을 멈춘 건 집에서 나와 30분가량 설렁설렁 걸은 뒤였다. 한강을 마주 보고 있는 한적한 둔치였는데, 가로수가 많고 벤치가 넉넉히 놓여 있어서 한강을 보며 맥주 한잔하고 싶은 사람들에게 인기 있는 장소였다. 어렵지 않게 자리를 잡고 앉은 두 남자는 잠시간 말이 없었다.

태일이 먼저 봉투를 뒤져 맥주를 꺼냈고, 시율에게 하나 건넸다. 둘은 함께 있는 게 어느새 꽤나 익숙해진 사이였다.

"고마워."

"뭘요. 항상 제가 감사하죠."

"감사할 게 있나?"

"개냥이를 보살펴주신 것도 그렇고…… 그냥, 저랑 잘 지내주신 것만으로 항상 감사해요."

"넌 욕심이 너무 없다니까. 너무 소박하고. 그런 건 별로 안 좋아."

늦은 저녁, 찬바람을 맞으면서 마시는 맥주는 제법 맛있는 것이었다. 시율은 간단하게 건배하고는 맥주로 목을 축였고, 태일이 뭔가 말하길 기다렸다. 태일은 오늘따라 생각이 많아 보였다.

수심 깊은 눈을 하고는 씁쓸하게 웃고 있었다.

"별로 이야기한 적이 없긴 한데, 제가 둘째 아들인 건, 말씀드린 적 있죠?"

"들었지."

"저희 집이 많이, 가부장적이고 고루한 집안이거든요. 재산이 꽤 있고. 그리고 제 아버지는 모든 사업이나 일을…… 전부 형에게 주고 싶어 하셨어요."

"……그건 처음 듣네. 왜 형한테만 주는데?"

"형이 장남이니까요."

"그건 좀 아니지 않나."

"욕심낸 적도 없지만, 내길 바라지도 않으셨어요. 아버진 나중에 형제간 싸움이 날까 봐 걱정됐는지 어쨌는지…… 제가 어렸을 때부터 뭐든 양보하는 것부터 가르치셨어요."

그 지독한 평화주의 성격에는 그런 이유가 있었군. 시율은 가만히 들으며 맥주를 비웠는데, 한 캔이 바닥나는 건 금방이었다. 태일의 이야기를 들으면서 제 손으로 두 번째 캔을 땄다.

"어머니도, 아버지도 어른들도. 모두 제가 참고 한 걸음 뒤에서 얌전히 형을 따르는 게 미덕이라고 가르치셨고, 그렇게 배우고 자랐어요. 그러다 보니 어느 날 깨닫기로, 제가 참 의지 없고 갈대 같은 인간이더라고요."

"그게 네 탓은 아니지 않나."

"결국 제 성격이니까, 제가 타고난 것도 있겠죠. 그래도 가끔은…… 조금 더 강한 성격이었으면 좋지 않았나 싶어요."

"세상에는 여러 사람이 있는 법이니까. 남편으로서는 너 같은 성격이 최고라고."

별로 위로가 될 것 같지는 않지만 말이야. 시율은, 열기만 하고는 그냥 들고 있는 태일의 맥주에 자신의 맥주를 부딪치며 일단 먹으라고 재촉했다. 하지만 태일은 두 손으로 꽉 맥주를 움켜쥘 뿐, 움직이지 못했다.

"지금 저한테, 용기가 필요하다는 건 알겠어요."

낮게 잠긴 목소리는 갈피를 잃고 떨리고 있었다.

"그걸 알면 된 거 아닌가."

"하지만 이래도 되는 건지 모르겠어요."

"왜 안 되는데?"

"……용기랑 욕심은 다르잖아요, 형님."

딱히 핀잔한 건 아닌데, 문득 눈을 마주치기로 태일은 진심으로 수치스러운 눈이었다. 하긴, 선할 대로 선한, 자신보다 남을 위하는 게 익숙한 남자에게 남이야 어찌 되든 자신만을 위한 욕심을 부리라는 건 스스로에게 하는 고문일지도 모르겠다.

"너 모르는구나. 욕심부리는 데에도 용기가 필요해. 욕먹을 용기."

"……."

"욕 안 먹고 사는 건 불가능해, 인마."

"그건 저도 알지만…… 그렇지만, 아무리 생각해봐도 가장 옳은 게 뭔지 알 수가 없어요. 어떤 걸 상상해도 누군간 불행해져요. 제가 어떻게 해야 할지 모르겠어요. 너무 혼란스럽고, 스스로가 한심해서……."

너무 오래 다른 사람의 기분만 생각하고 살아오면, 제 기분을 위하는 법은 오히려 잊길 마련이었다. 이기적으로 구는 건 누구나 할 수 있는 일인데, 적어도 태일의 일상에는 없는 단어였다. 너무도 착해 빠진 남자였으니까.

"그럼 네가 아는 게 뭔데? 지금 분명한 사실."

"분명한 거?"

"그것부터 떠올리면, 네가 어떻게 해야 할지 대충 답이 나오지 않을까."

정답은 아니더라도 말이야. 세상에 어차피 정답은 없으니까. 시율은 속으로 뒷말을 삼켰다. 위태로운 태일의 눈이 조금은 확신을 가지는 걸 보면서는, 저 역시 잘하는 짓인 줄은 알 수 없었다. 그러니 저에게 하는 소리기도 한 셈이었다. 정답은 아닐지라도.

"······하은이가, 절 좋아한다는 거요."

"그거 잘됐네."

작게 중얼거리곤 차가운 맥주를 한껏 들이켜며, 시율은 이러다 조만간 결혼식장에서 신부가 도망치는 모습을 보게 될지도 모르겠다고 생각했다. 그리고 다시 한 번 울컥했다. 왜 문제는 고양이가! 수습은 사람이!

"잘······ 된 건가요."

"너도 이하은을 좋아하잖아. 그럼 된 거지. 완벽해."

차가운 강바람에 날아가는 허탈한 웃음소리는 태일의 것이었다. 시율은 날이 꽤 차다는 생각을 하며 코트 깃을 갈무리했다. 하지만 손끝이 시릴 만큼 차가운 맥주는 여전히 손에서 놓지 않았다.

"그렇군요. 잘된 거군요."

"네가 썩 기뻐 보이진 않지만 말이야."

"결혼을 앞둔 여자니까요."

"아직 한 건 아니잖아? 그리고 그런데도 널 좋아하지. 마지막 기회네."

"······형님, 사실은 문제가 하나 더 있어요. 하은인 제가 자기를 어떻게 생각하는지는 모르고 있거든요."

거참, 대단하구만. 기껏 돗자리를 깔아줬는데 그 말을 못 했다니. 시율은 저였으면 그사이에 열 번은 말했겠다고 생각했다. 애초에 시율이 추구했던 대로 태일이 하은의 마음을 모르는 채로 아프리카로 떠났다면, 그래서 몇 년 뒤에 돌아왔다면. 그때쯤이면 이미 이하은이 애를 하나쯤은 낳고 잘 살고 있을 테니 둘의 사이에 다른 여지는 완전히 없어질 거로 생각했다.

이 장화 신은 고양이는 그걸 불행이라고 여겼는지 두고 보지 못했지만. 새삼 느끼는 거지만 모든 게 해인의 계략대로 돌아가고 있었다. 심술이 나는 건 그 때문이었다.

"아직도? 너 그거 떼버려야 하는 거 아니냐."

"흠흠, 하은이 말을 듣고는 너무 정신이 없기도 했고…… 제가 뭔가 말하기 전에 형님이랑 기도가 돌아와 버려서…….."

하지만 어찌 됐든, 결국 이렇게 된 거 시율은 자의 반 타의 반으로 태일을 도와줄 수밖에 없게 됐다. 그런 단순무식한 폭탄을 터트릴 줄 누가 알았겠는가.

"그리고 너 간과한 모양인데, 난 어제 일에 대해서 자세히 모르거든? 분위기로 대충 짐작은 가지만."

"아, 그러고 보니 제대로 설명은 안 드렸군요…….."

"좋아한다고 말한 거지?"

"……네."

"이하은이."

태일이 대답 대신 무거운 고개를 끄덕여 보였고, 시율은 해인이 말한 걸 들키지 않았다는 사실에 만족하기로 했다.

"그래, 이하은이 말했단 말이지."

일부러 강조하며 그는 지그시 해인을 노려봤다. 이 말썽쟁이는 은근히 위험한 짓을 잘한단 말이지. 조만간 제대로 버릇을 들여야겠다. 둘만 남게 되면, 그땐 얼마든지 가능하리라.

"저기…… 형님."

"응?"

"이건 조금 다른 얘긴데 말입니다."

"뭔데? 난 뜸 들이는 건 질색이야."

"……저 게이 같습니까?"

품. 하마터면 진심으로 뿜을 뻔했다. 시율은 역류할 뻔한 맥주를 겨우 목 안으로 넘기며 애써 평정을 유지했다.

"하은이는, 제가 게인 줄 알았답니다."

"……거참 웃기는 여자야."

"제가 봐도 조금 오해 살 만하긴 했어요. 그런 오해 자주 사기도 하고. 하은이까지 그렇게 생각할 줄은 몰랐지만……."

빈정대자 꼴에 좋아하는 여자라고 편들어주는 거 보라지. 시율은 불편한 듯 미간을 살짝 좁혔다. 그리고 이참에 전에 못 한 분풀이를 하기로 했다.

"너 그건 아냐? 그 여자 말이야…… 너랑 네가 그렇고 그런 사인 줄 알던데."

"예에?"

충격과 공포라고 얼굴에 써 붙인 태일의 얼굴이 과연 볼만했다. 자신이 게이로 여겨진 것 이상의 충격거리가 있을 거라고는 여겨보지 못한 모양이었다. 먼저 그 충격을 맛본 시율은, 지금 태일이 슬그머니 저와 멀어지는 걸 이해해주기로 했다.

"어, 어쩌다가……."

"네가 결혼 생각 같은 건 없다고 하면서 나랑 동거를 시작했으니까. 그리고 얼마 안 가 이하은은 프러포즈를 받았고, 받아들였지. 알 만하지?"

"……그런 건 몰랐습니다."

"그 여자가 그런 오해를 하고 있다는 걸 우연히 알긴 했는데…… 아니라고 수십 번도 더 말해도 안 믿더라고. 그래서 포기했지."

시율은 너털웃음을 터트렸다. 그건 지금 생각해도 기가 찬 상황이었다.

"포기요?"

"내가 게이가 아닌 것까진 설명을 했는데, 너에 대해선 아주 단단히 믿고 있더라고. 어땠는 줄 아냐? 나한테 도리어 네가 게이가 아니란 증거가 있냐더라."

"……아니라는 증거는, 제가 하은일 좋아한다는 것뿐이네요."

"그래. 태어나서 그런 난제는 처음이었어."

불만 가득한 시율의 투덜거림에 태일은 푹 숙인 고개를 들지 못했다. 제가 생각해도 참 면목 없는 일이었다. 그리고 되새겨볼수록 모든 걸 자초한 건 자신이라는 생각이 들었다. 이제 와서 고백하는 거지만…….

"걸리는 게 하나 있긴 해요."

"흠?"

"아는 사람이 몇 명 없긴 한데……."

"으흠?"

시율은 이제 어지간한 일로는 놀라지 않을 자신이 있었다. 두 번째 캔 맥주를 마저 비우며 목만 울렸다. 아주 여유롭게.

"고백받은 적이 있어요. 고등학생 때요."

"자랑하냐? 그런 건 나도 있……."

"아니, 남자한테요……."

"……."

"기도한테는 민망해서 말 못 하고…… 하은이한테만 상담한 적이 있거든요. 어떻게 해야 할지……. 원래 굉장히 친하던 선배라, 그땐 너무 당황해서……."

"네가 문제네, 네가!"

꽈과깍, 화난 시율의 손아귀 안에서 맥주 캔이 엉망으로 구겨졌다. 이렇게 열 받아서 길길이 날뛰는 시율은 처음이었다. 해인은 크고 동그란 눈으로 시율을 올려다보며 두 귀를 바쁘게 파닥거렸다.

"죄송해요!"

"무릎 꿇고 빌어라, 진짜!"

"……제 잘못은 아니잖습니까!"

"방금 사과했잖아!"

"그건 도의적인 책임이죠!"

"너 이 자식……."

시율이 자리에서 벌떡 일어났고, 태일은 억울한 울상을 하고는 맞을 것 같으면 당장 도망갈 태세를 했다. 일촉즉발. 해인은 바짝 긴장했다.

'싸, 싸우나? 주인이랑 강이랑 사귀면 누굴 말리지?'

그런 걱정을 하고 있는데 두 사람이 동시에 웃음을 터트렸다. 누가 먼저랄 것도 없이 갑자기 배를 붙잡고 웃기 시작했다. 두 사람이 이렇게 크게 웃는 것도 처음 보는 일이었다. 해인은 당최 웃음 포인트를 알 수 없어서 두 남자를 바쁘게 번갈아 봤다.

'남자들의 웃음 코드는 알 수가 없네!'

그리고 알쏭달쏭함에 고개를 갸웃거리다가, 일단 두 사람이 웃으니 덩달아 기분 좋은 꼬리를 했다.

두 남자는 그렇게 한참을 웃었다. 웃다가 지쳤는지 벤치에 퍼져 앉아서는 숨을 몰아쉬면서도 여전히.

"하아…… 너도 참 알수록 별스러운 놈이구나."

"후후, 제가 생각해도 그렇긴 하네요."

뭐가 그렇게 좋다고 웃은 걸까. 남자들만의 뭔가가 통한 걸까? 그도 아니면 취한 걸지도 모르겠다. 해인은 코를 킁킁거려 냄새를 맡아봤다. 시율은 맥주 두 캔을 마셨을 뿐이고, 태일은 거의 마시지도 않은 채였다. 취한 것 같진 않은…….

"헤칭!"

찬바람을 갑자기 들이마신 탓일까. 재채기가 터져 나왔다. 그리고 겨우 그것뿐이었는데 두 남자는 낙엽 굴러가는 거라도 본 여고생처럼 또 웃어댔다.

"푸하핫, 너 고양이가 재채기하는 거 봤냐?"

"아아, 정말…… 크큭! 헤칭이라고 했어요, 방금?"

어우 씨! 왜들 이래, 갑자기. 해인은 제가 화제의 중심이 되자 민망해져서 괜히 딴청을 부렸다. 추워서는 아니고 그냥 바람이 세서 나도 모르게 나온 거라고! 이상한 소리가 나온 건 창피하지만……. 해인이 흘깃 노려보자, 시율이 웃으면서 자신의 코트 사이를 벌려 보였다.

"이리 와."

"먀!"(싫어!)

비웃었겠다!

"춥잖아. 어서."

사실 안 춥지만…… 그렇긴 하지만, 따뜻해 보이는 시율의 품은 탐이 났다. 해인은 조금 고민했지만 결국에는 못 이기는 척 시율의 옷 속으로 파고들었다. 그리고 안에 들어가서는 편하게 자리를 잡았다. 이렇게 애인 품속에 폭 들어올 수 있는 여자 친구는 별로 없으리라.

"이런, 추웠나 봐요. 바로 쏙 들어가는 걸 보니까요."

"그러게 말이야."

시율이 코트 단추를 몇 개 채우자 해인은 얼굴만 코트 밖으로 빠져나온 모양이 됐다. 얼핏 보면 코트 한가운데 고양이 머리만 있어서 무서울 법도 했지만, 일단 두 남자 눈에는 그냥 귀여웠다.

"웃어서 삐졌어?"

"먀악!"(머리 만지지 마!)

"이런. 우리 아가씨는 까다롭다니까."

시율이 해인을 놀리는 사이, 태일은 그 친밀한 모습을 보며 잠시간 말이 없었다. 그러다 무슨 생각을 했는지 커다란 손으로 턱을 쓸어 만지며 이상한 소리를 했다.

"형님, 저 그냥 게이인 척할까 봐요."

분명 웃고 있는데, 목소리도 쾌활한데, 하나도 마음에 들지 않았다. 시율도 이것만은 참을 수 없이 답답한 모양인지 이를 갈았다. 이 초식남의 평화주의는 대체 어디가 끝이란 말인가.

"……너 미쳤냐."

"그러면 하은이가 조금은 덜 혼란스러울 것 같아요."

"하?"

"가장 평화로운 끝일 것 같고요."

차라리 쓸쓸한 얼굴이면 좋겠는데. 그냥 나지막한 미소로 평소처럼 초연해 보이는 남자는 기어코 시율에게 매를 한 대 벌고 말았다.

"악!"

"이 미친놈이 진짜!"

"형님!"

맞은 등짝이 퍽 아팠던 모양이다. 태일은 진짜로 놀란 얼굴이었다. 해인도 덩달아 같은 표정이 되었다.

"난 아는 고자 없거든!"

"고……."

"너 정도 초식남이면 그냥 고자야!"

"……하지만, 하은이가…… 울 것 같은 눈을 했어요. 좋아한다고 말해놓고는…… 주워 담고 싶어 하는 얼굴이었다고요."

"그거야 네가 게인 줄 아니까!"

"그게 나아요. 이제 와서 저도 자길 좋아한다는 걸 알면 더 힘들어지기밖에 더합니까?"

"……."

"제가 결혼식 날 쫓아가서 신부를 데리고 도망치면, 누가 우릴 축복해줍니까?"

바로잡는 건지 망가트리는 건지 그 경계를 알 수 없었다. 태일은 현실과 이상의 경계에서 극심한 혼란에 시달렸고, 결국은 하나라도 분명하게 행복해지는 길이 있다면 그게 맞다고 생각했다. 용기 없는 선택일지언정, 그게 그가 할 수 있는 최대한의 애정 표현이기도 했다.

"이대로 덮는 게 좋겠다는 생각이 들어요. 그냥, 차라리…… 사실 게이 맞다고 말해주면 하은이라도 편할 겁니다."

"……너 같은 놈을 좋아한 이하은이 불쌍하다!"

"이제라도 제 마음을 말한다고, 뭐가 바뀔 것 같지가 않아요."

"네가 이 모양이니까 이하은도 그런 게 자신이 없는 거잖아!"

어지간해서는 중립이나 좌시하는 시율이었지만, 이제는 태일을 들고 두들겨 패고 싶어졌다. 이 답답한 녀석의 엉덩이를 걷어차서라도 그건 아니라고 말이다. 희생과 인내는 사랑에 어울리는 감정이 아니었다. 강시율이 아는 한, 사랑에 어울리는 건 진심과 정성일 뿐이었다.

"신태일, 간단하게 생각해! 한 여자가 있고, 두 남자가 있는데. 여자가 마지막에 한 남자를 선택할 거야. 선택하기도 전에 네가 도망치지만 않는다면 말이야."

"……."

"창피한 것도 정도가 있지! 대체 어디까지 바보짓 할 거냐! 이하은은 자신에게 선택지가 하나 더 있다는 것도 모르고 있어. 하다못해 선택하게 해!"

"……형님, 전 제 마음이 아주 쓸모없게 느껴져요. 누군갈 좋아한다는 게 그 자체로 행복하질 못해요. 왜 혼란스러워야 하는 겁니까. 이럴 바엔 차라리 없었더라면 좋았겠다는 생각이……."

"그런 적은 나도 있어!"

두 남자 간에 적잖은 실랑이가 생겼다. 태일은 일어나려고 했고 시율은 벤치로 그를 잡아 눌렀다. 그 과정에서 해인은 코트 밖으로 떨어질까 봐 발톱을 바짝 세웠고, 이게 비싼 코트가 아니기만을 바랐다.

"형님이요?"

"그래, 혼란스럽지. 누군갈 좋아한다는 건 원래 그런 거야. 그 상대한테 내가 어울리는지, 날 받아줄 것 같기는 한지, 우리가 얼마나 오래 함께할 수 있을지, 행여 상처를 주진 않을지. 누구나 그걸 생각해! 그래도 사랑하는 거고!"

그거 혹시, 내 얘긴가? 해인은 코트 안쪽에 발톱을 세워 매달리며 고개만 들면 바로 보이는 시율을 쳐다봤다. 내내 태일의 일에 대해 시큰둥한 태도더니, 지금은…… 다시 반할 만큼 박력이 있는 모습이었다. 그에게도 태일은 아끼는 존재인 모양이다. 남자끼리라 내색은 안 하지만.

"네 마음 나도 알아. 그 녀석이 나랑은 너무 다른데, 내 눈에 자꾸만 예쁜 거야. 날 거들떠보지도 않는데…… 속상하고 자존심 상하는데도 포기도 할 수가 없는 거야. 집착이야. 욕심이고. 근데 너, 그것도 사랑이다?"

"형님이 그런 건 상상이 안 가는데……."

"나 싫다는 녀석, 심지어 다른 남자가 좋다는 녀석한테 한참을 애걸했다."

당사자로서 뜨끔할 수밖에 없는 해인이었다.

"끝이 좋지 못할 것 같고, 힘든 건 당연할 것 같고, 고생문 예약이고. 멀리 볼 수 없는 사인데 시작해도 될까. 시작하지 않는 게 서로한테 편한 건 아닐까. 내가 녀석을 괴롭히는 건 아닐까…… 너랑 똑같은 생각을 했어."

"……정말입니까?"

"근데, 아파도 좋더라고. 날 밀어내도…… 어제보다 조금 더 받아주면 그걸로 좋더라고. 헤어지는 날이 와도, 지금은 함께하는 게 좋더라고."

해인의 귀에, 가슴에 시율의 목소리가 크게 들렸다. 주변이 너무 조용해서일지도 모르지만…… 그랬다. 아주아주 진심이 담겨서 그런 건지 태일도 더는 대꾸하질 못했다.

시율이 하는 말은, 그러니까 도망치지 말라는 것이었다.

"게이 시늉을 할 정도로 좋아하는 거면 더 망가질 데도 없는 거잖냐. 바보야. 고백해라, 그 정도면."

오늘도 역시, 시율을 따라 병원으로 출근한 해인이었다. 그녀는 이제 이 동물병원의 마스코트나 다름없었고, 대부분의 단골손님과 안면이 있었다. 제집처럼 병원 내를 돌아다니는 건 물론이고 불안해서 우는 녀석들이 있으면 꼭 쫓아가서 조용히 시켜야만 직성이 풀렸다.

가정 내의 평화를 지키는 것처럼 병원의 평화를 지키기 위해 힘쓴다고 본묘(本猫)는 우기지만, 시율이 보기에는 그냥 심심해서 그러는 것뿐이었다.

"강."

"으흠?"

병원이 한가한 시간에는 지금처럼 시율의 곁에서 빈둥거리면서 시간을 보냈다. 진료실은 손님이 오지 않는 한 둘만 떠들기 좋은 곳이었다.

"어젠 말이야, 강답지 않더라."

"그랬나?"

"그렇게 웃고, 화내는 거 처음 봤어. 그러니까 보통 남자 같았어!"

스핑크스처럼 앉은 해인의 말에, 시율은 보고 있던 잡지에서 눈을 떼며 피식 웃었다.

"나 보통 남자 맞는데?"

"……에, 뭐랄까. 평소에는 엄청 쿨한 척하잖아."

"그야 그게 살기 편하니까."

무슨 말인지 알 것 같긴 했다. 철저한 마이페이스인 시율은 남들이 자신에게 필요 이상 말을 거는 것도 싫어했고, 일이 아닌 다음에야 매사에 아주 비협조적이었다. 늘 생각하는 거지만 딱, 고양이 같은 남자였다. 그런 시율이라 어제 일은 더 의외였다.

"그런데 어젠 왜 그랬어?"

"뭐가? 난 웃으면 안 돼?"

"그게 아니라, 원래 어떻게 되든 참견하기 싫어했잖아."

"그랬지. 그런데 어쩌겠냐, 여자 친구가 참견을 좋아하는 걸."

"……그렇게 되나?"

"그렇게 됩니다요."

이게 바로 커플은 닮는다는 건가! 해인이 그런 깨달음을 얻는 동안, 시율은 해인이 무슨 생각을 하는지 알 것 같아서 고개를 절레절레 내저었다. 그가 다시 잡지로 시선을 돌리면서는 나지막한 한숨을 쉬었다. 더 좋아하는 사람이 져야지 어쩌겠는가 생각하면서.

"하아…… 내가 어쩌다 이런 냥반에게 걸려서."

"치, 쫓아다닌 건 내가 아니라……."

RRR.

"네, 진료실입니다."

-선생님, 통화 괜찮으세요?

전화기에 초록 불이 들어오는 걸 봐서는 내선 전화였다. 병원 내에서 걸려온 전화. 데스크 간호사인 모양이었고, 그 덕에 해인은 하려던 말을 못 해서 불만스러운 눈이 됐다. 누가 보면 제가 쫓아다닌 줄 알겠다. 시율은 일부러 보란 듯 통화를 하고 있었다.

"말씀하세요."

-다름이 아니라 통화하고 싶다는 분이 계셔서요.

"보호자분입니까?"

-아뇨. 그건 아닌 것 같아요. 이하은 씨라고, 이름을 전해드리면 아실 거라고 하셨어요. 지금 통화 대기 중이고요.

"아하……."

-연결해드려도 될까요?

평소라면 바쁜 척 전화를 외면했을 테지만, 그랬더니 병원까지 찾아온 전적이 있는 이하은이었다. 그리고 오늘은 왜 전화가 왔는지 대충 짐작 가기도 했다. 아무래도 태일을 만난 모양이었다. 그러라고 등 떠밀었으니까.

"네, 연결해주세요."

시율은 아침에 일어나보니 이미 집에서 나가고 없던 태일이 떠올랐다. 씻고 좀 자면 정신이 들 거라고 다독였던 어제의 마지막 기억도. 드디어 둘이 뭔가 제대로 된 이야기를 나눈 걸까? 그랬으면 좋겠는데. 굳이 해인 때문이 아니더라도 이제는 둘이 잘됐으면 싶은 시율이었다. 더 이상 장님처럼 눈앞에 사람을 두고 헤매는 모양을 봐주기도 힘들었으니까.

-……여보세요?

"접니다."

-아, 안녕하세요. 이하은이에요. 갑자기 전화드려서…….

"됐고, 용건이 뭡니까? 태일이는 만난 겁니까."

본론부터 묻자, 전화기 너머로 잠시간 이상한 침묵이 돌았다. 시율은 뭔가 일이 잘못됐다는 걸 직감적으로 깨달았다.

"뭡니까?"

-태일이…… 가, 저를 만나러 간다고 했나요?

"그런 건 아니지만 분명 그럴 거라고 생각했는데, 아닙니까?"

-그럼 잘못 알고 계신 것 같아요. 전 이별 파티 뒤로 태일이를 만나지 못했거든요.

그럼 이 녀석은 대체 어딜 가 있는 거지? 시율도 곁에서 듣고 있던 해인도 영문을 모르겠다는 얼굴로 서로를 바라봤다.

"그럼 무슨 일로 전화한 겁니까?"

-태일이가 연락이 되질 않아서요. 아침에 저한테 전화가 왔었는데, 받자마자 끊어졌어요. 그리고 나서…….

"계속 연락이 안 된다?"

-네, 뭔가 자꾸 불안한 기분이라서…….

이하은에게 간 게 아니라면…… 다른 일을 하러 갔나 보다. 어제 하루 종일 아무 일도 안 하고 넋 놓고 있었으니 일이 밀렸을 게 분명했다.

-무슨 일이 있는 건 아닐까요?

"괜찮을 겁니다. 당신한테 간 줄 알았는데…… 잘못 알았나 보네요. 출국 때문에 수속할 게 많으니 여러모로 바쁜 모양입니다."

하은의 절절한 걱정에도 시율은 태일의 행방불명이 별로 대수롭지 않게 느껴졌다. 단순히 용기 내지 못하고 다른 곳으로 샌 모양이라고 여겼다.

-하지만, 전화도 안 받고…….

"저녁에 집에서 만나면 걱정한다고 전해드리죠. 그럼 되죠?"

-……네.

"뭐, 별일 있겠습니까."

말은 그렇게 했지만 통화를 마친 시율은 자신의 휴대폰으로 태일에게 전화를 걸어봤다. 분명 신호는 가는데 받지 않기는 매한가지였다.

"거참, 내 전화도 안 받네. 어딜 간 거야, 이 녀석."

"……주인은 어딜 간 걸까?"

"알 게 뭐야. 그런 겁쟁이 녀석."

그는 매우 못마땅한 소리를 내며 턱을 괴었다. 도대체 태일을 이해할 수가 없었다. 아침에 이하은에게 전화했다는 걸 보면 만나러 갈 생각이 있었던 것 같기는 한데. 시율이 실망스러운 표정을 해서일까. 해인은 애써 태일을 변호하기 시작했다. 시율을 설득하는 건 정말 진땀 나는 일이었다.

"아마 아직 용기가 안 났나 봐. 하루아침에 고민이 해결될 순 없잖아?"

"그렇게 얘기하고도 뭘 더 고민할 게 있다고."

"강은, 고민 같은 거 하는 타입이 아니잖아! 그래서 그게 얼마나 힘든지 모르는 거야! 주인은…… 주인은! 강이 설거지할 때 물컵을 넣어도 될지 말지로도 엄청 고민하는 타입이란 말이야!"

"거, 대단한 고민이네. 그리고 나도 고민쯤은 있거든."

한쪽 눈썹을 비뚤게 만든 시율이 턱을 괸 채 삐딱하게 물었다. 기분이 좋지 않다는 뜻이었다.

"너, 내 고민이 뭔 줄은 알아?"

"……나?"

"잘 아네."

제 발 저리다는 건 딱 이런 거였다. 시율의 눈길이 집요하게 얼굴에 꽂혔다.

"나, 난 또 누가 울고 있진 않은가 호텔 칸에 가봐야겠어."

"오늘은 원래 있던 녀석들밖에 없는데?"

"……그럼 인사를 좀."

해인은 고양이답게, 잽싸게 도망쳤다. 죄인은 말이 없는 법이었다.

오후에 병원으로 환자가 몰리는 바람에 다소 늦어진 퇴근이었다. 시율이 겨우 아파트로 돌아오니 여기저기 치킨이며 피자 같은 걸 시켜 먹었는지 야식 냄새가 엘리베이터 안에 진동하고 있었다. 해인은 군침을 삼키며 물었다.

"강, 집에 먹을 거 뭐 있어?"

"네가 좋아하는 단거는…… 우유맛 사탕 정도?"

"에엥? 내 초콜릿은?"

"다 먹고 없는데. 뭐 간단하게 만들어 줄까?"

"응!"

시율의 간단한 건 간단한 게 아니지! 얼른, 얼른, 해인은 그의 품에 안긴 채 꼬리로 빨리 움직이기를 재촉했다. 입이 근질거리는 걸 애써 참으며 어서 집 현관문이 열리길 기다렸는데, 문이 열리자마자 깜짝 놀라 숨을 멈춰야 했다. 집 안 어딘가에서 웬 피비린내가 진동을 하고 있었다.

"호잇?"

"왜 그래?"

"……으양!"(피!)

"흠?"

태일의 방 쪽에서 기척이 느껴졌다. 그래서 해인을 말을 할 수가 없어졌다. 대신 얼른 그의 품에서 뛰어내려 냄새의 근원지로 토다다, 달려갔다. 혹시나 했는데 역시나, 거실 테이블 옆에 있는 작은 쓰레기통 안에는 피 묻은 휴지 조각이 가득했다.

"응!"

"뭔데 그래?"

"으읍!"

말을 못 하니 답답해 죽을 맛이었다. 시율이 말뜻을 알아채지 못하자 해인은 냅다 쓰레기통에 몸통 박치기를 해버렸다. 쓰레기통은 볼품없이 넘어졌고, 그제야 시율은 해인이 발을 동동거리는 이유를 알 수 있었다. 피 묻은 휴지 조각들이 꽤나 섬뜩해 보였다.

"……신태일!"

두 남자는 여간해서는 서로의 방을 침범하는 경우가 없었지만, 이번엔 특별한 경우였다. 이 정도 피면 엄청 다친 게 틀림없었으니까. 시율은 급한 마음에 노크도 없이 냅다 태일의 방문을 열어젖혔다.

"너!"

"형님?"

"느야악!"

"뭐야, 그 꼴이!"

문을 벌컥 열자 얼굴 여기저기에 피멍이 든 태일이 보였다. 혼자 붙인 게 확실한 이마의 엉성한 거즈 조각이며 멍든 팔뚝, 찢어진 입술까지. 의사가 아니라도 알 수 있었다. 그건 분명, 어디서 실컷 맞고 온 모양새였다.

"아하…… 하."

본인도 그리 자랑스럽진 않은지 어색한 웃음을 흘렸는데, 당연하게도 시율보다 먼저 해인이 태일에게 달려갔다. 또 달걀프라이 같은 눈을 하고는 울어댔다.

"느아앙!"(이거 왜 이래!)

"괜찮아, 괜찮아."

"냐앙!"(누가 이런 거야!)

까칠한 고양이 혀로는 핥아주기도 미안할 만큼 태일은 몸 이곳저곳이 성치 않았다. 얼굴의 상처가 유난히 심했고, 무릎이나 발등도 붉게 부어서 멍이 들기 시작한 채였다. 낮에 전화로 뭔가 불안하다던 이하은의 말이 생각나서 해인은 눈물을 쏟아낼 수밖에 없었다. 난 아무것도 못 느꼈는데!

"냐냐냥!"(미안해, 주인!)

"……자자, 도움 안 되는 고양인 좀 비키고."

시율은 해인이 저보다 태일 때문에 더 자주 우는 것 같아서 기분이 이상했다. 눈물이 많은 건 알겠는데, 그걸로 치료가 되는 건 아니니까. 그가 억지로 둘을 떼어놓고는 태일의 상처를 살펴봤다. 깊진 않지만 여기저기 찢어졌고, 멍이 든 모양을 봐서는 아마도 주먹에 맞은 자국 같았다. 슬쩍 태일의 주먹도 봤지만 때린 흔적은 전혀 없었다. 맞기만 했다는 소리였다.

"꽤 심한데…… 어쩌다 이런 거야?"

"……맞을 만했어요."

"세상에 그런 건 없거든. 무슨 싸움에라도 휘말린 거야? 그럼 경찰에……."

"하은이 약혼자인 서태준 선배를 만났거든요."

"아…… 그건 어쩔 수 없네."

곧장 말을 바꾸며, 시율은 태일의 옆에 있는 구급상자를 열어서 소독약부터 꺼내 들었다.

태일의 얼굴에서 엉성하게 붙어 있는 거즈들을 몽땅 떼버리며 투덜거리는 건 약도 안 바른 채 피만 닦은 흔적 때문이었다.

"너 인마, 인간적으로 소독은 해야 할 거 아냐!"

"하하. 형님, 저는 태준 선배가 저를 잘 모를 줄 알았거든요."

"……내 말은 안 듣는군."

"같은 대학 선배라고 해봐야 과도 다르고, 저랑 마주친 건 겨우 몇 번이고…… 하은이랑 친한 거지, 저랑은 그냥 남이었거든요."

"그런데?"

"……근데, 전에 받은 명함을 가지고 사무실로 찾아갔더니 바로 저를 알아보더……."

"잠깐! 너, 그 사람을 왜 찾아간 건데?"

소독약을 흠뻑 묻힌 거즈로 태일의 상처를 닦아주던 시율은 기겁할 수밖에 없었다. 상처에 신경 쓰느라고 잠시 간과했는데, 애당초 대체 왜 만났단 말인가!

"아, 그게 아침에…… 하은이한테 만나자는 전화를 하다가 깨달았는데, 이게…… 비겁한 일이더라고요."

"이하은한테 좋아한다고 말하는 게?"

"네. 지금 하은이랑 사귀고 있는 그 사람한테 먼저 말해야 한다는 걸 불현듯 깨달았죠."

"니야아!"(아무도 그런 양심선언 안 해!)

"아주 때려달라고 작정을 하고 갔구나?"

시율은 그만 기가 막혀서 허탈한 웃음을 터트렸다. 이건 뭐, 100원 주웠다고 경찰에 가져다주는 놈보다 더하지 않은가.

"하지만 그러지 않으면 야비하잖습니까."

"라이벌 간에 그런 건 안 따지거든……?"

"몰래 얘기하는 건 정말 비겁한 짓이고요."

"……못 말린다, 정말."

"하은이랑은 상관없이, 제가 제 마음을 한 번쯤은 말하고 싶다고…… 그렇게 말했어요. 그랬더니 당장 주먹이 날아오더라고요. 매섭던데요. 하핫."

오, 하느님. 시율은 태일이 살아 돌아온 데 감사해야 했다. 전에 한번 본 그 약혼자의 몸집으로 보건대 무슨 운동을 했어도 제대로 했을 게 틀림없었으니까. 마음먹었다면 죽도록 패는 것은 일도 아니었을 텐데. 사자 입으로 토끼가 뛰어 들어갔다 나온 꼴이었다.

태일이 이런 짓을 저지를 줄 알았다면 차라리 제대로 고백하는 법에 대해서 과외를 해줬을 거다. 라이벌 신경 쓰지 말고 오로지 직진할 것, 이라고! 누가 욕먹을 각오를 하랬지 맞을 각오를 하라고 했나.

"너 지금 웃음이 나오냐……?"

"……하지만 그 선배, 알고 있었대요. 하은이가 오래전부터 다른 누군가를 좋아했다는 거요. 그리고 어렴풋이 저일지도 모르겠다고…… 생각한 적이 있대요."

그거라면 이하은에게 들은 적 있는 이야기였다. 이하은이 시율의 병원에 찾아왔을 때 말이다. 시율은 입을 다물었지만 입안은 씁쓸했다.

"형님 말씀대로 제 잘못이 맞나 봐요. 제가 너무 겁쟁이였어요."

"……그래서 어떻게 됐냐?"

"태준 선배 비서가 들어와서 말리는 바람에, 반쯤 쫓겨났어요."

"비서도 있냐."

"그 선배 알아주는 집안 장남이거든요. 회사 이름 말하면 형님도 아마 아실 겁니다."

"됐다. 그건 듣고 싶지 않네."

태일이 하은의 약혼자에 대해 자신과는 상대가 안 되는 남자라며 전의조차 불태우지 않았던 이유를 이제야 알 것 같았다.

"그러고 보니 이하은이 낮에 널 찾던데."

"제가 전화를 안 받아서 그런가 봐요."

"내일이라도 만나 봐."

"글쎄요. 상처가 좀 나을 때까지는 못 만날 것 같아요."

"……바보냐! 그 약혼자가 무식하게 팼다고 일러야지, 멍청이야!"

어차피 고백한다고 고백해서 맞고 온 건데 알 게 뭐냐! 하지만 시율이 이를 갈거나 말거나, 태일은 느슨하게 웃고만 있었다.

"그러면 하은이가 속상해하잖습니까."

"으와! 바보다, 정말 바보!"

욕으로 시작해서 욕으로 끝났지만 태일은 기분 나쁜 기색도 아니었다. 요즘 시율에게 워낙 욕을 많이 들어서 익숙해진 모양이었다. 얼추 치료가 끝나자마자 시율은 몸을 일으켰다. 마음 같아서는 더 잔소리해주고 싶었지만 태일은 많이 지쳐 보였다.

"됐으니까…… 일단 좀 자라. 그리고 내일도 어디 갈 거면 나한테 꼭 허락받고."

"무슨 허락이요?"

"또 혼자 멋대로 굴지 말고 상담을 하라고!"

"너무 형님에게 기대는 것 같아서……."

"차라리 그냥 해!"

제발! 버럭 소리친 시율은 은근슬쩍 태일의 방에 남으려는 해인을 붙잡았다.

"너도 나와!"

"니얏!"

반강제로 방에서 끌려 나가며, 해인은 이 남자가 엄청난 츤데레라는 사실을 깨달았다. 까칠한 것 같지만 다정하고, 다정한 것 같지만 까칠한 시율을 말이다.

화창한 어느 평일 날의 아침. 원래 계획대로였다면 오늘은 시율과 해인의 일곱 번째 데이트가 있는 날이었다. 바로 어젯밤, 태일이 그렇게 얻어터진 채 돌아오지만 않았다면.

"강, 주인이 아직도 자나 봐. 벌써 10신데!"

"……."

"숨소리도 잘 안 들리고……. 어쩌지? 괜찮은 건가?"

당연하게도 자타가 공인하는 주인바라기 해인의 걱정은 이만저만이 아니었다. 이른 아침부터 안절부절못하며 굳게 닫혀 있는 태일의 방과 시율의 침대 위를 오가며 시율을 괴롭히고 있었다. 시율은 여전히 침대에 엎어진 채로 자는 시늉을 했다. 일어나자마자 다른 남자 이야기를 듣는 건 질색이었다.

"강! 듣고 있어? 안 자는 거 다 안단 말이야."

그는 기분이 별로였다. 사람 많은 곳을 질색하는 해인 때문에 일부러 쉬는 날을 평일에 맞췄건만, 아침부터 하는 모양을 보아 오늘 데이트는 글렀다는 걸 알 수 있었으니까. 해인이 태일에게 정신이 팔린 것도 문제지만, 태일이 그 얼굴을 하고는 외출할 것 같지도 않았다.

집에 태일이 있으면 해인을 데리고 나갈 수가 없으니 결국 데이트는 물 건너간 셈이었다. 산책 핑계를 대보려고 해도 그건 기껏해야 한두 시간이었다. 길게 생각해서 무엇하겠는가. 아무튼, 오늘의 데이트는 물거품이다, 이 말이었다. 시율은 눈을 감은 채 온몸으로 불만을 표출하고 있었다. 마치 반항기의 청소년처럼.

"가앙!"

"……아오, 귀야. 태일이 자식 깨겠다."

"안에서 인기척이 안 난다니까!"

"문 닫고, 이불을 머리 위까지 덮고, 깊이 잠드셨나 보지."

이제 됐지? 시율은 별로 위로가 안 되는 진단을 내리고는 다시 몸을 돌려 누웠다. 그게 걱정으로 똘똘 뭉쳐 있는 해인에게 먹힐 리가 없었다. 해인은 다시 잠을 청하는 시율의 등 위로 올라갔다. 기껏해야 4킬로그램도 안 나가는 작은 몸으로 그의 날개뼈 부근에 부지런히 꾹꾹이를 했다.

대부분의 인간은, 고양이가 이러면 껌뻑 죽기 마련이었다.

"그러지 말고 한번 가봐. 응? 어제도 그렇게 대충 넘겼다가 주인이 맞고 돌아왔잖아! 피투성이였다고!"

"별로, 방 안에서만 있었는데 또 무슨 일이 있을 리 없잖아."

"하지만…… 하지만! 잘못 맞으면 뇌진탕 같은 게 오잖아? 티브이에서 보면 막 권투 선수들이 그래서 죽기도 하고……."

해인이 스스로가 내뱉은 말의 공포에 빠지며 두려운 소리를 내자, 어지간해서는 꿈쩍도 안 하는 시율이 슬그머니 고개를 돌렸다.

"……너, 잘도 그런 불길한 상상을……."

그야 한 번 죽어본 유경험자니까! 그다지 자랑할 거리는 아니었지만. 하여튼 해인은 사람이 참 쉽게 죽어버릴 수 있다는 걸 안 뒤로는 전보다 걱정이 많아진 편이었다.

"그럼 그냥 잘 자고 있나만 한번 봐줘."

"뭐…… 잘 자고 있겠지."

"우 씨, 지금 주인은 환자나 다름없는데 강은 걱정도 안 돼?"

내가 왜? 시율은 그런 심드렁한 얼굴을 하고는 목덜미를 긁적였다. 잠시 고민하나 싶었지만 결국 귀찮은지 다시 획 하니 몸을 돌려 더 자려는 시늉을 했다. 해인이 등 위에서 펄쩍 뛰었지만 그는 데이트도 못 하게 된 마당에 태일을 챙겨줄 기분이 아니었다.

이렇게 못마땅할 때가 또 있을까. 데이트도 못 가. 해인도 고양이로만 있어. 입만 열면 태일이 타령이야. 정말 너무 완벽하게 불쾌…….

"강! 일어나, 응?"

고작 몇 초쯤 눈을 감고 있었을 뿐인데, 등 위에 올라앉은 무게가 순식간에 무겁게 변하는 게 느껴졌다. 등 위로 갑자기 사람이 올라앉은 것도 같고, 하늘에서 떨어진 것도 같은 무게감이 불쑥 들었다. 시율은 뒤를 돌아보지 않아도 알 수 있었다. 변했다는 걸.

"너……."

"뽀뽀해줄까? 응?"

눈을 마주치자마자 한다는 소리에, 시율은 그만 할 말을 잃었다.

"아니다. 강은 키스하는 걸 더 좋아하지."

가늘게 웃으면서 다 안다는 듯 덧붙이는 말에는 저도 모르게 몸을 돌려 해인을 마주 보고 허리를 끌어안을 수밖에 없었다. 가느다란 허리를 두 손으로 받쳐 들며 슬쩍 문가를 봤다.

"대담하긴. 그 녀석 일어나면 어쩌려고."

"그럴 것 같으면 이렇게 조르지도 않는다, 뭐."

제가 그렇게 길들이긴 했지만, 저를 내려다보는 보드라운 뺨을 가진 여자는 이제 엄마에게 떼를 쓰듯 무작정 조르는 것보다는 이쪽이 더 효과 있다는 걸 알게 된 모양이었다. 해인은 시율의 뺨을 검지로 콕콕 찌르며 눈을 반짝였다. 부탁할 게 있을 때만 이런 얼굴이었다.

"주인 붕대도 갈아주고, 그런 거 해줘."

"……잘 알 테지만 내가 좀 고급 인력이거든."

"그러니까 부탁하는 거잖아. 내가 하면 주인이 미라처럼 될걸? 애초에 내가 할 수도 없고."

"당연한 소릴."

"응? 그러니까 강, 부탁이야."

아픈 주인을 위해서 사람을 부르다니, 이렇게 충직한 애완동물이 또 있을까. 언짢은 듯 부러운 듯한 시율의 뚱한 얼굴에 해인은 진한 웃음소리를 내며 그의 입가에 자신의 입술을 눌렀다. 얕지만 길었고, 느리지만 부드러웠다.

아마도 오늘 못 하게 된 데이트 대신인지, 키스는 점점 깊숙이 얽혀졌다.

쏟아지는 체온에 기분 좋게 눌리며 시율은 해인의 허리를 끌어안은 손에 조금 더 힘을 줬다. 숨이 막힐 만큼 힘껏 끌어안고 싶어졌다. 하지만 그러다 보면 이 자세를 뒤집고 싶어질 테고, 그럼 키스로 끝날 수 없어질 테니 참아야 했다.

"너…… 이젠 키스 좀 하는 거 알아?"

"정말?"

"그래."

누가 가르쳤는지 참 좋은 선생이네. 해인은 이제는 더없이 친근해진 손길로 시율의 이마 근처를 쓰다듬으며, 제 손이 지나간 모든 자리에 점점이 입을 맞췄다. 촉촉, 소리가 나는 사랑스러운 짓을 하면서도. 그게 부끄러운 줄은 모르는 것처럼 기분 좋은 얼굴이었다. 저 얼굴에는 그도 당해낼 수가 없었다.

"끙…… 정말 어쩔 수 없네."

시율은 결국 몸을 일으켜야 했다. 이미 키스도 받았고, 붕대야 어차피 갈아줄 거였으니까. 결정적으로 여자 친구 모드일 때의 해인은 아주 귀여운 구석이 있었다. 그것도, 자신이 조르면 무엇이든 해주는 남자 친구가 있다는 걸 잘 아는. 또한 그의 기분을 풀어주는 효과적인 방법이 무엇인지도 이제는 알고 있었다. 그래서 그런지 아낌없이 이용당하는 느낌이 들기는 하지만 어쩌겠는가. 고양이의 애교란, 할 때는 하는 애교였다. 개와 달리 고양이는 자기들이 내킬 때와 필요할 때 딱 두 가지 경우에만 애교를 부리고는 했는데, 대신 꽤나 강력한 어택이었다.

"고마워, 강!"

"못 산다, 정말."

"내가 좋아하는 거 알지?"

비비적비비적, 해인은 그의 목을 꼭 하니 끌어안고 애정표현을 하는 데 인색함이 없었다. 손도, 코끝도, 이마도 아낌없이 문질렀다. 코와 코를 스치는 건 분명 기분 좋은 것이었다. 둘 다 반나신이라는 게 조금 문제였지만 말이다. 서로 너무 많은 걸 공유했기 때문일까. 해인은 너무도 무방비했다.

하지만 아침부터 이러면 곤란했기 때문에 시율은 시선 둘 다른 곳을 찾아야 했다. 태일만 없으면 문제 역시 없겠지만…….

딩동.

"응? 누가 왔나 봐."

"이 아침부터?"

먼저 기척을 느낀 건 해인이었다. 사람 몸인데도 마치 두 귀를 쫑긋거리는 고양이처럼 반응했다.

"이하은일까?"

"아니면 기도?"

둘은 잠시 눈을 맞췄고, 방문자를 예상해봤다. 그나마 올 만한 인물은 그 두 사람이 전부였다. 김기도야 원래 자주 드나들었고, 이하은은 드물긴 하지만 오늘 왔다고 해도 딱히 놀랍지는 않았다. 해인만큼이나 태일을 걱정하는 데는 일가견 있는 여자였으니까.

"있잖아, 이하은이면 주인이 없다고 해."

"뭐, 얼굴이 그 모양이니까."

"주인도 어제 그랬잖아. 그 얼굴 해서 만나고 싶진 않다고."

"그랬지……. 일단 내가 나가볼 테니까 넌 고양이로 돌아가."

해인은 냉큼 고개를 끄덕였다. 하지만 사실은 이쪽이 본래 모습이기 때문에, 고양이로 돌아가라는 말은 묘한 어폐가 있었다. 그에게 그걸 설명해줄 수 있는 날이 올지는 모르겠지만 말이다.

해인은 거의 곧장, 시율의 뒤를 따라 현관으로 나섰다.

"냥냥?"(누구야, 누구?)

눈으로 확인하는 것보다 먼저 코를 킁킁대는 건 그만큼 고양이 몸에 익숙해졌기 때문일 것이다. 언제부턴가 냄새로 사람을 판별할 수 있게 됐는데, 모든 사람은 특유의 체취를 풍기기 마련이었다. 예를 들면 시율은 소독약 냄새와 함께 달짝지근한 과자 냄새가 났고, 태일은 풀 냄새와 햇살 냄새가 섞인 기분 좋은 냄새가 났다.

누구나 그 사람의 생활 패턴이나, 쓰는 향수나 비누 등 여러 가지가 뒤섞여서 완성되는 고유의 체취가 있었다. 그리고 이 방문자의 냄새는, 은근히 익숙한 것이었다.

자주는 아니지만 분명 몇 번인가 맡아본 적 있는 스킨 냄새였다. 그리고 해인의 기억이 틀리지 않는다면 이 냄새는 분명…….

"무슨 일로 오셨습니까?"

"여기 신태일 씨 댁 아닙니까."

"뭐, 아직은 그렇죠."

"아직?"

"우리 만난 적 있는데…… 나 기억 안 납니까?"

시율은 유난히 공격적인 태세였다. 삐딱하게 서서는 팔짱을 낀 게 대놓고 아니꼬워하는 느낌이었다. 그도 그럴 게 방문자는 이하은의 약혼남이었으니까.

"……아, 발레 공연 날."

바로 어제 태일을 두들겨 팬 것으로 추정되는 남자가 말끔한 슈트 차림으로 현관 앞에 서 있었다. 해인은 총총 뛰어가다가, 그 사실을 깨닫고는 저도 모르게 뒷걸음쳤다. 그러다가 다시 털을 바짝 세우고 시율의 곁으로 다가갔다.

'가, 강을 때리기만 해봐라!'

쥐꼬리만 한 게 위협한다고 생각할 게 뻔했지만 현관 너머에 서 있는 그를 향해 해인은 애꿎은 하악질을 했다. 때리는 사람 나쁜 사람! 주인이 얼마나 좋은 사람인데!

"냐악!"(물 거야!)

"야야, 뒤로 가. 뒤로."

"냐냐냐악!"(여긴 왜 온 거야! 꺼져!)

싫은 거다 싫으면 해인이 얼마나 사납게 구는지 잘 알기 때문에 혹시 정말로 물까 싶었는지, 시율은 해인을 발로 막아섰다. 하지만 그렇게 진심은 아니었다. 여차하면 질겅질겅 물게 놔둘 것도 같았다.

"어째 이 집에서 별로 환영받지 못하는 느낌이군요."

"그거야 당신이 어제 이 녀석 주인을 들고팼으니까."

"우습네요. 고양이가 그런 걸 어떻게 압니까."

"다 압니다. 영물이거든요."

"……생각났습니다. 당신, 신태일이랑 같이 산다던 수의사 양반이군요."

그제야 다 떠올랐는지, 일명 이하은의 약혼자 서태준은 예의상 웃어 보이며 악수를 청했다. 하지만 그걸 받아주면 강시율이 아니었다.

"그런 건 별로 상관없을 테고."

눈으로는 내밀어진 손을 보면서도 여전히 저는 팔짱을 낀 채였다. 지나치게 시큰둥한 시율의 태도는 익숙한 사람들도 꽤나 무안해하는 것이었다.

"흠."

"여긴 무슨 일입니까?"

"……그야 신태일을 만나러."

"또 패려고?"

"어제 그건 정당했다는 걸 아실 것 같은데."

"주먹질에 정당한 게 어디 있습니까. 심지어 그쪽은 멀쩡해 보이는데."

서태준의 상태를 보아하니 태일이 얼마나 맞기만 했는지 알 것 같았다. 제 여자를 넘본 데 대한 분풀이를 주먹으로 한 것으로 추정되는 남자는 하나도 거리낄 게 없다는 태도로 입을 열었다.

"때리고 싶으면 때리라기에, 때린 것뿐입니다."

"……."

"……."

"맞기만 할 줄은 몰랐지만."

그거 과연 당당할 만했다. 태일은 집안 망신은 다 시키고 있었다. 그리고 어째 부끄러움은 시율의 몫이었다.

"찾아오실 줄은 몰랐는데……."

딱히 깨우기도 전에, 소란을 알아챘는지 태일이 방문을 열고 걸어 나온 건 그때였다. 해인은 이 위험한 삼자대면을 막아보려고 애썼지만, 그건 그냥 고양이가 사람 발에 매달려 잠시 버둥대는 수준이었다.

"할 말이 남아서요."

"일단…… 들어오시죠."

"이쪽 룸메이트께서는 별로 환영하지 않는 눈친데. 저 고양이랑."

해인의 힘으로는 도저히 막을 수 없는 사태였다. 또 주먹 부림이 나면 어쩌나 싶어서 이만저만 겁이 나는 게 아니었다. 그리고 이 와중에 시율과 서태준은 대놓고 상성이 별로였다.

"전 원래 사람을 별로 안 좋아합니다."

"아, 그러시군요. 그래 보이네요."

"그래도 사람을 패진 않죠."

"난 맞고 다니진 않습니다."

상황이 이 모양이니, 시율은 제가 남아 있어봐야 더 좋아질 게 없다는 걸 알았다. 그래서 어깨를 으쓱해 보이고는 자신의 방으로 몸을 돌렸다. 자리를 비켜줄 수밖에 없었다.

"난 내 방에 들어가 있을 테니까, 또 싸우진 말라고."

정확하겐 또 맞지는 말라고 해야겠지만. 곧 시율은 큰 소리로 문을 닫고 방으로 들어갔고, 해인은 잡혀 들어갈 뻔했지만 잽싸게 침대 밑으로 파고들어서 거실에 남을 수 있었다. 이내 거실 한가운데 둘만 남은 태일과 서태준을 주시하며 오들오들 떨면서도, 여차하면 서태준을 콱 물어줄 작정이었다.

주인을 또 때리기만 해봐라!

주인 지키는 고양이라고 들어봤나 모르겠다. 그런데 어딜 물어야 할까. 발은 냄새가 나서 싫으니까 종아리를 물어야 할까? 해인은 진지하게 그런 걱정을 하며 죽어라 서태준을 노려봤다. 그 눈길은 서태준이 싫어도 느낄 정도였다.

"……이상하게 짐승들은 날 싫어한단 말입니다."

"샤악!"(뭘 봐!)

"드세요."

"아, 잘 마시죠."

이건 아무리 봐도 이상했다. 하물며 고양이가 봐도 알겠다. 이 두 남자가 나란히 마주 앉아서 차나 마실 사이는 아니라는 걸 말이다. 좋아하는 여자의 약혼자에게 차를 대접하는 건 대체 어떤 기분일까. 그리고 자신의 약혼녀를 좋아한다는 남자에게 차를 대접받는 기분은?

해인은 둘 다 짐작할 수가 없었다. 막연히 서태준이 집에 찾아온 이유가 태일을 또 때리기 위해서라는 생각밖에 들지 않아서 온몸으로 경계심을 표출할 뿐이었다.

'주인은 모자라니까 내가 주인을 지켜줘야겠어. 맞을 짓을 하긴 했지만 또 때리는 건 나빠.'

다소 불경한 그런 생각을 하며, 해인은 태일의 무릎 위로 꾸역꾸역 기어 올라갔다. 그게 심각한 분위기를 우습게 갉아먹고 있다는 건 전혀 모르고 있었다. 자신의 존재 덕분에 분위기가 묘해진다는 걸 말이다.

"저기…… 냥아?"

"냐냐!"(나만 믿어, 주인!)

태일은 그런 해인을 차마 내쫓지는 못하고 그저 난처한 기색이었다. 마치 제 영역이라는 양 태일의 무릎에 당당히 자리를 잡고 앉아서는 전혀 비킬 생각이 없어 보였다. 다만 서태준을 부리부리한 눈으로 노려보며 연신 기분 나쁜 꼬리로 찰싹찰싹, 소파를 때려대고 있었다.

그뿐인가. 여차하면 발톱을 세우고 마치 한 마리 야생동물처럼 서태준에게 달려들 것 같았다.

"그 녀석, 물기도 합니까?"

서태준이 차를 마시다 말고 그렇게 물었다. 해인은 단번에 알아챌 수 있었다. 그의 눈에 저는 범 무서운 줄 모르는 하룻고양이 수준이라는 것을. 썩 틀린 말도 아니었고.

"……아, 가끔요."

"그렇군요. 개만 무는 줄 알았는데."

"낯선 사람에게는 사나운 편이라. 하지만 괜찮을 겁니다. 잘 잡고 있으면……."

"크웅크웅!"(뭘 봐, 짜샤! 얼굴을 긁어줄까 보다!)

서태준은 담대한 구석이 있는지 온몸으로 저를 위협하는 고양이 모습에도 별로 아랑곳하지 않는 눈치였다. 오히려 꽤나 여유 있어 보이는 쪽으로, 누가 보면 놀러 온 줄로 착각할 싶을 정도였다. 하긴, 제 발로 적진에 온 셈이니 그 성격이야 알 만했다.

"개인적으로 동물은 안 길러봤지만 그런 비유를 들어본 적은 있습니다. 개는 밥을 주는 사람을 신으로 알고, 고양이는 자기가 신이라 사람이 밥을 주는 줄 안다고."

"그거…… 꽤 맞는 말이네요."

"그런 은혜를 안다는 점에서 난 개냐 고양이냐 하면, 개 쪽이 좋습니다만."

반면 태일은 여유라고는 조금도 없었다. 서태준이 차를 마시며 느긋하게 대화나 하듯 굴수록 바짝 긴장하는 눈치였다.

"그보다, 저희 집은 어떻게 알고 찾아오셨습니까?"

"비서한테 조사시켰습니다."

둘은 명함을 교환한 적이 있었고, 태일은 명함에 적힌 주소를 보고 어제 서태준의 사무실을 찾아갔었다. 그가 저희 집에 올 거로는 상상해보진 않았다. 따로 뒷조사를 했다는 것도 놀라운 부분이었다.

"……그냥 밖으로 부르셨어도 됐을 텐데."

"부른다고 올지도 모르는 거고, 시간도 많지 않을뿐더러, 어제 당신이 날 갑자기 찾아와서 나도 그렇게 해본 겁니다. 사람 많은 곳에서 이야기 나누고 싶지도 않았고."

"……할 말이 없네요."

"뭐, 싸우자고 찾아온 건 아니니까 안심하시고."

그건 영 믿을 수 없는 발언이었다. 해인은 의심스러운 눈초리로 서태준을 지그시 노려봤고, 서태준은 그럴 리는 없겠지만 어째 이 고양이가 사람 말을 다 알아듣는 것 같다고 생각했다. 그렇지 않고서야 저런 눈에 저런 표정일 수는 없을 것 같았다.

'속에 사람이라도 들었나……?'

물론 서태준은 말도 안 되는 생각이니 얼마 안 가 기분 탓이라고 여기며 다시 태일에게로 시선을 돌렸다. 그리고 그도 눈이 있으니 똑똑히 볼 수 있었다. 어제 맞은 여파로 팅팅 부은 태일의 얼굴을. 한쪽 눈은 반밖에 뜨지 못했고, 입가도 찢어져서 아주 가관이었다.

"우선, 어제는 때려서 미안합니다. 나도 모르게 욱한 감이 있었군요."

가만 그 얼굴을 쳐다보나 싶던 서태준은 찻잔을 내려두며 가볍게 머리를 숙여 보였다. 얼핏 진심 같았다. 그를 솔직한 사람이라고 해야 할지, 안면이 두꺼운 사람이라고 해야 할지 모르겠다. 아무래도 후자가 유력했다.

"하지만 당신도 갑자기 너무하잖습니까. 난데없이 찾아와서는 그간 하은이를 좋아했다고 말하면, 그걸 내가 어떻게 받아들여야 합니까."

"그 일은…… 제가 마음대로 저지른 겁니다."

"아하?"

"하은인 아무것도 모릅니다. 그냥 제가, 감정을 주체하지 못해 그런 겁니다."

서태준을 찾아간 것은 태일의 일생에서 가장 이기적인 짓으로 손꼽힐 만한 일이었다. 아니, 어쩌면 거의 유일할지도 모르겠다. 잘했냐 못했냐를 따진다면 분명 잘못한 일이라는 건 알았지만, 그럼에도 뭔가 하지 않고는 버틸 수가 없었다. 혼자만의 마음인 줄 알았을 때와는 너무도 많은 것이 달라져 있었으니까.

태일은 다만 하은을 탓하게 되는 상황이 두려울 뿐이었다. 그리고 그런 태일이 서태준의 눈에 못마땅한 건 당연했다.

"바로 그게 마음에 안 든다는 겁니다. 당신도 하은이도 하는 짓이 똑같다는 게."

"……."

"아주 불쾌해."

서태준 그는 매사에 아주 무표정한 남자였다. 몇 번인가 만났지만 항상 그다지 기분 좋은 표정은 아니었다. 또한 누군가를 노려보는 데 익숙한 시선이었다. 그래서 태일은 그렇게 생각했던 것 같다. 이 남자, 그리 대하기 편한 사람은 아닌 것 같다고. 마음 밑바탕에 깔린 질투 때문일지도 모르지만 그렇게 여겼었다.

"마치 어린 개새끼 같지 않습니까. 소극적인 주제에 마음은 무거워서 한번 정한 고집은 바꿀 줄을 모르고, 누구도 상처 주지 않으려다 보니 항상 본인이 가장 고통스럽지."

"……."

"그런데 그게 보는 사람도 힘들다는 걸 왜 모를까. 어제 내가 화난 이유? 그건 하은이가 지금 행복하지 않다는 걸 나도 알아섰습니다. 아주 잘."

서태준의 목소리는 크지만 어투가 단호했다. 윽박지르려는 말이라기보다는 담담한 분노 같은 기색이 들어 있었다.

"그런데 그 원인이 당신이었다는 걸 알았으니, 내가 참을 수가 있겠습니까?"

이런 성격 강한 남자가 태평하기 그지없는 하은일 좋아한다는 데 태일은 의문이 든 적도 있었다. 하지만 적어도 지금 보니 알겠다. 그도 진심이라는 것 정도는.

"나 이래 봬도 하은이한테 세 번이나 차였습니다."

"……압니다."

"그렇게 따로 짝사랑하는 사람이 있다는 여자를 3년 넘게 쫓아다녔고, 겨우 사귀게 되고도 눈치만 보던 게 2년이었고……. 그런데 날 사랑해서가 아니라 그냥 운 좋게 내 프러포즈를 받아줬다는 느낌, 압니까?"

프러포즈를 받아들이고는 불안해서 어쩔 줄 모르던 이하은이 떠올랐다. 당시의 태일은 그걸 결혼 전의 어느 여자나 겪는 막연한 두려움이라고 여겼다. 예전과 달리 그 불안감을 깊이 위로하지 못했던 것은 그 사안이 다른 남자와의 결혼이기 때문이었다.

돌이켜 생각해보니 그것 역시 질투이자 속 좁은 시기였다. 그리고 외면이었다. 약혼한 뒤로 하은을 자꾸만 밀어냈던 건 양심이기도 했지만 질투기도 했던 셈이다. 이제 깨닫기로 참 부끄러운 사실이었다.

"……아뇨."

"그야 당연히 모르시겠지. 참 우습지? 본인들만 모른다는 거 말이야."

서태준은 웃으면서 말하고 있었지만 그게 지극히 자조적이었다.

"아, 그러고 보니 사귀기 전이었던가. 하은이한테 좋아하는 사람이 혹시 당신이냐고 물어본 적이 있거든. 주변에 따라다니는 남자는 많았지만 유달리 사이좋은 건 당신이랑 김기도 정도뿐이었으니까."

"항상 셋이 다녔으니까요."

"절대 아니라고 하더군. 그럼 이상형이 뭐냐고 물었더니, 자기 이상형은 근육질에, 운동도 많이 하고, 머리카락이 짧고, 말을 들어주기보다는 많이 해주는 사람이 좋다고 했는데…… 이제 와 생각해보니 당신이랑 전부 반대로 말했더라고."

"……설마, 그럴지는……."

아니, 빼도 박도 못하게 진짠데? 해인이 보기에 이하은은 참 거짓말에 소질이 없어 보였다. 눈치가 별로인 저도 알아차렸을 정도니 말 다 한 셈이었다.

물론 고양이이다 보니 남의 본심을 훔쳐보는 데 매우 유리한 입장이긴 했다.

해인은 문득 김기도도 이하은의 속마음을 알지 않았을까 하는 생각이 들었다. 그는 둘 모두에게 아주 가까운 인물이었으니까.

"역시 이상하다 싶긴 했지만. 아, 이게 왜 웃긴 줄 압니까? 나 그걸 듣고 운동을 시작했거든. 복싱, 그걸로 댁을 때리게 될 줄은 몰랐지만."

"선배, 정말 좋아했군요. 하은이를."

"……처음엔 맹한 게 날 자꾸만 차니까 오기였지."

"그런 것 같았습니다."

"나중엔 별것도 아닌 것들을 열심히 하는 게 귀여워 보였고. 정말 좋아하게 된 뒤에야 보이더군. 하은이가 다른 누군가를 좋아한다는 게 말이야."

서태준은 다 비운 찻잔을 들여다보며 무언가 떠올리는 듯했다. 그리고 해인은 복싱이라는 소리가 나왔을 때쯤부터 태일의 등 뒤로 잽싸게 피신해 있었다. 말은 못 하고 속으로만 빽빽댔다.

'그런 걸 배워놓고 사람을 때리면 어떻게 하냐, 이 야만인아!'

아까부터 훔쳐, 아니 지켜보기로 서태준은 참 이상한 남자였다. 나쁜 사람 같다가도 괜찮은 것도 같았다. 그가 태일을 들고팼다는 사실로 애써 정체성의 혼란을 막고 있긴 했지만 말이다.

'속으면 안 돼! 저 남자는 저 멍 자국의 범인이라고!'

그런데 더 이해할 수 없는 것은 말은 섞던 어느 순간부턴가 태일이 서태준을 마음에 들어 하는 것 같다는 사실이었다. 긴장이 조금 풀린 것 같은 태도라든가, 유순해진 시선을 보면 알 수 있었다. 설마하니 그렇게 바보는 아닐 텐데. 자길 때린 남자를……. 아니, 그간 해온 걸 봐서는 그만한 바보일지도 모른다.

"이봐, 신태일 씨."

"예?"

"내가 당신을 무시하든가, 얼마든지 다른 식으로 결판을 낼 수도 있었는데 굳이 이렇게 찾아온 이유는…… 어제 당신이 했던 말이 인상적이었기 때문이야."

"······나도, 하은일 행복하게 해줄 수 있다고 말했죠."

"그게 나랑 같았거든. 내가 그 녀석을 좋아한다고 느낄 때가 바로······ 그 녀석이 행복했으면 할 때니까."

좋은 사람이든 아니든, 적어도 그는 이하은이 결혼을 결심할 만한 남자인 건 분명해 보였다.

"그 태평한 여자가 계속 그렇게 생각 없이 웃고 살 수 있으면 할 때."

"······저도 같은 생각입니다."

"당신, 정말 나보다 행복하게 해줄 수 있어?"

"······네?"

"별로 자신 있어 보이진 않네."

방금 그건 대답이 아니라 단순 의문인 것 같은데. 해인은 순간 사태가 기묘하게 돌아가고 있다는 걸 깨달았다.

"딱 이틀 주지. 지금 남은 시간이 많지는 않으니까."

서태준은 뜻을 할 수 없는 웃음을 지어 보였다. 그리고 어느샌가 말을 놓고 있었지만 태일은 위화감을 전혀 못 느끼는 듯했다. 다른 게 더 신경 쓰였으니까.

"그게 무슨 뜻입니까?"

"바라는 대로 하은이와 확실히 결판을 내달라는 거야."

"······지금 대체 무슨 말씀을."

"난 착한 바보들은 싫어하지 않거든. 사람을 상대로 사기는 안 치니까. 뒤통수를 치려고 들었다면 찾아서 거꾸로 매달았을지도 모르지만."

제 귀를 의심하고 있기는 해인도 마찬가지였다. 이 남자가 또 때리려고 찾아왔다고는 생각했지만, 그게 앞통수일지는 몰랐다.

"아, 아니, 그게 아니라······. 아니! 어떻게 그럴 수가 있습니까? 지금 그 말은, 저더러······."

태일은 거의 얼이 빠져서는 저도 모르게 주춤거리며 소파에서 일어났을 정도였다. 무릎으로 테이블을 강하게 때렸지만 아픈 줄도 모르는 것 같았다. 그는 지금 자신이 얼마나 버벅거리는지 알기나 할까.

"지금 생각하는 그게 맞아."

"선배!"

"신태일을 확실히 버리고 날 택하거나, 날 확실히 버리고 신태일을 택하거나. 둘 중 한 가지 명확한 선택을 해주길 바랄 뿐이야."

"……왜?"

"어중간해서야 불행한 결혼이 될 테니까. 미련은 머지않아 후회가 될 테고, 누구도 행복하지 못할 테지."

엉거주춤, 태일이 소파에 앉았지만 그건 그냥 다리에 힘이 풀렸을 뿐이었다. 얼떨결에 옆으로 굴러떨어지긴 해인도 마찬가지였다.

"말했잖아. 행복하길 바란다고."

7. 비밀을 이야기할 때는, 고양이를 조심할 것

'이봐, 명심해. 양보하는 게 아니라 본인에게 선택하게 하자는 것뿐이야. 자기가 어느 쪽이 더 행복할 것 같은지.'

'난 자신이 있기도 하고 없기도 해.'

'아무튼 결혼식 날 신부가 안 나타나는 사태는 사절이거든.'

귓가에 맴맴, 서태준이 남기고 떠난 말들이 떠돌았다. 이하은이 구구절절한 오랜 미련을 완전히 버리고 서태준을 선택할지, 아니면 현실적인 많은 비난을 감수하고라도 처음으로 제게 손을 뻗은 태일을 선택할지.

'나라면······.'

진지하게 궁리해봤지만 결국 당사자가 아니니 알 수 없는 노릇이었다. 어찌 됐든 이하은이 힘든 결심을 하게 될 건 틀림없어 보였다. 해인은 제가 시율의 손을 붙잡던 날의 기억을 떠올렸다. 누군가 평생에 하나가 될 사람을 정하는 건 여자의 인생에서 절대 쉬운 결정이 아니었다. 가장 중요한 결정일지도 모르기 때문에.

'그보다 일단은 주인이 걱정인데.'

서태준이 떠나고 제3차 안드로메다로 떠난 태일을 보며 해인은 고개만 절레절레 내저었다. 선택받을 자신이 없기는 태일도 마찬가지인 것 같았다. 저러다가 또 중압감에 몸서리치며 도망치진 않을지 그게 걱정이었다. 태일은 다 좋은데 강한 면모가 부족해서 소극적인 면이 있었으니까.

'뭐…… 애초에 주인이 자신감 넘치는 타입이라면 이렇게까지 되지도 않았겠지.'

그런 면에서 내 남자 친구는 꽤 훌륭하단 말이지. 너무 자신만만해서 가끔 재수가 없지만. 창가에 퍼져서 드러누워 있던 해인은 생각이 끝나자 벌떡 일어나 예의 그 붉은 목줄을 찾아 나섰다. 시율이 항상 꼭꼭 숨겨두지만 결국은 찾아내 입에 물고 시율의 방문을 긁었다. 열어줄 때까지 벅벅벅. 산책 타임이야!

"무슨 일이야?"

"냐냐!"(나가자!)

다른 말로는 작전 타임이었다. 매번 그랬지만 시율은 해인이 입에 산책 줄을 물고 나타나는 걸 별로 달가워하지 않았다. 항상 그를 괴롭게 만들기 때문이었다.

"……난 산책보다는 데이트가 하고 싶은데."

그리고 좋아하는 건 따로 있어서. 시율은 작게 투덜댔다.

"냥!"

"네네, 가야죠. 여부가 있겠습니까."

"냐냐냥!"

"……알았어. 빨리 준비하면 될 거 아냐."

그래 봤자 결국은 억지로 끌려 나오게 되지만 말이다. 근래 들어 둘 사이의 주도권은 완전히 해인의 것이었다. 시율은 반강제로 나갈 채비를 했고, 너무 자연스러운 나머지 눈치채지 못하고 있었지만…… 이제는 해인이 고양이 말만 해도 대충 알아듣고 있었다.

"그래서 주인이 완전히 얼이 빠져버렸어!"

물론 서태준 이야기는 사람 말로 해야 했다. 그리고 보통은 고양이랑 대화할 수 없기 때문에 둘은 차 안에 숨어야 했다. 해인은 이야기하는 내내 포동포동한 젤리 손바닥에 힘을 주고 열변을 토했다. 중요한 대목에서 손바닥이 쫙, 펴지는 건 흥분했다는 뜻이었다.

"결혼식 날 신부가 안 나타나는 건 사절이래!"

시율은 잠자코 이야기를 듣나 싶더니 자신의 휴대폰을 꺼내 들었다. 은근히 기분 좋아 보이는 얼굴이었다.

"그 양반 완전 남자네. 태일이랑은 정반대로."

"그랬지, 그랬어!"

"그래, 그게 그렇게 됐단 말이지……."

"응. 근데 김기도는 왜?"

"난 이하은 연락처를 모르거든."

"……이하은 연락처는 왜에?"

대충 그러니까, 김기도에게 이하은 연락처를 알아내겠다는 건 알겠는데. 해인은 영문을 모르겠다는 얼굴로 고개를 좌로, 우로 번갈아 갸웃댔다. 그건 확실히 안에 사람이 들어 있는 표정이었다.

"우린 오늘 데이트해도 될 것 같아."

"으흠?"

"왜냐하면, 지금 바로 집에 이하은을 부르기 때문이거든."

"……주인 혼자 있는 집에 말이지?"

"바로 그거지."

확실의 시율은 매사 수법이 강경했다. 유혹도 해결도 모든 게 그렇게 단호하게 밀어붙이는 식이었다. 남들이 고민할 시간에 해결하는 타입이랄까. 대신 여유는 일절 주지 않았다. 지금은 남의 일이라서 더 그랬다.

"왔다. 연락처."

휴대폰을 흔들어 보이며 웃는 시율은, 매우 기분이 좋아 보였다. 근래 그렇게 웃는 건 처음 본다 싶을 정도로.

"에…… 나쁘진 않지만 너무 서두르는 거 아닌……."

"여보세요? 이하은 씨?"

-네, 맞는데요. 누구세요?

말릴 겨를 같은 건 없었다. 이미 통화를 시작했으니까. 빨라! 게다가 바로 본론이었다.

"납니다. 강시율."

-시율 씨……. 아니, 강 선생님? 저한테 어쩐 일이세요.

"다른 게 아니라 지금 우리 집에 좀 와줬으면 해서."

-……네? 지금요? 무슨 일이라도 있나요?

이하은은 갑작스러운 시율의 전화에 많이 당황하는 목소리였다. 그럴 만도 했다. 그간은 그렇게나 연락하기 힘들던 남자가 웬일로 먼저 전화를 했기 때문이다.

"다른 게 아니라 태일이 녀석 때문에."

-아, 그것 때문에 연락 주신 거군요. 집엔 잘 돌아왔나요? 저랑은 아직도 연락이 안 되는데…….

"아파서 그럴 겁니다."

-……세상에, 아프다고요? 어디가요? 다친 건가요? 혹시 무슨 사고라도…….

"그거야 보면 알 테니까 직접 한번 가봐요. 지금 그 녀석 집에 혼자 있거든요. 나는 약속이 있어서 나왔으니까, 댁이 병간호라도 해주면 어떨까 해서."

자기 일 아니라고 빨리 결정짓게 하려는 시커먼 속셈이 보였다. 집으로 아예 이하은을 불러들이다니……. 태일은 아직 마음의 준비가 안 됐을 것 같지만, 도망칠 마음의 준비를 하는 것보다는 이게 나을 것 같았다.

'그래, 엄마가 자식은 강하게 기르는 거랬어!'

새끼를 절벽에서 밀어버리는 어미 호랑이의 심정이랄까. 해인도 이제는 태일의 나약한 망설임을 더는 봐줄 수가 없었다. 물론 태일의 섬세함이나 배려심은 존중하지만, 그건 지금 상황에는 별로 도움이 안 되는 것 같았다. 저는 모질 수가 없으니 엄한 시율에게 맡기면 해결이 되리라. 마치 혼날거리가 엄마에서 아빠에게로 위임된 느낌인 듯하지만.

"그리고 난 오늘 집에 안 들어가니까, 그렇게 알고 편하게 있으면 됩니다. 아, 개냥이도 나랑 있어요."

"냐아?"

잠깐, 그건 좀 다른 소리 같은데!

-감사해요. 얼른 가볼게요!

이하은은 태일이 아프다는 소리에만 정신이 팔려 고양이와 밖에서 자고 간다는 시율의 말은 신경 쓰지 못하는 눈치였다. 전화가 끊기자마자 해인은 잠시만 방심하면 저를 함정에 빠트리는 시율에게 소리칠 수밖에 없었다.

"뭐야! 왜 그렇게 되는 건데!"

"커플은 방해하는 게 아니거든."

우릴 말하는 건지 그쪽을 말하는 건지 모르겠다. 아마도 시율의 표정을 봐서는 양쪽 다인 것 같았지만.

"하지만 아직 그 둘은 어떻게 될지도 모르잖아?"

"그러니까 둘이 이야기할 시간을 주자는 거지."

"……그런가?"

"그럼. 아, 이 얼마나 친절한 룸메이튼지."

이해가 가기는 하지만 '친절한'이라는 대사는 좀 태클 걸고 싶어지는 부분이었다. 해인은 여전히 뭔가 걸린다는 얼굴이었다.

"저기, 그럼 말이야. 갑자기 이하은이 집에 가면 주인이 놀랄 테니까 가면 간다고 귀띔이라도 해줘야 하는 거 아닐까?"

"그러면 '도망친다'에 이 목줄을 걸지."

"그건……."

"너라면 어디 걸 건데?"

해인은 차마 대꾸할 수 없었다. 시율이 말하면 다 그렇게 될 것 같은 느낌이 들었으니까. 궁지에 몰리면 태일이 정말 도망치고도 남을 거라는 걸 알기도 했고 말이다. 그의 초식 성향 전적은 화려했으니까.

"이봐, 아가씨. 내 의견은 이래."

"응?"

"그 녀석은 신경 쓰지 말고, 우린 우리 연애나 하자고."

"……."

"요즘 우리 시간이 너무 부족했잖아. 그런 생각 안 들어?"

그렇긴 하지만, 태일이 걱정되는 것도 무시할 수 없는 노릇이었다. 그것도 이렇게 함정에 빠트린 마당에는……. 하지만 시율이 이런 눈을 하고 말하면 마음이 약해지는 해인이었다.

태일이 없던 일주일 내내 딱 달라붙어 있다가 다시 내외하려니 갈증이 나기는 마찬가지였다. 하루쯤은 괜찮지 않을까? 더는 할 수 있는 것도 없고.

잠시 망설이던 해인은 결국 고개를 끄덕여 보였다.

"……알았어. 그런데 강, 우리 정말 집에 안 들어가?"

"잠깐만 있어봐."

시율은 대답 대신 기다렸다는 듯 차 뒷좌석에서 쇼핑백 하나를 꺼내 보였다. 그 안에는 눈에 익은 해인의 옷 몇 벌이 고이 들어 있었다.

"아! 이거 어디 갔나 했더니!"

"또 이런 일이 있을 것 같아서 미리 옷을 좀 챙겨뒀거든."

"하여간……."

대비가 철저한 남자 같으니라고. 옷을 받은 것만으로 덧붙이지 않아도 알수 있었다. 변신하라는 소리였다. 강시율만 사용할 수 있는 여자 친구 소환술이라고 해야 할까? 그는 어떻게든 데이트가 하고 싶은 모양이었다.

그리고 말은 안 했지만 사실은 해인도, 싫지 않았다. 싫을 리가 없었다.

"우왓, 평일인데도 이렇게 사람이 많아?"

"그야 요즘 인기니까."

근래 커플들에게 인기라는 이 카페 거리는 며칠 남지 않은 크리스마스 분위기로 잔뜩 물들어 있었다. 어느 곳이고 하나같이 화려한 디스플레이를 자랑했다. 붉은색, 흰색, 녹색, 금색, 은색. 그리고 문이 열린 가게들 사이로 흘러나오는 징글벨. 크리스마스를 싫어하는 사람은 없을 테니 이건 분명 즐거운 일이었다.

"대단하다. 사방이 다 커플이야, 강."

"푸핫, 우리도 커플이거든?"

"아, 맞네!"

그 덕분일까. 얼결에 나온 데이트지만 흥겨워지는 건 금방이었다. 해인은 시율과 팔짱을 끼고는 거리 여기저기를 쏘다니며 닥치는 대로 구경하기 시작했다. 닭살 커플이라서라기보다는 해인이 팔짱을 끼지 않으면 금방 미아가 될 것 같은 탓에 시율이 반강제로 취한 조치였다. 흥분하면 시율이 따라오든 말든 해인은 달려가 버리기 일쑤였기 때문이다.

"뭐, 신나는 거면 됐지만……."

해인은 음식을 파는 노점을 빼놓고는 거의 들러서 구경을 해야 직성이 풀리는 듯했다. 그중에서도 좋아하는 건 주로 작고 귀여운 볼거리가 있는 가판이었고, 이번에 시선을 빼앗긴 건 수제 액세서리를 파는 가판대였다.

"빨리빨리, 이것 좀 봐, 강!"

"어서 오세요."

친절한 주인이었고, 해인은 반짝반짝한 그것들이 진짜가 아니라는 걸 알면서도 시선을 빼앗겼다.

"천천히 보세요. 전부 제가 직접 만든 것들이에요."

진짜 금으로 만든 걸 길에서 팔 리는 없으니 대부분이 은으로 된 실반지거나, 조잡하지만 예쁜 팔찌나 목걸이였다. 시율은 액세서리는 조금 더 비싼 게 좋았지만, 해인이 구경하는 데 정신이 팔렸으니 곁을 지켜줄 수밖에 없었다.

"그래, 뭐가 마음에 드는데?"

"응? 이거. 그리고 이거랑 이거. 이건 무려 달걀프라이 모양이야!"

해인은 액세서리 중에는 목걸이를 즐겨 했는데, 그건 그림 그릴 때 그나마 덜 신경 쓰이는 물건이기 때문이었다. 사실은 반지 하나쯤은 가지고 싶었지만 낄 수가 없다 보니 사본 적은 없었다.

"그거 귀엽네."

"이것도 귀여워! 앗, 이것도! 이것도 괜찮네!"

"네 눈에 안 귀여운 건 있고?"

없긴 하지. 해인은 그런 웃음소리를 내며 가장 귀여워 보이는 반지 하나를 손가락에 껴봤다. 애들 장난감 수준의 물건이었지만 제 손가락에 끼고 보고 있자니 제법 그럴싸해 보였다.

"사줘?"

"아니! 괜찮아."

예의상 물어보긴 했지만, 사달라면 사 줄 생각인 시율이었다. 사실 그는 반지를 사 줄 바에는 좀 더 제대로 된 걸 사 주고 싶었다. 문제는 해인이 받을 것 같지 않다는 점이었다. 그래서 그는 오늘 조금 더 실용적인 걸 사 주고 싶었다.

"강도 껴봐."

"내가?"

"응."

해인은 제가 손가락에 끼어봤던 달걀 모양의 반지를 굳이 시율의 손가락에 끼워 맞췄다. 남자의 손은 워낙에 커서 여기저기 다 넣어봤지만 전부 실패하고 그나마 새끼손가락 중간에 겨우 걸칠 수 있었다.

"뭐야, 작잖아."

시율이 피식 웃는 건 그런 무의미한 장난도 즐겁기 때문이었다.

"그게 아니라 강 손이 큰 거야."

"그래도 이건 너무하는데."

"아냐, 그거 내 검지에 들어갔던 거란 말이야."

"네 손가락이 얇은 거지."

그가 웃음 섞인 목소리를 내며 해인의 한쪽 손을 들어 보였다. 그중 가냘픈 손가락 하나를 펜대 만지듯 느리게 더듬었는데, 그건 누가 봐도 연인들이나 하는 부드러운 스킨십이었다. 더 깊은 매만짐을 아는 손.

"……."

쓰다듬을 지켜보던 해인은 불쑥, 그것만으로 부끄러운 기분이 들었다. 마치 몸의 다른 어딘가를 그가 만지는 것 같았다. 단순히 몸이 그의 손길을 기억해서일지도 모르겠지만 말이다. 손을 빼자니 어색한 티를 내는 것 같아 해인은 대신 제 손을 만지고 있는 시율의 손바닥에 슬그머니 제 손바닥을 마주 대 보였다.

그건 확실히 엄청난 차이였다. 어느 정도냐면 둘이 손깍지를 끼면 해인이 손이 벅차서 조금 아플 만큼. 대신…… 좋은 기분이었다. 온전히 감싸진 느낌이 고양이로 그의 품에 안겨 있을 때와 비슷했다.

"것 봐, 네가 작은 거야."

"……응! 있잖아. 강, 우리 손잡고 다니지 않을래? 이거 너무 좋은 것 같아."

해인은 깍지 낀 손이 마냥 좋아서 바라보고 있다가, 대답 없는 시율을 올려다보며 두 눈을 깜빡였다.

"낯간지러워서 싫어? 그럼 안 할게."

"아니, 좋아."

세상엔 싫은 것 이상의 좋은 것이 존재했다. 예를 들면, 사랑하는 누군가. 만약 제 것이 아닌 타인의 온기가 기분 좋게 느껴진다면, 그건 분명 의심할 바 없는 사랑이었다.

더 힘주어 잡아주는 시율의 손길을 느끼며 해인은 두 뺨을 물들였다. 그리고 행복한 듯 웃었다.

둘은 밝은 거리를 걸으며 느긋하게 시간을 보냈다. 모자를 파는 노점에 들러서는 따듯해 보이는 니트 모자를 써보기도 했다. 어울리면 어울리는 대로, 안 어울리면 안 어울리는 대로 즐거우니 그 자체로 의미가 있었다. 누구와 함께했는지에 따라 의미 없는 순간은 단 한 순간도 없으니 그건 정말 신기한 일이었다. 이 모든 것들을 잊는 순간이 정말 오기는 할지, 이젠 오히려 그것이 거짓 같았다.

"뭘 그렇게 봐?"

"……강! 저기 봐. 전생을 알려준대!"

거리의 끝에서 해인이 발견한 것은 주황색 작은 천막이었다. 대문짝만하게 전생을 봐준다는 문구가 쓰여 있었지만 시율이 혹할 리 없었다.

"너…… 저런 거 정말 좋아하는구나."

"에, 그런 건 아닌데……."

"전에도 전생 어쩌고 하더니."

"그게 아니라, 그냥 재미있어 보여서! 그래서……."

사실은 당신의 전생이 궁금하다고 어떻게 말하겠는가. 당연히 본인은 모를 텐데 말이다. 해인은 시율이 놀리는데도 주황색 천막에서 눈을 떼지 못했다. 저런 곳에서 진실을 맞힐 리 없다는 걸 알기는 했지만, 그냥 지푸라기라도 잡는 심정으로 궁금할 뿐이었다.

"난 저런 거 안 봐도 내 전생 알 것 같은데."

"뭔데?"

"음, 왕이었을 거야."

"……정말? 정말!"

해인의 눈이 합격 발표를 들은 수험생인 양 커다래졌다. 세상에 이런 행복한 순간이 또 있을까 싶을 만큼 반짝거려서 시율은 도리어 당황해야만 했다.

"……얌마, 농담이잖아."

"아, 그렇구나."

에이! 좋다 말았네……. 초롱초롱하던 두 눈이 식는 건 금방이었다. 시율은 금세 시무룩해지는 해인을 보며 저 쓸데없어 보이는 전생 맞히기를 정말 해야 하는 건지 고민했다. 이내 다른 쪽으로 관심을 돌리기로 했지만. 일부러 이쪽으로 온 이유가 따로 있었으니까.

"그보다 좋은 게 있는데."

"그게 뭔데?"

"전생 체험 같은 거보다 훨씬."

해인은 시율이 돌려세우는 쪽으로 몸을 움직였다. 시율이 어느 한 가게를 가리켰지만, 시율의 전생보다 흥미롭지는 않았다. 대놓고 기운 빠진 소리를 내는 해인이었다.

"저게 뭐야…… 여자 옷 가게잖아."

"……보통은 저거에 신나야 하는 거 아니냐. 연예인들이 옷 사러 들르는 유명 멀티숍이라는데?"

"별로……."

"티브이에 나오잖아."

"난 아침 드라마만 봐."

"……이상한 녀석."

해인의 눈은 여전히 전생을 알려준다는 천막에 고정되어 있었다.

"이거 좋다. 귀여워."

"……오, 옷이."

숫자 0이 이상하게 많은데! 그보다 여긴 어디고, 난 누구인가. 해인은 제가 왜 이 정체불명의 휘황찬란한 멀티숍 안에 끌려 들어온 건지 알 수 없었다. 그리고 왜 이런 비싼 코트를 걸쳐보고 있는 건지도 몰랐다.

"애인분이 센스가 정말 좋으시네요."

"그냥 색이 예뻐서 고른 거지만."

"호호, 저희 의상은 무조건 한 벌씩밖에 들여오지 않지만 그건 특히나 자신하는 작이랍니다. 요즘 뜨는 홍콩의 신진 의상 디자이너 Enhydra lutris 선생님이 딱, 7벌 만드신 이번 시즌 신상 코트거든요."

핏 좋은 베이지색 원피스를 빼입은 숍의 점원은 백화점 명품 매장의 언니들만큼이나 기품이 흘렀다. 코트에 대해 뭐라고 설명을 늘어놨지만 그럴수록 해인은 두려울 뿐이었다.

"강……."

어서 제 몸에서 이 돈 덩어리를 떼어주기만 바라며 시율을 올려다봤다. 아주 불쌍한 눈이었다.

"가서 이거랑 같이 입어보고 와."

"……나, 이런 거 정말 괜찮은데."

"그거 필요한 거야. 넌 겨울옷이 별로 없으니까. 올겨울은 엄청 춥다고."

"나 추위 별로 안 타는 거 알잖아!"

무엇보다 얼마 입지도 못할 텐데. 그와 두 번의 겨울만 보내도 코트를 받겠지만…….

"그거랑은 별개야. 무엇보다 너 그나마 있던 두꺼운 코트도 얼마 전에 엉망이 돼서 버렸잖아."

해인이 거부하거나 말거나 시율은 팔짱을 낀 채로 제 할 말만 하고 있었다. 일전에 죽은 강아지를 주워 오느라 엉망이 돼서 코트를 하나 버려야 했는데, 그것 말고는 전부 얇은 코트들밖에 없어서 시율이 못마땅해하긴 했다. 하지만 아무리 그래도 이건…….

해인은 다시 한 번 얼핏 가격표를 보고는 흔들리는 동공을 주체하지 못

했다. 연베이지색에 분홍빛이 조금 도는 얌전한 느낌의 코트는, 가격이 더럽게 흉포했다. 몇 번을 다시 봐도 안 귀여운 가격이었다. 하지만 다시 칭얼 거리는 것보다, 시율이 선수를 치는 게 빨랐다.

"크리스마스 선물이야. 입고 나와."

"그럼…… 다른 거 입어볼래."

"난 네가 그걸 입은 게 보고 싶어."

"……이건 너무."

"그게 좋아. 너한테 그게 가장 잘 어울리니까."

왜, 이 남자는 말하는 것들은 묘하게 야한 걸까. 그가 제가 이 코트를 입은 모습을 상상하는 모습이 섹시하게 느껴졌다. 그야 전부를 아니까 그의 머릿속에서는 몇 번이든 입혀볼 수 있으리라. 해인은 처음으로 깨달아야 했다. 야한 거로구나, 남자가 여자에게 옷을 사준다는 건. 깊은 사이라는 표현일지도 몰라.

결국엔 코트를 선물 받을 수밖에 없었다. 당장 새 코트를 입히고 원래 입고 온 낡은 카디건은 버리는 시율이었다. 그게 내내 마음에 안 들었나 보다.

"끙……."

그뿐인가? 해인은 이제 충분하다 못해 넘칠 지경이었지만, 시율은 아직 부족한 모양이었다.

이번엔 새하얀 목도리를 가져와서는 목에 둘러주고 있었다. 이번엔 아예 가격표를 못 보게 하려는 건지 아예 태그를 떼고 가져와 버려서 꼼짝없이 받아야만 했다.

"으아."

"그거 알아? 옷을 선물한다는 건, '널 꾸며주고 싶다'는 뜻이래."

"……그, 그래?"

"목도리를 선물한다는 건 '당신은 제 마음속에 있어요.', 장갑은 '좀 더 솔직하게 대해주세요.'……."

"그렇구나, 처음 들어봐."

"사실은 내가 영역 표시를 하고 싶은 것뿐이지만."

은근슬쩍 해인의 손에 장갑까지 들려주는 시율이었다. 따뜻한 모양새가 나도록 풀 장착시켜 두고는 그제야 만족스러운지 방긋 웃고 있었다.

"잘 어울리네."

해인은 그가 주는 것들이 자꾸만 과분하게 느껴졌다. 분명 고맙고, 기쁘지만…… 제가 줄 수 있는 선물들이 없어서 그러리라. 그리고 이것들을 가지고 갈 수 없다는 게 가장 힘든 사실이었다.

"고마워. 오늘 보니 내가 입은 건 다 강이 준 거네."

"별말씀을."

"……난 뭘 주지? 강 뭐가 갖고 싶어?"

"딱히 없는데."

"저기, 생각해봐! 나도 강한테 크리스마스 선물을 하고 싶어."

"생각나면 그때 말할게. 지금은…… 너로 충분해."

마주 닿는 느린 눈길에, 해인은 달아오르는 두 뺨을 숨기지 못했다. 이 남자는 어쩌자고 이런 부끄러운 말을 아무렇지 않게 하는 걸까. 곁에 있는 여직원이 웃고 있지만 웃는 게 아닌 것 같아서 신경이 쓰였다. 그의 애정 공세는 가끔 숨 막힐 만큼 진해서 사람을 곤욕스럽게 했으니까.

"이, 일단 얼른 여기서 나가자."

직원 보기 부끄러운 것도 컸지만, 그가 또 무엇을 집어 올지 몰라서 불안한 해인이었다.

겨울치고 따뜻한 날이었다. 물가를 따라 걸으며 해인은 꼭 잡은 시율의 손을 작게 앞뒤로 흔들었다. 그래, 전에는 이게 아쉬웠다. 태일까지 셋이 왔던 적도 있고 고양이로 산책한 적도 있고, 처음 시율과 둘이 와서 병아리 도

시락을 까먹은 날도 있었지만……. 모두 오늘과는 다른 날이었다. 사람으로, 연인인 채로 걷는 건 처음이니까. 오늘 이게 첫 산책이었다. 그러고 보니 태일에 대한 생각이 잘 안 나고 있었다.

"강, 산책 좋아해?"

"음…… 보통이려나. 출, 퇴근할 때 걷는 거로 충분한 느낌. 차라리 러닝머신 뛰는 게 좋더라."

"그렇구나."

해인도 원래는 산책을 좋아하지 않았다. 어느 쪽이냐면 작업실에 틀어박혀서 그림만 그리는 쪽이었다. 가끔 환기를 위해 창문을 열어두는 순간이 그나마 이 순간과 가장 비슷할까. 해인은 제가 원래 산책을 좋아하는 사람이고, 시율도 그랬다면 이 길을 걷다가 우연히 만날 수도 있을 텐데 하는 아쉬움이 들었다.

"왜?"

"아니, 그냥."

아마도 불가능한 일이겠지만 말이다. 그렇다면 시율과 제가 다시 만날 수 있는 접점은 어디서 찾아야 하는 걸까. 오로지 작업실에만 틀어박혀 있는 본래의 생활, 대체 그 어디에서……. 해인은 조금 어두워진 표정으로 마주 잡은 손에 힘을 줬다.

"그럼 혹시 자주 가는 곳 있어?"

"병원?"

"아니, 그런 거 말고, 좀 더……."

"저기요?"

태평하게 산책로를 걷고 있는데 누군가 갑자기 해인을 불러 세웠다. 방금 해인의 앞을 천천히 뛰어간 트레이닝복을 입은 젊은 여자였다.

"네?"

머리를 높이 올려 묶고, 모자와 선글라스를 쓰고 있긴 했지만 그녀는 아마도 해인과 또래 같았다. 해인이 멈춰 서자 시율도 따라 섰고, 그 앞으로 낯선 여자가 다가오더니 쓰고 있던 선글라스는 벗으며 해인을 똑바로 바라봤다. 낯이 익었다.

"……저기, 혹시 우리 어디서 만나지 않았어요?"

"……."

아주 확실히, 분명하게, 낯익은 얼굴이었다. 알고 있는 사람이었다. 사람인 박해인으로서. 길가에서 저를 알아보는 사람을 만나게 될 줄이야.

"어디서 봤죠? 아주 낯이 익은데…… 같은 헬스장은 아니고, 학원인가? 혹시 대학은 어디 나왔어요?"

"……아, 아닌데요."

"나 몰라요?"

"전…… 모르겠는데요."

해인은 몇 번이나 입술을 달싹이다가 겨우 부정의 말을 꺼내 놨다. 목 안이 수축하고 입안이 바짝 마르기 시작했다. 여자는 두 눈을 가늘게 뜨며 해인을 떠올리려고 애쓰는 눈치였다. 시율은 어느샌가 심각한 얼굴이 되어서는 그 여자의 말에 온 신경을 집중하고 있었다.

이건, 안 되는 일이었다.

"분명…… 어디서…… 음, 아마 이름이……? 김…… 아니다. 성이 뭐였더라……. 조금 특이한 이름에……."

지금 해인도 그녀와 비슷한 상황이었다. 이름은 기억나지 않지만 상대와 같은 장소에서 생활한 기억이 어렴풋이 났다. 아마도 해인의 기억이 조금 더 분명한지, 눈앞의 여자가 초등학교 동창이라는 걸 떠올릴 수 있었다. 몇 학년쯤 함께한 모양으로, 그녀의 어린 얼굴이 생각났다.

하지만 이것이 희망이 되진 못했다. 사신이 걸어둔 주술이 확실하게 상황을 방해하기 시작했으니까. 사신은 이런 경우를 허락할 생각이 없는 게 분명했다. 절대로.

"어머?"

해인은 일순간에 소리도 내지 못하고 주르륵, 자리에 그대로 주저앉고 말았다. 믿을 수 없을 만큼 숨이 막혔다. 몸이 이 순간을 극심하게 거부하고 있었다. 거의 쓰러지듯 앞으로 넘어지는 해인을 시율이 가까스로 붙잡았고, 해인은 말소리도 내지 못한 채 자신의 목을 붙잡았다. 벌린 입술 사이로는 얕은 숨도 몰아쉬지 못했다. 숨 쉬는 일을 상실당한 것처럼, 몸의 모든 게 말을 듣지 않았다. 죽어가는 것처럼 온몸에 힘이 빠져나가기 시작했다.

"갑자기 왜 그래?"

"왜 그러세요? 괜찮아요?"

사신의 주술은 더없이 잔인하고, 효과적이었다.

'이거, 안 돼…… 죽을 것 같아.'

해인은 거의 주저앉은 채로 손에 잡히는 시율의 옷깃 어딘가를 움켜쥐었다. 손발이 극심하게 떨리며, 점점 식은땀이 흘렀다. 이 여자와 떨어져야겠다는 생각이 본능처럼 들었다. 그를 올려다보며 무언가 호소하고 싶었지만, 고통에 그 정도 여유조차 허락되지 않았다. 이내 손으로 바닥을 지탱하는 것마저 버거워졌다.

고개 몇 번 내저은 것을 끝으로, 삽시간에 무너져 버려야 했다.

"아…….."

해인은 마치 누군가에 온몸을 졸리고 있는 것 같은 고통을 느끼며 길바닥에 힘없이 쓰러졌다. 누군가의 발에 밟힌 벌레 따위가 된 것 같은 까무러침이었다. 가물거리는 의식 사이로 저를 끌어안는 시율의 손길이 느껴졌지만, 감각은 차례차례 무뎌지고 있었다. 우선 말을 못 하게 되더니, 손발이 움직이지 않더니, 이제는 눈앞이 보이지 않아서……. 처음 겪는 고통 속에서 해인은 사신이 자신에게 건 게 저주가 맞았음을 확신했다.

자꾸만 틀어막히던 의식이 돌아온 건, 조금 시간이 지난 후였다. 서늘한 느낌이 이마에 들었고, 그 감각을 좇자 흐릿하게 눈이 떠졌다. 둔하지만 손끝이 움직였다. 해인은 지금 제 곁에 있는 게 시율이라는 걸 알고는 안도하며 무언가 붙잡고자 했다. 그냥 손을 움찔거리자 그가 손을 잡아줘서, 겨우 숨이 쉬어졌다.

"정신이 좀 들어? 괜찮은 거야?"

걱정 가득한 그의 손이 이마를 쓸어 넘겨줬다. 식은땀이 흘러서 젖어버린 머리카락 사이로 그의 손길이 위로처럼 느껴졌다. 뜨거운 것을 삼킨 듯 목이 아파서, 해인은 대답 대신 고개만 끄덕였다. 시율이 얼마나 놀랐을까. 그걸 생각하자 가슴이 아프고 또한 서러웠다.

"왜 그런 거야?"

"……갑자기, 이상했어."

겨우 내본 목소리는 깜짝 놀랄 만큼 갈라지고 쉬어버려서 엉망이었다.

눈을 깜빡이다 보니 알 수 있었다. 지금 자신은 벤치에 눕혀져 있었고, 이마에는 그의 손수건이 있었다.

"병원, 은 안 되잖아."

"응……."

"그럼 어디로 가야 하지? 어디로 데려가?"

참 이상한 질문이었다. 시율이 바보같이 구는 건 정말 드문 일이었다.

"잠깐…… 누워 있으면, 괜찮을 거야."

확실하진 않지만, 아마도. 해인은 차츰차츰 몸에 감각이 돌아오는 걸 느꼈다. 자신이 그 찰나에 얼마나 고통을 당했는지도 겨우 짐작할 수 있었다. 고통을 가늠할 수 없을 만큼 고통스러웠다고 하면, 누군간 그 기분을 알아줄까. 손조차 움직이지 않는 그 상실감이 얼마나 두려웠는지는?

그대로 죽을지도 모른다고 생각했다. 물론 죽으면 사신의 멱살부터 잡을 생각이었지만…….

회복된 시야로 파리해진 시율의 얼굴이 보였다.

"강…… 안색이…… 나빠."

손을 조금 뻗어 그의 뺨을 만지면서는, 웃으려고 애썼다.

"지금 네가 내 걱정 할 때야?"

시율은 매우 기가 차다는 얼굴이었다.

"네 안색이 어떤 줄이나 알아!"

자신의 뺨을 쓰다듬는 해인의 손을 아프도록 움켜쥐며, 마치 벼락처럼 거의 울 듯 화를 내는 것도 무리는 아니었다. 눈앞에서 쓰러진 쪽은 그가 아닌 해인이었으니까. 그 순간에 눈앞이 얼마나 새까맣게 변했는지, 그걸 다 어떻게 말로 설명할 수 있을까. 바로 품 안에서 점점 죽어가는 숨소리를 듣고, 맥박을 느끼면서도 그는 아무것도 할 수 없었다.

말도 안 되는 일이지만 이대로 해인이 죽을지도 모르겠다는 생각이 들었다. 늘 그랬듯. 갑자기 나타났듯 갑자기 사라지고, 갑자기 죽을지도 모르겠다는 두려움이 덜컥 그를 괴롭혔다.

'잠깐, 안 돼. 그러지 마! 눈 좀 떠봐!'

몸을 늘어뜨리며, 눈을 감고 목을 꺾어 내리는 해인을 끌어안고 의식을 놓지 않기만을 바라다가 둘러업고 뛰면서는 어디로 가야 할지도 알 수 없었다. 병원에도 데려갈 수 없는데. 대체 어디로 가야 하는 건지. 어떻게 구해야 하는 건지. 그 순간이 얼마나 무력하고 허무했는지 뼛속까지 두려움에 떨렸다. 난데없이 하늘을 올려다보며 신을 찾고 싶은 심정이었다.

"내가 잘못했어. 화내지 마."

힘없이 웃고 마는 해인을 보는 그의 속은 지금도 엉망이었다.

"너 정말, 괜찮은 거야?"

"응."

해인은 저를 향한 염려로 일그러진 그의 얼굴이 애처롭게 느껴졌다. 놀란 그의 마음을 알 것 같아 그를 먼저 걱정하는 수밖에 없었고, 평정을 잃은 그의 눈이 안쓰러워서 다시 손을 뻗을 수밖에 없었다. 자신보다 그가 더 염려

돼서, 아직도 아픈 자신은 뒷전이었다.

"놀라게 했지."

"조금."

"이젠 정말 괜찮아."

"……그럼 됐어."

사실은 괜찮지 않다는 걸 그도, 해인도 잘 알았다. 아직도 손끝이 저릿했고 심장은 뛸 때마다 욱신거렸다. 그 한순간에는 마치 덜미에 걸린 나약한 짐승이 된 것만 같았다. 그 여자와 멀어지자 언제 그랬냐는 듯 괜찮아졌지만 말이다.

"가서 마실 걸 사 올게. 잠깐만 있어."

골몰히 땀을 닦아주나 싶던 시율이 저 멀리 보이는 편의점을 가리켰고, 해인은 고개를 끄덕이며 다시 눈을 감았다.

'……이런 건 너무해.'

그리고 마음 깊이 자신을 원망했다. 조금 전의 갑작스러운 고통 속에서 분명하게 깨달은 건, 그와 자신의 가장 큰 적이 바로 스스로라는 사실이었다. 다름 아닌 자기 자신의 모든 의식과 생각.

'바로 내가 감시자이자 방해자라니.'

자신이 자신을. 그에게 어떤 힌트를 주지는 않는지 철저하게 주시하고 있었다. 24시간 모든 걸 함께하며, 모든 걸 적나라하게 감지하고 차단했다. 떨칠 수도 없고 속일 수도 없는 건 당연했다. 스스로가 의식하는 한 아무것도 그에게 알려줄 수 없었다. 거슬리는 상대도 자신이고 인질도 자신이니, 절망스럽기 이를 데 없었다.

시율은 겨우 몇 분 지나지 않아 돌아왔다.

"강."

"좀 더 쉴래?"

"아니, 일어날래."

생각에 빠져 있던 해인은 그가 다가오는 기척에 눈을 뜨고 벤치에서 상체를 일으켰다. 어느새 부축해주는 그의 손길이 따랐다. 그렇게 심한 환자 취급은 해주지 않아도 되는데.

"혼자 일어날 수 있어."

고통이 순식간에 닥쳤던 것처럼 회복도 빨랐다. 다만 시율은 해인의 회복력이 그리 미덥지 못한 모양이었다.

"이것 좀 마셔봐."

"응? 오렌지 주스? 초콜릿?"

"당이 딸리면 힘이 없거든."

단걸 잔뜩 들이민다 싶더니 긴급 처방인 모양이었다.

"자, 어서."

이런 거 마실 기분도 아니고, 필요 없다는 생각이 먼저 들었지만 해인은 일단 그를 안심시키기 위해 그가 뚜껑을 열어주는 과즙 100%의 매우 단 오렌지 주스를 받아 들었다. 꼴깍, 두어 모금이나 넘겼을까. 그사이 그는 초콜릿 포장을 까서 대기하고 있었다. 해인은 어쩔 수 없이 입에 넣고 오물거려야 했다. 이건 뭐, 아프고 난 후의 어린애도 아니고…….

"주스도 다 마셔. 땀을 많이 흘려서 탈수 증상이 좀 있는 것 같으니까."

"응……."

"갑자기 어지럽거나 체력이 너무 달릴 때는 단걸 먹어둬. 당이 충당되면 급한 대로 뇌 운동도 활성화되고 근육에 힘이 들어가거든. 뭐, 일시적인 효과일 뿐이지만."

누가 의사 아니랄까 봐 시율은 해인의 입에 반강제로 단걸 밀어 넣으며 이것저것 설명을 덧붙였다. 그래, 기력이 돌아오라고 당분을 섭취하기 위해 먹는 건 알겠는데…… 오렌지 주스에 초콜릿이라니. 아무래도 궁합이 나빴다. 뒤섞인 맛이 이상했다.

'평소라면 좀 더 센스 있게 골라 왔을 텐데…… 급했나 봐.'

하지만 그러니 안 먹겠다고 투덜거리기에는 그가 너무 진지한 얼굴이었다. 마치 약이라도 투여해주는 느낌이랄까. 하긴 해인의 몸에 무슨 약이 드는지 알 수 없는 노릇이니 그로선 이런 걸 먹이는 수밖에 없을 터였다. 해인은 그의 엄청난 환자 취급이 언제 끝나려나 싶어 슬쩍 그의 눈치를 살폈다.

"눈 크게 떠봐."

"엑."

"여기 똑바로 보고."

돌연 커다란 손을 뻗어오나 싶더니 시율이 해인의 눈꺼풀을 바짝 들어올리고 휴대폰 플래시를 눈앞에 비춰댔다. 이거야, 원! 해인은 슬슬 입술을 내밀 준비를 하고 있었다.

"이건 뭔데?"

"Pupil reflex. 뇌에 이상이 있나 없나, 동공 반사 검사."

"……그래서 결과는?"

"양쪽 다 수축해. 정상이야."

"그치?"

"하지만 안심은 안 돼. 네가 보통 사람은 아니니까."

쳇, 그럴 거면 검사는 왜 하냐! 해인은 대놓고 불만스러운 표정을 하고는 초콜릿을 으적으적 보란 듯 먹어치웠다. 지금 시율의 얼굴을 봐서는 이걸 다 먹기 전에는 놔줄 것 같지 않았기 때문이다. 하지만 시율은 그걸로 부족했는지, 해인의 손이며 발이며 여기저기를 주물러대고 있었다.

"너 손이 차가워."

"원래 차."

"……발이 많이 뻣뻣한데, 혼자 일어날 수 있겠어?"

정확하게 가장 나쁜 곳을 알아채다니. 의사는 의사인 모양이었다. 끔찍하던 기분도 나아졌고 손의 저릿함도 사라졌지만, 아직 회복되지 않은 딱 한 군데가 다리였다.

"힘이 잘 안 들어가. 그런데 금방 괜찮아질 것 같아! 그냥 쥐가 난 느낌이야. 조금 쉬면……."

물론, 지금은 일어나면 힘이 풀려서 당장에라도 넘어질 것 같았다. 그에게 말하진 않겠지만, 그런다고 모를 남자는 아니었다.

"아무래도 집에 돌아가야겠다."

이것저것 변명을 덧붙였지만 시율은 더 이상의 데이트는 무리라고 판단한 듯했다. 해인은 문득, 자신이 데이트를 망쳤다는 사실을 깨달았다.

"……집에 가면, 아직 이하은이 있을 것 같은데."

"그럴지도 모르지. 하지만 네가 아픈 게 더 큰 일이야. 넌 좀 쉬어야 해."

"그건 그렇지만."

하은이 기가 죽어 대답하는데, 새 코트에 흙이 묻은 게 눈에 들어왔다. 쓰러졌을 때 묻었나 보다. 그의 눈치를 보며 서둘러 털었지만 잘 떨어지지 않았다. 그냥 흙이 아닌 진흙에 가까운 모양이었다. 얼룩이 지면 어쩌지 걱정이 됐다. 순간 해인은 제가 잘한 건 하나도 없음에도 속상한 걸 도무지 참을 수가 없어졌다. 그가 동창과 이야기를 나누지 못하게 한 것도 자신이고, 그가 사준 코트를 더럽힌 것도 자신이고. 전부가 쓸모없는 제 탓이어서…….

"이런 건 괜찮아. 세탁소에 맡기면 돼."

"……깨끗해질까?"

"그럼. 원래대로 해줄게."

그의 목소리가 유난히도 다정했다. 시율은, 해인이 불안하게 만지작거리고 있는 코트 끝자락을 툭툭, 털어주고는 평소처럼 웃으며 차가운 손등을 매만져줬다.

"이런 건 신경 쓰지 마."

왜일까. 별것 아닌 거로 속상한 자신의 마음을 알아채고, 달래줄 때 그가 자신을 사랑한다고 느끼는 건. 겨우 이런 순간에 가장 사무치게 다가오는 건. 그 어느 때보다, 그가 사랑스러운 건.

해인은 왠지 굉장히 그에게 키스하고 싶어졌다. 그것도 아니면, 그의 얼굴을 꼭 끌어안고 그의 부드러운 머리카락에 뺨을 묻는 것도 좋겠다. 그러고 싶어서 입술이 근질거리기 시작했다.

"그보다 가서 차를 가져올 테니까……."

그가 차를 세워둔 곳은 꽤 멀었다. 산책로를 따라서 20분은 걸어가야 있는 공영 주차장이었으니까. 해인은 얼른 고개를 끄덕이며 대답했다.

"기다릴게. 얌전히!"

단둘이 되면 키스할 수 있겠네!

"……아니다."

"응?"

"네가 조금 더 괜찮아지면, 택시를 잡아서 같이 가는 게 낫겠어."

"갑자기 왜?"

당장에라도 집에 가서 쉬자더니, 그는 왜 마음이 바뀐 걸까. 해인은 알 수 없다는 얼굴을 했다. 그는 여전히 해인의 손등을 쓰다듬다가 작게 중얼거렸다.

"네가 없어질 거 같아서."

스스로도 바보 같다고 생각하는지 그답지 않게 작은 목소리였다.

"……안 그래!"

"네 탓을 하는 게 아니라. 그냥, 내가 불안해."

방금 쓰러진 게 그의 고질적인 불안에 부채질을 한 걸까? 해인은 어떻게 해야 그를 안심시킬 수 있을지 부지런히 머리를 굴렸다.

"네 의지가 아니라, 다른 뭔가로 없어질 것 같은 기분이 들어."

와, 그 기분 잘 맞네.

"넌 항상, 가기 싫다고 말하니까."

해인은 말을 고르다가 그대로 입술을 깨물었다. 바보 같은 자신이지만 이 사람이라도 똑똑해서 얼마나 다행인지 모르겠다. 저도 모르게 내뱉는 그런

아슬아슬한 힌트들을 다 주워듣고 있다니. 얼마나 고맙고 감사한 일인지. 하지만 그것들은 저를 찾는 데는 아무런 쓸모도 없는 단서들이었다.

"강은, 정말 대단해."

"하나도 도움이 안 되는데 무슨."

"아냐! 정말 대단해. 정말 너무너무⋯⋯."

이런 말밖에 할 수 없어서, 답답하고, 동시에 미안한 마음이 가득했다. 해인은 항상 그에게 좀 더 멋진 말들로 화답하고 싶었다. 하지만 저에게는 시율처럼 말재주가 없어서, 겨우 이런 말을 고르는 거로도 벅차기만 했다. 그래서인가 보다. 이토록 그를 끌어안고 싶은 기분이 드는 건.

"말로 다 표현할 수 없어서 미안해."

"⋯⋯음?"

"강! 우리 오늘, 집에 들어가지 말자!"

두 눈을 매우 반짝이며, 해인은 시율의 손을 꼭 붙잡았다. 좀 더 상투적인 유혹의 말이 있을 것 같았지만 해인에게는 그게 최선이었다. 시율은 잠시간 그게 무슨 말인지, 농담인지, 진심인지, 이 고양이가 뜻을 알고는 쓰는 건지 고심하는 눈이었다.

그리고 금세 답에 도달한 모양이었다. 이렇게 의욕 넘치는 해인은 처음이었으니까.

"아, 양기가 필요해?"

"엑?"

"회복에 도움이 돼서? 그거 괜찮겠네."

그건 생각하지 못한 순기능이었다.

"그런 것도 있겠지만⋯⋯ 그것보단⋯⋯."

"보단?"

애정 표현이랄까? 다 알면서 되묻는 시율은, 평소에 그렇듯 더없이 짓궂게 웃고 있었다. 해인은 이제 그 웃음을 보면 안심이 됐다. 그래서 부끄러운 얼굴이 됐지만 그의 귓가에 속삭일 수 있었다. 그가 기분 좋게 듣고 있다면, 부끄러운 것도 참을 만했으니까.

"조, 좋아하니까."

"흐음, 난…… 사랑한다는 말이 더 좋더라."

"……그럼! 사랑해!"

해인은 생각보다 목소리가 크게 터져버렸다. 그 때문일까. 시율이 나지막이 웃음소리를 흘렸다. 그의 목소리는 울림이 바람을 닮아서, 들으면 절로 귓가가 움찔거리고는 했다.

"나도 그래."

그리고 바로 지금 그와 자신의 사이가 너무 가까웠다. 그건 입술을 달싹이는 소리가 들릴 만큼이었다. 다행이다. 그가 다시 기분이 좋아져서. 평소처럼 웃어줘서.

눈앞에 보이는 그의 눈길이 해인의 심장을 간질거리게 했다.

'뭐라고 불러야 하는 걸까? 지금 이 참을 수 없는 기분은.'

굉장히, 닿고 싶어서 견딜 수 없는 기분이 들었다. 해인은 이곳이 공공장소라는 걸 알고 있었지만 그냥 그와 키스했다. 누군가 보건 말건 먼저 입술을 겹쳤다. 어쩔 수 없었다. 너무 키스하고 싶었으니까.

참을 수 없이.

이게 사랑인가 보다.

이것도 사랑. 호텔의 2인실 방은 적당히 아늑했고, 오로지 둘의 숨소리로 채워졌다.

그림자가 겹쳐지는 행위에는, 몸짓에서 목소리가 들렸다. 속삭임이 느껴지고, 애틋하고 따뜻해서 때론 숨이 막혔다. 이건 서로 더없이 아끼고 사랑하기 때문이겠지만, 닿을 때마다 세상에 제게 부족한 게 없는 것처럼 느껴졌다. 떨어질 때면 다시 허전해지겠지만 적어도 이 찰나에는 모든 게 빈틈

없었다. 그와 자신 말고는 걱정할 게 없었다.

그의 두 뺨에 두 손을 대면, 그의 두 손이 제 허리를 쓸면, 뿌듯하고 벅찬 감각에 기분 좋은 숨을 쉬게 됐다.

"……무리하는 거 아니지?"

"누가 할 소릴."

"아, 그러네."

가까운 어느 와중에 그가 묻는 소리에 해인은 픽, 하니 웃고 말았다. 누가 누굴 걱정하는 건지. 그는 행여나 알까. 이 순간이면, 때로 영원히 이대로 사는 것도 괜찮겠다는 생각이 든다는 걸. 낮에는 고양이로 지내고, 밤에는 사람이 돼서, 그냥 평생 그를 잃지 않는 삶을 택하면 어떨까 하는 고민이 든다는 걸. 그 사실 하나에 온 정신이 쏠려서, 가족도 친구들도, 제가 이룬 모든 게 다 없어도 되지 않을까 싶어진다는 걸.

그만큼 당신이 소중해졌다는 걸.

"강, 더 꼭 안아주라."

"이만큼?"

"으응."

시율은 두 손으로 힘껏 해인을 끌어안고 보드라운 뺨 위로 입술을 눌렀다. 부드러운 머리카락 사이로 기분 좋게 키스하며 갈비뼈가 닿아 뼈의 딱딱함이 느껴질 정도로 벗은 몸을 기댔다. 어느 순간 고개를 들어 시선을 찾아 서서히 얽어맸다. 그 사이에는 분명 서로를 잡아끄는 힘이 존재했다.

마주 보다가 숨 쉬듯 입술을 겹쳤다. 서로의 혀끝을 더듬었다.

자정 무렵, 해인은 베개 깊숙이 코를 박고 기분 좋게 잠들어 있었다. 좋은 호텔이라서 그런지 침구에서는 어렴풋한 햇살 냄새가 났다. 새근새근. 곤히 잠들어 있는 숨소리를 들으며 시율은 해인의 어깨 위까지 시트를 덮어줬다. 대체 언제 그를 경계하며 산 적이 있냐는 듯, 해인은 시율의 곁에서 너무도 무방비한 채였다.

그는 이제 명실상부 해인이 가장 믿는 사람이었다. 가장 의지하는 동시에 가장 사랑하는 사람이기도 했다. 미우면 밉다, 좋으면 좋다, 모든 게 얼굴에 빤히 보이는 해인이다 보니 시율이 그걸 모를 리도 없었다.

"……."

시율은 뭐, 굉장한 볼거리인 양 잠든 해인에게서 한참을 눈을 떼지 못했다. 그러다가 겨우 고개를 돌린 건 바닥에 떨어진 그의 코트 속에서 휴대폰이 윙윙, 시끄럽게 울어댄 즈음이었다. 귀가 밝은 해인이 언제 깰지 몰라 시율은 얼른 휴대폰을 주워 들고는 욕실로 향했다.

〈신태일〉

짐작한 대로, 끈질기게 울려대는 전화의 주인은 태일이었다. 이미 휴대폰에는 태일의 부재중만 열 통이 넘은 채였다. 거의 하루 종일 일부러 받지 않았으니 당연했다. 그나저나 이미 자정인데도 포기하지 않다니, 태일답지 않은 끈기였다. 태일의 입장에서는 아마도 함정에 빠진 느낌이리라. 아침부터 고양이를 데리고 사라졌나 싶더니 집으로 이하은을 보냈으니까.

그러고는 잠수했으니…….

시율은 잠시 고민하다가, 전화를 받아 들었다.

"여보세요?"

-형님!

"으흠?"

-……으흠이 아니잖습니까!

겨우 연결된 전화에 감동한 걸까? 수화기 너머에서 반쯤 우는 태일의 목소리가 들렸다.

"분명 말하는데, 계획적인 건 아니었다."

-그걸 믿으라고 하시는 말입니까?

"아니, 아침에 산책하러 나갔는데 말이야. 집에 너도 혼자 있겠다, 거기에 이하은만 보내면 끝이 나겠더라고. 어차피 만나볼 거였잖아?"

시율은 태일에게 보일 리도 없는데 어깨를 으쓱거리며 욕조 사이드에 걸터앉았다.

―……저랑 상의 정도는!

"그런 건 할 만큼 했잖아."

그는 다른 건 관심이 없었다. 다만 지금쯤이면 대충 정리가 됐을 테니 태일이 뭐라고 하나 들어볼 작정이었다.

"그래서, 어떻게 됐는데?"

―형님 정말.

"너무하다고? 난 봐줄 만큼 봐줬다. 네 녀석이 미적지근하게 구는 거라면 말이야."

―……물론, 그건 알지만.

"그거만 말해봐. 간택당했는지, 외면받았는지."

제 일 아니라고 참 쉽게도 물으며 시율은 욕조에 물을 받았다. 적당히 따듯하게 물을 조절하고 있자니 그 소리를 들었는지 태일이 말을 돌렸다.

―그…… 지금 대체 어디 계신 겁니까?

"아, 친구네."

―집에 안 들어오시는 겁니까?

"오늘은 어쩌다 보니 시간이 늦어져서 말이야, 여기서 묵을 생각이야. 그보다 말 돌리지 말고 네 이야기나 해봐."

―…….

"대답 안 하면 집에 안 들어간다."

희한한 협박이었지만 태일에게는 제법 먹히고 있었다. 자신 때문에 시율이 집 밖을 전전한다고 생각하면 양심에 가책이 극심한 일이었으니까.

―뭐, 그 나이에 가출입니까?

"그래, 결판날 때까지 네 얼굴을 안 보는 것도 속 편하겠지."

-굳이 말씀드리자면, 간택…… 쪽이긴…… 한데.

거, 축하할 일이었다. 태일의 목소리가 썩 밝지는 않을 걸 보면 다른 문제들이 산재하긴 한 것 같았지만.

"그런데 왜 기운이 없어?"

-이게 잘하는 건지 알 수가 없어서…….

"일전에 말했지. 칭찬받고만 살 수는 없다고. 그건 욕심이야, 신태일."

-……그런 게 아니라…… 파혼하게 되면, 하은이가 잃는 게 너무도 많습니다.

이하은이 자신을 선택했음에도 태일이 순수하게 기뻐하지 못하는 이유는 아무래도 그게 큰 것 같았다. 그간 남에게 쓴소리 듣고 살지 않았던 이하은이었다. 태일과 비슷한 유순한 인생을 살았다. 남에게 폐를 끼치지도 받지도 않던 평화로운 삶. 그러던 어느 날 결혼을 코앞에 둔 상황에서 멀쩡한 약혼자의 손을 놓고 돌연 다른 남자를 택했으니 쏟아지는 비난은 당연할 터였다.

"뭐, 이하은뿐 아니라 대부분이 너희를 비난하겠지."

-저는 아무래도 좋지만 하은인 여자잖습니까. 그걸 버틸 수 있을지…….

입소문이 빠른 바닥이니 하고 있는 모델 일에도 영향이 갈 테고, 약혼자와는 대학 선후배 사이니 지인들 사이에서 따가운 눈총을 받는 것도 당연해 보였다. 두고두고 가십거리가 될 것도 분명했다. 친구를 많이 잃을지도 모른다. 갑작스러운 이탈에 가족들의 반대 역시 극심하리라. 실망한 이들과 등을 지게 될 수도 있었다.

제삼자인 시율도 짐작할 수 있을 만큼 이하은이 태일을 고르는 건 확실히 실(失)이 많은 선택이었다. 태일은 이제 와서 그것이 실감 나 심히 괴로운 모양이었다. 하지만…….

"너, 그런 걱정은 집어치워라. 그쪽을 버리고 널 택한 건 이하은 본인이잖아. 그렇다면 알아서 감수하겠지. 여자들이 그렇게 약하지만은 않거든."

-……하은인, 저만 좋다고 하면 저를 따라 미국에 가겠답니다.

"그거 괜찮네. 왜, 넌 그게 부담스러워서?"

-그럴 리 없잖습니까! 그런 게 아니라, 다만…… 저 같은 놈 때문에 하은이가 너무 많은 걸 포기하는 건 아닌가 싶어서…… 자기 일도, 가족도…… 친구들도 다 이곳에 있는데…… 저 하나 때문에…….

차라리 강단 있는 건 이하은 쪽일지도 모르겠다. 끝끝내 주춤거리는 태일보다는 말이다. 시율은 한숨을 내쉬며 마지막으로 이것까지는 가르쳐주자고 생각했다.

"너 정말 바보구나, 그걸 전부 포기하더라도 그만큼 네가 좋은 거잖냐."

-…….

"그 전부를 합친 것보다 네가 좋다는 거잖아. 그러니 선택했겠지. 그런데 다시 선택하라고 하면 넌 나쁜 놈이야."

-그런…… 뜻도 되겠군요.

"고마워하기나 해."

사랑하는 사람에게 사랑받아보지 못해서일까. 태일은 저로 인해 누군가가 무얼 희생하는 게 낯설고 두려운 모양이었다. 항상 자신이 희생하는 게 정답이었던 탓도 커 보였다. 누군가의 첫 번째라는 게 어떤 건지, 이제부터라도 알아야 할 텐데 말이다.

-저는 미안해서…….

"미안하면 앞으로 평생 잘하면 되는 거고."

어휴, 이 답답한 녀석. 마지막까지 등을 걷어차줘야 하나. 시율은 모자란 동생이 하나 생긴 기분이었다.

-……감사합니다.

"그런 건 됐다. 너희 인생인걸."

마침내 욕조에 물이 가득 차 있었다. 시율은 수도꼭지를 잠그며 내일은 집에 돌아갈 수 있겠다고 생각했다.

끼익. 욕실 문이 스리슬쩍 열린 건 그때였다. 그러고 보니 아까 잠그지 않은 것 같았다. 문을 열고 안쪽으로 고개를 들이민 건 당연히 해인이었다.

"아, 자세한 건 내일 듣기로 하고. 난 좀 쉬어야겠다."

-형님?

"또 전화하면 내일 가서 가만 안 둘 거다."

들을 것도 다 들었겠다, 시율은 통화를 마무리하는 데 아무런 미련이 없었다. 다만 비몽사몽 졸린 눈을 비비는 해인에게 더 관심이 있었다.

"미안. 시끄러웠어?"

"⋯⋯아니, 옆이 허전해서 깼어."

해인은 자다 깨서 온 탓에 가벼운 하품을 하고 있었다. 시율은 다시 가서 자라고 권할까 하다가, 마침 욕조에 물도 가득 받았겠다, 해줄 이야기도 생겼겠다⋯⋯.

욕조를 가리키며 권했다. 거의 농담이었지만.

"잘됐네. 그럼 같이 씻을까."

늘 하는 그런 장난이었다. 해인이 부끄러움에 파닥거리며 도망치는 것을 보는 것도 그의 즐거운 일 중 하나였기 때문이다. 그런데, 멍하니 커다란 욕조를 바라보던 해인이 선선히 고개를 끄덕인 건, 아주 의외의 일이었다.

"좋아."

그건 꼭 잠결 때문만은 아니었다. 시율은 당연히 거절당할 줄 알았던 터라 내심 당황하고 말았다.

목욕은, 정말 좋았다. 뜨거운 것과 따뜻한 것의 미묘한 경계에 있는 물속에 몸을 녹이자 머릿속까지 말랑말랑하게 녹아버리는 느낌이었으니까. 그야말로 노곤함의 극치였다. 아직도 그 기분이 팔다리에 남아서 반쯤 흐느적거리는 해인이었다.

위이잉.

"너, 목욕 싫어하지 않았던가?"

"으으음…… 이 모습일 땐 좋아."

목욕 후, 가운을 걸친 해인은 시율의 무릎 위에 앉아 그가 머리를 말려주는 대로 골골, 거리며 목을 울리고 있었다. 목욕 좋아. 강도 좋아. 입욕제 향도 좋아. 큰 손으로 머리 말려주는 거, 최고로 좋아. 해인은 이래저래 기분이 좋지 않을 수가 없었다.

"……그렇군."

사람일 때 목욕은 오케이란 말이지? 이 의외의 사실을 머릿속 수첩에 적어두며, 시율은 다음에는 해인과 같이 온천에 가볼까 하는 궁리를 했다.

"있지, 주인은…… 뭐래?"

"들었어?"

"조금."

해인이 지금 반쯤 조는 것 같은 목소리인 건, 뜨거운 물에 푹 늘어져서였다.

"잘됐대."

"……엥?"

그거 설명이 너무 대충인걸? 해인은 좀 더 자세히 이야기를 들려줬으면 싶었지만, 시율은 이 둘만의 시간이 아주 마음에 들었는지 태일의 이야기를 길게 하려 들지 않았다. 해인은 이제 시율의 그런 습성을 아주 잘 알고 있었다. 이 섹시한 인간 남자는 의외로 질투심이 강한 편이었으니까.

'수컷은 수컷이라 소유욕이 있다고 해야 하나……?'

자꾸만 감기는 두 눈을 크게 깜빡이며 해인은 그런 생각을 했다. 그리고 말은 입 밖으로 해야 통한다는 사실도 떠올렸다. 태일과 이하은을 보면서 배운 거라곤 그런 거였다.

"강."

"으흠?"

그래서 늘어지는 와중에도, 그의 무릎 위로 기어 올라가 시율을 마주 보도록 앉았다. 같은 체온이 된 그의 목을 끌어안으며 속삭였다. 말할 때마다 머리카락을 타고 흘러내린 물이 작게 똑똑, 소리를 내며 바닥으로 떨어졌다.

"있잖아. 개냥이 주인은 신태일이지만…… 내 주인은, 강시율이야."

"……웬일로 기특한 소리를 하게 됐네."

그의 어깨를 안으며 배시시 웃었다. 그의 움푹한 쇄골쯤에 입술을 묻으며 잠꼬대하듯 속을 털어놨다.

"내가 사랑하는 건, 강시율이고."

말할수록 비워지는 게 아니라 채워지는 기분이었다.

"내 모든 게, 강시율 거야."

"……정말?"

"그럼, 내 영혼의 주인도 강시율이고."

물을 가득 흡수해서 촉촉한 손끝으로 그의 뺨을 만지며 입술을 덧댔다. 시율은 열에 달아오른 드라이어를 끄며, 해인에게 닿지 않도록 저 멀리 치우고 있었다. 그의 무릎 위는 왜 이렇게 기분이 좋은 걸까. 해인은 목욕 기운과, 그의 체온에 조금은 취한 기분으로 온 마음을 고백했다. 사신의 주술이 아무리 강력해도, 사랑을 속삭이는 건 방해하지 못했으니까.

"전부 줄게."

해인은 부드러운 그의 가운 위로 뺨을 비비적거렸다. 시율은 때아닌 해인의 폭풍 애교를 음미하며 이 아가씨가 웬일로 이렇게 인심을 쓰는 걸까, 고심했다. 좋은 게 좋은 거니 일단은 마음껏 즐기겠지만…….

"대신, 강도 내 거야."

"……그거 나쁘지 않네."

"강의 주인도 나야. 그렇게 손해는 아니지?"

"그래."

공짜는 아니었던 모양이라고 생각하며, 시율은 기꺼이 해인의 키스에 화답했다. 오늘따라 해인이 자꾸만 입술을 졸라서 몇 번이고 받아주었다. 오늘의 이 키스가 몇 번째인지도 셀 수 없는 날이었다. 지난날 중 서로에게 가장 따듯한 날이기도 했으니까.

그리고 그건 해인이 오늘, 그 어느 때보다 마음을 열어서였다. 사신이 방해하는 것을 빼고는 모조리 그에게 보이자고 생각했다. 아낌없이 전부. 나중에 하나라도 후회하지 않도록.

해인은 그의 팔 안에서 몸을 웅크린 채 잠을 기다렸지만 쉽사리 잠이 오지 않고 있었다. 그가 잠들지 않아서였다. 그리고 그는 해인이 잠들지 않아서 잠들지 못하고 있었다. 문득 깨닫기로 다들 잠들어 있는 새벽녘에도 서로를 보고 있다는 건 신기한 일이었다. 정말 세상에 우리 둘밖에 없는 건 아닐까, 하는 유치한 착각이 들었으니까.

해인이 뜬금없이 그에게 물었다.

"강은 내가, 고양이어도 좋아?"

"……응."

"하지만, 평범한 사람이면 더 좋을까?"

"지금도 괜찮아."

그건, 충분히 대답이 됐다.

괜찮지만 그랬다면 더 좋았을 거라는. 하지만 결코 안 될 거라고 생각하는 얼굴이었다. 그는 해인이 잠꼬대를 한다고 생각하는 모양이었다.

"만약, 가능하다면? 강은 내가 평범한 여자였으면 좋겠어?"

단서를 남기는 걸 방해하는 스스로 때문에, 만약이라고 덧붙이면서밖에 물을 수 없었다. 시율은 반쯤 잠들려던 상태라 약간은 잠긴 목소리로 대꾸했다.

"안 되는 말을 해서 뭐해."

"상처 안 받으니까 솔직하게 말해줘. 만약 내가, 같은 사람이었으면 어떨 것 같아?"

"그럼…… 다신 소원이 없을 것 같아."

그는 잠기운에 눈을 감았다가 뜨며 말했다. 하지만 해인이 심각하게 받아들이길 바라지 않았기에, 동그란 이마에 살며시 키스하며 덧붙였다.

"만약에일 뿐이야. 난 이대로도 좋아."

"……."

"알았지?"

그가 신경 쓰느라 잠들지 못할까 봐 고개를 작게 끄덕이기는 했지만, 해인은 고민에 빠져야 했다. 자신은 분명, 이대로 그의 곁에서 사는 '생'도 선택할 수 있었다. 본래의 '인생'을 포기한다면 계속, 그와 이런 단잠 같은 시간을 보낼 수 있다. 하지만, 대신에 일상생활은 불가능했다. 평범한 사람들처럼 살 수 없는 몸이었으니까. 이 몸은 어디에도 찍히지 않고, 그에게 기생하지 않으면 유지할 수 없는 몸이었다. 그리고 언제 또 쓰러질지 몰랐다.

'아는 사람을 만날 때마다 기절하면 어쩌지? 그래서 또 그를 곤란하게 하면?'

바라건대, 해인은 그와 같은 온전한 사람이고 싶었다. 그와 같이 늙고 싶었다. 언젠가 그의 아이를 낳고 싶었다. 그리고 그건, 이대론, 불가능했다.

'평범하게 평생을 당신과 사랑하고 살고 싶어. 강, 내 소원은 그거야.'

그건 너무 쉽고, 너무 어려운 일이야.

어느덧 일상으로 돌아갈 시간이었다. 호텔 방을 나서며 해인은 마지막으로 자신이 묵었던 방 호수를 확인했다. 그냥 기억해두고 싶었다. 1207호. 언제까지 기억할 수 있을지는 모르겠지만.

"안 가? 뭐 하고 있어?"

"응? 갈게."

저를 따라오지 않고 방문을 우두커니 바라보고 있는 해인을 시율이 이상한 듯 불렀다. 해인은 시율의 곁으로 뛰어가며 뒤를 한번 돌아봤다. 길게 늘어진 호텔 복도가 얼핏 미로의 일부처럼 느껴졌다. 그리고 저 끝에는 아무것도 없을 것 같았다. 그에게는 말하지 못하지만 해인은 가끔, 이 모든 게 꿈같이 느껴질 때가 있었다.

'강, 나는 말이야. 눈을 뜨면 전부 잊을 것 같아서 잠들기 두려울 때가 있어.'

그리고 그건 분명 다가올 날이기도 했다. 나중에, 그 어느 날의 홀연한 아침에 눈을 뜨고 기억나지 않는 1년을 자신은 어떻게 받아들이게 될까.

빈 기억을 더듬으며 무슨 생각을 하게 될까.

우선은 알 수 없는 허무함에 엉엉 울고 말 것 같다. 뭘 잃어버렸는지도 기억이 나지 않아서, 그저 눈물이 날 것 같았다.

"……강."

"응?"

지금은 곁에 있는 이 사람이 없다는 것도 모르면서, 없다는 사실에 울고 말겠지. 해인은 시율의 손을 붙잡아 그가 저를 내려다보게 했다. 낮게 뜨는 걸 즐기는 시선과, 성격이 그대로 드러나는 오만한 코와 입술, 잘생긴 이마. 그를 더 많이 기억하기 위해 애쓰며 그의 얼굴을 빤히 바라봤다.

그를 잊어버린다는 건 상상할 수도 없는 일인데…….

'역시, 가지 않을 수는 없는 것 같아.'

내내 생각해봤지만 고양이로 남은 평생을 사는 건 선택할 수 없었다. 박해인으로서 가진 전부보다 그가 볼품없어서는 아니었다. 이렇게 그의 손을 잡으며 걷는 순간이 소중하지 않아서도 아니었다. 입 밖으로 내진 못하지만…… 꿈에서 깨어나도 그라면 저를 찾아낼 것 같아서였다.

아주 어렵겠지만 기어코 찾아와 주지 않을까 하는 선명한 믿음이자 바람이 마음에 자랐다. 그건 그와 온전히 사랑할 수 있는 날을 향한 열망이기도 했다.

"……왜 그렇게 쳐다봐?"

"그냥. 너무 잘생겨서!"

"좀 수상한데."

"왜, 정말인데?"

시율은 눈썹 끝을 구부리며 해인이 지금 무슨 생각을 하는지 알아내려는 듯했다. 하지만 해인은 다만 미묘하게 웃으며 그의 손을 더 힘주어 잡을 뿐이었다.

'얼마 남지 않은 그날에…… 나는 긴 꿈을 꾼 기분일 거야.'

꿈속에서 자신은 슬픈 것도 같고 즐거웠던 것도 같고, 행복한 것도 같았는데…… 결국 아무것도 기억이 나지 않아서 막연히 긴 꿈을 꿨다고 생각하는 날이 오겠지만. 그래도 이 순간이 없었던 일이 되지는 않을 거다. 그래야만 했다.

해인은, 운명이라는 걸 믿어보기로 했다.

꼬박 하루 만에 집으로 돌아오니 태일이 달려 나오는 게 보였다. 그러니까, 평소에 해인이 하듯 주인 기다리던 개인 양 헐레벌떡.

"형님! 대체 어디 계셨던 겁니까?"

그 덕에 오히려 해인은 태일에게 들러붙을 틈이 없었다.

"뭐가? 친구네서 잤다고 했잖아."

"개냥이까지 데리고 가셔선, 연락도 안 되고……."

"전화받았잖아."

"겨우 몇 분이요?"

아무래도 태일은 아침 내내 시율을 기다린 모양이었다. 그는 하고 싶은 말이 많은 눈치였지만 시율은 그러거나 말거나 태일을 지나쳐 자신의 방으로 향했다.

"내가 애냐, 무슨 걱정을 그렇게 하는 거야."

"이런 적 없으시잖아요! 제가 얼마나 걱정했는지 아십니까?"

"사내자식이 징그럽게……."

"징그……."

고양이로 돌아온 해인은 곁에서 그런 둘을 지켜보며, 이거 뭔가 망나니 남편과 조강지처 부인 같다는 생각을 했다. 한쪽은 간밤의 행적이 걱정스러운지 안절부절못하고 한쪽은 상대가 귓등으로도 안 듣고 있으니 말이다.

물론 어제는 태일에게 그리 짧은 하루는 아니었을 것이다. 시율과 해인에게도 그랬지만.

"그래서 이하은은?"

방에 들어가려던 시율이 빈 거실을 휙, 둘러보며 물었다. 그건 정말 궁금해서라기보다는 그냥 태일의 바가지가 귀찮아서 질문하는 것이 틀림없어 보였지만.

"돌아갔죠. 진작에!"

"그래? 기껏 단둘이 있게 해줬더니."

"무, 무슨 일이 있을 리가 없잖습니까!"

딱히 그런 뜻으로 한 말은 아닌데, 태일이 얼굴을 벌겋게 물들이며 소리쳤다. 아마도 크게 당황한 모양이었다. 그리고 잔인하게도 시율은 그런 걸 재미있어하는 남자였다. 놀려먹을 기회를 놓칠 리가 없었다.

"모처럼 기회인데 키스 정도는 하지 그랬어."

"형님! 저흰 그런 사이가 아니라고요!"

"하지만 어제부터는 그런 사이가 된 거잖아."

"……그야."

"보통은 서로 좋아한다는 걸 확인하면 키스하고 싶어지지 않나?"

태일은 분명 하려던 말이 있었지만, 시율의 서슴없는 질문 공세에 뒷걸음질을 치는 수밖에 없었다.

"말도 안 돼요! 이제 겨우 알았을 뿐입니다. 그런데 갑자기 그, 그…… 그런 걸…… 할 리가……!"

"겨우 키스 가지고 말까지 더듬기는."

이 녀석 설마 키스도 안 해본 걸까? 시율은 얼핏 그런 생각을 했다가 설마가 사람 잡는다는 사실을 깨달았다. 설마하니 나이 서른에 아직도…… 라는 불가능에 가까운 의구심은 태일의 민망한 얼굴을 보자 확신으로 바뀌었으니까. 태일은 하여간 어떤 의미로 대단한 구석이 있었다. 이래서야 서른

살 남자랑 대화하는 게 아니라 첫사랑에 빠진 소녀랑 대화하는 기분이었다.

"너희가 어제오늘 안 사이는 아니잖아."

"그거랑 그거랑은 다르잖습니까!"

"그리고 너희, 미국에 가면 같이 살게 되는 거 아니었어?"

"……형님! 하은인 아직, 파…… 파혼 전이라고요!"

"아 참, 그랬지."

갈 길이 멀었지. 그걸 잊고 있었네. 태일의 성격상 그런 부분이 확실해지기 전에는 손도 잡지 않으리라. 당연한 일이기도 했지만 그런 게 참아진다는 점에서 시율은 이 녀석 보살인가 싶을 뿐이었다.

"……키스 정도는 괜찮지 않나."

"하나도 안 괜찮아요!"

심각하게 권해봤지만 먹히지 않았다.

'내 남자 친구지만 참 양심 없다…….'

뒤에서 둘의 이야기를 들으며 어제의 상황을 파악하고 있던 해인은 당하고 있는 태일이 안쓰러워졌다. 보통이라면, 지금 쩔쩔매야 하는 쪽은 태일보다는 시율일 텐데 말이다.

"그래서 언제 정식으로 파혼하는데?"

"……아직 그런 건."

태일은 시율이 돌아오면 조금 따지고 싶은 게 있었다. 어제 자신을 함정에 빠트린 일이라거나, 뭔가 계략이 있었던 것 같은 점이라거나 등등 여러 가지 이상한 일들. 하지만 시율은 결코 호락호락한 상대가 아니었고, 말을 할수록 궁지에 몰리는 건 어째 태일 쪽이었다. 애초에 덤빌 수 있는 상대가 아니었다.

"빠르면 좋잖아. 서두르라고, 그나마 서른 초반일 때 첫 키스 정도는 해야지."

"형니임!"

"키스 못 하고 죽은 귀신은 때깔도 별로인걸."

해인은 시율을 말려주고 싶었지만 그건 불가능했다. 솔직히 시율의 말에 동감하기도 했다. 천연 모태 솔로 태일과 달리 시율은 명백하게 골키퍼가 있든 말든 공격하는 쪽이었다.

"아무튼, 난 너희가 미국에 가면…… 정말정말 기쁠 거다."

"……지나치게 기뻐 보이시는데요?"

"축하의 의미야. 커플이 함께 있다는 건 좋은 거잖아?"

얼핏 들으면 태일과 하은의 이야기 같았지만 실상은 그렇지 않았다. 절레절레, 시율의 진심을 아는 해인은 고개를 내저을 수밖에 없었다. 새삼스럽지만 시율은 참 욕망에 충실한 남자였다. 누구의 남자인지 무섭게도 말이다.

'난 대체 어쩌다 저런 남자한테 사랑을 받고 있는 걸까.'

좋은 건지 아닌지는 알 수 없었다.

"냐냐?"(어디 가?)

해인이 두 남자의 행동에서 수상함을 감지한 건 늦은 저녁 즘이었다. 분명 퇴근하고 돌아와서 씻은 시율이 다시 옷을 걸쳐 입고 있었고, 내내 홈웨어를 입고 편하게 있던 태일도 두꺼운 외투를 꺼내 입었다. 둘 다 나갈 채비를 하는 게…….

이건! 산책의 증후야! 할아버지, 아니 사신의 이름을 걸고 분명해!

"니야!"(나도 갈래!)

귀신같이 산책하려는 기색을 눈치채고 시율의 바짓단에 들러붙는 해인이었다. 예로부터 모든 애완동물에게는 주인이 일을 하러 가는 건지 그냥 슈퍼에 가는 건지 구분할 수 있는 신묘한 힘이 있었다. 해인 역시 예외는 아니었다.

"넌 집 봐."

"먀?"(왜?)

평소라면 순순히 데려갔을 시율이 이번만은 왠지 해인을 데려갈 마음이 없어 보였다. 그것도 아주 단호하게.

"남자 둘이 할 얘기가 있으니까."

"먀아먀!"(고양이한테 비밀로 할 게 뭐가 있다고!)

"그런 게 있어."

"므악!"(치사해!)

태일은 함께 나가고 싶어 하는 해인이 걸리는지 자꾸만 뒤를 돌아봤지만 시율이 강제로 현관 밖으로 끌고 나갔다. 저만 떼어놓고 갈 줄이야. 해인은 닫힌 현관문을 긁으며 미양미양, 울어댔다. 이러면 마음 약한 태일은 돌아올지도 모를 일이었다.

"미야, 미야아, 먀아, 먀먕!"(나도 데려가! 어떻게 이럴 수 있어! 왜 나만 따돌리는 건데! 이건 배신이야!)

분명 아직 현관 앞을 서성이는 기척이 느껴졌다. 태일은 원망의 울음소리가 귓가에 울려서 발이 잘 떨어지지 않는 모양이었지만, 결국에는 질질 엘리베이터 안으로 끌려 들어가는 소리가 났다. 정말 둘이서만 사라져 버렸다.

이건 애완동물의 입장에서는 꽤나 서러운 일이었다.

"냐냐냐!"(이 나쁜 사람들!)

시율이 해인도 따돌리고 태일을 끌고 온 곳은 아파트의 옥상 정원이었다. 날이 추워져서 그런지 대부분의 풀이 죽어서 정원은 황량한 상태였다. 당연히 달리 올라온 사람도 없었다. 옥상엔 둘뿐이었다.

"에췌!"

"따듯하게 입지 그랬냐?"

"큼, 형님께서 잠깐이면 된다고 하셔서……."

"그렇긴 하지."

"그런데 무슨 얘기를 하시려고요? 집에서는 왜 안 하시고."

시율이 적당히 자리를 잡고 앉은 벤치는, 우연이겠지만 태일이 처음 해인을 만난 자리였다. 딱 저 자리에서 하늘을 올려다보고 있는 검은 고양이를 발견했었다.

"일단 앉아라."

"무슨 일입니까?"

"그냥…… 그런 거 있잖냐. 꼭 말로 하고 싶은데 다른 사람이 못 듣는 곳에서 하고 싶은 이야기."

"……알죠. 그런 거."

시율이 그런 걸 따지는 타입인지는 몰랐지만 말이다. 그는 뭐든 서슴없이 말하는 게 특기인 사람이었다. 그리고 그간 대화하고 싶어 하는 건 늘 태일 쪽이었는데, 오늘은 시율이었다.

"네가 떠나기 전에 말해줄 게 있어서."

"심각한 일입니까?"

"비슷한가? 사실 말이야, 내가 널 속인 게 하나 있거든."

웃으면서 할 소린가, 그게? 지금 시율의 말이 믿어지지 않을 만큼, 태일은 그게 어떤 건지 짐작도 가지 않았다.

"형님이 절요?"

"으흠."

"농담이시죠?"

"아니. 정말인데."

시율은 고백할 게 있는 사람치고는 지나치게 여유로워 보였다. 코트 주머니 깊숙이 두 손을 집어넣고는 허공에 긴 숨을 내쉬었다. 날이 얼마나 찬지 증명하듯, 입김이 공중에서 하얗게 얼어붙었다가 사라졌다.

"……그게 뭡니까?"

"강시연."

돌연 나온 이름 하나는 태일이 기억을 딱히 더듬지 않아도 바로 떠오를 만한 사람이었다. 유난히 결이 좋아 보이는, 새까만 머리카락을 가진 여자.

어린 짐승의 코끝을 닮은 분홍빛 입술이 유난히도 그의 기억에 남아 있었다. 저를 보던 마냥 순한 눈도 떠올랐다.

그건 이성으로서 매력을 느꼈다기보다는, 예술가 중 한 명으로서 사랑스럽다고 느낀 점들이었다. 애초에 이성으로 감정을 품기에는, 시율이 너무도 소중하게 바라보고는 했던…….

"동생분?"

"그 이름 가짜야. 그리고 사실 내 여동생 아니야."

"예?"

그럼 자신을 속였다는 게…… 태일은 한동안 의아한 얼굴로 시율을 쳐다봐야 했다. 딱히 충격적이거나 한 사실은 아니었다. 다만 이해할 수 없을 뿐.

"왜, 그런 거짓말을 하셨습니까?"

그리고 지금 와서 사실을 말해주는 이유는 또 뭐고.

"그 녀석, 널 좋아했거든."

그래, 그건 좀 충격이었다. 더욱더 이해할 수 없어서. 시율은 툭 하니 말을 내뱉고는 하늘만 쳐다보고 있었다. 태일은 제가 뭔가 되물어도 되는지 자신이 없었지만, 이야기를 하자고 자리를 만든 건 시율이었으니 용기를 내서 되물었다.

"……그건, 이상합니다. 저는 전혀 모르는 사람이었는데요."

"내가 좋아하는 사람이 꼭 날 알고 있으라는 법은 없잖아."

"그야 그렇지만…… 왜 하필 저를."

"네가 비록 그런 놈이지만 그게 장점이기도 하니까. 남에게 상처 주지 못하는 거. 그 녀석이랑 그게 닮았거든. 거기에 끌렸던 거 아닐까."

따로 시율이 말을 덧붙이지 않아도 알 수 있었다. 그의 여동생인 줄 알았던 여자가 사실은 그가 좋아하는 여자라는 것쯤은 말이다. 전에 봤던 모든 것들이 설명됐다. 과하게 싸고돌던 것, 아무도 만지지 못하게 했던 것, 이상할 만큼 자꾸 눈으로 좇던 것.

지금의 저 따뜻한 음성이나 시선만 봐도 그건 분명한 사실이었다.

"저와 닮았다는 느낌을 받기는 했지만…… 여동생이라도 거짓말하셨던 게 그럼, 그때 시연 씨가 절 좋아하고 있어서였습니까?"

"으흠. 지금은 아니지만."

"……그건, 다행이네요."

"적어도 그땐 내 애인이라고 소개할 수 없었거든. 엄청 화냈을 거야. 뺨을 맞았을지도."

말하는 것과 달리 심각하진 않아 보이는 게, 시율이 그것들이 귀엽다는 듯 웃고 있어서였다. 그래서 태일은 내심 안도할 수 있었다.

"후배 정도로 말하시지 않고요."

"꼬실 생각 못 하게 하려고 그랬지."

"……제가 그럴 리 없잖습니까."

"아니, 그 녀석이 너를 말이야. 꽤 당돌하거든. 은근히 위험하단 말이지."

해인은 보기보다 엄청 저돌적인 구석이 있어서, 가끔 시율을 당황하게 하였다. 마음먹고 애정 표현을 하기 시작하면 이러다 혼이 빠지겠다 싶을 정도였으니까. 태일이 그걸 당했다면 지금쯤 그의 상대는 이하은이 아닐지도 몰랐다.

"그런 것치고는, 저랑 데이트까지 하게 하셨잖습니까. 그것도 형님이 주선…… 하셔서."

"아, 네가 얼마나 괜찮은 녀석인가 보여주고. 그런데 내가 더 괜찮다는 걸 보여주고 싶었거든."

"……하?"

"미안."

대놓고 이용했다고 말한 거 같은데, 방금. 그리고 은근슬쩍 사과까지. 태일은 저도 모르게 이용당했다는 사실에 허탈한 웃음을 흘리기는 했지만 화를 내진 않았다. 본래 그런 데 욱할 성미도 못 됐거니와, 상대는 시율이었으니까.

"그래서…… 지금은 어떻게 되셨습니까?"

"일단은, 사귀고 있어."

"혹시 예의 그 여자 친구분이……?"

"그래."

"이제야 알겠네요. 안 보여주셨던 이유가 그거군요."

"그런 셈이지."

"축하드리면 되는 겁니까?"

"……그런 건 됐으니까."

시율은 말할 때 항상 상대의 눈을 똑바로 보는 편이었는데, 지금은 어째 자꾸만 하늘을 올려다보고 있었다. 달을 보는 건지 별을 보는 건지는 알 수 없었다. 그저 막연히 먼 곳을 보고 있었다. 지금도 무슨 생각을 하는지 말을 멈춰버려서, 태일은 잠자코 그가 입을 열길 기다렸다.

"……?"

"나중에, 길에서 그 녀석을 보면 꼭 알려주라."

"……뭘 말입니까?"

"내가 기다리고 있다고."

태일로선 이해할 수 없는 말일 뿐이었다. 지금 시율이 왜 쓰게 웃는지도 알 수 없었다.

"아니다. 그냥 그 자리에 붙잡아놔."

말을 덧붙이며 그가 슬프게 웃는 이유 역시 감히 짐작할 수 없었다.

8. 행복을 부르는 고양이

아침부터 잡지에만 빠져 있는 시율에게 심술이 나서 온몸으로 그를 방해하기 시작했다. 그가 펼치고 있는 페이지 위로 뒹굴뒹굴 몸을 굴리며 글자를 읽을 수 없도록 말이다. 어제 저를 따돌린 일로 심술이 나기도 한 상태였다.

"……뭐 하는 거야?"

"심심해."

"거참."

"주인도 나가고, 강은 잡지만 보고. 따분해!"

산책이라도 시켜주든가, 아니면 머리라도 쓰다듬어줘. 해인이 시율의 손 안으로 제 작은 머리를 들이밀었다. 지금은 태일이 언제 돌아올지 몰라 고양이 모드였다. 시율은 피식 웃으며 해인이 원하는 대로 머리를 쓰다듬어주고, 등을 토닥여 줬다.

"여행을 갈까 해서."

"여행?"

그러고 보니 잡지가……. 해인은 몸을 일으키며 자신이 가리고 있던 페이지를 자세히 살펴봤다. 일본의 온천 투어를 주로 다루고 있는 여행 광고였다. 눈이 쌓인 온천지의 사진은 퍽 운치 있어 보였다.

"강…… 일본 여행 가게?"

"으흠."

"날 두고? 혼자 집 보라고!"

"뭐라는 거야. 당연히 같이 가야지."

분명 버럭 화를 내려던 해인은, 시율의 말에 기뻐하는 대신 곧장 시무룩해졌다. 가혹한 현실을 깨달았기 때문이었다. 시율이 저를 두고 여행 가는 건 섭섭한 일이지만, 그래도 어쩔 수 없었다. 생각해보니 제 주제가 퍽 초라했으니 말이다.

"미안, 다녀와……."

"집 보기 싫다며?"

"난 같이 못 가. 비행기도 못 타고, 여권도 없고……."

"……그거 엄청 현실적인 문제구나."

기가 죽어버린 해인을 보며 시율은 언제쯤 이 녀석이 눈치챌까 기다렸다. 다만 우울한 눈을 보자니 1분도 못 갔지만.

"걱정 마. 너도 갈 수 있으니까."

"……위조해?"

"뭔 소리래."

"막 영화처럼! 하지만 여권 위조하면 범죄잖아! 아니, 그런 거 가능하긴 해?"

겁이 나는 얼굴이면서도, 가고 싶긴 가고 싶은지 해인의 눈은 꽤나 반짝거리고 있었다.

"아니, 배로 가면 돼."

"……배도 여권 있어야 하는걸."

"작은 짐승은 데리고 탈 수 있어. 캐리어가 있으면."

"아!"

맞아, 난 고양이지! 지금도 고양이 모습이면서도 왜 그걸 생각하지 못했을까. 고양이라서 좋은 점도 있었잖아? 여권 따위 필요 없어! 폴짝폴짝, 해인은 새로이 깨달은 사실에 기쁨의 점프를 하며 두 귀까지 파닥거렸다. 엄청, 기분이 좋다는 표현을 온몸으로 하고 있었다.

"강 천재다!"

"그걸 이제 아셨나."

"뱃삯도 굳잖아!"

"연휴랑 붙여서 휴가를 내면, 크리스마스를 거기서 지낼 수 있을 거야."

그거 대단히 좋은 것처럼 들렸다. 크리스마스에 온천 여행이라니.

"연휴가 얼마 안 남아서 비행기는 자리가 없겠지만, 배는 아는 사람을 통하면 아마 될 거야. 갈 거지?"

"갈래, 갈래!"

"마음에 드니 다행이네."

"당연하지!"

"가면 료칸이라는 일본식 전통여관에 묵자. 온천 하긴 그편이 좋거든. 분명 재밌을 거야."

그것들은 듣기만 해도 즐거운 계획이었다. 호텔에 가본 것도 시율과 함께 간 것이 처음이었는데, 료칸까지. 해인은 신나서 더 생각해볼 것도 없이 열성적으로 고개를 끄덕거렸다. 그렇게 흔한 여느 커플들처럼 크리스마스 여행 계획을 세우고 있자니, 자신이 한 가지 간과하고 있다는 게 떠올랐다.

'연말에는, 집에 가기로 했는데!'

들떠서 그만 깜빡했지만 말이다. 해인은 아차 싶었다. 하지만 남자 친구와의 첫 해외여행을 포기할 수도 없었다. 심지어 이 크리스마스는 시율과의 처음이자 마지막일 수도 있었다. 연말에 부모님이냐, 남자 친구냐. 그것이 문제였다. 고양이의 몸을 하고는 이런 인간적인 고민을 하게 될 줄이야.

며칠간의 고민은 힘들었지만, 사실 답은 정해져 있었다.

"어, 엄마. 잘 지내? 집에 별일은 없고?"

-별일은, 그냥 매일 똑같지.

"다른 게 아니라…… 저기, 연말에 집에 못 갈 것 같아. 미안해."

불효녀를 용서해, 엄마! 해인은 심히 양심에 찔렸지만 크리스마스에는 시율을 선택할 수밖에 없었다. 그리고 해인의 엄마는 매우 쿨한 구석이 있었다.

-그러럼. 너 편할 대로.

"……혼자 지내야 하는 거 아냐?"

-나도 친구 있어, 얘.

"그, 그러면 다행이고."

또한 엄마는 사람을 꽤 무안하게 하는 구석도 있었다. 해인은 자기 엄마가 시율과 잘 맞을 것 같다는 생각이 들었다. 면박 잘 주는 장모와 사위라…… 왠지 상상이 갔다. 이루어질지는 모르겠지만.

-너 얼마 전에는 대뜸 전화해서 보고 싶다고 뚝뚝 울더니, 이제 또 괜찮아졌나 봐?

"전혀 안 울었거든! 창피하게 뭔 소리래!"

똑똑히 운 걸 분명 기억했지만, 지금 와서는 민망한 일이었다. 엄마에게는 이 정도 우겨도 괜찮았다. 엄마니까.

-향수병이 도졌나 했더니 나았나 보구나? 뭐, 알아서 해.

"그…… 집엔 나중에 갈게."

-그래라. 내가 어딜 가겠니. 네가 아무 때나 와도 난 집에 있을 거야.

거짓말, 없었으면서. 시율을 따돌리고 기껏 집에 찾아갔더니 여행 가고 없던 엄마가 떠올랐다. 해인은 허무했던 그날의 일이 떠올라 마음에 미안함이 조금 줄어드는 걸 느꼈다. 그리고 문득, 주술이 걸리기 전인 그때라면 시율에게 많은 것을 알려줄 수 있었을 텐데 하는 아쉬움이 들었다. 그땐 아직 시율을 믿지 않던 때라서, 숨기는 데 급급했다.

"응…… 아무튼 미안해. 아마 봄이 끝날 즘에는…… 집에 돌아갈 수 있을 거야."

-여름 말하는 거니?

"여름이 시작되기 전일 거야."

-그럼 한 네다섯 달 뒤겠구나.

"아마."

아주 길어야 다섯 달. 사신이 몸을 완성했다며 찾아오는 날을 정확히 알 수는 없었지만, 그보다 짧으리라는 건 알 수 있었다.

-그래서 연말엔 뭐 하려고? 집에 안 오는 걸 보니 친구들이랑 놀러 가니?

"……비슷해."

-애인이라도 생긴 거야?

역시 엄마의 눈치는!

"응, 뭐……."

으응? 말해지네? 응? 말해지잖아? 저도 모르게 내뱉은 수긍에 가장 놀란 건 해인 스스로였다.

"……어, 엄마! 방금 내가 한 말 들었어?"

-애인이 생겼다는 거?

이럴 수가. 이게 된단 말이야?

-뭐 하는 사람인데?

"그 사람은 수……."

반색하고 대답하던 해인은 목 안에서 목소리가 턱, 막히는 걸 느꼈다. 아, 그럼 그렇지. 여기까지로구나. 그래도 이 정도면 엄청난 발견이었다.

-왜 말을 하다 말아?

"……저기, 엄마, 나중에 그거 나한테 말해줘."

-뭘?

"방금 그거!"

누구랑 사귀고 있었다는 거! 또 말이 나가지 않았다. 의식이 이제야 위험을 인식하고 통제하기 시작한 모양이었다. 아무래도 시율에게 자신에 대해 단서를 남기면 안 된다는 사실에만 집중해서, 엄마에게 지금의 이야기를 하는 건 별로 의식하지 못했던 듯하다.

-이상하게 군다? 너 요즘…….

"……끊을게!"

-너 휴대폰은 안 고치…….

마침 동전도 떨어져서 전화를 끊을 수밖에 없었다. 해인은 공중전화 수화기를 내려놓으며 저도 모르게 웃고 있었다.

'나, 사신 모달은 인간 박해인의 영혼에 금동술을 건다. 그대 저승에 대한 것이나, 인간인 자신에 대해서는 그 어떤 것도 무언, 무행 하리라. 내 영혼의 무게를 걸고 강력히 주술을 거니, 이 결코 어길 수 없을 것이다.'

사신이, 자비를 베푼 게 한 가지 있었다. 저주에 가까운 주술을 걸면서도 말이다. 그건 해인이 이 몸을 선택한 이유이기도 했다.

'가족들을 만나야 해. 살아 있다는 걸 알리고 싶어.'

'한 가지 자비라면, 가족을 만날 수는 있게 해주마. 그들에겐 고양이로서의 너를 금언해야겠지.'

이건 그 사이에서 처음으로 발견한 틈이었다. 사신이 건 금기들 사이에는 미묘한 경계가 있었다. 주술은 우선 사신탈의 정체를 들키는 데 가장 민감하게 반응했고, 그다음으로는 인간인 해인이 이 힘을 쓰고 있다는 것을 감추게 했다. 그래서 인간인 자신에 대해 말할 수 없었다.

다만, 가족들에게는 그 효력이 누그러졌다. 왜냐하면 만나야 했으니까. 그 덕에 생긴 지금 같은 균열.

'……할 수 있을까?'

그리고 시율. 주술이 걸리기 전에 이미 정체를 들켜서일까. 그에게는 주술이 별다른 효력을 내지 못했다. 그의 앞에서는 고양이로도 말하고, 사람으로 변하며 마음껏 정체를 드러낼 수 있었다. 주술은 언어로 걸었기 때문인지, 때로 형식이 완벽하진 않았다.

해인은 자신이 걸린 주술의 약점을 찾아야 했다.

'뭐든, 생각해내, 박해인.'

해인은 엄마와의 통화를 마치고 빈집으로 살그머니 도둑고양이처럼 돌아왔다. 본래 제가 사는 집인데 살금살금 움직여야 하는 게 우습지만 말이다. 시율은 병원으로 출근했고, 태일은 나간 지 30분도 안 됐으니 돌아오려면 아직 한참이나 남았다. 해인은 누군가 오기 전에 시율의 방에 숨어 몇 가지 실험을 반복했다.

자신에게 편지를 쓰는 일. 일기처럼 무언가 의식의 흐름대로 써보는 일. 아니면 자신이 보면 자신이 그렸다는 걸 분명 알 수 있을 만한 그림을 그리는 일. 계속 실패했지만 어쩌면 방법이 있을 것 같았다.

우연히 엄마에게 시율의 존재를 알린 것처럼, 사신탈과는 관련이 없으면서도 자신과는 관련이 있는 무언가를 찾아야 했다. 다만 한번 인식하면 두 번째부터는 차단당하기 때문에 신중해야 했다.

'딱 한 번.'

그에게 자신의 정체를 남기는 것까진 바라지도 않았다. 본래의 생활로 돌아간 자신이, 조금이라도 시율의 존재를 인식하길 바랄 뿐이었다. 그저 누군갈 사랑했다는 거라도. 안 되는 걸 되게 해보려고 너무 집중한 탓인지 연필을 네 번이나 부러트렸을 때였다. 그사이 몇 시간이 지나갔다는 걸 깨달은 건 현관문이 열리는 소리를 듣고 나서였다.

도어록 소리에 해인은 얼른 고양이로 변했다. 늘어놓은 스케치북과 연필은 급히 시율의 침대 밑으로 밀어 넣었다. 그러곤 아무 일도 없었다는 듯 현관으로 나와 태일을 맞이했다.

"냐냐!"(주인!)

"개냥아."

평소와 다른 점이라면 태일이 이하은과 함께라는 점이었다.

"아, 안녕?"

이하은은 현관에 선 채로 해인에게 어색하게 인사를 건네고 있었다. 겨우 고양이를 그렇게 어려워하다니, 누가 보면 엄청 괴롭힌 줄 알겠다. 솔직히, 조금 괴롭히기는 했지만. 모른 척 발톱을 세운다거나, 하악댄다더나.

"냐!"(들어와!)

"괜찮아. 오늘은 기분이 좋은가 봐."

"……그런가 보네. 환영해주는 건 처음 봐."

어제까지야 어쨌든, 이제는 조금 잘해주기로 했다. 이하은이 어제 막 파혼해서는 아니었다. 그로 인해 가족들에게 따돌림 받고 있어서도 아니었고, 그냥 정식으로 태일의 여자 친구가 됐기 때문이었다. 한동안 끼고 있던 약혼반지가 없어진 손가락을 계속 매만지는 이하은은, 조금 말라 있었다.

"뭐 좀 먹을래?"

"괜찮아. 그보다…… 마실 것 좀 줄래? 따뜻한 거 아무거나……."

"차 같은 게 좋으려나. 뭐가 있는지 모르겠는데. 잠깐만."

찬장에는 다즐링이랑 밀크티가 있어! 얼그레이도 있고, 코코아도! 그런데 코코아는 내 거야! 해인은 쫄래쫄래 태일의 뒤를 따라 부엌으로 갔다. 혼자 소파에 앉아 있던 이하은도 뭔가 안정이 되지 않는지 태일을 따라왔다.

"차는, 내가 탈게."

"그럴래? 그럼 내가 물을 올려줄게."

부엌은 비교적 넓은 편이었지만 두 사람 발에 차이는 건 사절이라 해인은 폴짝 뛰어 식탁 위로 올라갔다. 그러고는 쫄쫄, 태일이 움직이는 방향으로 따라다녔다. 태일이 뭔가를 하다가 식탁 가까이 오면 그의 팔꿈치나 허리에 머리를 문질렀는데, 이하은은 왠지 그게 부러운 모양이었다.

"고양이는…… 원래 이렇게 사람을 잘 따라다녀?"

"아, 고양이가 원래 참견하는 걸 좋아한대."

"아하⋯⋯."

"하지만 자기 기분 좋을 때 한정이야."

참견을 좋아한다니! 그냥 구경하는 걸 좋아할 뿐이야! 며칠 뒤면 헤어질 테니까 많이 비비적거려둘 뿐이고. 그렇게 들리지 않는 아우성을 치다 문득 해인이 태일의 얼굴을 보았다. 당장 다음 주면 출국하는 그는 이제 얼추 얼굴의 상처가 나아 있었다. 자세히 들여다보면 옅은 멍 자국들이 남아 있기는 했지만 말이다.

그리고 태일의 얼굴에서 상처를 볼 때마다 울 것 같던 이하은은, 상처가 거의 없어졌는데도 여전한 얼굴이었다.

"저기 태일아, 정말 나라도 괜찮을까?"

"그게 무슨 소리야. 네가 어때서."

"너희 집 어른들도⋯⋯ 자꾸만 만나주지 않으시겠다고 하고⋯⋯."

"그건 내가 잘 설득해볼게. 조금만 더 기다려보자."

당연히 쉽지 않은 둘이었지만, 역시 가장 큰 난관은 부모님들인 모양이었다. 해인은 집에서 간혹 구경하는 상황이라 어렴풋이 짐작만 할 뿐이었지만⋯⋯ 내내 순하게 살아왔던 둘째 아들이 어느 날 남의 예비신부를 빼앗아 온 게 엄한 부모 눈에 고와 보일 리 없었다. 아마도 이하은이 여우로 보일 뿐이리라.

"난, 너랑은 달리 한 번 약혼하기도 했고."

"그런 건 상관없잖아."

"어른들은 그런 거 용납 못 하시잖아."

"하은아⋯⋯."

"너희 집은 특히나 엄격한데⋯⋯ 난⋯⋯."

참 이상했다. 서로 좋아하는 두 사람이 앞으로 함께 있겠다는데 그게 무조건 행복하지는 못하다니 말이다. 하나를 넘으면 또 하나가 있고, 또 하나를 넘으면 또 몇 개가 있고. 이래서야 언제쯤 행복할 수 있는 걸까. 이런 상황을 겪어봤을 리 없는 태일은, 당연히 힘들어하는 하은을 어떻게 위로해야 할지 모르는 눈치였다. 물론 그야 친구로서 해주던 위로와 지금 연인으로서 해야 하는 위로는 많이 다르겠지만.

"……넌 괜찮아?"

"뭐가?"

"싫지 않아? 나한테, 네가 처음이 아닌데……."

"나는……."

그건 모태 솔로의 남자에게는 너무도 어려운 질문이었다.

'……야야야! 거기서 대답을 고르고 있으면 어쩌냐! 이 남자야! 이 고구마 숙맥아!'

해인은 구경하다 말고 답답함에 가슴을 쥐어뜯고 싶어졌다. 태일은 대답을 고르는 데 너무 신중한 나머지, 그렇지 않아도 불안감에 물든 이하은을 아예 절망의 구렁텅이로 처넣고 있었다. 해인은 시율도 없겠다, 딱 한 번만 더 저지르기로 했다.

"엇."

"아."

폴짝 뛰어올라, 온몸의 무게를 실어 태일의 어깨에 내려앉았다가 그대로 바닥으로 내려오며 이하은에게로 태일을 냅다 떠밀었다. 얼결에 가까워진 둘은 함께 넘어질 뻔했고, 태일은 하은의 양어깨를 붙잡으며 멈춰 섰다. 하은은 당황하는 듯싶다가, 천천히, 눈을 감아 보였다.

해인은 거기까지만 보고 재빠르게 도망쳤다.

'미안! 참견쟁이인 거 인정할게! 이 은혜는 안 갚아도 돼, 주인!'

저녁 무렵, 퇴근하고 집에 도착한 시율은 집 안에 떠도는 한 가지 이상 기류를 감지했다. 그것은 그가 유난히 감이 좋은 남자라서 느낄 수 있는 것은 아니었다. 이 정도로 숨 막히는 기류라면 어지간히 둔한 사람이라도 당장 알아챌 수 있으리라.

"형님 오셨어요!"

"아, 아…… 안녕하세요!"

"……안녕."

모든 것이 수상하고 어색했다. 이하은과 태일이 소파에 앉아 있다 말고 벌떡 기립 자세로 일어나 허겁지겁 인사를 하는 것부터, 둘 사이에 거리가 심하게 널찍한 것까지 전부 말이다. 저 둘은 왜 하필 4인용 소파의 끝과 끝에 앉아 있는 걸까.

'아무래도 분위기가 이상한데.'

또 저 녀석이 뭔가……. 시율의 시선이 대번에 해인에게로 향했다. 그리고 그는 곧장 범인이 저 '난 아무것도 몰라요.'라고 얼굴에 써 붙인 고양이라는 걸 확신할 수 있었다. 이런 게 처음은 아니었으니까. 해인이 그의 눈을 피할 때는 분명 뭔가 잘못한 게 있을 때뿐이었다. 그의 귀가에 반갑다고 뛰어나오는 대신 천장 한 귀퉁이를 보며 휙, 휙 크게 흔드는 꼬리만 봐도 뻔한 일이었다.

"저기, 그럼…… 강 선생님도 오셨겠다! 전 이제 가볼게요!"

잠시 어쩔 줄 모르던 이하은이 급하게 자신의 가방과 코트를 챙겨 들었다. 마치 뭔가 죄진 사람처럼 도망치려는 모습이었다.

"거기 잠깐."

"네!"

"저, 저흰 아무 짓도 안 했는데요!"

그저 불러 세웠을 뿐인데. 도둑이 제 발 저리다고 이하은은 토끼 눈을 하고 태일은 기겁하며 손사래를 쳤다. 이래서야 모른 척해주고 싶어도…….

"……난 아직 아무 말도 안 했는데."

시율의 시큰둥한 목소리에, 자기들도 행동이 수상하다는 걸 알았는지 둘은 누구랄 것 없이 새빨간 얼굴이 됐다. 이 치미는 어색함에는 구경하는 고양이가 다 민망함을 느낄 정도였다. 어쩌면 이렇게 속이 훤히 보이는지. 저 둘은 법 없이도 살겠지만 대신 야생에 내놓으면 제일 먼저 죽을 타입들 같았다.

"그게, 그러니까……."

"그보다 기도가 나한테 전화했던데."

차마 속아주기 힘든 변명을 늘어놓으려는 태일이었고, 시율은 안 들어도 알 것 같아서 대충 잘라버렸다.

"기도가요?"

"너희 둘 다 연락이 안 된다고. 오늘 저녁에 한잔하기로 했다며."

"아."

"앗!"

"……뭘 하면 그렇게 잊어버리냐. 아니, 대답은 됐다."

뻔하니까. 시율은 딱 그런 표정이었고, 태일과 하은은 어쩔 줄 모르며 식은땀만 뻘뻘 흘려댔다.

'걔들 키스밖에 안 했어.'

그런데 저 상태였다. 다만, 시율의 머릿속에서는 아무래도 진도가 더 나간 것 같았지만. 시율은 휴대폰을 보며 말하고 있었는데, 자신이 중간 연락책이 됐다는 게 불만스러운 표정이었다.

"집에 가보고 여기 있으면 알려준다고 했거든."

"……그게, TV를 보느라."

"어련히 그러시겠지."

"저, 정말인데요."

눈에 띄게 당황해서 말을 더듬는 태일을 보며 해인은 진실도 저렇게 말하면 미덥지 못할 수 있다는 걸 알아야 했다. 둘은 분명 텔레비전을 켜졌다. 집 안에서 보일 리 없는 먼 산만 봐서 그렇지. 일단은 연애 선배라서일까. 해인은 키스 정도 가지고 뭘 저리 수줍음 타나 하는 생각을 했다.

뭐, 얼마 안 가 자신도 처음엔 그랬었다는 걸 떠올리긴 했다. 다만 시율은 태일과 달리 부끄러움 탈 시간을 안 줬을 뿐이었다.

"아무튼, 너희가 여기 있으면 자기가 이리로 오겠다는 것 같던데."

"형님도 계시는데요?"

"난 별로 상관없어. 듣자니…… 뭐라더라? 누가 게를 왕창 줬다나. 모여서 먹자던데."

게! 지금 게라고 했나! 순간 해인의 눈이 번쩍 뜨인 건 꼭, 해산물에 열광하는 고양이의 특성 탓은 아니었다. 사실 사람 중에도 게 싫어하는 사람은 별로 없을 것 같았다. 해인처럼 가장 좋아하는 음식 베스트에 들 수도 있을 테고 말이다.

"아, 기도 친척 중에 이맘때면 꼭 대게를 보내주시는 분이 계세요. 그래서 저희 셋이 모여서 먹고는 했거든요."

"아하."

해인은 홀연히 잊고 있던 자신의 로망을 한 가지 되새겼다. 언젠가 소문으로 듣고는 한 번쯤 실현해보고 싶었던 소망이 있었던 것이다.

'남자 친구가 발라서 주는 게살이 그렇게 맛있다던데.'

새우도 남자 친구가 까줘야 제맛이라는 소문이 있던데…… 확실한 건 갑각류는 항상 남이 발라서 주는 게 제일 맛있다는 거였다. 해인은 게 파티가 시작될 기미가 보이자 얼른 시율에게 친한 척을 시작했다.

"잘됐네요! 올해는 형님도 같이 드시면 되겠어요."

"어머, 그러게요. 항상 너무 많았는데."

사람 좋은 커플이 태평하게 손뼉까지 치며 좋아했다. 매번 셋이 즐기던 일에 시율이 끼는 데 한 점 거리낌도 없는 모습이었다. 오히려 굉장히 반기는 눈치였다. 이상하게도 시율은 불친절한 것치고 꽤나 사랑받는 남자였다. 원하는 게 있어서 태일에게 조금 잘해준 것 빼고는 매사 가시덩굴 같은 남잔데도 말이다.

그리고 그런 시율은, 저를 향한 무조건적인 호의나 친한 척을 한다는 것을 느끼면 일단 정색하는 경향이 있었다. 간지러운 짓은 별로라서 그런 것도 있겠지만, 해인은 그게 가끔은 그의 부끄러움을 표현하는 수단이기도 하다는 알게 됐다. 아주 근래에 와서야 말이다.

"뭐…… 같이 먹어주지."

좋다는 말을 왜 새침 떠는 것으로 대신하는 건지는 모르겠지만.

"게는 정말 오랜만이네요. 찜기는 아마 베란다 창고에 있을 텐데…… 제가 꺼내 올게요."

"그럼 내가 찔 준비를 할까."

"앗, 그럼 전 이리로 오라고 기도한테 전화할게요! 술도 사 올까요?"

이하은이 매우 신나 보이는 건, 이 구성이 그녀에게 행복한 요인 중 하나이기 때문일 거다. 좋아하는 사람들과 노닥거리는 건 정신건강에 좋은 일이니까. 물론 이 구성에 시율은 깍두기겠지만.

"술은 내가 나가서 사 올게. 마침 이 녀석도 들러붙어 있고 말이야."

게도 좋지만 산책도 좋지! 해인은 들러붙어 있길 잘했다고 생각했다.

"맞다, 기도 녀석이 말하는 중요한 할 말이라는 게 뭐야?"

"글쎄요? 그 얘긴 저희한테도 하긴 했는데…… 오늘 만나서 이야기하자고만 했어요."

"뭔 얘기래."

두 남자는 전혀 모르겠다는 얼굴로 어깨를 마주 으쓱거렸다. 그러는 동안 해인은 시율의 등짝을 타고 위로 오르고 있었는데, 그의 어깨에 도착했을 즈음 이하은이 뭔가 알고 있다는 걸 눈치챘다. 혼자만 뭔가 짚이는 게 있다는 얼굴이었으니까.

사람이 없는 으슥한 길목을 지날 때였다.

"있잖아, 김기도는 무슨 일 같아?"

시율의 어깨에 얌전히 매달려 있던 해인이 입을 연 것은. 둘은 마트에서 술을 사서 돌아오는 길이었다. 시율이 불안한지 주변을 두리번거렸지만 해인은 반경 몇 미터 안에 아무 인기척이 없다는 걸 느끼고 있었다.

"괜찮아! 아무도 없어."

"확실한 거야?"

"그럼, 내 센서는 제법 좋다고."

"……글쎄. 기도 녀석이야 워낙 존재감이 그저 그래서 무슨 생각 하는지도 잘 모르겠고."

"엥? 강이 그런 사람도 있어?"

척 보면 척 하는 것 아니었어?

"얼핏 평범한 것도 같은데 은근히 속을 모르겠는 타입이라고 해야 하나. 사실 별로 관심이 없어서."

"으음, 아직도 터질 게 남아 있는 건 아니겠지?"

"……설마, 그런 게 있을 리가 없잖아."

"그렇지?"

한동안 어떤 의미로 시율과 해인을 괴롭혔던 태일과 하은의 일도 끝나가고 있었다. 하은의 약혼자, 아니 전 약혼자는 마치 아무 미련 없는 것처럼 하은이 원하는 대로 파혼 절차를 밟아줬고, 대신 모든 인연을 끊었다. 이하은의 집안과도, 하은과 이어진 지인들과도 벽을 두르고 돌아서서 사람들은 이하은과 그 약혼자 중에 한쪽을 선택해야 했다.

그리고 대부분이 외면한 건 당연하게도 이하은 쪽이었다. 물론 그 정도면 버림받은 입장치고 약혼자는 아주 신사적인 태도를 보여준 셈이지만. 그로 인한 실질적인 타격은 제법 커서, 이하은은 자의 반 타의 반으로 쫓겨나듯 출국 준비를 하고 있었다. 그녀의 손에는 이제 아무것도 남아 있지 않았다. 태일 말고는.

"……있잖아, 강. 난 이하은은 불쌍하기도 하고, 부럽기도 해."

"부러울 건 뭐야?"

"일단 분명 행복해질 거잖아. 힘들 땐 힘들더라도…… 자기가 선택한 거로 행복해질 수 있으면, 그건 정말 행복한 거야."

"고양이가 별걸 다 안다니까."

선택의 결과로 지금은 무던히 욕을 먹고 있었지만 말이다. 모델 업계에는 애초에 그 둘이 사랑의 도피를 준비했다느니 뭐라느니 말이 많이 나오는 모양이었지만, 그런 후폭풍까지도 그들의 몫이었다. 누군가에게 잔인한 짓을 한 것 분명하니까.

그로 인해 이하은이 적어도 한국에서는 모델 일을 할 수 없을 거라는 점도. 어쩌면 남은 평생을 구설에 시달릴 거라는 것도 말이다. 그럼에도…… 해인은 이하은이 부러웠다. 정말 진심으로. 둘은 영원히 함께할 수 있을 테니까. 자의가 아닌 거로 헤어질 걱정은 없을 테니. 그게 말할 수 없이 부러웠다.

"그리고 말이야…… 주인이 출국할 때 나도 따라가면 안 돼?"

"안 돼."

아까부터 뭔가 말하고 싶은 눈치다 했더니, 본론은 그거였군. 시율은 해인의 요청을 단박에 거절했다.

"왜에? 이렇게 얌전히 매달려 있으면 안 돼?"

"공항에서 고양이 못 풀어놓거든요."

"어…… 그럼 여동생으로 갈게!"

그것도 안 돼. 이미 사실을 말했거든. 그 말을 하면 이젠 당연히 따라간다고 조를 테니 말해주지 않겠지만 말이다.

"안, 돼. 그 모습으로 울기라도 했다간……."

"안 울어!"

"못 믿어."

"강~ 강강강. 갈래갈래!"

"아무리 졸라도 안 돼."

시율은 해인이 어깨에 매달려 있거나 말거나 고개를 절레절레 강하게 내저었다.

그날 가장 많이 술을 마시는 건 김기도였다. 평소에도 이 중에 시율 다음으로 술이 센 편이기는 했지만 저렇게 벌컥벌컥 들이켜는 타입은 아니었다. 태일은 답지 않은 기도가 걱정스러운 모양이었다.

"너 오늘 너무 무리하는 거 아냐?"

"아, 괜찮아."

"할 말이 뭔데 그래?"

"……조금 있다 말할게."

김기도가 술의 힘을 빌려서까지 하려는 말이 별로 궁금하지 않은 사람은 시율뿐이었다. 그는 자신 몫의 게살을 바르는 데만 관심이 있었는데, 오늘은 도통 먹는 데만 집중할 수가 없었다. 아까부터 해인이 노리고 있었기 때문이었다.

"얌마!"

"냥!"(앗!)

들켰군! 식탁 위로 살금살금 올렸던 손을 탁, 소리 나게 맞은 해인은 대번에 부루퉁한 얼굴이 됐다. 치사해. 애정이 식었어!

"고양이는 이런 거 먹으면 안 되는 거 몰라?"

"냐아냥!"(난 먹어도 돼!)

"이게 염분이 얼마나 많은 줄 아나!"

"니야악!"(나도 먹고 싶단 말이야!)

"사람 음식은 먹지 말라고!"

시율은 해인이 사람 모습일 때는 케이크이든 뭐든 먹겠다는 대로 주면서, 고양이 모습을 하고 있을 때는 매우 엄격하게 통제하고 있었다. 수의사의 본능이 꿈틀대기라도 하는 걸까? 아무리 그래도 먹고 싶은 거 못 먹게 하면

서러운 법이었다.

"냥! 냥냥냥!"(사람으로! 태어나서 사람이 게살 좀 먹겠다는데 거, 너무하네!)

해인은 이래저래 불만으로 들어찬 소리를 냈다. 분명 다른 고양이들은 이런 걸 먹으면 안 되겠지만, 적어도 해인은 썩은 음식을 먹어도 탈 나지 않는 몸이었다. 알코올 빼고는 뭐든지 오케이랄까. 다만 그렇게 소리치지 못한다는 게 문제였다.

"오늘따라 왜 이래! 안 그러던 녀석이!"

"냐!"(안 죽어!)

해인은 분명 식탐과는 거리가 먼 고양이였는데, 오늘따라 고집이 장난 아니었다. 결국엔 시율의 어깨로 타고 올라와서는 그가 입에 넣는 걸 빼앗아 먹으려 들었다. 거리감이 너무 없어지다 보니 이런 문제가 생긴다는 사실에 시율은 이를 갈아야 했다. 그리고 결국, 입에 넣은 것도 빼앗길 지경이 되자 질 수밖에 없었다.

시율은 조름을 이기지 못하고 해인에게 게살을 조금 떼어주고 말았다.

"……미리 말하지만, 고양이한테 이런 거 주면 안 됩니다."

"……네."

"아, 예."

뭐든지 패배한 사람이 말하면 설득력이 없는 법이었다. 해인은 결국 아득바득 이겨서는 게살을 한입 입에 넣었고, 그 소문이 사실이었다는 걸 확인할 수 있었다. 남자 친구가 먹여주는 게살은 더 맛있는 게, 맞다!

"……형님 엄청."

"뭐, 뭐뭐!"

"아니……."

"나도 아니까 말하지 마!"

졸지에 모두의 앞에서 고양이에게 지는 남자라는 타이틀이 생긴 시율은, 태일이 그걸 말하게 두지 않았다. 대신 애먼 기도를 잡고 있었다.

"너는 할 말 있다고 사람을 불렀으면 그거나 해!"

"……그럴까요. 밤도 늦었고."

김기도는 반쯤 등 떠밀리긴 했지만 기회다 싶었는지, 슬슬 말할 마음이 들었는지 내내 손에 들고 있던 술잔을 조용히 내려놨다. 술자리가 시작됐을 때는 조금 긴장한 얼굴이더니, 해인과 시율이 게살을 두고 티격태격하는 사이 조금 풀어진 모양이었다.

"사실은 될 수 있는 한 오래…… 말하지 않으려던 건데."

"……뭔데?"

"갑작스럽지만 너희가 떠나게 되고, 이번에 느낀 게 있어. 이번 기회에 나도 달라지자는 생각이 들었거든."

"뜸 들이긴."

"인생은 역시 솔직해야겠다는 생각도 들어서."

아마도 태일의 반응이 가장 걱정되는지, 김기도는 유난히 태일을 빤히 바라보고 있었다.

"하은인 이미 알고 있는 이야긴데."

"……?"

"나, 사실 남자를 좋아해."

태일은 염려의 대상이었던 만큼 가장 충격받은 얼굴이었다. 자신의 오랜 친구가, 가장 친한 친구이자 흔히 말하는 거시기 친구가…….

"뭐?"

"우리 사이가 어색해질까 봐 말 못 했다."

"……에엑?"

"물론 널 좋아한다거나 그런 건 아니고."

그나마 다행이라 해야 하는 걸까. 하지만 그게 전혀 위안이 되지는 않아서, 태일은 곧장 패닉에 빠진 듯했다. 시율도 만만치 않게 한 방 맞은 얼굴이었다. 해인은 먹음직스러운 집게발 하나를 입에 물었다가 그대로 떨어트렸다.

진짜는 엉뚱한 데 있었다니. 왜 저쪽에서 커밍아웃이…….

"너, 너……! 여자 친구도 있었잖아!"

"그땐 나랑 맞는 여자를 못 만난 건 줄 알았지."

"하아?"

"알고 보니 그냥, 나한테 여자가 안 맞는 거였어."

이하은이 그간 태일의 성향에 대해 그렇게 단단히 맹신하고 있었던 이유는 김기도도 한몫했던 모양이다.

"사실 외면한 것이기도 하고. 설마 아닐 줄 알았거든. 나름 평범하게 살아보려고 노력은 했는데, 잘 안 되네."

"기도야……."

"그런데 어느 날 깨닫기로…… 모두에게 평범한 일이 나한테도 평범하라는 법은, 없더라고."

김기도는 이제야 후련한 얼굴이었다. 웃는 낯이었고, 목소리는 편안했다.

"그걸 인정하고 깨닫는 데, 완전히 받아들이는 데 시간이 많이 들었어. 그래서 너한테 말할 힘까지는 없었다."

"그래도, 진작 말하지 그랬냐."

"인생이란 게 쉽고 행복할 수만은 없으니까 끝까지 비밀로 할 생각도 했었는데…… 너희를 보자니 용기가 생겼어. 앞으로는 커밍아웃 하고 살까 해."

그런 엄청난 결심을 겨우 우리를 보고 해도 되는 걸까. 태일은 썩 자신이 없다는 얼굴이었다. 자신들이 잘한 게 그 무엇도 없어서, 남에게 어떤 영향을 끼친다는 게 상상이 가지 않았다. 그런데 눈앞에 있기도 했다.

"숨긴다는 게 좋지만은 않잖아. 선택은 본래 힘든 거고……."

"하지만 너…… 이제 너 혼자 남을 텐데……."

"괜찮아. 누군간 나를 이해할 수 없어서 비난하더라도 내가 꼭 틀린 인생은 아닐 거라고 생각해. 너희랑 같아."

기도는 태일과 하은의 사랑을 응원하는 몇 안 되는 사람 중 하나였다.

"……시원해 보이는구만."

그나마 가장 먼저 제정신을 차린 건 시율이었다. 해인은 아직도 제가 입에 집게발을 물고 있는 줄 알고 입을 반쯤 벌린 채였으니까. 말귀 알아듣는 티를 너무 내는 고양이였다.

"후련해졌어요. 그간 마음이 많이 무거웠거든요. 이 녀석들을 좀 더 도와주지 못한 것도 내내 미안했고, 나 때문에 더 꼬인 것 같아서……."

"그건 아냐!"

하은이 강하게 부정했지만, 아예 영향이 없지는 않을 것 같았다. 김기도는 그냥 웃고 있었다. 어딘가 시원섭섭해서 울 것 같은 얼굴이었지만.

"그래도 너희, 운명인가 보다. 안 될 것 같더니 이렇게 풀리는 걸 보면. 가서 잘 살아라! 그 말이 제일 하고 싶었어, 오늘."

오랫동안 친구 관계를 유지해온 셋 사이에 너무 많은 변화가 찾아왔다. 둘은 연인이 됐고, 떠나게 됐다. 하나는 숨겨왔던 어떤 진실을 벗겨냈고. 하지만 그런다고 영영 헤어질 것 같지는 않았다. 더 단단해지지 않을까.

"한동안 못 보겠지만…… 보고 싶을 거다. 물론 친구로서."

"……만나러 와."

"그럴게. 너, 나 어색해하면 안 된다."

"안 그래."

"내가 어색해할지도 모르지만…… 그땐 봐주라."

갑작스러운 사실에 얼이 빠져 있던 태일이 그제야 웃어 보였다. 김기도는 그게 안심이 되는 모양인지 둘러앉은 사람들을 면면히 살펴봤다.

"그리고 너흴 축하하는 사람도 있다는 걸 알아줘. 꼭…… 행복하게 살아라."

9. 잔머리 쓰는 고양이

평화로운 어느 날의 늦은 아침, 해인은 혼자 거실에서 동전을 세고 있었다. 그 속에는 꼬깃꼬깃하지만 지폐도 섞여 있었다.

"둘…… 넷…… 여섯……."

오늘은 내내 기다리던 날이었다. 아침 일찍부터 태일은 하은과 본가로 인사를 하러 떠났고, 아무리 빨라야 늦은 밤에나 귀가할 예정이었다. 시율은 때마침 병원에서 당직이었다. 고로, 오늘 하루 종일 해인은 자유의 몸이었다.

"만, 사천, 오백, 칠십 원!"

해인은 그간 모아 온 잔돈을 주머니 가득 짤랑거리며, 정확하게는 소파 밑이나 옷장 아래를 뒤져서 모은 비자금을 챙겨 들고는 당차게 집을 나섰다. 오늘은 가는 데만 2시간 20분이 걸리는 자신의 작업실에 가볼 생각이었다. 그간 계속해서 가볼 틈을 노렸지만 태일이 집에 없는 동시에, 시율의 눈을 피할 수 있는 날이 거의 없었던 것이다.

사실 지금 와서는 시율이 저를 몰래 따라와 주면 좋겠지만, 그에게 들키고 싶은 마음이 한가득하지만……. 이놈의 자의식은 만만한 상대가 아니었다.

절대 누군가에게 흔적을 남기는 걸 용납하려 들지 않았다.

안 되는 걸 하려고 들면 그걸 생각하는 것만으로 두통이 찾아왔다. 그리고 그만둘 때까지 점점 강도가 심해졌다. 지금도 시율이 따라왔으면, 하고 바라는 것만으로 머리가 지끈거리고 있었다.

'알았어, 알았다고! 안 되는 거 알아!'

손오공의 머리에 씌어 있다는 금고아가 이런 걸까? 말썽을 부리면 옥죄면서 길을 들인다는 전설 속의 신물. 아무래도 사신의 주술이 좀 더 성능이 좋은 것 같지만 말이다. 버스 정류장으로 향하는 해인에게는 시율이 필요한 게 있으면 쓰라면서 준 카드가 있었지만, 그걸 사용할 순 없었다. 카드를 쓰면 자신이 어딜 다녀왔는지 흔적이 남겠다는 걸 인식하는 순간 가지고 나올 수도 없었던 것이다. 해인은 동전으로 묵직한 주머니를 느끼며 혀를 찼다.

"······쳇."

자신이 자신의 정신을 마비시킬 수도 없는 노릇인데, 지금은 스스로가 가장 거슬리는 존재였다. 투덜거리며 해인은 작업실로 향하는 노선을 확인했다. 버스 한 번, 지하철을 두 번을 갈아타고도 꽤 많이 걸어야 하는 긴 노선이었다.

정확히 3시간이 걸려서야 해인은 겨우겨우 목적지에 도착할 수 있었다. 초행길이다 보니 뜻하지 않게 헤매야 했고, 중간중간 갈아타는 시간을 고려하지 않은 탓이었다. 그리고 휴대폰이 없으니 길을 찾는 데 더 애를 먹어야 했다. 인터넷으로 미리 검색을 하고 오긴 했지만 당연히 한계가 있었고, 지나가는 사람을 붙잡고 물어보려고 하면 '도 안 믿어요.' 하고 지나치기 일쑤였다. 인색한 사람들 같으니라고.

'나도 도 같은 거 안 믿어!'

물론 저승은 믿지만. 여하튼 해인은 고생 끝에 자신의 작업실이 있는 건물 앞에 당도할 수 있었다. 익숙한 풍경이 눈에 들어오자 안심이 되기도 하면서, 씁쓸하기도 했다. 이곳도 대체 얼마 만인지 모르겠다.

<아뜰리에 아리아>

지그시 뜬 눈으로 간판을 올려다보며 대충 어림해보니, 거의 아홉 달 만의 방문이었다. 문제의 사고가 있기 몇 주 전에 들렀으니까.

"다들 잘 지내려나……."

해인은 정말 오랜만에 같은 건물에서 지내는, 안면 있는 사람들을 떠올렸다. 장르는 다르지만 모두 작가 활동을 하는 지인들로, 함께 작업을 하거나 전시회를 열고는 했다. 그리고 모두 이 건물에 작업실을 가지고 있었다. 이곳 아뜰리에 아리아는 시에서 창작활동을 지원해주는 작가들이 많이 입주해 있었으니까.

20대여야 하고, 신진이어야 하며, 수상 경력이 있어야 하는 등 조건이 조금 까다롭기는 하지만 충족만 되면 시에서 무료로 작업실을 임대해줬다. 이곳에 입주했다는 건, 어느 정도 장래가 유망하다고 볼 수 있는 셈이기도 했다.

'그러고 보니…… 딱 2년 임대해주는데 벌써 1년이나 그냥 까먹었네.'

문득 아까운 점을 상기하며 해인은 1층 현관으로 들어섰다. 그런데 지나치다가 유난히 수북한 자신의 작업실 우편함을 발견하고는 기겁하지 않을 수 없었다. 각종 고지서며 광고 전단지가 어마어마했다.

해인은 부랴부랴 빼내서 옆구리에 대충 끼고는 발길을 재촉했다. 벌써 점심시간이었다. 돌아갈 걸 생각하면 서둘러야…….

"해인 씨? 어머, 해인 씨 아니야!"

"……민 선생님."

"난 작업실 뺀 줄 알았어! 이게 대체 얼마 만이야?"

목소리가 기본적으로 높은 소프라노 톤에, 쾌활한 어투, 항상 붉은색 립스틱을 바르고 다니는 그녀는 해인과는 제법 친분 있는 작가였다. 민이영, 우리나라에서는 드물어진 전통자수 작가로 아주 활기찬 사람이었다. 그녀는 해인을 보자마자 뒤에서 쫓아와 알은체를 했는데, 엘리베이터 버튼을 누르고 있던 해인은 저를 아는 사람의 등장에 등줄기를 타고 소름이 돋는 걸 느꼈다.

결코 그녀가 싫어서는 아니었다. 다만, 얼마 전에 산책로에서 느꼈던 고통이 저절로 떠올랐기 때문이다. 또 그렇게 아플까 봐 덜컥 겁이 났다. 그러지 않을 거라는 걸 알면서도 순간 거부감이 먼저 들 만큼 그날은 끔찍한 기억이었다. 그리고 다행히도…… 예상대로 곁에 시율이 없기 때문인지 몸에는 아무 일도 일어나지 않았다.

"왜 말이 없어?"

해인은 그사이 축축해진 손바닥을 대충 코트에 문지르며 겨우 입을 뗐다.

"반가워서요. 오랜만에 뵈네요. 잘 지내셨죠?"

"그럼! 나야 항상 그렇지. 해인 씨는?"

"……어딜 좀 다녀왔어요."

"아, 작업하러 간다고 했던 건 기억나. 그런데 그래도 그렇지, 너무 오랜만이잖아."

"시골이 맞는지 잘 안 올라오게 되더라고요."

"하긴, 도시가 여러모로 편리하지만, 한적하고 조용하면 아무래도 작업에 몰두하긴 좋으니까."

믿을 수 없을 만큼, 평범하게 대화할 수 있었다. 이로써 아는 사람을 만난다고 무조건 발작하지는 않을 거라는 이론은 성립한 셈이었다. 방금은 너무 갑작스러워서 놀라긴 했지만 말이다.

"강원도에 있다고 했던가?"

"그냥 여기저기요."

"맞다, 해인 씨 방랑벽이 있댔지? 그래도 얼굴 좀 보자. 바빠도 가끔 연락도 하고 그래."

"그럴게요."

"그래서, 뭐 좀 그렸어?"

웃으면서 당연하게 묻는 건 작가들 사이에 으레 하는 말이었다. 정말 오랜만에 듣는 말. 그래, 박해인으로서 자신은 이런 거였다.

"······음, 네."

사실은 붓 쓰는 법을 까먹을까 봐 겁이 날 정도였지만 해인은 대충 웃고 말았다. 가끔 색연필로 그리는 건 본업에는 그리 도움이 되지 않았다. 그림이란 건 꽤나 손의 기억이나 감각에 의존해야 하는 일이었고, 한 달만 그리지 않아도 손이 굳어버려서 타격이 있었다.

"잘됐다. 그럼 전에 말했던 그 공모전 출품할 수 있겠네? 왜, 5년에 한 번 열린다고 자기가 엄청 준비했던 외국 공모전 있잖아."

출품할 수 있을 리 없었다. 그려둔 그림 같은 거 하나도 없었으니까. 실제로 아는 사람을 만나니 새삼 실감이 났다. 자신이 자신의 본래 삶에서 까먹은 시간이 적진 않다는 게 말이다.

"아마 못 낼 것 같아요."

"왜? 그림도 그렸다며."

"······다른 그림이라서요."

"그래? 공모전용 말고 외주 같은 걸 한 거야?"

"비슷해요. 그보다 민 선생님은 요즘 뭐 준비하셨어요?"

깊이 파물으면 대답할 수 없어지기 때문에 해인은 일부러 화제를 돌렸다. 민이영은 그리 의심 많은 사람이 아니라 쉽게 자기 얘기를 늘어놓았다. 조만간 호텔에서 전시를 하게 됐다느니, 자신의 스승님이 이번에 무형문화재로 등재됐다느니 하는 그녀의 이야기를 잠시 듣고 있던 해인은 홀린 것처럼 툭, 하니 뜬금없는 소리를 내뱉고 말았다.

"제 이름, 박해인이에요."

"······응? 알아."

"거의 여기 아리아에서 살고요."

"나도 여기 살아. 자기 새삼스럽게 왜 그래?"

울컥할 정도로 쉽게 말해졌다. 시율에게 내내 하고 싶던 말인데. 절대 나오지 않았던 말.

이미 아는 사람에게는 역시 제재가 없구나. 해인은 복잡한 눈을 하고는 또 그냥 웃고 말았다.

가물거리는 기억을 더듬어서 도어록 비밀번호를 눌렀다. 자기 생일이었는지, 아빠의 생일인지, 오래전 집 전화번호인지 기억이 잘 나지 않았다. 두 번인가 틀린 뒤에야 문을 열 수 있었다. 모든 게 낯익은 것인 동시에 어렴풋해진 것이기도 했다. 이곳을 떠난 건 그만큼 긴 시간이었다.

"……세상에!"

먼지 쌓인 자신의 작업실은 그중 가장 끔찍한 꼴이었다. 그동안 사람의 손길이 전혀 닿지 않아서 그런지 방 안 어디선가 퀴퀴한 냄새까지 났다. 후각이 예민해져서 그렇게 느껴지는 건지는 몰라도 말이다. 해인은 급히 창문을 열고 공기부터 환기했다.

모든 게 마지막으로 작업실에 들렀던 그날 그대로였다. 대충 던져둔 앞치마와 토시가 가장 먼저 눈에 띄었다. 길에서 주워 온 낡은 소파도, 읽다 만 당시의 베스트셀러 책도. 모든 게 그대로 너저분하게 널려 있었다.

해인은 코트를 벗어서 걸어두고 소매를 걷어붙였다. 묵은 때 청소는 가장 싫어하는 일이었지만, 지금 가장 해야 하는 일이기도 했다. 닥치는 대로 쓰레기봉투에 집어넣고 정신없이 털고 쓸자 조금은 말끔해졌다. 걸레질까지 끝마치자 너무 피곤해져서 해인은 대충 수돗물을 컵에 따라 마셨다. 냉장고에는 아무것도 없었으니까. 그렇게 소파에 앉아 한숨 돌리고 있자니 이상한 기분이 들었다.

자신의 작업실에 돌아와 있다는 게 실감이 나는 듯 나지 않았다. 이곳은 박해인이라는 사람에게 가장 가까운 장소였으니까. 시율을 여기 데려올 수 있다면 참 좋을 텐데……. 순간 또 머리가 지끈거렸다. 엄한 생각은 하지 말라는 경고였다.

"알았어, 알았다고……."

해인은 인상을 찡그리며 열어둔 창문 밖으로 시선을 던졌다. 겨울이라 하늘이 유난히 깨끗했고, 공기는 시리지만 맑았다. 뭐랄까, 시력이 월등히 좋아진 눈으로 본 세상은…… 티 하나 없이 선명하고 아름다웠다. 이전에 자신이 눈이 나빴던가. 이런 파란색을 모르고 살았다니.

문득 해인은 하늘을 그리고 싶어졌다. 파랑을 아주 많이 써서 바다 같은 빛의 하늘을 말이다. 분명 낮의 밝은 하늘인데 자세히 들여다보면 달이 있는 그런 게 좋겠다. 영감이 떠오른다는 건 이런 거였다. 해인은 벌떡 몸을 일으켜 캔버스를 쌓아둔 구석을 뒤적였다.

가장 깨끗해 보이는 10호 사이즈의 캔버스를 이젤에 걸고는 발에 차이는 화구 박스를 테이블 위에 올렸다. 안에서 그나마 멀쩡한 붓을 꺼내 들고 바로 쓸 수 있는 고체 물감 팔레트를 열다 말고 뛰어가 마시던 물컵을 가져왔다. 머릿속에는 온통 파란색을 쓸 생각투성이였다. 해인은 본능처럼 그를 떠올렸다.

고양이, 달, 파란색을 닮은 내 남자. 달이 비출 것 같은 파란 하늘은, 그를 닮은 것 같아. 그걸 그리고 싶어. 그냥 나중에 자신이 캔버스를 보고는 의문의 파란색 한 점을 발견하기만 해도 좋겠다. 밀물처럼 떠밀려 오는 생각들 속에서 손을 움직였다.

대충 물을 섞어서 붓으로 파란색을 찍고는, 캔버스에 대려는 순간이었다.

"쳇."

참 이상하게도 손이 떨렸다. 조금도 움직일 수 없었다.

"쳇……."

해인은 결국 붓을 떨어트렸다.

"치사해……!"

그냥, 그냥 파란 점 하나 찍겠다는 거잖아. 그것도 안 돼? 마치 대답하듯 당장 머릿속 한구석이 욱신욱신 아파왔다.

"……정말 나빠. 너무 싫어."

우울함을 견디기 위해 의자 위로 둥글게 몸을 웅크려야 했다.

해인은 부은 눈이 되어서는 작업실에서 빠져나왔다. 많은 걸 바라고 작업실에 온 건 아니었지만 이렇게 허무하게 돌아가게 될 줄은 몰랐다. 하다못해 작은 구멍 하나쯤은 찾을 수 있을 줄 알았다. 그에게 줄 힌트라도 건질 줄 알았다.

사신의 주술이 이렇게 효과적이라는 걸 새삼 되새기고 싶어서 온 게 아니었는데 말이다. 보일 듯 말 듯, 틈이 보이지 않았다.

"하아……."

"박 작가!"

"어? 정말 왔네!"

한숨을 푹, 내쉬며 돌아서던 해인은 복도 반대쪽에서 자신을 향해 다가오는 낯익은 두 사람을 발견했다. 민이영과, 조각을 하는 강수문이었다. 어쩐지 저를 예뻐해주는 두 사람. 수문이 반가운 손짓을 해 보였다. 해인은 목을 까닥이는 거로 알은척하고는 그 자리에 서서 잠시 둘이 다가오는 걸 기다렸다.

아무래도 이영이 수문을 불러온 모양이었다.

"오랜만이네요."

"그러게, 오래간만에 왔으면 얼굴 좀 보고 가지. 같이 차나 한잔하면 좀 좋아?"

"꿈도 커. 박 작가가 언제는 그런 사람이야?"

"그건 그래. 해인 씨, 오랜만에 봤다고 다시 낯가리는 거 아니지?"

모든 작가들이 그런 건 아니지만, 작가들은 대부분 외향적이기보다는 내향적인 경우가 많았다. 그리고 해인 역시 그 범주여서 기분이 좋을 때보다는 심각할 때가 많았다. 또한 기본적으로 타인에 대한 경계가 심해서 쉽게 누군가와 친해질 수 있는 성격도 못 됐다. 반면 수문과 이영은 작가들 중에서도 유난히 성격이 좋은 사람들이었다. 드물 만큼 외향적이고 밝고 쾌활하며, 활기찬 사람들.

그래서인지 둘은 아주 친해서 매일같이 붙어 다녔다. 그리고 지금도 그런 모양이었다.

"제가 무슨 낯을 가린다고……."

"가리잖아. 엄청."

"……뭐, 조금은……. 하지만 보통이라고요."

"전혀. 해인 씨는 꼭 무슨 고양이처럼 친해진 것 같으면 또 데면데면하고 그러잖아?"

"야야, 너 그런 말 대놓고 하지 말라니까?"

사이가 워낙 좋다 보니 둘이 사귀는 줄 아는 사람도 있었지만 실제로는 그냥 친구라고 했다. 그들은 종종 해인에게 같이 밥을 먹으러 가자고 권하고는 했는데, 오늘도 그랬다.

"아무튼 오랜만에 보는데 같이 밥이나 먹으러 갈까?"

"배가 불러서요."

"아, 뭐 먹었어?"

"밥은 언제 먹었대?"

"그럼 술이나 한잔하지, 뭐."

늘 느끼는 거지만 이들은 같이 뭔가 먹으면서 친해지고 싶어 하는 타입들이었다. 해인은 손사래를 쳤다. 지금 바로 돌아가도 집에 도착하면 8시나 9시였다. 태일이 오기 전에 들어가려면 슬슬 출발해야만 했다.

"다음에요. 오늘은 바쁘기도 하고, 시간도 없고요."

"뭐가 그렇게 바빠? 오랜만에 봤는데 조금만 있다 가라."

"그래, 그래!"

"저쪽에 괜찮은 일본식 선술집 생겼는데, 우동도 서비스로 준다. 박 작가 그런 거 좋아했잖아."

이 둘은 꼬시기 시작하면 은근히 끈질겼다. 하지만 해인은 지금 술 같은 걸 먹을 기분이…….

'앗, 술?'

고개를 내젓던 해인은 무슨 생각이 들었는지 동그란 눈을 하고는 동작을 멈췄다.

"거기 어묵탕도 진짜 맛있는데."

"맞다! 박 작가가 어묵 국물 같은 거 좋아했지."

"그래, 그래서 거기 오픈했을 때 둘이 먹으면서 다음에 해인 씨 데려오자고 그랬잖아."

"기억난다. 그랬어."

둘이 무슨 이야기를 하거나 말거나, 해인의 관심사는 단 하나였다. 술! 먹으면! 인사불성……! 내 몸이 내 몸 같지 않아지고, 의지와는 상관없는 짓을 하기도 하고……. 자칫 개가 되는! 마법의 물약! 해인의 눈이 돌연 반짝반짝해지는 건 그런 사실을 떠올렸기 때문이었다.

'술이 들어가면 의식이 불분명해지잖아? 인식도 흐려지고, 그런 거…… 아주 좋아!'

뭔가 할 수 있지 않을까? 곧장 지끈거리는 두통이 찾아왔지만, 해인은 저도 모르게 웃음이 새어 나가는 걸 막을 수 없었다. 두통에 눈가를 찡그리면서도 입술은 웃었다.

"가렵니다!"

"엇, 정말?"

"해인 씨가 웬일로 적극적이네?"

"꼭 가렵니다!"

두 주먹을 불끈 쥐는 해인, 이영이나 수문의 눈에는 낯설어 보일 만큼 기운찼다.

'이 경계심 많은 아가씨가 웬일이래?'

둘은 동시에 그렇게 생각 하며 눈을 마주쳤다.

"저기, 가기 전에 전화 한 통만 하고 올게요."

"자기 휴대폰은 어쩌고?"

"고장 났어요."

"어머, 그랬구나. 그럼 내 휴대폰 빌려줄게."

"……괜찮아요."

공중전화를 써야 했다. 흔적을 남기는 건 몸이 거부하고 있으니까. 하지만 술이 들어가면 너도 별수 없을걸? 해인의 자신의 몸을 따돌릴 생각에 벌써 신나 있었다. 두통이 찾아왔지만 애써 무시했다.

'그냥 술이 먹고 싶은 것뿐이야. 방해하지 말라고!'

자기 최면을 걸면서는 공중전화를 찾아 역 쪽으로 뛰어갔다. 시율에게 연락해야겠다.

-네, 여보세요?

모르는 번호라 스팸이려니 했는지 받지 않으려던 시율은 끈질기게 전화해대자 결국 마지못해 받은 눈치였다. 목소리에 약간의 짜증이 묻어났고, 한마디 만에 전화를 끊을 태세였으니까.

"강! 나야."

-……뭐야? 너였어?

해인은 그의 목소리에서 곧장 가시가 떨어지는 걸 느낄 수 있었다. 후드득.

-무슨 일이야?

"있잖아. 나 잠깐 밖에 나와 있거든. 조금 멀리."

-뭐? 어딘데?

"들어갈 거야!"

-……그래. 그럼 언제 올 건데?

"그게…… 아주 늦게 들어갈 것 같아. 그러니까 혹시라도 놀라지 말라고. 알았지?"

해인 자신이 보기에도, 시율을 대할 때의 자신은 제법 귀여운 것 같았다. 사실은 그리 귀여운 여자가 되지 않았지만 말이다. 오늘 오랜만에 지인들을 보면서 되새긴 자신은 참 메마른 계집애였다. 낯도 많이 가리고, 저에게 잘 해주는 사람들에게도 쭈뼛대고.

-얼마나 늦게?

"내일 날이 밝기 전에는 들어갈 거야."

-……태일이한테는 뭐라고 하려고?

"오늘 같이 병원에 있다고 해줘. 당직이잖아."

-너…….

"부탁해! 뭔가…… 할 수 있을 것 같아서 그래."

아마도 그가 자신을 귀엽게 보기 때문일까. 그의 앞에서는 마냥 살갑고 어려지는 기분이었다. 뭐든 부탁할 수 있고, 어떤 어리광도 부릴 수 있고, 그는 해인을 그렇게 만들고는 했다.

본래와 다르게.

-……위험한 거야?

주어도 없었는데 알아듣는 대단한 남자라서일까.

"그건 모르겠어. 되면 되고, 안 되면 안 될 거야."

-또, 아프거나 하는 거 아냐?

"……그래도 아무것도 안 하는 것보다는 나을 것 같아."

해인이 알 수 없는 일을 벌이고 있다는 사실에 그는 불안한지 대답이 없었다. 해인은 그를 생각하면 힘이 나는데, 지금 조금 아픈 것도 얼마든지 참을 수 있는데. 그때만큼 아파지더라도…… 상관없는데. 아픈 건 분명 싫지만 아무것도 하지 않고 있는 건 더 두려운 일이었다.

"강, 내 말 듣고 있어?"

-아아…… 뭐, 하지 말란다고 안 하는 너도 아니…….

"사랑해."

이렇게 전화로 말하는 건 처음인 것 같았다. 사실은 입 밖으로 낸 게 채 열 번도 안 되는 말이었지만. 해인은 그가 조금은 덜 불안하길 바라며, 자신이 조금은 더 용기를 내길 바라며, 소리를 입 밖으로 냈다. 이것 역시 너무도 자신답지 않은 부끄러운 말이었다. 그가 아니라면 말할 생각이나 해봤을까?

갑작스러웠기 때문인지 그는 잠시간 침묵했다. 그리고 얼마 후 화답했다. 주변에 북적거리는 소리가 나는 걸 보아 병원 한가운데 같았지만 말이다.

-나도 사랑해.

그의 '사랑해'는 마치 흔한 인사말처럼 기분 좋은 어조였다. 달달 떨리던 해인의 고백과는 사뭇 달랐지만, 그래서 더 와 닿았다. 해인은 이런 닭살 커플이 또 있을까 싶었다.

"벼, 병원일 텐데 그런 말 해도 돼?"

-내가 못 할 소리 했어?

"그건 그렇지만, 사람들 듣는데……."

-그리고 네가 먼저 했잖아.

하여간 할 말 없게 하는 남자였다. 그리고 사람을 부끄럽게 하는 남자.

-그런 말 할 거면 그냥 하지 말고, 예고 좀 해라.

"누가 이런 걸 예고를 해!"

-녹음이나 하게.

"엣…… 끊는다. 그럼!"

이 남자는 진심이었다. 해인은 다시 말해보라고 재촉할까 싶어서 급하게 전화를 끊었다. 큰길에서 이영과 수문이 얼른 오라는 듯 손짓하고 있었다.

"좋아. 어디 힘도 얻었겠다……."

이젠 술의 힘을 빌려볼까! 시율에게 보고도 했겠다, 알라바이도 만들었겠다. 해인은 술 먹을 만반의 준비를 끝마쳤다. 아자! 망가져 주겠어! 두통 속에서 이상한 다짐을 하며 말이다.

"박 작가, 아까부터 물어볼까 말까 했는데…… 갑자기 눈이 왜 그래?"

안주가 나오길 기다리는 사이, 이영이 내내 걸렸는지 눈가를 가리키며 물었다. 해인은 아직도 조금 부어 있는 자신의 눈두덩이를 매만졌다. 이건 누가 봐도 펑펑 울고 난 것 같은 눈이었다. 그게 사실이기도 했지만.

"……오랜만에 작업실 청소를 했더니…… 먼지가 많이 날려서. 그것 때문인가 봐요."

"아하. 알레르기 있나 봐?"

"그보단 방이 엄청 더러웠거든요."

"그래서 방은 자주 환기해줘야 한다니까. 곰팡이가 생기기 시작하면 끝이 없어요."

이영은 쉽게 이해한 듯했다. 해인은 이래서 의심 없는 사람이 좋았다. 눈치 없는 사람도 좋았고. 그런데 어째서 속아주는 법이 없는 시율을 좋아하는 것도 아니고 사랑하는 건지는 의문스러운 일이었다. 기본 안주로 나온 김과자를 깨물어 먹으며, 왜 그 남자 생각을 하루 종일 그만둘 수 없는 건지 고뇌했다.

"그보다 나도 궁금한 거 있는데."

"네? 뭔데요?"

수문이 딱히 질문 타임도 아닌데 손을 들며 물었다.

"해인 씨 말이야…… 뭔가 달라진 것 같아."

"어, 나도 그 생각 했는데."

"그치? 어딘가 느낌이 묘하게……."

두 사람의 가느다란 시선이 저를 향하자 긴장됐다. 누가 예술가 아니랄까 봐 그런 방면으로는 눈썰미가 기가 막혔다. 본래의 얼굴과 똑같다고 생각했는데, 역시 사신탈이라 어딘가 다르긴 다른 걸까?

"그, 그래요? 살이…… 조금 쪘나?"

해인은 말을 조금 더듬으며 슬그머니 제 얼굴을 가려봤지만 소용없는 짓이었다.

"아니, 그런 게 아니라. 전이랑 분명 똑같은 얼굴인데 분위기가 달라졌다고 해야 하나……?"

"조금 더 어른스러워졌어. 표정도 달라지고."

"맞아. 그리고 머릿결도 좋아졌고……. 피부야 원래 좋았지만 더 좋아진 것 같고."

"가장 큰 건, 어딘가 섹시해 보인다고 해야 하나……? 알았다! 박 작가 혹시 남자 생긴 거 아냐?"

이영이 족집게처럼 물었고, 해인은 자신이 할 수 있는 최선의 대답인 침묵으로 응대하는 수밖에 없었다.

"어머, 역시 그런 거구나? 그렇지, 그렇지?"

"야, 그런 거 성희롱이야."

"여자끼리는 괜찮거든?"

"아니거든."

"맞거든."

두 사람이 티격태격하기 시작할 무렵, 술이 나왔다. 해인은 꿀꺽, 긴장으로 목을 축였다. 술이 과연 도움이 될지, 아직은 알 수 없었다.

10. 자신과 싸우는 고양이

"나쁜 색기! 으허헝!"

"……누구?"

"그 나쁜 자시이익! 가만 안 둘 거야! 흑흑…… 두고 보자!"

이 못된 새 새끼! 꼬치구이로 만들고 말 거야! 해인이 테이블에 엎드려 눈물을 쏟기 시작한 건 그로부터 채 30분도 지나지 않아서였다. 정확히 안주로 나온 닭꼬치를 본 순간부터였다.

"누가 저렇게 많이 먹은 거야?"

"난 아냐. 자기가 먹은 거야!"

"말렸어야지!"

"박 작가 원래 술 잘했잖아! 겨우 저거 먹고 취할 줄 누가 알았어?"

"세상에…… 저렇게 취한 거 처음 보는데…… 남자 친구가 엄청 못된 놈인가 봐."

그게 사신 얘기라는 걸 알 리 없는 이영과 수문은 둘이 속닥거릴 수밖에 없었다. 술에 한 맺힌 사람처럼 안주는 안 먹고 술만 퍼붓는 해인이었다. 마치 끝장을 보겠다는 듯 마시고 있었다. 그리고 어째서인지 닭꼬치를 향해 자꾸만 화를 내고 있었다.

"새면 다냐! 날아다니면 다냐고!"

"저기, 박 작가…… 해인 씨, 해인 씨. 나 좀 봐봐. 무슨 나쁜 일 있어? 너무 무리하진 마."

보다 못한 이영이 말렸지만, 오늘 해인의 술을 향한 열정은 보통이 아니었다.

"……괜찮아요. 더 먹을래요."

"어…… 그만 먹어야 될 것 같은데?"

"전 먹어야 해요! 그래야……. 우웁."

결국 해인은, 달리고 있었다. 화장실을 향해. 본래의 계획대로는 되어주지는 않고 있었다. 술이란 그리 만만한 것이 아니었으니까.

이영과 수문은 앞으로는 해인에게 함부로 술을 권하지 말자고 다짐했다.

"제가 그거 얘기했어요?"

"으응?"

"그 사람이요, 정말정말 파랗고요. 또, 되게 고양이 같고요. 또…… 전생에 왕이었고요. 아마 그럴 거예요. 아니면 어쩌지 싶지만…… 아니어도 그 사람이 좋고요. 제가 다 까먹을 거니까요. 기억했다가 알려주세요. 네?"

아까부터 뭔가 열심히 말하고 있는 해인이었지만, 혀가 꼬여서 반도 알아들을 수가 없었다. 대부분 앞뒤가 맞질 않아서 뭐라고 하는지 해석이 되질 않는 수준이었다. 했던 말을 또 하고, 또 하긴 하는데…… 대체…… 무슨 말이 하고 싶은 걸까.

"나중에, 나중에 저한테 꼭 말해주셔야 해요. 네?"

"으음, 오늘 술주정한 거 말이야?"

"네! 꼭이효!"

"일단 알겠어."

창피할 텐데…… 못 알아들을 말을 엄청 중얼거렸다고 전해주면 되는 걸까? 이영과 수문은 일단 고개를 끄덕였다. 안 그랬다가는 해인이 저 알아듣기 힘든 이야기를 그만둘 기세가 아니었으니 말이다.

"제가, 그 사람을 정말정말 좋아하거든요. 꿈에 나올 만큼. 나중에 꿈에라도 봤으면 좋을 만큼요……. 그래서, 그래요."

단, 한마디 정도는 분명히 알아들을 수 있었다.

시간이 얼마나 지났을까. 해인은 자신이 깜빡 잠들어 있다는 걸 깨달을 수 있었다. 그리고 지금 이곳이 달리는 차 안이라는 것도. 감았던 눈을 몇 번인가 깜빡이자 어렵지 않게 이곳이 택시라는 것도 알 수 있었다.

"……응?"

팔다리가 무거웠다. 목이 칼칼했고, 귓가에는 심야 라디오 소리가 들렸다. 흐릿한 시야로 창밖의 한강이 보였다. 버릇대로 취해서 일단 택시를 탄 모양이었다. 해인은 비몽사몽 자신의 기억을 더듬어봤다. 주머니가 가벼웠는데, 제가 먹은 술값이라며 수중에 있던 동전을 탈탈 이영에게 털어주고 온 기억이 났다.

정확하게는…… 수문이 계산하는 동안 가게 앞에 택시가 지나가길래 덥석 타버렸다. 이영은 그사이 해인이 건네주다가 바닥에 우수수 떨어트린 동전을 줍고 있었다. 아마 그 둘은 지금쯤 해인이 어디로 사라졌다며 찾고 있을지도 모르겠다.

"기사님…… 지금, 어디로 가는 거예요?"

"응? 아가씨 이제야 깼구만."

해인의 술버릇은 예전부터 그랬지만 갑자기 사라지는 거였다. 술만 먹으면 귀소본능이 매우 발달해서, 혼자 주변에 말도 없이 집으로 가고는 했다.

"동물병원으로 가자며?"

"……아."

"거기로 가면 되는 거 맞지?"

택시 아저씨가 영 불안한지 연거푸 물었다. 하지만 해인은 목적지를 확인하고는 안심이 돼서 다시 잠이 오고 있었다. 아, 시율에게 가는구나. 그럼 안심이야.

"엥? 아가씨! 다시 자는겨? 아가씨!"

시율은 이게 대체 무슨 상황인가 알 수가 없었다.

"이 아가씨가 여기로 가달라고 하던데…… 아는 사이 맞지?"

그는 택시 뒷좌석에서 제대로 곯아떨어져 있는 해인을 보며 한숨을 내쉬어야 했다. 이 말썽쟁이 같으니라고.

"거, 택시에 타더니 다짜고짜 이 병원으로 가자고 하더라고."

"……하아."

무슨 대단한 계획이라도 있는 것처럼 비장하게 말하기에 내심 걱정하고 있었는데, 술에 절어서 돌아올 줄이야. 그것도 택시를 타고……. 이건 차라리 너무 평범한 일이라 시율은 웃음이 났다.

"이상하다 싶긴 했는데, 여기 맞다고 계속 그래서……. 모르는 사람이야?"

택시비를 못 받을까 봐 불안한지 택시 기사는 시율의 대답을 재촉하고 있었다.

"제 여자 친굽니다."

"어휴, 거 안심이구만!"

시율은 우선 뒷좌석으로 들어가 해인을 깨웠다. 그러나 일어날 생각이 없는지 자꾸만 늘어져서, 결국 안아 들어야 했다. 그러자 싫다는 듯 밀어내며 버티기는 힘이 제법이었다.

"이봐, 나야, 나."

"으엉……?"

해인은 누가 자신을 안아 들려 하자 꼬물거리며 반항하다가, 조금 뜬 눈으로 시율이라는 걸 확인하고는 언제 밀어냈냐는 듯 그에게 꼭 안겨서는 비비적거렸다. 스킨십이 진해지는 술주정은 어디 가지 않는 모양이었다.

"강."

해인이 기쁜 듯 목을 울려 그를 불렀다.

"……무슨 술을 이렇게 마신 거야?"

"……그게, 잘 안 됐어."

"뭐가?"

"제재가…… 너무 강해."

하지만 그의 물음에는 곧장 시무룩해졌다. 대체 뭐라는 건지. 혀는 다 꼬여서……. 시율은 어쨌든 해인은 택시 밖으로 안고 나오는 데는 성공했다. 코알라처럼 딱 달라붙는 통에 시율이 손을 놔도 붙어 있을 것 같은 해인이었다. 아이 안듯 제대로 끌어안고 있는 시율의 손을 보면 절대 놓을 것 같지는 않았지만 말이다.

"택시비는 41,340원인데…… 누가 줄겨?"

"……."

"거, 여자 친구 지갑에서 주든가…… 선생이 주든가."

택시 기사는 택시비가 조금 비싸게 나왔다는 걸 알긴 아는지, 시율의 수의사 가운을 보며 이래저래 말을 덧붙였다.

"심야 할증도 붙었고…… 시외 장거리라서 그래. 미터기 나오는 대로 받는 거야. 정말이야."

"……그건 상관없고."

"오, 그래? 자네가 내줄 건가?"

"그보다 택시, 어디서 탔습니까?"

시율은 중요한 사실 한 가지를 깨달으며 심각한 얼굴로 되물었다. 해인은 대체 어디서 온 걸까. 해인은 전혀 분위기 파악을 못 하고 비비적비비적, 그에게 달라붙고 있었다. 자신도 모르게 힌트를 한 가지 물고 왔다는 건 꿈에도 모르는 얼굴인 채로.

시율은 못된 술주정을 받아주며 재차 물었다.

"택시를 탄 곳 말입니다. 골목이든 가게든, 뭔가 있을 것 아닙니까."

한가로운 아침 무렵, 해인은 병원 창가에서 늘어지게 기지개를 켜고 있었다. 누가 이 병원의 터줏대감 고양이 아니랄까 봐 누가 지나가도 비키지도 않았다. 고양이로 살면서 늘어난 거라고는 이 뻔뻔함뿐일지도 모른다.

"끄, 응……."(윽, 머리야…….)

남들이 보기에는 그냥 게으르게 늘어져 있는 한 마리 검은 고양이였지만, 사실은 숙취에 시달리고 있는 박 모 양이었다. 어제 과음을 했더니 두통이 이만저만이 아니었다. 시율이 아침에 꿀물을 챙겨줘서 그럭저럭 버틸 만한데도 속에서 자꾸만 쓴 물이 올라왔던 것이다.

그나저나 그 남자는 대체 병원의 어디에서 꿀을 구한 걸까? 미스터리한 남자였다. 고양이로 변하는 제가 할 소린 아니지만 말이다.

'그나저나……'

이른 아침 시율의 재촉에 사람들이 출근하기 전에 변신을 하긴 했는데…… 했는데…….

'다, 당황스러울 만큼 아무것도 기억이 안 나.'

사실은 자신이 왜 병원에 있는 건지도 모르겠는 해인이었다. 아침에 시율이 왜 저를 깨우고 있는 건지도 전혀, 기억이 나질 않았다. 눈을 뜨니 병원 휴게실에 자신이 있었을 뿐이었다. 그 지독한 당황스러움이라니. 시율은 택시를 타고 왔다고 했지만, 그마저 기억에 없는 일이었다.

한참을 끙끙거리며 지난 기억을 더듬어봤지만 결국은 포기해야 했다. 필름이 끊기기는 해인의 알코올 역사상 처음 있는 일이었다.

'실패다. 그것도 처참하게 실패야. 기껏 고생했는데 얻은 거라고는 기억 상실뿐이라니!'

그리고 숙취. 역시 술로는 할 수 있는 게 아무것도 없는 걸까? 해인은 답답답과 무기력함에 시달리며 몸을 늘어트릴 수밖에 없었다. 디근 자로 누워 영혼 없는 눈을 하고는 데스크에 몰려 있는 사람들을 멍하니 쳐다봤다. 병원 직원들은 오늘의 일정 체크 겸 간단한 아침 회의를 하고 있었다.

"강 선생님? 근무표 보니까 어제 당직 서셨는데 오늘 또 정상 근무 하신다고 되어 있네요? 맞나요?"

"맞습니다."

"밤새우셨는데 오전 퇴근 안 하시고요?"

"급하게 잡힌 수술도 있고, 내일 좀 쉬어야 해서요."

"아, 룸메이트분이 이사 가신다는 게 내일인가요?"

"비슷합니다."

시율은 대충 말했지만, 일정 체크를 하느라 모여 있던 간호사들은 그냥 지나치질 않았다. 태일은 이 동물병원의 아이돌 중 하나였으니까.

"앗! 태일 씨 외국 나간댔죠! 그게 내일이에요?"

"어머어머, 벌써 그렇게 됐어요?"

"저 내일 쉬는데 같이 마중 가면 안 돼요?"

"저도요, 저도!"

예의 바른 남자답게 얼마 전에 병원에 들러서 신세 진 사람들에게 일일이 작별 인사를 한 태일이었다. 그것만 아니었어도 병원 사람들은 태일이 외국에 나가는지 뭘 하는지 몰랐을 텐데. 시율은 누가 봐도 귀찮은 얼굴로 대꾸했다.

"말할 필요를 못 느껴서 지나쳤었는데, 그 녀석 여자 친구랑 같이 나갑니다."

"……네?"

"그럴 리가! 여자 친구 없다고 하셨는데!"

"그거야 몇 주 전 얘기겠죠."

"예에에?"

만인의 남자였던 태일에게 여자 친구가 생겼다는 소식에 몇몇은 매우 실망한 기색을 드러냈다. 시율이야 원래 난공불락이니 그렇다 쳐도, 잘 웃어

주고 순해 보이는 태일은 다들 은근히 노리고 있었기 때문이다.

"왜, 전에, 날 만나러 왔던 길쭉한 여자. 그 여잡니다. 미국에 가면 당분간 둘이 같이 살 거고."

"설마…… 그 모델 같던……."

"잠깐, 그럼 도, 동거? 동거하는 거예요?"

"듣자니 다녀와서 결혼한다던데."

시율은 시원스레도 말했다. 그러니 태일이 본가에 하은을 데리고 인사하러 간 것이기도 했다. 그 둘의 꽉 막힌 성격대로라면 본래는 결혼 전에 동거 같은 건 상상도 못 할 테지만, 지금은 경우가 조금 특수했다. 사실은 내일이라도 하고 싶을 것이다. 다만 하은에게 자숙의 시간이 필요해서 미룰 뿐.

"충격이야! 태일 씨가 그럴 줄 몰랐어요!"

"왜 김 간호사가 충격입니까?"

"그렇지만, 그렇게 안 봤는데……."

"댁의 환상은 댁의 환상이고, 태일이 인생은 태일이 인생이고."

태일은 원체 성격이 부드럽다 보니, 그를 좋아하는 여자들도 대부분 순하고 낯가리는 여자들이 많았다. 매사에 진지하고 조심스러운 타입들이랄까. 좋게 말하면 얌전한 타입들이다 보니 말은 못 하고 지켜만 보는 경우가 많았다. 그리고 지금 그렇게 숨어 있는 팬들까지 더해서, 그녀들은 태일의 동거 소식에 내심 충격에 빠진 모양이었다. 여자 친구가 생긴 것도 충격인데…….

"……태일 씨, 아프리카 가시는 거 아니었어요?"

"아, 그건 내년 봄에. 미국에서는 사전 준비."

"그럼 여자분은요?"

"아프리카에 같이 간다던데요? 조수로 잡무를 맡을 거면 동행해도 좋다고 했다나. 듣자니 부인을 데려가는 카메라맨도 있는 모양이고."

아침 회의는 뜻하지 않게 태일의 소식으로 술렁이고 있었다. 젊은 여자 비율이 높은 탓일까, 이게 관심사가 될 줄이야. 시율은 지금 태일의 인기가 제법이라는 사실에 놀라는 중이었다. 대체 그 녀석 어디가 매력인 걸까. 가끔 와서 웃으며 먹을 걸 주고 가는 게 전부인데…….

무거운 걸 잘 들어주는 거? 아무렇지 않은 배려가 몸에 배어 있는 거? 목소리가 좋은 건가? 아마도 태일의 매력이 뭔지 말해보라면 열 가지는 술술 읊을 수 있을 게 분명한 해인을 슬쩍 바라보는 시율이었다. 구태여 물어보진 않겠지만.

"아무리 그래도 동거라니……. 전 그런 거…… 못해요. 좀 충격이에요."

"댁이랑 살자고 한 것도 아닌데 왜 댁이 충격을 받습니까?"

한 간호사의 중얼거림에, 시율은 심기가 언짢아진 게 틀림없었다.

"서른 넘은 남녀가 결혼을 전제로 같이 살겠다는데, 알아서들 하겠지. 그리고 남 얘기 하는 거 좋아하는 버릇 좀 고칩니다. 누가 우리 얘기 그렇게 하면 싫잖아요. 난 싫던데."

"……저는, 다 좋게 생각해서."

"좋게 생각해서 뒤에서 들리지도 않을 싫은 말을 하나?"

키도 큰 사람이 그렇게 싸늘한 눈으로 내려다보면 무섭다는 걸 시율은 알까 모르겠다. 해인은 멀찍이서 시율이 소리 없이 화내는 걸 구경하며 그가 얼마나 남 무안 주는 게 특기였는가를 되새겼다. 그리고 누가 태일을 욕하는 걸 그가 두고 보지 못하게 됐다는 것도 깨달아야 했다.

"고백을 하든가. 그렇게 좋으면."

"누, 누가 그런 뜻으로……!"

"아예 그런 거 아니면 남 연애사에는 신경을 꺼야죠. 안 그렇습니까? 남의 남자 친구, 남의 애인, 남의 남편일 텐데."

"……윽."

시율은 저 모진 성격 탓에 척을 진 사람이 꽤 있었다. 본인은 그러거나 말거나 신경도 쓰지 않는다는 게 더 미운 점일 테지만 말이다.

'확실히 적이면 가장 미운 타입이지.'

해인은 제가 시율을 싫어했던 때를 생각하며, 한마디 했다가 엉망으로 밀리고 있는 간호사에게 심심한 위로를 건넸다.

"아, 나도 동거합니다. 내 여자 친구랑."

"어멋, 정말요? 강샘?"

"정말요!"

일 타 삼 피, 아니 해인까지 사 피를 저지르며 시율은 신난 얼굴이었다.

'지금 흥겨운 얼굴로 뭐라는겨!'

분명 사실은 사실인데, 알고 있던 일이기도 한데, 이렇게 들으니 새삼 위험하게 들렸다. 해인은 마치 끓는 물 안의 개구리처럼 익숙해져서 완전히 간과하고 있었지만, 시율과 단둘이 산다는 건 꽤나…….

"결혼하고 싶긴 한데, 해줄지는 모르겠고."

꽤나…….

'어, 엄마한테 허락은 받아야 할 거 같은데…….'

꽤 괜찮은 것 같았다.

아까 그거 뭐였지? 혹시 프러포즈일까? 그도 아니면 그냥 태일이 얘기가 나오는 게 싫어서 그런 걸까. 묻고 싶었지만 오늘은 병원이 바빠서 그와 얘기할 기회가 없었다. 해인은 내심 심각해져서는 진료실 맞은편의 소파 밑에 숨어서 시율을 노려봤다. 검은 고양이가 소파 아래 그림자에 숨어 있으니 보이는 건 오로지 눈뿐이었는데, 그나마도 숨을 죽이고 있으면 눈치채기는 불가능했다.

'농담이었던 걸까?'

시율은 해인이 열린 문 너머에서 자신을 10분째 지켜보고 있다는 사실을 전혀 모르는 듯했다. 아무리 눈치가 좋아도 기적까지 예민한 건 아니었으니까. 주변에 아무도 없다고 생각해서일까? 차트를 뒤적이고 있던 시율이 서랍을 여는가 싶더니 뭔가를 꺼내 보며 어렴풋이 웃은 건 바로 그때였다.

각도 때문에 시율의 표정은 보이는데 그가 보고 있는 게 뭔지는 전혀 보이지 않았다.

'뭐지?'

고양이 특유의 호기심이 치솟았다. 당장 쫓아가서 뭔지 보여달라고 조를까? 해인은 소파 밖으로 보일 만큼 꼬리를 휙휙, 내저었다. 물론 그건 시율의 반대 방향이었다. 해인이 찰나 고민하고 있는데 간호사가 시야를 가로막았다.

"강 선생님, 환자분 오셨어요."

"빨리 오셨네요."

시야는 막혔지만 탁, 소리가 나며 급하게 뭔가를 서랍 안에 집어넣는 소리는 똑똑히 들렸다. 저건 왜 숨기는 걸까.

"수술이 있어서 미리 오신 것 같아요. 지금 들여보낼게요."

"그래요."

"초코 보호자분? 이쪽으로 오세요."

천천히 닫혀가는 진료실 문을 해인은 매의 눈으로 노려봤다. 뭘까, 저 서랍 속에 든 것은. 너무 궁금한 나머지 해인은 저도 모르게 엉덩이를 실룩거리고 있었다. 그건 마치 먹이를 본 맹수의 사냥 자세와 비슷했다.

보여달라고 조르는 대신 숨죽이고 있는 편을 택한 건, 시율이 곧 수술에 들어갈 거라는 걸 알아서였다. 얼마 안 가 진료실이 비자 해인은 지나가는 간호사 하나를 붙잡고 졸랐다.

"미야앙."(문 좀 열어주세요.)

다리에 이마를 문지르며 눈빛 공격을 가하자, 상대는 이유도 모르면서 시키는 대로 하고 말았다.

"개냥아, 안에 강샘 없다니까 그러네?"

"냐앙."(알아알아.)

"어휴, 자, 봐. 아무도 없지?"

"냥!"(고마워!)

"응? 거기 있을 거니?"

문이 열리자마자 해인은 냉큼 안으로 들어가서 시율의 의자 위로 뛰어올랐다. 간호사에게 보란 듯 그 위에 자리를 잡고 앉자, 그녀는 그런가 보다 하고는 가던 길을 가버렸다. 고양이란 원체 뭘 하고 싶은 건지 알기 힘든 동물이었으니까.

'후후, 이게 바로 완전범죄지.'

해인은 시율이 수술을 끝내고 돌아오기 전에 서랍 속을 보고 나갈 작정이었다. 들킬 일은 없으리라. 서랍을 여는 건 이제 고양이 손으로도 그리 어려운 일이 아니었다. 이 몸으로 지낸 지도 오래되니, 고양이의 손이 얼마나 많은 걸 할 수 있는지 알게 되었다. 우선 떨어트리는 걸 제일 잘했고. 그다음으로는 미는 거. 그다음으로는 쓰러트리는 거. 그다음으로는 넘어트리는 거······. 아, 밥그릇 엎는 것도 잘하지.

'뭐, 결국 말썽 부리는 거지.'

아무튼, 서랍 여는 건 나름 기술을 요하는 일이었지만 문도 열고 창문도 여는 요망한 고양이의 손에 걸리면 불가능한 것도 아니었다. 해인은 지나가는 기척에 신경을 쓰며 시율의 책상 서랍을 아래에서부터 하나씩 열어봤다. 맨 밑에는 아무것도 없었고, 밑에서 두 번째에도 휴대폰 충전기 말고는 별다른 게 없었다.

한 칸 더 올라갔을 때, 해인은 마침내 자신이 찾던 걸 발견할 수 있었다. 그가 숨겼던 건······. 작은, 상자였다.

정확하게는 반지 케이스. 그것도 해인도 알 만큼 결혼반지로 유명한 모 고급 브랜드의······.

"······에?"

순간 얼마나 얼이 빠졌는지, 해인은 지금 자신이 고양이 모습이란 것도 잊고 사람 말을 내뱉고 말았다.

"내, 내 건가."

고양이 키스 2   351

다행히 금세 정신을 차리고 주변을 두리번거리며 서랍을 닫기는 했지만, 쉽사리 평정을 찾을 수는 없었다. 자신이 뭘 본 건지 순간 이해할 수가 없었다.

아까 본 그게 반지 케이스라는 걸 해인은 결국 부정할 수 없었다. 딱, 그만한 크기에 그런 상자가 다른 용도로 쓰이는 건 못 봤으니까. 그리고 시율이 자기 반지를 혼자 사서 끼지는 않을 테니…… 제 것일 확률이 높다는 것도.

'……이왕이면 목걸이 줄 같은 걸 같이 줬으면 좋겠는데.'

해인은 아직 저에게 준 것도 아닌데 그런 설레발을 치며 목 근처를 긁적였다. 사람일 때는 반지를 낄 수 있지만 고양이일 때는 낄 수 없으니까. 평소에 목걸이로 하고 다니면 좋을 것 같았다. 줄을 좀 짧게 해서…….

'너무 김칫국인가?'

살짝 그런 생각도 들긴 했지만, 제가 받을 선물을 미리 발견했다는 게 결론이었다. 어떻게 생긴 반지인지도 봐둘 걸 그랬나? 하지만 고양이 손으로 그것까지는 무리였다. 반지 상자는 대체로 슬쩍 민다고 열리는 것이 아니었으니까. 해인은 머릿속에서 자꾸만 반지가 떠다녀서 그걸 모르는 척하는 게 힘들었다. 시율이 수술을 끝내고 소독약 냄새를 풍기며 돌아왔을 때는 저도 모르게 시선을 피했으니 말이다. 그나마 지금 고양이라서 표정이 별로 티나지 않아 다행이었다.

"수술 잘 끝났고요."

"감사합니다, 선생님!"

"다행히 건강한 아이라 회복도 순조로울 것 같습니다. 개들도 평소에 운동을 시켜두는 게 중요하거든요. 체력이 있고 없고로 수술 결과가 갈리는 건 사람이나 짐승이나 똑같으니까요."

"그렇지 않아도 평소에 선생님 말씀 듣고 산책을 열심히 시켰거든요."

"잘하셨습니다. 말은 쉬워도 실제로 쉬운 일은 아닌데."

해인은 시율이 일하는 모습을 지켜보는 게 좋았다. 남들은 결코 못 느낄 만큼 사소한 저 남자의 다정한 면을 발견하는 순간이 행복했다.

"그럼, 퇴원은 언제쯤……?"

"경과를 봐야겠지만 다음 주에는 가능할 겁니다. 더 오래도 괜찮겠지만…… 집에서 통원하는 편이 초코 마음이 편하겠죠."

물론 반지를 발견한 순간만큼은 아니겠지만. 해인은 예상치 못한 거라 당황하긴 했지만 기분이 어떠냐고 묻는다면 당연히 웃음이 나오는 쪽이었다. 누가 저에게 반지 같은 걸 준 적이 있어야지, 뭐. 그런 너무 평범하고, 흔한 연인들의 행위라서 오히려 더 부끄럽게 느껴졌다. 해인은 민망함에 시율의 눈길을 자꾸만 피하게 됐다.

반지 같은 걸 주는 건, 너무도 정중한 행위였다. 속박하고 싶다는 소유의 표시인데 거절 못 할 만큼 진지하기도 했다. 물론 반지를 나눈 모든 커플이 결혼을 하거나 하지는 않지만.

'나, 난 그 서랍 속에 뭐가 들었는지 몰라. 정말이라고.'

보호자가 나가고 단둘이 된 다음에는, 해인이 저도 모르게 그렇게 말해버릴까 봐 입을 꾹 하니 깨물고는 때아닌 침묵시위를 했다. 어차피 점심 무렵의 병원은 말하고 싶어도 계속 사람이 들이닥쳤지만.

"선생님? 퇴근하시기 전에 시간 나면 어제 왔던 다롱이 보호자한테 전화 좀 부탁드려요."

"어제면…… 치매 진단 받은 말티즈 말씀하시는 거죠?"

"네, 걱정이 많으신가 봐요. 개도 치매에 걸리는 줄 모르셨던 것도 같고……. 아까 수술하시는데 전화 왔더라고요."

"알겠습니다. 전화해서 설명해드리죠."

몸을 반쯤만 진료실 안으로 들이민 간호사는 바쁜지 차트를 뒤적이며 빠르게 전달사항을 늘어놓고 있었다.

"그리고 이 주 전에 교통사고로 뒷다리 인공관절 수술한 요크셔 말인데요. 퇴원하고도 너무 아파한다고 진통제 같은 걸 처방해달라는 요청이 있었어요."

"그래요? 수술은 잘됐는데."

"그러니까요. 회복 경과도 문제없었어요."

"음, 그 녀석 엄살이 아주 심하던데……. 주인이 오냐오냐하니까 더 보살핌 받고 싶어서 아픈 척하는 것도 같고. 가끔 그런 습관 든 녀석들이 있어서……. 그래도 혹시 모르니까 일단은 한번 내원해달라고 말해줄래요?"

"네, 그럴게요. 다음 예약 환자는 3시 반……. 어머? 눈이 오네요."

밖에서 소란스러운 소리가 나나 싶더니, 간호사가 웃으며 알려줬다.

"선생님, 첫눈이에요."

시율은 해인을 품에 안고는 창가로 다가갔다. 이미 옹기종기 사람들이 모여서 첫눈을 구경하고 있었다. 첫눈치고는 상당히 커 보이는 눈송이가 하늘이 하얘 보일 만큼 가득 쏟아지고 있었다. 그건 나름 장관이었다.

"나가서 볼까?"

"냐냐."(젖는 거 싫어.)

"그래?"

해인은 시율의 품에 안긴 채로 유리창에 손을 올렸고, 그러자 고양이 발바닥이 그대로 창문에 찍혔다. 밖은 추운데 안은 따듯해서 생긴 습기 위로 말이다. 그건 제 발바닥인데도 제법 귀여운 자국이라, 해인은 손이 닿는 여기저기에 타타타, 손자국을 냈다.

"이거 꽤 오겠는데요?"

"그러게요. 쌓이겠네요."

"듣자니까 크리스마스 때도 올 예정이라던데."

"일기 예보는 너무 자주 틀려서."

"계속 확인해야지, 뭐."

"에휴, 오면 어떻고 안 오면 어때. 어차피 집에서 귤이나 까먹으면서 '나 혼자 집'이나 볼 건데."

간호사 하나가 진심 어린 한탄을 내뱉었고, 연달아 여기저기서 한숨이 쏟아졌다.

"난 풀 근무."

"난 쉬긴 쉬는데 부모님이랑……."

"어우야."

이제 보니 크리마스가 코앞이라 솔로인 사람들의 외로움이 극에 달한 모양이었다. 시율은 저에게 솔로들의 시선이 향하는 걸 느꼈다.

"쌤은 크리스마스 때 뭐 하세요? 일정표 보니까 휴가 길게 내셨던데……."

"일본 여행 갈 건데요."

"여자 친구분이랑……?"

"그야 당연히."

그 묘한 원망과 부러움이 얽힌 시선이라니. 시율은 괜히 해인을 안고는 옆으로 조금 물러섰다. 이 사람들 왜 첫눈을 보며 절규하는 거람.

"……으아아! 부럽다!"

"선생님은 그렇다 치고, 태일 씨까지 여자 친구 생기고!"

"너무한다!"

"사람들이 말이야! 솔로에 대한 배려가 너무 부족해!"

그건 대체 무슨 배려지. 시율은 눈이 솔로를 자극한다는 것에 대해 논문을 하나 써볼까, 진지하게 고민해봤다. 둘은 무슨 상관관계가 있는 걸까. 그렇지 않아도 추운데 눈이 와서 옆구리가 더 차가워지게 하는 게 문제일까? 아니면 눈이 커플들의 천국이라는 크리스마스를 떠올리게 해서?

시율은 해인만 만족하면 안으로 들어가고 싶어졌다. 사실 그는 눈이니 뭐니 하는 감성적인 것에 오래 취하는 타입이 못 됐으니 말이다.

"냐냐!"(내 발자국 봐라!)

하지만 해인이 너무 해맑게 신나 보여서 그는 조금 더 창가에 머물러야 했다.

"크리스마스에 여행, 정말 러브러브 하시네요."

문득 조금 우울한 목소리가 들려서 옆을 돌아보니, 방유나가 삐걱삐걱 소리를 내며 유리창에 손으로 고양이를 그리고 있었다. 아마도 해인이 유리창에 장난치는 걸 보고는 저도 뭔가 그려보고 있는 것 같았다. 그녀는 이 병원의 미용사이자, 시율에게 가장 대놓고 어필했던 여자이기도 했다. 물론 무참하게 차였지만.

"방유나 씨."

"네…… 선생님, 저는 신경 쓰지 마시고 예쁜 사랑하세……."

"나 좀 도와줘야겠습니다."

돌연 시율이 방유나의 손목을 틀어쥐었다. 습기 찬 유리에 그림을 그리고 있던 손을, 모두가 보는데 아주 꽉. 순간 해인의 눈이 팟, 하니 흉흉한 빛을 내며 마치 한 마리 야수 같은 모양을 했다. 마치 밀림의 흑표범 같았다.

볼을 부풀리는 건 그리 흑표범 같지 않았지만.

"어머! 강쌤 이러시면……."

방유나는 깜짝 놀라면서도 그리 싫은 기색은 아닌 것 같았다.

"혹시 제 여자 친구 얼굴 기억납니까?"

"에……? 뭐, 대충은요?"

얼마 가지는 못했지만.

"유나 씨 사람 얼굴 잘 기억하잖습니까. 1년 전에 한 번 온 손님도 다 기억하고."

"그쪽으로, 자신 있긴 하죠?"

"그림도 그리고."

시율의 목소리가 얼핏 고양됐다. 방유나는 해인이 죽은 강아지를 안고 병원에 왔을 때, 딱 한 번이지만 얼굴을 본 적이 있었다.

"그게 뭐……?"

"분명 그림 전공했다고 안 했습니까?"

"전공까지는 아니고…… 조금 했어요. 예고도 나왔고……. 뭐, 취직이 바로 되는 직종을 찾다 보니 지금은 미용사지만…… 동물도 좋아한다고요!"

알 수 없는 압박이 강해지자 당황했는지 방유나가 이래저래 말을 늘어놨다. 해인은 그제야 시율이 무슨 생각을 하고 있는지 알 것 같았다.

'저거구나.'

방유나가 그리고 있던 유리창의 그림이나, 이 병원의 벽에 걸려 있는 강아지나 고양이 스케치들로 눈을 돌렸다. 전부 방유나가 취미 삼아 그린 것들이었다.

"그래서, 그릴 수 있습니까, 없습니까?"

"뭐, 뭘요?"

"제 여자 친구 말입니다."

"에? 그걸 내가 왜요?"

"……선물이, 하고 싶어서요."

이 남자, 자기를 좋다고 쫓아다녔던 여자한테 대체 무슨 부탁을 하고 있는 건지 알기나 하는 걸까? 물론 모를 남자는 아니겠지만…… 방유나가 그런 걸 들어주고 싶을 리 없었다. 일방적으로 대시했던 거긴 하지만, 그래도 불쾌했다.

"강샘, 알긴 알았지만 정말 잔인하시네요……. 제가 이래 봬도 강샘 좋아했던…….."

"방유나 씨, 이렇게 부탁합니다."

"……윽."

해인의 얼굴을 봤고, 몽타주를 그릴 만큼 그림 실력이 있는 사람이 방유나밖에 없다는 걸 왜 이제야 깨달았을까. 지금까지는 해인의 얼굴을 그림으로 그려볼 생각을 하지 않아서였다. 막연히 사진을 찍을 수 없으니까 얼굴에 관해서는 무의식중에 포기했는지도 모르겠다.

"유나 씨만 믿을게요. 네?"

"아무리 그러셔도……."

평소에는 일 관련된 것 아니면 말도 안 섞던 남자가, 이런 절박한 눈을 하고는 자신에게 매달린다는 사실에 방유나는 많이 당황하고 있었다. 콧대 높은 이 작자가 이렇게 저자세로 자신에게 무언가 부탁하는 순간이 올 줄이야. 솔직히 말하자면, 나름 기분이 괜찮았다. 그간 무시당한 것이 조금 위로가 된다고 해야 하나.

심지어 품 안의 고양이까지 반짝반짝 눈빛 공격을 쏘아내고 있었다. 평소 시크하기 이를 데 없는 둘이 동시에 애걸하는 눈을 보내고 있으니 결국은 무너질 수밖에 없었다. 방유나는 그리 모진 사람이 되지 못했다.

"으으……. 딱, 한 번 봤는데 그리는 건…… 사실 어려워요. 사진이라도 있으면 모를까……."

"사진은 없는데."

"엑? 그렇게 사이좋은데 어떻게 사진 한 장이 없어요?"

"그 친구가 사진 찍는 걸 정말 싫어하거든요. 그래서 그림이라도 있었으면 해서."

"……내 참, 뭐, 그런……."

"비슷하기만 해도 됩니다! 몽타주 같은, 그런 정도만 되어도 정말 고마울 겁니다."

시율은 해인이 스스로를 그리지 못한다면 다른 사람이 그리게 하면 된다는 걸 이제야 깨닫고는, 기뻐서 절로 웃음이 나올 정도였다. 그래 봤자 그의 특성상 겉으로 티가 많이 나지는 않았다.

"으에…… 너무 어려운데, 차라리 전문가한테 부탁하시는 편이……."

"갑자기 생각나서요. 크리스마스 선물로 주고 싶어요."

"크리스마스면 일주일도 안 남았잖아요?"

"피자 열 판 살게요."

"……."

"치킨도 열 마리."

"······흠흠, 음. 일단 한 번이라도 더 봐야 할 수 있을 것 같은데······. 아, 절대 치킨에 넘어간 건 아니고요."

해인은 그의 품에서 살며시 눈을 감았다. 그의 바람대로 됐으면 좋겠다. 그가 생각하는 방법이 효과가 있으면 좋겠다. 당장 머리가 지끈지끈 아파오지만, 말하지 않을 테니까. 어떻게든 참아볼 테니까.

'하느님, 한 번쯤은 그가 실망하지 않게 해주세요. 첫눈이 오고 있잖아요?'

첫눈에 소원을 빌면, 이루어지는 거잖아요.

아침에 병원에 벗어둔 옷은 어느새 시율의 차 뒷좌석에 얌전히 개켜 있었다. 그 옷이 아니더라도 그의 차 트렁크에는 해인의 비상용 옷이 한가득했는데, 누가 보면 직업이 옷 장사나 코디인 줄 알 수준이었다. 시율이 수의사라는 걸 아는 사람은 그의 취미를 여장으로 의심할지도······.

'무슨 남자가 여자보다 옷을 예쁘게 갠담.'

마치 매장에서 팔 법하게 곱게 개어둔 옷을 다시 입으며 해인은 시율이 못하는 게 뭐였나를 생각해봤다. 전에 보니 그림을 엄청 못 그리기는 하던데. 아무리 그래도 그렇지, 방유나의 손을 잡은 건 너무했다고. 자길 좋아했던 여잔데. 막 손을 그렇게. 흥흥.

해인은 말하기도 사소한 조그만 질투를 속으로 삼키며 얼른 옷을 하나둘 주워 입었다. 날이 추워서 알몸이 되는 건 절로 몸이 오싹해지는 일이었다. 시율이 차에 히터를 틀어주기는 했지만 맨살에 닿는 가죽 시트는 여전히 차가웠으니까.

새삼 털의 소중함을 깨달으며, 해인은 흥얼흥얼 기분 좋은 콧노래를 불렀다. 본래는 고양이로 집에 돌아가면 되는 일이었지만 오늘은 모처럼 첫눈이 와서 둘이 공원 산책을 좀 하기로 했다. 손잡고 눈 내리는 공원을 걷는 건 해인의 취향을 완벽하게 저격하는 일이었으니까. 물론 그 상상 속에서 자신은 고양이가 아니라 사람이었다.

'⋯⋯반지는 오늘 주는 게 아니겠지?'

조만간 여행을 가니까 그때나 주려나. 반지를 주면 그걸 마치 태어나서 처음 본다는 듯 완벽하게 놀랄 수 있을까? 해인의 모든 생각은 지금 기, 승, 전, '반지'로 끝나고 있었다.

"멀었어?"

"아니, 다 입었어."

시율이 추운 밖에서 기다리고 있었다. 얼른 차 문을 열자, 그는 어디서 가져왔는지 해인에게 양말 한 쌍을 내밀었다.

"이거 신어. 발 시리겠다."

"응? 어디서 났어?"

"산 건 아니고, 내가 신으려고 병원에 가져다 놨던 거야. 비 와서 젖으면 갈아 신으려고. 새 거니까 안심하고 신어도 돼."

그의 손짓에 해인은 자동차 뒷좌석에 걸터앉은 채로 밖으로 발만 빼냈다. 시율이 신발을 벗겨줘서, 얇은 검정 스타킹 위로 그가 준 회색 양말을 겹쳐 신었다. 남자 양말이라서 그런지 발이 작은 해인이 신자 종아리까지 올라오는 레그워머 같아 보였다. 원래 그런 패션으로 보일 만큼, 신고 있던 운동화와도 아주 잘 어울렸다.

"따듯해?"

"응."

해인은 그가 가져다준, 두껍고 보송보송한 양말이 마음에 들어서 크게 고개를 끄덕였다. 별것도 아닌 것에 신이 나서 기분이 날아갈 듯 좋아졌다.

"다행이네. 그럼 가자."

차에서 내리면서도 발을 내려다보고 있는 해인에게 시율이 자신의 팔꿈치를 내밀었다. 팔짱을 끼라는 뜻이었고, 해인은 냉큼 매달리며 그의 팔뚝에 발그레한 뺨을 기댔다. 눈이 내리는데도, 전혀 춥지 않았다. 다만, 그런 생각이 들었다. 살면서 이렇게 저한테 열심인 남자를 또 만날 수 있을까, 싶은.

그건 아마 다시 태어나도 불가능할 것 같았다.

병원과 아파트 사이를 잇는 공원은 시율이 출퇴근할 때 자주 가로질러가는 곳이었다. 평소에는 15분이면 충분했지만, 외곽을 따라 천천히 걸으면 제법 긴 코스였고, 오늘은 눈이 내려서 걷는 모든 곳이 운치가 있었다. 까만 하늘에서 떨어지는 하얀 눈송이는 입을 벌리면 먹을 수 있을 것 같았고, 손을 뻗으면 잡힐 것 같았다.

물론 떨어지는 나뭇잎만큼이나 만만치 않은 상대였지만 말이다. 해인은 한쪽 팔은 시율에게 팔짱을 낀 채로 눈송이를 잡아보겠다고 요리조리 몸을 움직였다. 시율이 그러다 넘어지겠다며, 앞을 보고 걸으라고 타박했지만 해인은 그러면 그의 팔을 더 꼭 껴안는 거로 대답을 대신했다.

'넘어지면 잡아주겠지, 뭐!'

그 잔망스러운 얼굴은 빤히 그런 뜻이었고, 그러면 시율은 못 이기는 척 웃어줬다.

"발은 괜찮고?"

"양말 신어서 따뜻해!"

"하여간 넌 너무 얇게 입어."

"하여간~ 강은 걱정이 너무 많아."

서로 매일 하는 핀잔을 한 번씩 주고받으며 그냥 그렇게 함께 걷는 거로 시간을 때웠다. 그리고 이 자체로 즐거웠다. 함께한 겨울은 따뜻하게 기억될 게 분명했다. 둘 중 하나가 없다면, 그건 무더운 여름이어도 춥고 슬프리라. 얼마 안 가 그 여름이 덮쳐올 거라는 사실이 지금을 더 의미 있게 하는 건지도 모르겠다.

"저녁이 되니까 갑자기 춥단 말이지."

"그러게?"

"아, 초상화는 다음 주쯤 그려준다던데. 기대되네."

잘 걷고 있던 해인은 묘하게 다리가 후들거리는 걸 느꼈다. 몸이 거부하는 이 느낌은, 좋지 못했다.

"……나도!"

"응?"

"잘됐으면 좋겠어!"

일부러 기운차게 말했다. 진심이었다. 하지만 거짓말이기도 했다. 그를 실망시키고 싶지는 않았지만 소용없을 것 같다는 느낌이 너무 강했다. 이 지끈거리는 두통 때문인지는 몰라도. 외면해보려고 해도 절로 미간이 일그러져서, 그의 예리한 눈썰미를 피할 순 없었다.

"너…… 어째 컨디션이 나빠 보인다?"

"그, 그래?"

"갑자기 안색이 좀 파리한데."

"……숙취 때문인가? 아니면 조명 색이 이상해서 그런가?"

해인은 과장된 손짓으로 깜빡, 깜빡 불이 나갈 것 같은 주황색 가로등을 가리켰다. 그는 두 눈을 가늘게 뜨며 해인이 왜 이상하게 구는 건지 생각해 봤지만 달리 짚이는 곳이 있을 리 없었다. 설마하니 사신의 주술에 걸려서, 추리가 정체에 근접해지려고 하면 몸에 탈이 난다는 걸 무슨 수로 알겠는가. 그가 아무리 머리를 써도, 짐작할 수 있는 범위에는 한계가 있었다.

"……적당히 마셔야지 그러게."

"헤헤……."

"꿀물이나 코코아를 먹이고 나올 걸 그랬나?"

"난 코코아가 더 좋더라!"

결국 그는 해인의 안색이 스치듯 나빠졌던 건 숙취 탓이라고 이해한 듯했다. 다른 얘기를 하자 금세 괜찮아지기도 했고 말이다.

"하여간 단거라면 정신을 못 차리지."

"응!"

"이거라도 먹을래?"

시율이 걷다 말고 자연스레 주머니에서 사탕을 하나 꺼내줬다. 그가 곧잘 먹으라고 주는 커피맛 사탕이었다. 해인은 당연히 그가 먹기 위해 가지고 다닌다고 여겼지만, 사실은 해인에게 먹이기 위해서였다. 그나마 해인이 잘 받아먹는 게 이런 자잘한 단 음식이었으니까.

오늘도 사양하지 않고 받아먹는 해인이었고, 포장지 쓰레기는 당연하다는 듯 시율의 주머니로 들어갔다. 사탕을 주는 이유? 먹을 때의 모습만큼은 햄스터를 닮아서일까.

'먹이를 주는 느낌이랄까.'

그걸 알면 안 먹겠다고 떼를 쓸 테지만. 시율의 속내도 모르고 오물오물 부지런히 입안으로 사탕을 굴리던 해인이 동작을 멈춘 건, 겨울이라 멈춰버린 분수대를 앞을 지날 즘이었다.

"음!"

"……왜 그래?"

해인이 생쥐를 발견한 고양이처럼 동그란 눈을 뜰 때면, 꼭 사건이 터졌다. 있을 리 없는 레이더를 머리 위로 켠 게 보였다. 시율은 불안해졌다.

'그냥 둔하고 태평한 햄스터로 있어줘! 편하고 얼마나 좋아!'

하지만 해인은 그리 호락호락한 상대가 아니었다. 마침내 레이더가 탐색을 끝냈는지 말릴 새도 없이 한쪽으로 사라졌다.

"주인 목소리다!"

"엥?"

"이쪽이야!"

다다다 뛰어가는 해인이었고, 시율은 어쩔 수 없이 뒤를 따라갈 수밖에 없었다. 결국 고양이는 고양이라 어디로 뛸지 알 수 없었다.

"얌마!"

고양이보단 햄스터였으면 싶은 그의 마음을 알 리 없는 해인이었다. 주머니에 넣고 다니고 그러면 참 편할 텐데.

"어머, 어머."

해인은 수풀 뒤에서 숨을 죽였다. 부끄러운지 두 눈을 가리는 시늉을 하긴 했지만 결국은 하나도 빠짐없이 태일과 이하은의 모습을 지켜보고 있었다.

"웬일이야. 웬일!"

"내가 왜……."

한편, 시율은 오만상을 쓰고 있었다. 자신이 왜 숨어서 저 녀석 키스신을 훔쳐봐야 하는 건지 도통 알 수 없었다. 정확히는 쫓아왔더니 둘의 분위기가 거시기 거시기 했고, 저쪽 눈에 띄기 전에 해인을 데리고 몸을 숨겼을 뿐이지만 말이다. 아파트 뒷문 앞에서 작별 인사를 하나 싶던 이하은이 주변을 두리번거리다가 태일에게 매달리더니 발꿈치를 들었다.

그리고 둘은 그대로 키스했다.

그 현장을 목격하게 된 건 순전히 우연이었다. 저 둘도 해인과 시율처럼 첫눈을 맞아 산책을 하고 있었던 모양이다.

"저기, 그럼 내일 봐, 태일아!"

태일은 입술을 가린 채 멍하니 그 자리에 그대로 서 있었고, 이하은은 늘 그랬듯 줄행랑을 쳤다. 기습을 당한 건 태일 쪽이었다. 하긴 태일한테는 어느 정도 적극적으로 구는 게 좋을지도 몰랐다. 커플이 키스할 수도 있다는 걸 알긴 아는데 지금 상황이 못마땅한 시율이었고, 뭐가 그렇게 신나는 건지 알 수 없는 해인이었다.

"풋풋하다잉."

해인은 달아오른 두 뺨을 손으로 감싸며 영화에서 러브신이라도 본 것처럼 두 눈을 반짝이고 있었다. 태일의 키스신에 충격받지 않는 걸 기특해해야 하는 걸까.

"이봐."

"응?"

시율은 여전히 저쪽에 눈이 팔린 해인의 팔뚝을 잡아 자신에게 상체를 끌어왔다. 그리고 돌려세우며 입술을 겹쳤다. 갑작스레 키스하자 해인은 그대로 잔디밭에 주저앉았다. 쪼그려 앉아 있던 터라 뒤로 털썩 넘어진 수준이었고, 그대로 시율의 그림자 안으로 들어왔다. 시율은 가볍게 눕히며, 가볍게 입술을 덧대며 속삭였다.

"남의 키스신에 열광할 때가 아니잖아."

그러곤 아직도 사탕이 남아 있는 해인의 입안 깊숙이 파고들며, 저를 좀 보라고 졸라댔다. 키스는 집요하고 달았다. 놀라서 움찔거리기만 하나 싶던 해인은 이내 그의 입맞춤에 적극 응했다. 기꺼이 입술을 열고, 체온을 겹치며, 이 모든 순간의 감각을 만끽했다.

숨을 쉬기 위해 조금 떨어졌을 때는, 먼저 그에게 입술을 마주 대며 기쁘게 목을 울렸다.

"강, 한 번 더 해."

미등에 비치는 행복한 뺨은, 마치 첫눈 같았다. 아름답고, 덧없이 녹을 것처럼 사랑스러웠다. 무수하게 그의 눈에 박혀와 잊을 수 없게 했다.

둘은 사탕이 모두 녹아 없어질 때까지 키스했다.

얼핏 따뜻한 것 같은, 그런 겨울밤이었다.

비행기가 뜨기 정확히 5시간 전이었다. 여기서 공항까지는 한 시간 반 정도 걸렸고, 미국행 비행기는 3시간 전에는 가서 수속을 해둬야 해서 30분 뒤면 태일은 이 집을 떠나야만 했다. 정말, 마지막이었다. 태일은 언제 또 이렇게 다섯이 모일 수 있을까 싶은 생각이 들었는지 아까부터 울 것 같은 눈이었다.

"이봐, 이하은 씨."

"네?"

"정말 괜찮겠어? 이런 녀석인데. 영 못 미덥잖아."

시율이 유일하게 울 것 같은 태일을 가리키며 한심하다는 듯 물었다. 당사자를 옆에 두고는 잘도 그런 걱정을 하고 있었다.

"엄청 모자란 녀석인데 내 눈에는."

"……그런 면까지 좋아하는걸요. 저라고 뭐, 완벽한가요?"

이하은 이제야 좀 편안해 보이는 얼굴이었다. 한동안은 여러 혼란으로 뒤섞여서 계속 불안한 눈이었는데.

"이 선택 후회 안 할 자신 있어?"

"네, 그간 바보같이 살아온 시간이 너무 아까워요. 이제라도 채우고 싶을 뿐이에요."

"그야 그렇겠지만……."

의외로 대답은 단호했고, 결연했다. 하나도 망설이지 않는 얼굴이라 도리어 놀란 건 시율이었다.

"앞으론 좀 더 저에게 솔직하게 살려고요. 겁만 내며 주변의 소리에 휩쓸리다가…… 아무것도 건지지 못할 뻔했어요. 의지가 없는 사람처럼요."

"……그렇군."

"그렇게 끝날 뻔했다고 생각하면…… 그게 더 후회되는 일이에요."

적어도 이번엔 주변에서 뭐라고 하든, 본인은 흔들리지 않는 것 같았다. 시율은 그거면 됐다고 생각했다.

"그리고 후회하기엔, 지금 너무 행복해요."

"그래 보이네."

"하지만 제가 행복하겠다고…… 못 할 짓을 한 것도 사실이라…… 자숙하면서 살려고요."

"뭐, 한국을 당분간 떠나는 것도 좋은 방법이겠지."

"……강 선생님, 아니 시율 씨에게도 감사하게 생각해요."

"나한테 감사할 게 뭐 있나. 그 약혼자 쪽한테 감사해야지."

대놓고 이런 말을 할 수 있는 사람은 강시율뿐일 것 같았다. 이하은은 얼핏 놀란 기색이었다. 너무 정곡을 찔린 탓일까. 이내 부끄러운 얼굴로 주섬 주섬 내뱉는 건 죄책감이나 미련보다는 추억, 감사, 그리고 반성이었다.

"맞아요. 맞는 말씀이에요. 평생 감사하면서 살아야 한다고 생각해요. 미안하다고는 말했는데…… 그 소리보단, 고맙다고…… 해달래요."

"헤에, 약혼자 말이지? 그 양반 엄청 남자답네."

"태준 선배가…… 저를 사랑한다고 처음 느낀 게, 저를 놔줬을 때예요. 아이러니하죠? 사실은 내내 믿을 수 없었거든요. 날 참 좋아해주고 위해주고 아껴준다는 걸 알았지만…… 날 사랑한다는 건 실감이 나질 않았었는데……."

"……."

"아무리 말로 들어도, 모르겠더라고요. 그런데 그 사람이…… 제가 이렇게 잘못했는데도 행복하라고 말해주니까…… 그제야, 알겠더라고요. 사랑받았다는 거요."

해인은 이하은이 느낀 게 어떤 건지 알 것 같았다. 이상하게도 사랑이란 건, 사랑한다고 말로 속삭이는 순간들보다는 별것 아닌 자잘한 순간들에 불쑥 다가와서 느껴졌다. 그가 저를 위해 양말을 챙겨주거나, 주머니에서 사탕을 꺼내주는 그냥 그런 대단치 않은 순간들에 말이다.

"……뭐, 그쪽을 골랐어도 엄청 불행하진 않았을 것 같은데."

"혀…… 형님……?"

"왜."

"……제 편이신 건 맞죠?"

"물론 네 편이지만 그 남자도 그렇게 싫지는 않더라고."

내 여잘 건드린 것도 아니고. 시율이 웃으며 말하자 태일을 툭 건드리면 정말 울 것 같은 얼굴이 됐다. 역시 태일보다는 이하은 쪽이 더 강한 성격 같았다.

"장난이야, 인마. 그런 얼굴 하지 말고 잘 다녀와."

"……예."

"뭐, 겨우 미국이니까."

겨우라니, 누가 보면 옆 도시로 가는 줄 알겠다. 시율은 지금 기분 좋기가 큰 축제를 앞둔 사람 같았다. 반면 해인은 나갈 시간이 가까워지자 시계를 보며 불안한 꼬리를 한 상태였다.

"나중에 돌아오면 또 질리게 보겠지."

"그렇겠죠?"

"그럼, 돌아올 거잖아."

"그러네요. 왠지 10년 뒤에도 형님은 그대로일 것 같아요. 이 자리에서, 이렇게 웃고 계실 것 같아요."

"그래? 그랬으면 좋겠네."

누군갈 찾으러 다니느라 바쁘지만 않다면, 여기 있겠지. 시율은 담백하게 웃으며 그대로 시계를 가리켰다. 배웅해줄 시간이었다.

"잘 가라."

"같이 안 나가세요?"

"엑? 형님도 같이 공항에 가시는 거 아니었어요?"

시율은 왜 벌써 작별 인사를 하는 걸까. 그는 마치 당장 헤어질 것처럼 굴었다. 그리고 그게 사실이었다.

"나가. 근데 공항엔 안 가."

"……예?"

"중요한 볼일이 있어서."

당연히 함께 갈 줄 알았던 터라 태일과 하은, 기도는 당황한 얼굴이었고, 해인은 때아닌 소리에 뾰족 눈을 해야 했다. 그럼 휴가는 왜 낸 거래, 이 남자!

"앞에까진 나가줄게."

시율은 굉장한 인심 쓰듯 말하고 있었다. 대체 태일의 출국보다 중요한 볼일이 뭐란 말인가. 매정 하는 남자인 줄은 알았지만 이 정도일 줄이야.

택시에 짐을 싣으며 태일이 믿을 수 없다는 듯 연거푸 물었다.

"형님, 정말 안 가시는 겁니까?"

"안 갈 건데."

"······그럴 수가."

"내가 간다고 뭐 달라지나? 출국하는 거 10분 보자고 3시간이나 쓰긴 좀······."

그는 진심이었다. 주차장까지 나왔으면 됐다고 생각했다. 공항까지 왕복하면 다녀오는 데만 3시간이 소요되긴 했지만, 아무리 그래도 그렇지······ 해인이 불만의 뜻으로 아까부터 그렁그렁 목을 울렸지만 시율은 들은 척 만 척이었다. 태일 역시 꽤나 섭섭한 눈치였지만 시율은 그런 데 휘둘리는 남자가 아니었다. 사내자식의 불쌍한 눈 같은 건 웃으면서 씹어 먹었다.

"······그럼 형님, 편지 쓸게요."

"귀찮아. 메일 보내."

"형님! 너무하시는 거······."

"됐고, 시간 됐다. 얼른 차나 타."

이제는 거의 내쫓는 수준이었고, 태일은 정말로 등 떠밀려 차 문을 열어야 했다.

"태, 태일아······."

"내가 같이 갈게. 어? 편지도 괜찮아, 나는."

하은이 불안하게 따라붙고 기도가 다독여봤지만 태일에게는 그다지 위로가 되지 않는 것 같았다.

"흐이엥."

"······개냥아."

지켜보던 해인 역시 못 참고 슬픈 소리로 울었다. 딴에는 안 울겠다고 손에 바짝 힘을 주고 있던 참이지만, 슬픈 걸 안 슬픈 척하는 게 그리 쉬운 일은 아니었다. 해인에게도 태일에게도 말이다. 시율의 품에 안겨 있는 해인을 돌아보는 태일의 얼굴이 또 달걀프라이 같은 눈을 하고 있었다.

물론 시율은 당장에 질색했다.

"야야, 울지 마."

"……요즘 개냥이가 저한테 안 오는 거 아십니까?"

"아마 너랑 정을 떼야 한다는 걸 아는 모양이지."

"계속, 형님한테만 안겨 있고……."

저 미련 넘치는 눈을 보건대, 해인을 한번 품에 안아보고 싶은 모양이었다. 마지막이었고, 떠나는 길이니까……. 시율은 아주아주 안 내킨다는 얼굴로 물었다.

"……한번 안아볼래? 마지막으로."

"네……."

하지만 웬걸. 당장 두 손을 벌리고 품을 옮겨 갈 줄 알았던 해인이 극렬한 거부를 했다. 태일이 손을 뻗어 오자 시율의 품으로 파고들며 고개를 도리도리 내저은 것이다.

'안기면 울 것 같단 말이야!'

그에 태일은 마치 망치로 한 대 맞은 것 같은 얼굴이 됐다. 이건 엄청난 충격이었다. 어떻게 이런 일이 있을 수가…….

"개, 개냥아……!"

"이런, 어쩌냐. 안 간다는데."

"미야! 먀!"(주인! 행복해야 해!)

반면 시율은 너무 대놓고 기뻐했다. 어느 정도냐면, 자신의 팔과 허리 사이로 숨어드는 해인을 굳이 반짝 공중에 들어서는, 통통한 오른쪽 앞발을 태일을 향해 손처럼 흔들어주는 서비스까지 해 보였다. 그것도 대사까지 쳐주며.

"바이, 바이."

그를 지켜보는 한 마리 고양이와, 두 남녀는 차마 입 밖으로 말은 못 내뱉었지만 비슷한 생각을 해야 했다.

'잔인해…….'

'야, 얄밉다.'

'나쁘다!'

태일은, 그렇게 떠났다. 슬픈 배웅을 받으며.

시간까지 재가며 바쁘게 태일을 쫓아낸 이유가 바로 이것들 때문이었나 보다. 집으로 돌아온 해인은 시율의 재촉에 사람으로 돌아와 있었는데, 변하자마자 곧장 밀려들어오는 커다란 물건들에 정신을 차릴 수가 없었다.

"들어갑니다! 조심하세요!"

"다쳐요. 거기 비켜주세요!"

"뭐, 뭐야, 뭐야?"

"옷장, 화장대, 책상."

시율이 들어오는 순서대로 가르쳐줬지만, 해인도 그 정도야 가구 포장을 보면 짐작할 수 있었다. 해인이 물은 건 대체 이런 걸 다 언제 주문했는지였다. 그것도 태일이 떠나는 날에 시간까지 칼같이 맞춰서…… 하여간 귀신 같은 남자였다. 태일이 비우고 떠난 방은 빠르게 하얀 가구들로 채워지고 있었다. 치수는 언제 잰 건지 착착 사이즈까지 맞아서, 해인은 구경하는 것으로도 벅찼다.

"아, 이쪽이 남편분? 여기 사인 좀 해주시죠."

"빠짐없이 도착한 겁니까?"

"네, 주문하신 대로 전부 왔습니다."

"감사합니다."

……잠깐! 남편 아니잖아! 신혼부부 아니잖아! 그리고 이게 다 얼마치야! 해인이 겨우 황망한 정신을 수습했을 때는 이미 그럴싸한 방이 완성된 다음이었다. 전문가로 보이는 남자 여럿이 달라붙으니 뚝딱 여자 방이 하나 꾸며지는 데는 두 시간도 채 걸리지 않았다.

"그럼, 다음에 또 이용해주세요."

배달에 조립까지 끝마친 가구점 직원들이 우르르 빠져나가고 집에 정말 단둘이 남았을 때, 해인은 시율에게 바가지를 긁지 않을 수가 없었다.

"강! 이런 건 나랑 상의를……."

"뭐가, 내 집에 내가 가구 좀 산 건데."

"그게 문제가 아니잖아!"

"넌 분명 반대할 거잖아? 보나 마나 언제 가야 할지 모른다는 소리를 하면서. 하루를 살아도 편하게 살자고."

그리고 벌써 알 수 있었는데, 만약 결혼한다 해도 저는 절대로 시율을 이길 수 없다는 거였다. 이론으로 말발로 상대가 되지 않았다

"으……."

"네 방, 만들어 주고 싶었어. 숨어서 지내는 거 힘들었잖아."

"……그치만."

"그냥 기뻐해주면 안 돼?"

시율이 곁으로 다가와 느리게 어깨를 끌어안으며 물었다. 물론, 기뻤다. 너무 고마워서 말이 안 나올 때가 있었다. 꼭 지금처럼. 다만 이런 걸 받아도 되는 건지 자신이 없을 뿐이었다. 해인은 숨 막히는 사람처럼 끙끙대다가 겨우 말했다.

"……고, 고마워."

"그래. 그거면 됐어. 내가 바란 건 그냥 그거거든."

시율이 만족스레 속삭였고, 해인은 문득 자신의 방에서 이상한 점을 한 가지 발견했다. 왜 이 방에는 모든 가구가 있는데…… 딱 하나만 없는 걸가.

"있잖아, 강."

"으흠?"

"침대만 없는데?"

"안 샀는데. 어차피 밤에는 같이 잘 건데, 뭐."

설마했는데 역시나. 시율의 끔찍이 다정한 시선이 돌연 야하게 보이기 시작했다. 애써 회피해봤지만, 이젠 단둘뿐이었다. 이 집의 어디에서도. 딱, 둘뿐.

"그렇지?"

"……으응."

시율이 대답을 요구하며 불쑥, 가까이 다가왔다. 그저 느린 손길로 허리를 끌어안으며 저를 보게 했을 뿐인데도, 해인은 귀 끝까지 발갛게 달아오르는 걸 막을 수가 없었다. 예상했던 상황이긴 한데, 이렇게까지 두근거릴 줄은 몰랐다. 이 순간 속에서 간질간질한 것들이 막 치밀어 올라 목을 조르는 듯했다.

"에…… 잠깐."

"뭐가?"

"나, 낮인데……?"

"밝으니 좋네."

그가 기분 좋게 대꾸하며 촉, 촉, 해인의 뺨과 이마에 자잘한 키스를 쏟아냈다. 말하는 와중에도 그의 손이 허리를 끌어안고 제게로 가까이 당겨서, 해인은 두 손으로 시율의 가슴팍을 밀어내야 했다. 하나도 밀리지 않기는 했지만.

"……아니, 그치만……."

"무슨 문제 있어?"

문제라면, 그렇지 않아도 애정 공세가 극심한 이 남자가 앞으로 더 걷잡을 수 없게 될 거라는 점이었다. 그리고 바짝 달라붙은 그의 몸이 단단한 근육이 느껴질 만큼 저에게 익숙하다는 점. 이 순간 저도 모르게 말랑말랑하게 마음 놓고 녹아버릴 것 같다는 점.

이러니까 정말 신혼부부 같았다.

누가 돌아오지 않는 둘만의 공간이라는 게, 이런 느낌이구나. 아무 때나 키스하고, 아무 때나 달라붙어 있어도 거리낄 게 없어. 허겁지겁 떨어지지 않아도 돼. 그거 굉장히 야해.

"……적어도 내가 보기엔, 아무 문제 없는데. 우리가 이런 시간을 보내기에는 말이야."

"꺄웅."

"……방금, 그 소리 뭐야?"

시율이 돌연 귓가에 입술을 파묻어서, 그 느낌이 너무 따뜻하고 생경해서 해인은 저도 모르게 괴상한 소리를 내고 말았다. 난 절대 야한 생각 안 했거든? 그냥 간지럼 탄 거거든?

"모, 모르겠는데? 내가 안 그랬는데?"

말도 안 되는 변명을 하며, 해인은 도망가려고 꼼지락거렸다. 하지만 이제 이 집에 그런 장소가 남아 있을 리 없었다. 애초에 너무 단단하게 붙잡혀 있었다. 도저히 그의 품에서 도망갈 수 없자 해인은 시율의 옷깃만 꽉 붙잡았다. 태일이 멀리 갔다는 데 슬퍼할 겨를은, 아무래도 없을 것 같았다. 시율에게 있어서는 반강제였던 제어장치가 없어졌을 뿐인 것 같으니까.

해인은 마른 목을 축이며, 먹이로 붙잡힌 짐승처럼 불쌍하게 그를 올려다봤다. 이 순간 시율이 영락없는 포식자의 눈을 하고 있었으니까. 강하고, 매서운, 굶주린 짐승 같은 눈.

창밖을 지나는 여린 눈발과, 그 사이를 헤치고 들어오는 나른한 햇살, 밖과는 다른 따뜻한 방 안의 온기. 기분 좋은 늦은 아침. 그걸 방해하는 벨 소리. 이불 속에 파묻혀 있던 손 하나가 불쑥 튀어나와 전화를 받았다.

"여보세요?"

-형님, 아직 주무셨습니까?

거의 눈을 감은 채로 전화를 받던 시율은 힐끔 시계를 확인했다. 주차장에서 배웅한 지 20시간 정도 지나 있었다.

"……너구나."

태일이었다. 하기야, 해외에서 전화를 걸어올 사람은 그리 많지 않았다.

-시차 보고 전화드린 건데. 여긴 저녁 8시 40분이거든요. 거긴 아침 10시 40분일 텐데, 평소라면 일어나셨을 시간이잖습니까.

"늦잠 좀 잤지."

새벽이 오도록 누군가의 부재를 만끽하다가 잠든 지 몇 시간 되지 않았다는 건, 굳이 알려줄 필요가 없었다. 태일이 바로 그 당사자였으니까.

-방금 숙소에 도착해서 짐 풀고 있습니다. 잘 도착했다는 말씀드리려고요.

"그런 거 건너뛰어도 괜찮은데."

-형님이 소개해주신 숙소인걸요. 역도 가깝고 주변도 조용하고, 한국 사람도 많이 살아서 아주 마음에 들어요.

"내가 보기에 말이지. 넌 좀 더 예의가 없어야 해."

시율은 얼른 전화를 받았음에도 깨버려서는 눈을 천천히 끔뻑이고 있는 해인에게로 시선을 내렸다. 그의 팔 아래서 일어날까 말까 꾸물거리다가, 더 자기로 했는지 다시 그의 품속으로 파고들고 있었다.

겨울의 장점은 이런 걸지도 모르겠다. 체온이 아주 기분 좋게 느껴지는 것.

-하하, 혼자 보내신 첫날이잖아요. 조금 허전하시려나 해서.

"난 원래 혼자 살았거든."

-그야 그렇지만요.

"그리고 지금은 고양이 아가씨가 있잖냐. 혼자가 아니라고. 네가 없으니까 하루 종일 내 옆에 꼭 달라붙어 있거든."

거짓말은 아니었다. 그리 틀린 말도 아니었고. 다만, 결정적으로 다른 점이라면 고양이가 아니라 진짜 아가씨라는 점이긴 했지만. 지금의 해인은 가느다란 팔다리와 하얀 등허리, 작고 아담한 손과 발을 가진 여자일 뿐이었다. 서로의 손에 깍지를 낄 수 있느냐 없느냐는 큰 차이가 있었다.

-……그거 저 놀리시는 거죠?

"글쎄다. 아무튼 잘 도착했다니 다행이네. 시간이 벌써 그렇게 지났나? 아까 간 것 같은데."

-형님, 벌써라뇨! 14시간이나 비행하느라 얼마나 고생했다고요.

"미국이 멀기야 하지."

-공항에 내렸는데 다리에 감각이 없더라니까요? 거의 토할 뻔했어요. 내려

서도 숙소까지 또 몇 시간을 이동했는지……. 으으, 죽다 살았습니다. 정말.

장거리 비행이 힘든 일이긴 했다. 긴 시간 동안 비행기 안에서 옴짝달싹 못 하고 시간을 때워야 한다는 자체도 고문이었고 말이다. 잠이 오면 다행인 노릇이지만 예민한 타입이라면 거의 뜬눈으로 앉아서 보내야 했다. 태일이 몸서리를 치며 말했지만 시율은 느긋하기만 했다.

"그래? 난 집에서 뒹구느라 몰랐네."

반강제로 정숙해야 했던 태일과는 반대로, 시율은 시간 가는 걸 모를 만큼 즐겁고 달콤한 하루를 보낸 터라…….

"아야!"

-형님? 무슨 일 있습니까?

"……아, 아무것도 아냐."

다시 자나 싶던 해인이 그의 팔등을 야무진 손끝으로 꼬집은 건 그때였다. 뚱하니 그를 올려다보는 눈빛이 말하지 않아도 무슨 뜻인지 알 것 같았다.

'얄미운 소리를 참 잘해.'

멀리 있는데도 주인은 주인인지, 놀리는 건 못 봐주겠는 모양이다.

'얌마, 너 함께 하루를 침대에서 보낸 사람을 막 꼬집고 그래도 되는 거야?'

'왜 안 돼? 물 수도 있는데.'

잘도 눈으로 대화하는 둘이었고, 한쪽 어깨에 휴대폰을 걸고 있는 시율을 향해 해인이 무는 시늉을 해 보였다. 이번엔 간지러웠다. 그의 팔을 붙잡고 팔목을 야금야금 깨물었으니까.

-자리 잡으면 다시 연락드릴게요. 놀러 오세요, 형님.

"으음, 봐서."

-꼭 오세요. 여긴 크리스마스 분위기가 아주 멋지더라고요.

"크리스마스 하면 미국이니까."

-정말로 여자 친구분이랑 오세요. 맛집 알아둘 테니까…….

"……끊는다!"

시율은 간지러운 걸 못 참겠는 척, 얼른 통화를 끝내버렸다. 해인은 장난을 치다 말고 반짝 고개를 들어 시율을 올려다봤다.

"좋겠다. 미국!"

해인은 태일이 이제 제가 시율의 여자 친구라는 걸 안다는 사실을 모르고 있었다. 그걸 알게 되면 같이 공항에 마중 가겠다고 떼를 쓸까 봐 시율이 숨겼기 때문이었다. 둘의 사이는 그냥 얼굴을 아는 거면 족했다.

"가본 적 없어?"

"응! 강은 있어?"

"두 번인가 다녀왔지. 학생 때 교수님 따라서 한 번, 배낭여행으로 한 번."

"우와, 미국은 어땠어? 뭐가 좋아? 자유의 여신상은 봤어?"

"어땠더라……. 왜? 듣고 싶어?"

열심히 고개를 끄덕이는 해인이었고, 시율은 기꺼이 해인을 제게로 당겨오며 자신이 아는 모든 얘길 나눠줬다. 커다란 팔로 허리를 끌어안고, 자신의 가슴에 등을 기대게 하며, 하루 종일 그렇게 속삭이고 있을 수 있을 것처럼.

계속 그렇게 시간 가는 줄 모르고 노닥거리다가, 겨우 떨어져서 나갈 준비를 한 건 점심이 다 되어서였다. 오늘 시율은 오후 출근이었지만, 아무리 그래도 더 이상 게으름을 부릴 순 없었다.

"하아암!"

정작 나가야 할 시율은 아직도 뭉그적거리고 있어서, 해인이 먼저 늘어지게 기지개를 켜며 상체를 일으켰다. 햇살을 받아 역광으로 빛나는, 작고 하얀 몸의 굴곡진 선은, 대단한 것도 아닌데 그의 시선을 사로잡기는 딱 좋은 것이었다. 작은 어깨, 그의 손아귀에 온전히 잡히는 부드러운 팔뚝, 가느다란 손목, 우아하고 여린 손끝, 평소에는 잘 보이지 않는, 보드라운 턱의 안쪽.

만지면 골골거릴 것 같은…….

"……뭘 그렇게 본대!"

물론 가장 매력적인 건 저 새침한 눈꼬리지만. 빤히 보다 들켰는데도 시율은 느긋한 눈웃음으로 화답할 뿐이었다.

"그냥."

"나갈 준비나 하라니까, 정말……."

해인은 너무 대놓고 보니까 부끄러워졌다. 열기 어린 남자의 눈 같은 건 몰랐던 때가 좋았다. 저런 눈을 봐도 그냥 '왜 이리 빤히 쳐다보나' 하고 맹하니 넘어갈 수 있었던 시절 말이다. 저 눈이 바라는 게 뭔지 알게 됐다는 건, 자신에게도 너무 여러 의미가 있었다.

"아깝다."

"뭐가?"

"이걸 사진으로 담을 수 없다니."

"……변태야!"

"물론 농담이야. 남기고 싶을 만큼 좋다는 거지. 정말 남길 수는 없는 거고."

시율이 몸을 일으키며 조금 가라앉은 어투로 덧붙이는 말에는, 음흉하다고 계속 화를 낼 수가 없어졌다. 그건 제가 사진에 찍히지 않는 사람이기 때문이다. 정확하게는 사람이라고 하기엔 기묘한 무언가지만.

"그런 아까운 짓은 안 해. 그냥, 네가 너무 예쁘다는 거야."

"……으응. 끄응……."

"심각하게 받아들이진 마. 우리한텐 사진 대신 그림이 있잖아."

"……내가 강을 찍어줄 순 있어."

"하?"

"찍어서 동물병원에서 파는 거지. 간호사 언니들한테 잘 팔릴걸?"

그림 얘기가 나오자 해인은 부랴부랴 말을 돌렸다.

"장당 500원 정도면 잘 팔……. 꺄악! 이거 놔아."

"뭐? 500원? 겨우 그거밖에 안 해?"

"간지러워! 간지럽다니까! 꺄흐학, 알았어. 알았다니까. 그럼 천 원?"

"아우, 이 아가씨가."

시율은 이 맹랑한 여자 친구를 다시 쓰러트렸고, 해인은 그의 간지럼 공격에서 도망치려고 했지만 사람일 때는 그다지 날래지 못했다. 몸집이 커진 만큼 붙잡힐 곳도 많았고, 약점도 많았다. 너무 간지러우면 숨이 막히는 법이었다. 해인은 항복이라는 표시로 침대를 세 번 내려쳤지만 그는 적당히 하는 법이 없었다.

"끄아! 항복! 하, 항복!"

그를 놀린 죄로 붙잡혀서는 눈물이 나올 때까지 여기저기를 괴롭힘 당하다가, 얼마나 허우적댔는지 어느 순간에는 다시 그를 올려다보고 있었다. 서로 눈이 마주쳐서, 언제 장난쳤냐는 듯 키득대며 입술을 겹쳤다. 너무 웃었더니, 해인의 눈에서는 눈물이 조금 나고 있었다.

"좋아. 나한테 10%쯤 주는 거라면."

"에…… 어쩔까? 모델료로 줄까나."

"돈 말고 다른 거로 줘도 되는데."

다른 거? 돈도 없지만 다른 것도 없는…….

"키스라거나."

"우리가…… 바, 밤새 뭘 했다고 생각하는 거야!"

시율이 자연스럽게 자신의 목덜미에 입술을 묻고, 그 손이 허리를 또 쓰다듬어와서 해인은 깜짝 놀라 소리쳤다. 그는 이쪽으로도 적당히가 없었다. 어느새 그의 손이 슬금슬금 해인이 감고 있던 시트를 빼앗아가고 있었다.

"사이좋은 거. 그리고 지금은 더 사이좋은 거."

"말이나 못하면! 강, 출근 안 해!"

"……지각할 수도 있지, 뭐. 살다 보면."

그가 원하는 건 항상 같았다. 같이 있고, 손을 잡고, 키스하고. 그러다가 쓰다듬고 떨어지지 않는 거. 시간이 허락하는 한 그렇게 오래 있는 거. 물론 해인도 같은 걸 바라는 만큼, 웬만해서는 말리고 싶지 않았지만…… 이 말은 하지 않을 수가 없었다. 빽 소리치고는 새빨간 얼굴을 하더라도 말이다.

"양기가 남아돌아!"

"내가 원래 한 건강 하지."

"아우……!"

걱정이 앞섰지만 결국엔 그를 거부하지 못하는 자신이 가장 큰 문제였다. 하지만 어쩌겠는가. 그가 저를 바란다는 사실에 우선은 기쁘고 마는 것을. 해인은 못마땅한 기색을 그리 오래 드러내지는 못했다.

결국 병원에는 지각해버렸다. 어쩌면 시율은 일부러 오늘을 오후 출근으로 잡은 걸지도 모르겠다. 태일이 어제 출국한다는 사실에 휴가를 낸 것부터, 다음 날 늦게 출근하는 것까지 모든 게 계획된 걸지도…….

"재료는 그 연필 하나면 되는 겁니까?"

"음, 색연필 같은 게 더 있으면 좋겠지만…… 이제는 취미로만 그리는 거라 달리 재료가 없어요."

"흠."

뭐, 늦었다고는 해도 환자가 없어서 느긋한 날이었다. 시율은 방유나가 그림을 그려주겠다고 해서 휴게실로 구경하러 와 있었다. 시율 말고도 다른 여직원 몇 명이 근처에서 구경 중이었다. 그녀들의 관심은 대부분 다음엔 저를 그려주지 않으려나, 하는 것이었다.

"다음엔 나도 그려주라."

"나도! 조금 말라 보이게 그려줄 수 있어?"

"그럼 나는 여기 점을 빼고 쌍꺼풀을……."

"네, 고객님. 치킨 10마리 피자 10판 되겠습니다."

하지만 방유나는 시율이 형성한 가격대 이하로는 받아줄 생각이 없어 보였다. 시율에게로 직원들의 따가운 시선이 쏠렸지만, 그런다고 끔뻑할 남자는 아니었다. 그림이란 게 사실 그리란다고 뚝딱, 나오는 것도 아니고. 그렇게 그릴 수 있게 되기까지의 노력과 시간 정성은 또 어떻단 말인가.

10분 만에 멋진 그림을 그릴지언정, 그렇게 그리기 위해서는 10년의 시간이 필요한 것처럼 말이다. 그림을 그려보지 않은 사람은 모르겠지만, 적어도 해인은 그게 비싸다고는 여기지 않았다.

"비싸!"

"지인 할인가 같은 거 없어?"

"이미 할인된 가격입니다만. 무려 블랙프라이데이 세일가!"

"결국 같다는 소리네……."

"치사하다, 야. 왜 그럼 네가 그린 개나 고양이들한테는 그렇게 안 받고."

"어머, 그럼 언니들도 그렇게 작고 귀엽든가요. 우선 내 예술 욕구를 자극하셔야죠. 내 심미안이 좀……. 호호."

방유나는 흥흥, 콧노래를 부르며 A4 용지 위에 해인을 그려나갔다. 연필이 사각사각 움직이며 그럴싸한 형체를 만들어갔고, 제법 해인의 얼굴 같은 게 보이는 즈음이었다. 노려보듯 구경하던 사람들은 어느샌가 훈수를 두었다.

"아니야, 그때 보니까 여기가 좀 더 넓었어."

"에, 아니지. 입술이 좀 더 작지 않았어?"

"속눈썹이 이렇게 많았나?"

"그보단……."

해인은 제 얼굴이 남들 눈에 어떻게 보이는지 적나라하게 체감하다가, 도저히 그걸 참을 수가 없어졌다. 물론 얼굴이 비슷하게 나올수록 뜨끔한 통증이 동반된 것도 문제였지만.

"먀악!"(그만해!)

바로 옆에서 구경하던 해인은 그만 못 참고 앞발로 냅다 연필을 때렸다. 방유나의 손에서 연필이 날아간 건 둘째 치고, 스케치 한가운데로 시커먼 줄이 그어져 버렸다. 그 바람에 종이에 구멍까지 났다.

"얌마!"

흔한 고양이의 장난에 시율의 불호령이 떨어졌다. 해인이 단순히 심술을 부리고 있다고 생각해서였다. 해인은 혼나자마자 당장에 쌩, 하니 휴게실 밖으로 도망쳤다. 시율은 그걸 이해할 수 없어서 인상을 구겨댔다.

"아니, 대체 왜 그러는 거야?"

"깜짝이야. 아니, 쌤, 뭘 그렇게 화를 내요? 고양이들이 그러는 게 한두 번도 아니고……. 원래 움직이는 거만 보면 못 잡아서 안달이잖아요."

"……아니, 그래도."

자길 그리는 건데. 시율은 차마 말은 못 하고 답답한 속만 끓였다. 방유나는 첫 그림이 망쳐졌지만 차라리 잘됐다는 투로 그림을 구겼다.

"그렇지 않아도 마음에 안 들었어요. 다시 그리죠, 뭐."

"미안하네요."

"받은 만큼 제대로 해야죠. 그리고 그림이란 게 원래 두세 번째가 잘 나와요. 이건 연습."

첫 번째 그림은 그렇게 해인의 방해공작 덕에 휴지통으로 들어갔다.

"그리고 언니들은 도움이 안 되니까, 강샘만 도와주는 게 낫겠어요."

"그러죠."

문간 뒤에 숨은 해인은, 휴게실 안으로 들어가지는 못하고 방유나와 시율이 합심하여 저를 그리고 있는 모습을 훔쳐보고 있었다. 방유나는 의자에 앉아 있었고, 시율은 그 뒤편에 서 있었다.

'둘이 너무 가까운 거 아냐……?'

옆에 의자가 많이 남아 있는데도 옆에 앉지 않고 서 있는 게 그나마 시율이 지금 할 수 있는 최대한의 거리인 것 같았다. 하지만 그럼에도 가까워 보였다. 그림보다는 둘 사이를 방해해서 떨어뜨리고 싶었지만, 시율이 엄한 눈으로 노려보고 있어서 해인은 휴게실 안에 들어갈 수 없었다. 이 귀신같은 남자는 해인이 또 방해할 수도 있다는 걸 알아차린 모양이었다.

"코는 좀 더 작고, 콧대는 의외로 있어요."

"음, 눈은요? 이대로 괜찮아요?"

"좀 더 커요. 속눈썹은 가늘어서…… 뭐랄까, 촘촘한데 가벼워 보이는 느낌."

"이런 느낌이겠군요."

"비슷해요."

볼 수가 없어서 그림이 자신을 얼마나 닮았는지 모르니 차라리 몸살은 나지 않았다. 다만 불안감은 점점 강해졌다. 해인은 이게 그림에 대한 불안감인지, 시율과 방유나가 너무 가까운 것에 대한 불안감인지는 딱히 정의할 수 없었다. 30분쯤 지났을까. 잘 진행되나 싶었는데 방유나가 고개를 내저었다.

"음, 뭔가 아닌데."

아무리 시율이 설명을 잘해도, 방유나가 사람 얼굴을 잘 기억하는 편이어도, 그것만으로 그럴싸한 초상화가 나오질 않는 듯했다.

"제가 봐도 뭔가…… 역시 실물을 한번 봐야겠어요. 강쌤, 사진 찍는 게 무리면 몰래 한번 병원에 데려오시면 안 돼요? 감만 조금 잡으면 될 것 같아요."

"……그럴까요."

"네, 그래야 확실하죠."

"알겠습니다. 데려와 보죠."

그와 눈이 마주쳤다. 하지만 해인은 이 계획은 자신이 알아버린 시점에서 글렀다는 걸 알 수 있었다. 몰래 하라고 귀띔을 줄 수도 없고. 대체 어쩐다.

해인을 일단 뭐라도 말해보기 위해 시율의 뒤를 따라 그의 진료실에까지 쫓아갔다. 시율은 그림 그리는 걸 구경하다가 일이 조금 밀린 모양인지, 오른손에 진료 차트를 잔뜩 챙겨 든 채였다. 오늘따라 그는 왠지 조금 정신이 없어 보였다.

'뭔가…… 이상한데?'

바빠서 그런 걸까? 그의 어디가 이상하냐고 물으면 콕 짚기는 힘들었지만, 그의 묘하게 좁혀진 미간이라거나, 재촉하는 발걸음이 전부 이상했다. 깜빡이는 눈꺼풀 같은 게 불안정해 보인다고 해야 할까. 늘 느긋하게 구는 그다 보니 조금만 달라도 티가 났다.

특히나 하루 24시간 그를 관찰하는 해인의 눈에는…….

"에!"

투드득. 그건 그냥 순식간이었다. 시율이 진료실로 들어서서 자신의 책상 안쪽으로 걸어가다 말고, 한쪽 무릎을 꿇으며 넘어진 건 말이다. 그가 들고 있던 차트들이 바닥에 정신없이 흩어졌고, 시율은 잠시간 그대로 바닥을 짚은 채로 몸을 일으키지 못했다.

뭐랄까…… 그래, 마치 어지러운 것처럼. 기운이 매우 부족한 사람처럼.

"냐악!"(그건가!)

크게 짚이는 게 있는 해인은, 그만 비명을 질러야만 했다.

-3권에 계속-